目录

1　导论

37　第一章　原型诗人

72　第二章　爱的根性

117　第三章　通向语言之途

181　第四章　黑暗的实质

243　第五章　生存之地

279　第六章　命运深处

317　主要参考文献

324　后记

导 论

在当代中国乃至世界诗歌场景和人文语境下，骆一禾的诗歌究竟是一个怎样的在场者？关于这个问题的答案，我的一个奇怪的感觉是，我们似乎非常清楚又似乎全然不知（这不是说我们不够真诚，而是这真诚未能如其所愿地适时绽放它自己）。我颇为急迫地提出这个问题，当然不是为了把玩它，而是想借一股迅疾的阐释之风，吹去厚积于骆一禾诗歌上面的时代文化浮尘，使其本真的自我容貌得以赫然显现。我的这一重愿望能否对应于一种未来的真实，这是我无法预知的。但我知道自己当下所能做和坚决要做的，那就是，一任内心涌动的阐释骆一禾诗歌的激情把自己卷走。我知道，自己这样做，并不是出于某种宏大的学术抱负，而是出于自己仅有的一点诗歌良心，以及自己与骆一禾的诗语场所吹息放射的思想、精神和理念内涵展开灵魂对话的诉求。

我想首先指出的是，骆一禾的诗歌存在，是当代诗坛一大块既被遮蔽，又根本不可能对其真正形成遮蔽的诗歌精神高地。骆一禾和海子可谓中国当代诗坛的"双子星座"，表征了一种罕有的抒情高度以及在这一高度上的持留。但一提起骆一禾，不少诗歌界和学界的朋友恐怕都会觉得，这是一位"熟悉的陌生人"。熟悉在于，二十年来，很多热爱诗歌的人，可能都像热爱海子的诗歌一样，也在自己的心里深爱着骆一禾的诗歌；陌生则在于，骆一禾似乎一直都没有得到应有的重视，更没有在学界引起像对海子那样的研究热潮。不少被骆一禾的诗歌所感动的朋友都曾表示过如下不解：为什么喜爱海子诗歌的人会比喜爱骆一禾诗歌的人多那么多？我认为，这其中当然也是有着骆一禾诗歌自身的原因的（必须也得说一下：这种原因，绝不意味着某种缺点；我们只能用"特点"一词去定位它）。不难觉知，海子诗歌的基本艺术特质就是美，而骆一禾诗歌的基本艺术特质则更多的是崇高。它们带给我们的心理效果，一如康德关于美与崇高所描述的，一个是直接促进生命情感，另一个则是在其开始阶段有一种对人的生命直觉的阻碍感，随后而来的倒可能是生命情感的更为强烈的涌流之感。① 或者可以说，海子的诗是一种简洁而美丽的建构，适合人的心灵的直接寓居；而骆一禾的诗则更像是一种纯粹的心智熔炼所徐徐涌出的诗语熔流，更适合人的心智去做一些生命哲学抚触。总之，海子的诗会一下子抓住每一位拥有浪漫、唯美的诗心的读者；而骆一禾的诗，则会缓缓走进那些既有一颗诗心又爱做哲学思考的读者的内心。不消说，这后一类读者似乎要少一些。然而，除此之外，我认为还有两方面出于历史或人为的原因：首先，也许由于海子事件太庞大太凸显了，以及骆一禾与海子的某些特殊关联（骆一禾作为海子遗稿的全权受托对象且为推介海子身心过度劳累而突发脑溢血去世诸种事实，及由此而来的有误判嫌疑的海子诗歌的"倾听者"和"解释者"的身份等），使得骆一禾无形中受到了遮蔽。其次，当代每况愈下的人文大气候似乎也更助长了对骆一禾的遮蔽（就因为真诚性和深刻性，这两个人文思想的守护灵，一时间像在渐渐离我们的人文劳作远去）。

令人欣慰的是，某种对于诗歌的良知的力量其实从未停止过暗中涌动。很多"边缘"的声音不停地诉说着对骆一禾的悋念，似乎显示了他的诗歌的独特价值。时至今日，大家越来越深切地意识到，

---

① 参见康德：《判断力批判》，邓晓芒译，人民出版社2005年版，第83页。

骆一禾的诗歌有着震撼人心的艺术品质，并持久地散发着暖人的心智光亮和灿烂的精神光焰，是不可多得的诗歌珍品。那么，骆一禾的诗歌到底是以一种什么样的内质不断击中我们的内心呢？

关于骆一禾的诗歌，我们必须做出如下认同：这是一种无论从主题意蕴上，还是从表现形式上看，实际上都很富于独创性的创作。一方面，骆一禾、海子两位天才诗人的创作在中国新诗坛的特出性自不待言。另一方面，虽然能发觉骆一禾与海子之间某些互相影响的痕迹，但骆一禾的诗歌所整体透射出来的思想情感方式，甚至意象系列（虽然也有很多星星点点的意象被他们交互使用），与海子的诗歌都有很大的不同。说他们以"双子星座"的存在方式代表了中国当代诗歌的最高水平是完全可以接受的一种说法，但"孪生的麦地之子"等著名说法则让人觉得有点牵强。无以模仿的"麦地诗人"在中国其实只有一个，那就是海子（即便是这一说法，也只是更多地适于早期的海子）。而骆一禾，与其说他是一位"麦地之子"，不如说他更像是一位"大地之子"。当然，两位天才诗人还都首先是"人之子"。海子的"麦地意象系列"在骆一禾的诗语场表现得并不算明显。与海子相比，骆一禾的诗歌心象要显得更加宏大。他和海子的不同其实是全方位的，从主题意蕴到表现形式及风格。不消说，骆一禾不可替代的意义恰在于他与海子的不同。

两位天才诗人真正相同的地方，其实是直接关注人的生命存在这种关注本身。他们的诗思都大面积铺展向人的生命存在的终极潜在场域。以他们那富于超验色彩的诗歌行动所表征出来的精神，完全走出了中国传统文人的情趣世界，彰显了一种赤子、先知以及受难者的情怀。应该说，这种诗歌表现主题本身在中国诗坛的原创性，是同时属于他们俩的——这一点也在某种程度上印证了"更高的诗歌成就在优秀诗人的互相激发间产生的可能性"（骆一禾语）。他们的诗歌，分别以其不可替代性，空前拓展了中国诗歌的生命表现空间，同时也提升了中国当代诗歌的整体品位。

我们知道，就在诗坛继"朦胧诗"之后众声喧哗地炮制反叛性、实验性极强的诗歌时，海子、骆一禾却默默从事着一种颇富古典抒情色彩的诗歌劳作——实际上是属于形而上与形而下两种思想情感元素有机融合的、伟大的人类心灵一直都在创造着的"那唯一的古老的诗歌"。他们通过采集各种富于表现力的语汇、意象及艺术表现手法（他们的语言基本上都本分地根植于现代汉语，并没有刻意地革新或仿古），深刻而真诚、精确而唯美地表达着人类心灵深处永恒不移的东西。他们的话语炼金术其实就是在炼心，那最后炼出的闪闪发光的粒粒字词，则是心灵体验的一种特殊的物质结晶。我们说，这样的诗歌存在无疑是一种灵性的生命存在本身的大写照。而且，这样的诗歌只能出于这样一颗独特的灵魂："一个永远醒着、微笑而痛苦的灵魂，一个注视着酒杯、万物的反光和自身的灵魂，一个在河岸上注视着血液、思想、情感的灵魂，一个为爱驱动、与光同在的灵魂，在一层又一层物象的幻影中前进。"①

进一步说，他们的诗歌是一支古老而优美的歌在我们这个特定时代的所唱。故而，他们的诗歌精神存在既属于一个特定时代又超出了这个时代；既表征了一个诗人的特殊自我，更表征了人类大我。他们的创作洋溢着某种诗歌精神的大品质，是一种彰显了人类精神的大诗歌。他们的诗歌从主题到表现风格都超出了单纯古典或现代的色彩界定。骆一禾开始主持"十月之诗"的编辑工作时，曾立下这样一份"中国当代诗坛最简明也最富于雄心的"纲领："我们祈愿从沉思和体验开始，获致原生的冲涌：一切言辞和变动根源的现代意识。它将决定诗在人心中留下的这个世纪的影像。为此这诗歌成为一种动作，它把经历、感触、印象、幻想、梦境和语词经沉思渴

---

① 顾城：《河岸的幻影》，《顾城文选》卷一，北方文艺出版社2005年版，第181页。

想凝聚，获得诗境与世界观的会通，并通过这凝聚把启示说得很洗练：某种震撼人心的东西骤然变为能听见似的，从而体验今人的生命。这诗歌不是心智一角的独自发声，而是整个精神生活的通明与诗化，它熔铸剥凿着现代意识，直到那火红而不见天日的固体呈现于眼前，新鲜而痛楚。"①显然，他们的诗歌创作，为这份纲领所标举的诗歌精神各自提供了一份活生生的见证。

当然，此处我更想说的是，骆一禾的诗歌所表征的对人的生命存在的既直接又深切的关注，自有其个人倾向。或者说，其宏阔的诗歌话语场有几个它自己的潜在极性所在：青春、爱、美，自然、土地、人民，世界、人类、存在，恐惧、苦难、希望。而含纳所有这些主题表现的，则是一种综合了生命情怀、审美情怀、悲悯意识、苦难意识及宗教诉求意识的复杂的抒情场。与海子的"激情突入"、"独自灿烂"、"精神寒爽"相比，骆一禾的这场旷日持久的抒情的基本格调显得颇为隐忍。如果说海子是一位烈性的诗歌王子的话，骆一禾则更像是一位爱在自己的心灵深处做宗教性沉思的智者（或圣者）。其抒情场显示出某种感性与理性的有机统一。可以说，也正是此种气质的抒情场决定了他那独特的诗语风格：那是一种绵绵吹送的呵护般的"语义流"的熏风。在骆一禾的诗语场，让人觉得始终有一种智性的光亮恬然澄明地普照着，虽然也时常伴随有难以释然的智性的迷惘——这其实是人作为一种灵性存在在很多时候的必然反应。那显然是作为"整一的心灵所创造的整一的和谐的作品"（黑格尔语），从而也显得格外大气、恢宏、富于张力且"充满了光"。西川曾说骆一禾的早逝是中国健康诗歌的一大损失，可能

---

① 骆一禾：《为〈十月〉诗歌版的引言（一份短提纲）》，张玞编：《骆一禾诗全编》，三联书店1997年版，第855页。特别提示：凡是出现在《骆一禾诗全编》中的诗歌作品或诗论文章，以后均以具体作品的名称在正文中直接标明，不再另做注释。

也在此意。如果说海子的"一次性诗歌行动"更多地表征了一种分裂意识，骆一禾的诗歌劳作则始终都在努力触及一种内在的整合力量。他在"天路"上，更在自己善良、正直、诚实的内心，走着一条"义人"的道路。相信如果诗人不是突然早逝的话，他的这一努力终将化为一种生命感觉的真实及相应的文本真实。

统观世界文学史，这一心灵与文本内在统一的风格，我们似乎能从但丁、荷尔德林、叶芝、艾略特等众多诗人的诗歌创作中感悟到。从创作方法的层面上看，这种诗歌在现代语境里其实已经很难划归为哪一种了，因为它们自然而然地糅合了古典主义、浪漫主义、象征主义等多种手法。多种手法的运用其实只为了一个目的：精确地表达自我。这种诗歌真正的质地永远都是诗人自己的内在生命感觉——尤其是精神和心灵体验。陈超说得不错："（骆一禾的诗歌）不是匆匆写成的、天启的、梦幻的，而是定居型的、内气远出的和经得起原型批评的。如果说，诗是一种令人难忘的语言，骆一禾诗语的难忘则在于它是人类伟大诗歌共时体上隆起的一种回声，是已成诗歌的万美之美印证着它。"[①] 当然，有一点需要补充说明：这一风格在为很多伟大的诗人所共有的同时又为每一个体所独有。我们说，同样的意象、同样的理念和主题，因为经由各自的生命经验和体验的施洗而来，所以都会显现出不同风格的"光晕"。我想说，这一风格，经过骆一禾自己天才心灵的施洗和再发挥、再创造，焕发出了新的独一无二的光彩。骆一禾确实以一种十分经典的诗歌文本为人类诗歌宝库增添了一份不可多得的宝藏。诗人西渡在《骆一禾的诗》编后记中提出的一些观点我相当认同："骆一禾以文明为背景，对诗歌进行了沉潜而深入的思考，并以此思考为出发点，选择了一条背向前人，也背向后人，同时也背向同时代人的诗歌道路。

[①] 陈超：《中国先锋诗歌论》，人民文学出版社2007年版，第324页。

这是一条修远之路，也是一条艰难的'天路'。骆一禾在这条'天路'上孤身挺进，达到了诸多同代人难以望其项背的高度。……在新诗史上，他第一次诗化了一种结合了完美品行和坚韧意志的行动之力，从而为新诗贡献了诸多新的原质。……新诗之有健康的风骨，也许当从骆一禾开始。"①

此处的论述顺势触及了关于艺术的独创性（原创性）的问题，我们不妨再展开谈谈。独创性的表现并不是一个高邈到不可言说的现象。一般认为，独创性是天才的第一特性。那么真正的独创性是什么？尼采曾有过如下精辟的论断："并不是一个人第一次发现某样新东西，而是一个人把古老的、熟悉的、每个人都看见但是又忽视了的东西看作新的，才是凸显一个真正原创性头脑的标志。第一发现者通常是那位平庸而无心的幻想家——偶然性。"②我们可以再用康德和黑格尔的有关阐述对尼采的意思做些补充（两类心性气质迥异的思想家，有时候所陈述的观点却也惊人地一致）。康德说："由于也可能会有独创的胡闹，所以天才之作同时又必须是典范。"③黑格尔说："独创性应该特别和偶然幻想的任意性分别开来。人们通常认为独创性之所以产生稀奇古怪的东西，只是某一艺术家所特有而没有任何人能了解的东西。如果是这样，独创性就只是一种很坏的个别特性。"④的确，伟大的艺术天才总是在人们再熟知不过的题材上，以其令人惊异的艺术表现给人们带来内在震动——这里面起决定性作用的因素归根结底还在于作品中的深层内心生活的印记。或可以说，艺术作品真正的独创性在于，它必须是无以模仿的心灵的艺术。在这样的艺术作品中，形式的因素固然也很重要，但真正发挥效力

---

① 西渡：《骆一禾的诗·编后记》，人民文学出版社2011年版，第413页。
② 尼采：《人性的，太人性的》，杨恒达译，中国人民大学出版社2006年版，第379页。
③ 康德：《判断力批判》，邓晓芒译，人民出版社2005年版，第151页。
④ 黑格尔：《美学》第一卷，朱光潜译，商务印书馆1991年版，第374页。

的并非所采取的形式,它让我们的内心感到无比亲和。有一些所谓的后现代主义诗歌,刻意摆弄标新立异的"形式秀",人读后却没有什么感觉,原因也盖出于此。一个作为某种"偶然幻想"的结果的题材,别人都没表现过,你去表现了(譬如,有一幅现代派绘画为蒙娜丽莎添上一撮胡子),然后就说自己的作品具有独创性——有的批评家有时也是这么起哄的。其实这与真正的独创性是不相干的。这样的作品所陈,岂止是无法让我们的内心感到亲和,简直让我们反感!黑格尔说得好:"这种艺术是有缺陷的,因为它有一个如此有缺陷的内蕴,而形式也是这样的;因为内蕴之所以有缺陷,是由于它不是内在地在它自身里具有形式。这种表现保持着索然无味和空洞无物的一面,因为内在东西本身还带有空洞无物的性质,因而不具有自由地穿透外在东西而成为意义和形象的力量。"① 这样的作品要想打动人,那是天方夜谭!骆一禾在谈到这一问题时认为,所有的伟大诗歌,都是"伟大的诗歌共时体"的一部分,之间的不同乃出于各自的诗歌心象的不同。他说:"诗歌心象守卫着、环绕着和蕴含着那最使我们触动的心灵部分,只有当艺术思维活动和它们发生切磋和砥砺的时候,一个诗人才有可能是无与伦比的。我们之间的不同,也是由于诗歌心象的不同而造成的,我们几乎都各自据有某种独特的诗歌心象,从而将占有的相同语汇转变为不同的语流和语境,使一份词汇表、一种语言学符号成为有构造的诗歌语言。而这个造型过程是各具质地的。"(《火光》)基于对以上观点及我们自身经验的综合把握,可以认为,艺术之独创性,其实就像是同一颗伟大的心灵借由每一位艺术家各具特质的艺术心象的具体表现。

骆一禾1983年开始发表诗作。他写于1983年之前的诗作,虽

---

① 黑格尔:《精神哲学》,杨祖陶译,人民出版社2006年版,第376页。

然在内在精神上多受"浪漫主义的短命天才们"影响——这一点表明了他的诗"一开始就和朦胧诗有不同的起点",但在笔法上明显有些青涩,并且还能看出在文体上对北岛、顾城等朦胧诗人进行模仿的痕迹,比如篇幅短小、追求押韵、具象描写居多等。这个时期他的诗歌与朦胧诗间的最大区别,主要在于一种由表现主题所折射出来的气质上,他的诗歌在气质上显然更青春、唯美且富于生命本身真实的质感;再一个是,他的意象很清澈,一点都不晦涩。骆一禾自己也承认,"若是掩盖朦胧诗对于那个年代写诗的青年的影响,也是不正确的。"到了1983年4月,他"才彻底从朦胧诗里脱胎出来","完成对自己风格和道路的确认"。① 依靠非常扎实的汉语语言功底、深厚的哲学素养、天生的心灵品质及宏大的诗歌抱负,骆一禾经过1984年、1985年两年的沉思和只在自己内心发生的默默朝圣之旅,整理情绪,汲足力量,很快就在1986年以后的创作中长驱直入,挺进了自己辉煌的成熟期。他的诗歌存在,也由此像一座在宽广、幽深、博大的"人类伟大诗歌的共时体"的"座架"上隆隆升起的年轻的山峰,横空而出。骆一禾成熟期的作品有一些被他自己逐步完成的基本特质:篇幅普遍较长,诗思雄浑,灵性充沛,意境博大深沉,具有通感于古典音乐的内在韵律与节奏。灵感的深远、思想的庄严、措辞的高雅、结构的辉煌等表现元素,还使得他的诗歌获具了一种别样的崇高感。

具有典型骆一禾风格的诗作,每一首都像是一支由语言谱写的纯粹乐曲,仿佛某种美丽的心灵音乐在思想和精神的以太中时而徐缓时而激烈地滑行。或者说,骆一禾的每一片诗语场,似乎都在显示着这样的表象:语言处处裹着烙在上面的诗人内心生活的印痕,

---

① 骆一禾:《致璐璐》,周俊、张维:《海子、骆一禾作品集》,南京出版社1991年版,第283页。

一起以一种音乐的质地徐徐地如花瓣层层绽放般涌现。基于对不同的抒情主题的本真感验，诗人好像也赋予了作品不同的旋律和节奏。它们有的像慢板，与表现悠远的情愫、沉郁的缅怀、深深的追忆相契合，如《灵魂》、《月亮》、《大河》；有的像行板或中板，与表现美丽的心情、阳光明媚风景宜人的大自然相契合，如《为美而想》、《久唱》、《飞行》；有的像奏鸣曲的快板，意绪飞迸，音律铿锵，与各种内在的激情的抒发相契合，如《眺望，深入平原》、《狂飙为我从天落》、《大地的力量》；有的像旋律多重、节拍行进速度时快时慢的交响曲，这主要是一些更长的作品，如《素朴：语言和海》、《屋宇》、《大海》中的不少篇章……可以说，这辽阔的诗语场汩汩流溢着这样一种质地的诗语熔流：在其内里，人的生命存在与浓得化不开的体验内涵及恬然澄明的心灵境界之间，互相印证，互为表征；审美的力量和思想的力量同时运行并不停地掀动。而且，这诗语熔流给人的感觉还不是纯粹液态性的，而是不断地凸显着金属的块性质地。那不停的裂变和增殖的诗语链既具有绵延性又富于触感。

　　这种性质的诗歌创作，既离不开一种内在的艺术感，同时又体现为一种艰辛的心智劳作。那连绵的诗句既是涌现，也是精心打造。在这样的诗性劳作场域，诗人的心智活动虽然首先体现为一种审美诉求，但它也是一种需要投入大量心力和脑力的精神性创造活动。在与世界的相遇中，他总是基于自己活生生的生命感知，倾尽心力地整理好自己茫茫的思绪，在自己超拔的想象力的牵引下，遍抚所有他一时间所能想到的词语或意象，进而投进他专为自己的诗歌劳作特制的语言炼金术，提炼出能精确而唯美地表达他的思想和情绪的、作为诗歌的基质的词语链以及句群。我们有时会认为，一首诗的创作就是依据灵感惬意地往纸上写文字，而实际上，很多时候那都是一种艰难的心智角力，尤其是对于那种富于观念色彩的、在诗人白热化的心智作坊锻制的伟大诗篇来说。

我也注意或者说意识到了西渡编选骆一禾的诗时谈到的一个现象:"一首诗的初稿在骆一禾那里通常是以极快的速度完成的,然后不断地对初稿进行加工和打磨……由此形成了骆一禾诗歌异文众多的现象,一首诗的初稿、发表稿和最终定稿之间,文字上往往差异很大。此外,骆一禾喜欢对同一诗思、同一题材以至同一首诗反复书写。其诸多诗思和诗歌形象往往先以片段的形式出现,然后渐次进入短诗、稍长的诗、更长的诗和长诗中。他的许多短诗是长诗的初稿和毛坯,或者是其构件和预制品。从这个角度说,骆一禾的诗大都仍处于未完成状态。由此形成了骆一禾诗歌的有机性、互文性和博杂性。"① 这说明了什么?一个很容易想到的原因是,诗人在持之以恒的自我统一性追求中,不断地在总结自己和整理自己,内容包括自己的生命历程和心路历程及创作足印。但我认为这里面还含有如下更为细密的东西:这一方面说明,诗歌的最大秘密之一就是人的内在生命的自由表现,对同样事物的意识、同样的诗思可能会反复找到诗人,而诗人对同样事物的意识及诗思也可能不停地发生裂变、增殖或转换。诗人对事物的意识其实都是诗人特定情形下的自我意识,这种自我意识是一种永远完不成的、看不到彼岸的意识存在,由此涌现的诗思在细节上也是非定性的。另一方面也说明,当诗人被一种题材反复找到时,他总在依据自己当下活生生的生命经验和体验(与以前的类似经验相比,往往会有新的变化发生),寻求更精确更美妙地经由语言进入事物和诗思的方式。诗作的这种未完成态,与另一个在天才诗人那里也经常发生的现象——残篇现象——之间,尚有不同。残篇现象的产生,盖因诗人的诗与思在行进时突然双双发生了短路。这一短路甚至是永久性的,诗人永远也难以再做出什么补充。这种情形在具有浓烈主观色彩的写作场景中

---

① 西渡:《骆一禾的诗·编后记》,人民文学出版社2011年版,第415页。

常会发生，在一种"清澈的客观状态"则较少发生。当然，诗歌天才们有时也会在两种状态间跳跃。在骆一禾这里，主要表现为第一种情形。他对其诗思进行内在综合的努力，以及追求完形的努力，由此可见一斑。

顺便谈及一点：在一稿多写及其诗歌强烈的自我互文性这一点上，骆一禾与荷尔德林最为相似。（当然，在荷尔德林那里，残篇现象也时有发生。他似乎是一位在我们上面所说的两种状态间跳跃的诗人。骆一禾留下的残篇只有长诗《大海》，据此似乎可以断定，这不是诗人有意为之，而是由于他的突然离世。）他们都在不同时期就同一诗题为人们呈现了两个甚至多个内容不尽相同的文本。作为"诗人中的诗人"（海德格尔语），荷尔德林唯愿"诗之灵"接受了他的心的邀请而从他的诗语深处纯粹地走出，唯愿"诗之灵"通过他的舌说出灵明的语言及真理的秘密。骆一禾呕心沥血的诗歌劳作某种程度上其意是否也会在此？尽管他觉得这一"天职"是那样难以实现（荷尔德林的感觉基本上亦如此：他一方面自感是被命运彻底抓住了的人，另一方面又为自己能否真正履行自己的"天职"而忧心忡忡）。骆一禾其实也真的想通过自己的诗语，触及某种本质的语言及那语言的神秘本质。我们并不总是可以用语言表达我们更为隐秘的生命感觉——就像太初之言所蕴含的最遥远最神秘的契合，而被"神之灵"和"诗之灵"所惠赐的天才诗人们，他们是人类中那极少数不惜穷尽自己去表达的人。我们权且认为，这一切归根结底表征为某种灵魂的命运。

与海子一样，骆一禾也不是一位一般意义上的抒情诗人。他们其实属于一个更为特殊的群落：精神天才。所有的命名都是相对的，"精神天才"这一说法自然也是。我们说，一种说法归根结底也就只是一种说法，只要它对于一种特定的批评视角及批评策略而言是成立的,那它就是成立的。不消说,这一可疑的"合法性"其实是使任何批评能够顺利进行的前提保证。所以,针对"有精神天才吗"这个问题,一种批评策略及批评视角会毫不犹豫地回答:有!可能它目击了,那群峰并起的人类精神山脉中,越过漠漠的精神虚空孤绝地高出"天堂"的一座;可能它望见了,"真理的最高星座"周围那无数颗火的精灵般燃烧的星宿中,最短暂也最刺眼的一颗。我还可以列出一长串这样的名字:梵高、尼采、克尔凯郭尔、兰波、洛特雷阿蒙、诺瓦利斯、荷尔德林、特拉克尔、阿尔托……其中,有一些是天才诗人或艺术家,一些是精神性的天才思想家。这样的生命个体的基本标志就是,在某种混沌而超拔的自我意志裹挟下疯狂地燃烧、冲腾,继而熄灭。他们的精神体验的内核所包藏的精神燃料燃尽后,则主要有以下四种表征形态:第一种是,精神在正待燃尽之际卷曲着回归灵魂,全部或大部重新被灵魂所吸纳所溶解,从而获得皈依感和安息感,如克尔凯郭尔、骆一禾;第二种是,精神的火焰最终烧毁神经,导致主要心理机能丧失,成为白痴,如荷尔德林、尼采;第三种是,被不可救药的精神性疾病及与之相伴的身体本身的虚弱多病早早夺去生命,如兰波、诺瓦利斯;第四种是,在癫狂的边缘自行终结自己年轻的尘世生命,如梵高、海子。不用说,他们的生命实存本身并未与我们照面,他们所留下与我们相遇的,只是其表达自己的精神燃烧过程中所放射的精神光焰,以及作为燃烧殆尽后的灰烬的话语产品。然而,"唯精神萦绕着灰土"(维特根斯坦语)。透过精神天才们的话语产品,我们完全能够触知到那背后所折射的精神存在之真实。

精神天才实际上就是精神性的人中的一些"极端分子"。很久以来,对他们的某些共同特点的内在感悟,都引发着我的这样一股冲动,即把他们纳入"一个单一的谱系学的连续性中"(德里达语),尽管这样做在后现代主义语境下或许仍显得太现代主义了。我想说，尽管精神天才们以自己的人生实践所画过的精神命运曲线，以及他们最终完成自我的方式，都是独属于自己的，但我们还是确实能觉察到一些相似性。在这里，我想借用一下维特根斯坦的"家族相似"这一概念工具。维特根斯坦借考察人们现实生活中的各种游戏的相似性去考察同类事物的相似性时得出如下结果："我们看到了相似点重叠交叉的复杂网络：有时是总体的相似，有时是细节的相似。"①他进而说，"我想不出比'家族相似'（family resemblances）更好的说法来表达这些相似性的特征，因为家族成员之间各种各样的相似性……也以同样的方式重叠和交叉。"②不难发现，精神天才们之间也有这样的相似性。关于这一点，他们有时真的有着令人印象深刻的表现。比如，青年尼采特别喜爱在当时还根本未受重视的荷尔德林。尼采面对古典语文学老师们，捍卫的却是他的荷尔德林。"他赞美荷尔德林诗文的音乐性，那种令人痛苦的声调，同阴森森的挽歌相似，但重又骄傲地欢呼着胜利，转入神的尊贵。对他来说，荷尔德林是一个尚待发现的王国的国王，尼采觉得自己就是他的使徒。"③首先，尼采的古希腊精神和德意志精神似乎是荷尔德林的延续。狄奥尼索斯是荷尔德林的后期诗歌着力歌颂的三位"半神"之一（另两位是赫拉克勒斯、基督），比如他在著名诗篇《面包与葡萄酒》里就唱到：在匮乏时代里，诗人就像酒神的神圣祭司，在圣夜里走遍大地；而尼采一生的思想执着就是他的"狄奥尼索斯理念"——这一理念同时具有哲学、艺术、宗教等多种内涵；荷尔德林最后真正走向的是那"独一者"——基督，而尼采竟然也如此认同自己的"身份"："是基督出现之后唯一的基督徒"。④其次，尼

---

① 维特根斯坦：《哲学研究》，汤潮、范光棣译，三联书店1992年版，第45页。
② 同上书，第46页。
③ 萨弗兰斯基：《尼采思想传记》，卫茂平译，华东师范大学出版社2007年版，第24页。
④ 尼采：《我妹妹与我》，陈苍多译，文化艺术出版社2003年版，第163页。

采的人生与荷尔德林的一生也何其相似！一生在隐逸中潜心思考和歌唱，最后都作为深度精神病人被自己儿时的故乡所再度拥有。写得挺出色的《尼采传》的作者丹尼尔·哈列维对此曾有趣地总结说："1843年，他（荷尔德林）在尼采出生前几个月去世了。一个柏拉图主义者也许愿意这样想，认为这是同一个灵魂从一个躯体转移到了另一个躯体里。确实，这同样富于浪漫气质，渴望不朽，最后被其愿望击溃的日耳曼灵魂使这两位男子充满了生气，同时也注定他们具有相同的结局。"① 曾有一些论者，如海德格尔、卡尔·雅斯贝尔斯、莫里斯·布朗肖、巴塔耶、福柯等，对疯狂天才式的个案做过些比照研究。这些研究似乎都是作为"剧外人"对"剧中人"的抽象考量，甚至有时候仅仅成了为他们自己的某种哲学思想服务的工具（在这方面尤以海德格尔的表现最甚）。据考察，法国诗人和剧作家阿尔托是第一个作为"剧中人""想要在一个烈士名册大属类下"将天才疯子大家族召集起来的人。他在《梵高，社会的自杀》这一"罕见文本"中，罗列出一长串"其他自杀者"的名单：波德莱尔、爱伦·坡、聂耳瓦、尼采、克尔凯郭尔、荷尔德林、柯勒律治。他还"远一些写道：'不，苏格拉底没有这种眼力；可能在梵高以前只有不幸的尼采才有这种剥落灵魂、从灵魂释放身体并将人的身体在精神的借口之外裸露出来的眼光'"。② 阿尔托对癫狂诗人身上的癫狂征象表示了极大的认同，认为它是秉有无尚荣誉的精神命运。就我的阅读范围而言，海子是第二个真正作为"剧中人"把"诗歌烈士"们召集起来的人。海子在诗论《上帝的七日》中，首先列出了一串他心目中的"深渊圣徒"和"早夭的浪漫主义王子"："梵高、陀思妥耶夫斯基、雪莱、韩波、爱伦·坡、荷尔德林、叶赛宁、

---

① 丹尼尔·哈列维：《尼采传》，谈蓓芳译，百花洲文艺出版社1996年版，第14—15页。
② 德里达：《书写与差异》，张宁译，三联书店2001年版，第331页。

克兰和马洛（甚至在另一种意义上还有阴郁的叔伯兄弟卡夫卡、理想的悲剧诗人席勒、疯狂的预言家尼采）"①。他进而在《王子·太阳神之子》中令人震撼地表达了他自己的"家族认同"。他说："我所敬佩的王子行列可以列出长长的一串：雪莱、叶赛宁、荷尔德林、坡②、马洛、韩波、克兰、狄兰……席勒甚至普希金。马洛、韩波从才华上，雪莱从纯洁的气质上堪称他们的代表。他们的疯狂才华、力气、纯洁气质和悲剧性的命运完全是一致的。他们是同一个王子的不同化身、不同肉体、不同文字的呈现、不同的面目而已。他们是同一个王子，诗歌王子、太阳王子。对于这一点，我深信不疑。"③海子在表达了他对诗歌王子的存在这一"继人类集体宗教创作时代之后更为辉煌的天才存在"的复杂的珍爱之意后，出现了这样清醒的幻觉："这个诗歌王子，命定般地站立于我面前，安详微笑，饱含了天才辛酸。"

顺便插议一个话题：也许有人会提出如下两点质疑，一个是，你这里所说的精神天才除了骆一禾、海子外全是西方语境中的，其他的语境中就没有吗？中国就骆一禾、海子是这样的个体？第二个是，在这个谱系中，有的是诗人，有的是画家，有的是思想家，他们真的是同一种心理类型吗？

先说第一个问题。这里所说的精神天才的确在西方语境中更为凸显。展开点说就是，这种精神天才多是希腊-基督教精神意义上的。在几千年来的汉文化语境中，我没有发现明显表征这种性质的生命个体（这一点与有没有这样的个体到底是好事还是坏事没有什么关系，我也不认为两种文化模式谁就真的比谁好，而且我觉得自

---

① 海子：《诗学：一份提纲》，《海子诗全集》，作家出版社2009年版，第1043页。
② 即爱伦·坡。
③ 海子：《诗学：一份提纲》，《海子诗全集》，作家出版社2009年版，第1046页。

己的精神血脉里更多地流淌的还是东方的血液,我们只是最大限度地对事实本身表示尊重)。这是因为首先,在汉文化语境中,神性意义上的灵魂性体现本来就是很黯淡的;其次,在主张天人合一、回归自然的儒家和道家精神场域,鲜能目击到精神的燃烧。20世纪以来,相对纯一的汉文化模式其实已被完全打破。在中西文化对撞中,西方精神文化对中国知识者的影响是巨大的,那种希腊-基督教式的观感体认世界和生命的方式对某些精神性的生命个体的影响甚至是深入骨髓的。骆一禾、海子便是在这种情形下诞生的更为独特的精神王子。海子在《王子·太阳神之子》中的一段陈述可以说同时道说了他们两人的诗歌存在之真实:"这一次全然涉于西方的诗歌王国。……他们(东方诗人)隐藏和陶醉于自己的趣味当中。他们把一切都变成趣味,这是最令我难以忍受的。……这就是我的诗歌的理想,应抛弃文人趣味,直接关注生命存在本身。……我只想呈现生命。"① 骆一禾虽然没有做这样直白的宣称,但他的诗歌所彰显的精神气质却是"背向前人也背向后人"的。他说:"你我即是活生命,具活直觉和活感觉,具把握现在之感情,你我之所思所行,便在构成新经验与活精神","我感受吾人正生活于大黄昏之中,所做的乃是红月亮流着太阳的血,是春之五月的血,不管怎样,封建构架于我的精神上束缚最小,你我并非龙的传人,而是获得某种个体自由的单子"(《水上的弦子》)。我们起码可以认为,骆一禾、海子绝不同于中国传统意义上的天才诗人,如王勃、李贺等。权且这样说吧:他们的一切都是民族的,同时更是世界的;他们是不折不扣地属于全人类并值得全人类去珍爱的精神王子。实际上,从把"民族的"和"世界的"两种元素完美融合的视角上看,在20世纪的中国诗坛上,感觉还没有谁能超出他们。那是他们自己的精神及话

---

① 海子:《诗学:一份提纲》,《海子诗全集》,作家出版社2009年版,第1047页。

语炼金术所致,从根本上说无以模仿。

再者,在另外一些重要的人类精神文化场域,如伊斯兰教和佛教场域,似乎也没有我们要探讨的精神天才现象。伊斯兰教场域那高度的宗教气质及其高度统一的文化氛围,使我们好像看不到张扬甚至分裂的精神诉求。佛教场域似乎有超拔的精神性体现(这个"精神"更类似于某种纯粹源于人类自我的超拔意志,而非由作为某种外来者的灵魂异变的结果;在佛教场域,好像本来也没有什么灵魂观念),而且它也有自己的或许更为了不起的精神王子——佛陀,但这个王子的确更属于他自己,其精神性体现与希腊-基督教意义上的精神王子们之间有着实质性的差异。这个话题我们暂且带过。

下面探讨第二个问题。这个问题应该说更容易回答。精神天才,他们真正相同或相近的是内心世界,至于说他们表达自己都分别使用了什么样的质料中介,这一点其实是次要的。我们丝毫不用怀疑,画家通过绘画,音乐家通过音乐,诗人通过诗歌,思想家通过思想话语……很多时候所表达的其实都是同一个东西。所有的精神天才们更是如此:他们通过不同的质料中介所表达和真正要表达的,永远都是他们最亲切的内心生活,他们最深的生命经验和体验。如果再往深里看,只要一个人是我们所说的精神天才,他只需是那样的心理类型就足够了。也就是说,即便他在自己的有生之年尚未来得及找到——或本就没多大兴趣付诸——某种本身实为物质的质料中介也无所谓(幸运的是,他们似乎都找到了适于表达自己的质料中介,否则的话,后人就永远无缘与他们的内在相遇了。这一点也暗示我们,健康的人类真的都有一种经由各种各样的对象化实践以实现自我的愿望,交流、交往、共在,过去是、现在是,并且永远也都会是人类的基本情感诉求)。这正如虽然苏格拉底、耶稣、佛陀等未曾给后人写下一句话,但后人仍会视他们为最伟大的思想家一样。这些最伟大的真理探求者及人类精神典范,虽然他们未曾留下文字，但他们肯定相信自己的思想会经由他们的学生、门徒、弟子等传扬下去。他们绝不愿把自己的思想随身彻底带走。即如遗世独立、魂归自然的老子亦明显如此。他没有自己的什么学生、门徒、弟子，于是在选择彻底归隐之际，还是决定留下了"五千言"。维特根斯坦说得不错："天才的尺度是性格……而性格则是以特殊才能的形式表现出自己。"[1] 一个我们目击到的事实是，那"特殊才能的形式"是因人而异的。至于说谁采用了哪一种艺术形式，这大概源于他们早年更多地接触了哪一种艺术表现形式，以及更敏感于哪一种艺术表现形式给其带来的审美体验吧。另外，谁主要采用了某种艺术形式表达自己，也并不意味着别的形式肯定就用不好。

话说那因人而异的"特殊才能的形式"我们到底又该做何理解？也就是说，我们应该在怎样的统一性中去理解那形态各异的表现形式？我想说，它们归根结底都属于主体自我表现的艺术，或自我之诗。从根本上说，每一位天才艺术家都首先是生命艺术家；每一个具有内在的艺术感——诗意的生命感觉本身——的人实质上都是诗人；每一种表达主体诗意的生命感觉的质料中介，最终都落实为一种艺术存在，不管那质料中介是什么；所有的艺术都携艺术的本质而被认同为诗，不管其具体的表现形式为何。诚如王尔德在《道连·格雷画像》(*The Picture of Dorian Gray*) 前言中所说："Thought and language are to the artist instruments of an art."（"对艺术家来说，思想和语言是艺术的工具。"）[2] 这里所说的"语言"，当指所有的质料中介，而非狭义的语言。也就是说，一个艺术家的艺术表现所使用的任何质料中介，都可以称为这个艺术家自己特有的语言。

---

[1] 维特根斯坦：《游戏规则》，唐少杰等译，陕西师范大学出版社2003年版，第13页。
[2] Oscar Wilde, *Collected Works of Oscar Wilde*, Wordsworth Editions Limited, 2007.

在这里，我们不可能大量列举精神天才们之间的"细节性相似"了，最多只能把他们的某些"总体的相似"先集中概述一下。我想在与一般意义上的艺术天才、宗教圣徒及思想家相比照的视野下，就这样的诗性个体的根本精神生态进行些许描述：他们不是宗教圣徒，虽然他们是具有宗教本性的人，有着浓重的宗教情结；也不是一般意义上的艺术天才，虽然他们同样拥有一颗艺术的深心，而且终生对美的艺术同样孜孜以求；也不是一般意义上的思想家，虽然他们也时刻在思索，甚至没有人像他们那样大量地思索过。

首先，他们都具有一种独特的宗教本性。这种宗教本性的独特之处在于，他们是一种高度精神性的人，或者说是一种不安的内在信仰者。这样的人有浓重的宗教情结，却没有多少直接的宗教情感，因为真正主宰其心智活动的不是一种建立于心灵感性基础上的信仰本身，而是一种不可自拔的形上认知冲动。他们的内在生命与求真理的意志深深缠结在一起。他们在骨子里都是些形而上思想家。他们终生的思想只为触及存在的最高真理。他们的思想之旅其实始终焦灼地渴望着一个皈依的终点，这个终点也即是他们执着地探求、漫长地梦想和祈祷的永恒本身。那强烈的认知冲动所表征的认知也根本不是一般意义上的认知，尤其不是科学意义上的认知。它其实只是一种理解和解释。那种理解和解释既源于客观世界，也源于或者说更深地源于不可思议的主观的灵感。或可以总结说，他们那种"内在经验的形而上学"（奥古斯丁语），实为一种特异的形而上学与宗教情绪的结合体。一方面，它是形而上学的，虽然它对主体发生作用需经由一个被主体经验内在化的过程；另一方面，它也表征为一种宗教情绪，虽然其理念内涵完全是一种形而上质。它实为思辨理性与心灵感性的矛盾统一。

他们所从事的超越性诉求，一方面穷尽他们的心智，另一方面又使他们久久徘徊于这样的极限。也就是说，虽然他们在精神诉求上表现出真正的宗教徒般的执着,但他们却始终无法安然地止憩于灵魂的歇息地。其自我意识深度觉醒,自由意志猛烈膨胀,有时甚至是一种特殊的恶性自我膨胀。其自由意志之超常发挥,不消说正出于痛苦的强刺激。借用 C.S. 路易斯《痛苦的奥秘》中的一段话道说那进一步的情形我觉得挺恰切:"一旦受到痛苦的刺激,他便会晓得自己一定以某种方式'违反'了宇宙实体的规律:在他面前只有两条路,要么选择背叛(从长远的角度看,这样做可能导致更加明显的错误,进而是更加深刻的悔过);要么选择调整自我,这意味着他可能会转而寻求宗教信仰。"① 统观精神天才们的生命历程和心路历程,可以觉知,这种情形在他身上表征得相当特异:他们的历程一开始是背叛性的——背叛色彩甚至笼罩了他们中的某些个体的几乎整条心路,他们的结局却又都相当强烈地反射了宗教信仰的胜利曙光。这里有精神对灵魂的极限反叛,这里有最矛盾的自我革命,这里有生命的喜悦和最无解的痛苦。

其次,他们并非一般意义上的艺术天才。较为纯粹的艺术天才往往是唯美主义者和艺术至上主义者,单纯执迷于艺术理想。他们注重审美和美的创造,对体验本身甚至有一种病态的执迷。精神天才的情形则是:与创作相比,他们更关注世界以及人的生命存在的本质意义。精神天才真正热衷的,永远都是表达他自己活生生的生命感觉,他们自己的精神和灵魂,他们自己的心灵。从其自我意识彻底觉醒的时日开始他肯定就完全意识到,认识自己注定是其一生的任务,表达自己注定是其一生的事业,所以,因自己而写,为自己而写,写自己绝对是其所有思想和艺术劳作所环绕的中轴线。他们无暇关注具体的他者,除非这个他者是作为整体的人类——实际上他常常有意无意地已经把自己看成了人类大我的一个缩影。如果

---

① C.S.路易斯:《痛苦的奥秘》,林菡译,华东师范大学出版社2010年版,第75页。

说他们也是一种布道者，那么他们是一种最为特殊的布道者，因为他们不是要向别人布道，而只是在向自己布道。其生命实践本身就是一种漫长的自我布道实践。另外，他们并不沉迷于体验。他们与自己的切身体验之间，似乎永远都有某种疏离感甚至断裂感。在这一点上，他们等同于那些灵魂人："永不应是他所是的人，永不是他应是的人，是这样的人：在他浑然一体的必死躯体中，他不断想到自己（是他自己，不是他人！）属于死神。"① 正是出于这样一种深刻的自我意识，精神天才在自己漫长的精神漂泊中，总是被一种潜在的回归意识所牵引——引向灵魂的路径。与之相比，一般意义上的艺术天才往往是彻底的精神浪子。从很大程度上说，他们都属于精神人。二者之间最大的差异在于，艺术天才是由灵魂的自我肯定走向较为彻底而持久的自我否定，直到被死神所中止；精神天才则是先由灵魂的自我肯定走向自我否定，最后在一个更高的精神界面经由否定之否定重新返回灵魂自我。而精神天才与宗教人的区别则在于，精神天才的皈依是在精神处于绝境之际的一种返回——很多时候还只是一种意识情状而非一个既成的事实，宗教人则一开始过的好像就是一种较为纯粹的灵魂生活。

再展开点来说，精神天才其实就是一种宗教性的艺术天才。他们与纯粹的艺术天才往往形似神不似。纯粹的艺术天才往往沉醉于艺术创造本身，而且还往往爱尝试艺术表现形式的革命，艺术在他们的心里具有一种准宗教的地位。他们追求一种超善恶的艺术存在状态。他们以各种方式大肆挥霍自己的生命。他们消解精神恐惧的唯一办法就是疯狂地忘我地工作。但对宗教性艺术天才来说，生命本身不像是纯粹客观实在的，而是总牵连着某种形而上的理想的。他们的生命是隐忍和忧郁的。像生病的爱神，他们的心灵世界被无

---

① 卡尔·巴特：《罗马书释义》，魏育青译，华东师范大学出版社2005年版，第246页。

边的黑暗所包围。他们心向神明的绝对光亮,而他们的心神却又像是老不被某个"黑暗大神"所放过。对他们来说,艺术本身不是目的,艺术只是他们借以表达精神苦难和心灵诉求的特殊载体。他们消解内心痛苦和恐惧的办法,往往是一任自己在无边的沉思和幻想中,被某种神秘喜乐经验引领向永恒真理的光亮澄明之境。

再次,他们不是一般意义上的思想者。纵观人类思想史,最为杰出的人物大致有两类:一类是思想大师,另一类就是精神天才。前者好像天生就是为思想而生的,其思想活动本身似乎受制于某种平静的本质,其思想领地好像是一座不知疲倦地生产逻辑话语的心智作坊。他们的真理解释和陈述也往往体现为,在自己对世界和存在的静观中让世界存在是它自己,具有一种明澈的客观品质。精神天才的思想劳作,则仿佛一场一直在某种精神的风暴中心的思想滚打,或曰一场处在某种精神的白热时空中的思想燃烧。他们对世界的解释往往体现为,依据自己的生命体验对世界进行拟人化处理,具有一种强烈的主观性。他们往往情绪化地追求自我与世界之本质的统一,而这统一对他们来说又是绝对不确定的。也正是这一点使得他们的思想话语场充斥着相互矛盾的质素。他们的心智作坊不按部就班地生产逻辑话语,可以说那里随处乱扔着思想和精神生命胚胎。思想大师所拥抱的始终是思想本身。而精神天才实际上并不真正青睐思想。他们的思想之翅每一次张开,总是在迅速划过一堆堆精神废料后又飞向一个不知所终的他方。他们仿佛只是因被戴上了那永不出场的真理的符咒,而不停地歇斯底里地抽象思考着那真理的绵绵咒语。他们的艺术创造活动所表征的,是一种刻骨的生命真诚之思与一种癫狂般的精神激情的惨烈的"露天"合炼场景,一如骆一禾在《世界的血》中所歌:"我将洞开我的熔岩 我的深渊/我心里那通红的/至高无上的原浆/沉思地打开那沸动的煤矿/在火焰中/大块地翻滚 并且露天"。

为了更好地理解和把握全书的阐述，我需要再补充一些相关的思考：对精神与灵魂、精神人与灵魂人之间的区别进行自我划分。我不得不坦陈，虽然这一划分的理念基础具有强烈的主观性色彩，但它实为我全部阐述的最基本的批评杠杆；或者说，它是我的这项阐释工程的"阿基米德点"（没有杠杆的批评是虚弱的。我庆幸自己此时遇到了这一自我意识下的"真理性"杠杆）。

先说一下心灵概念。我想，心灵是对于人作为一种灵性存在的内在品质的一个笼统的说法，是人们关于真善美的内在体验的一个概念综合。心灵在涵盖人的生命存在的精神性和灵魂性的同时，又超出了关于精神和灵魂的某些特定指意氛围。如果说精神与心灵之间的区别还比较好把握的话，那么要说清精神与灵魂之间的区别却非易事。我们知道，灵魂概念本是神性语境尤其是希腊-基督教语境中一个非常凸显的概念——灵魂与肉体的二元论是人类精神史上最古老的观念之一，但关于灵魂到底是什么，自古希腊以来有过多种多样甚至矛盾重重的说法。我们先来做一些历史的考察。

在古希腊语境，柏拉图时代的俄尔甫斯宗教就建立于灵魂与肉体的二元论的理念基础上。该理念认为，灵魂是从上界来的，它受着肉体的禁锢，是受难的，人的使命就是通过自我净化更好地护送灵魂回家（迄今流传下来的数十首俄尔甫斯教祷歌，在结尾处都隐约表达了灵魂不死的祈愿，有的还表达了希望神灵保障人类精神与灵魂的协调的诉求）。柏拉图在自己的精深之作中沿思维和想象两个层面阐明了类似的观念。在《斐多篇》中，苏格拉底的描述详细地解释了灵魂及其将来的居所，并说："我们有清楚的证据表明灵魂是不朽的，我想这既是合理的意向，又是一种值得冒险的信仰，因为这种冒险是高尚的。"[①] 对灵魂之不朽性以及自己死后是"启程去

[①] 柏拉图：《柏拉图全集》第一卷，王晓朝译，人民出版社2003年版，第128页。

天堂里的幸福之国"的确信,成了苏格拉底内在平静的根源。他在说完"这就是我的祈祷,我希望这一点能够得到保证"这句话后,"镇静地、毫无畏惧地一口气喝下了那杯毒药"。在《费德若篇》中,柏拉图借苏格拉底之口想象性地详细描绘了他的灵魂理念:灵魂本是在上界跟随着神在诸天飞行的,凡是能努力追随神而最近于神的,能和神一起洞见事物的真本体;也有些灵魂时升时降,就只能窥见事物本体的局部;"若有灵魂失去了羽翼,它就向下落,直到碰上坚硬的东西,然后它就附着于凡俗的肉体,由于灵魂拥有动力,这个被灵魂附着的肉体看上去就像自动似的。这种灵魂和肉体的组合结构就叫做'生灵',它还可以进一步称做'可朽的'。"① 处于下界的灵魂,从杂多的感觉出发,借思维反省,尤其是受到爱或美的激发,能回忆起随神周游观望永恒本体境界的经历。而且,灵魂的最高意识和追求就是重返它的故乡。但丁在《神曲·天堂篇》的最后,以更为形象的语言再现了柏拉图的灵魂说。

关于灵魂的观念,随着人们对世界和自身认识的不断加深,也不断发生着复杂的变化。总的来看,灵魂一词,在神性语境中,一直就是一个与宗教诉求有关的称谓。据宗教观念,人的精神实体,与肉身相对立。在多数情况下,有关灵魂的观念,同灵魂为人降生时神所赐、死后即离开肉体升天之说相关联,并且有与人的拯救、救赎相对应的意味(不少观点与基督教义中的"圣灵说"尚有不同)。

后来,西方的神性语境主要是一种基督教语境。关于灵魂,基督教义中似有着更明晰的观念。没有什么比来世生活更受基督教的重视;或者说,来生的观念在基督教义中占据了核心位置。基督教认为,人类的渴望永生是难以索解的,想到来世是人固有的根本天性。尽管迄今无人能对来生给出绝对的证据,但人类仍然要相信灵

---

① 柏拉图:《柏拉图全集》第二卷,王晓朝译,人民出版社2003年版,第160页。

魂不死，这是人的灵性生命整体复活的一个前提保证。这并非是由于恐惧将来而引起的，乃是由于神所赐予的进入完满生命和命运的愿望。基督教语境用以指意这生命的观念就是灵魂不灭。其圆满意义乃是，我们不过是暂住此世，在身体死后永远、继续，充满永恒喜乐地感知灵魂的存在。基督教关于灵魂不灭的道理在《圣经》特别是在《新约》里有完全彻底的说明。当然，它也精辟而详细地阐明了必不可少的前提条件。

在西方传统思想语境中，"精神"往往是作为某种自我生存的、独立的本质被认同的；也就是说，这个"精神"不再仅仅表征一般的理性活动，而且还标志着个体生命的真正本质。在西方源远流长的哲学-神学思想中，人的三分法（肉体、精神和灵魂），曾以种种不同的表达方式进入各个领域。统观之，西方人对于人的本质的理解的重心在肉体、精神、灵魂三者之间不停地摇摆。而且，各种各样的解释总体上给人一种真实含义模糊不清的感觉。

基于对人类以往有关理解和解释的综合以及自己的内在经验，我想给出如下界说：人不是单独作为灵魂或肉体而存在的，而是灵魂和肉体的统一体；人的灵魂源于一个绝对不可知的"神之灵"——具有某种不同于物质之可分性的可分性；精神是人的灵魂的一部分发生异变后的产物，它归根结底从属于灵魂的同时，又对灵魂及存在本体有一种十分复杂的自我反应；人的本质自我是精神，但其源点是灵魂。另外，基于此我们还可以推断，宗教感追随的是灵魂的本质而非精神的本质。

至于说灵魂为什么会发生这种异变，这是说不清的。这可能和"自有永有"的上帝不永恒地安于其"自有永有"的绝对状态，而是采取了另一些自我表现方式，以及"神之灵"不安于其本源状态，而是以灵魂的方式发放自己的道理差不多。而灵魂异变为精神后又为什么有了新的表现呢？这或许是"环境"决定的吧——任何事物随着其置身环境的变化可能都会发生不同程度的异变。当灵魂尚未从"神之灵"那儿分裂出来时,它保持着自己的源头纯一性;当它与人的肉体结合后,由于受到复杂的肉体经验的作用,它自身就生发了某种异变"增量"。

那么,灵魂和精神都各自是一种什么样的存在性状呢?希腊古哲阿那克西曼德说过,万物来自何处,还将按照必然性回归何处。我认同这一说法。我们现在可以基于我们自己的话语场做出推断说,灵魂有自己在人纯粹的躯体之外的来源和归宿(两者是同一的),我们可把它命名为"神之灵"。灵魂源于"神之灵",还将按照必然性——对灵魂来说这必然性来自它自己的天命内部——回归"神之灵"。于是,灵魂作为大地上的"异客",它的基本存在性状就是,在对因自身的坠落及异变而来的磨难的忍受中,被对它的故乡的时而清晰时而朦胧的记忆及朝向其故乡的永恒回归意识牵引着,艰难而又执着地走在那还乡的途中。灵魂不思索,不认知,不怀疑,不追究,而只是在一种命定的过程中意识并体验着它自身。精神呢?因精神源于灵魂的异变,所以它一方面对灵魂有一种无法泯灭的回归意识,有一种栖息于灵魂中的诉求;但另一方面,也在它的疯狂自我中高蹈。精神的独异性就在于它的永不安分或者说歇斯底里的无家可归感。它敢于蔑视一切,甚至嘲笑灵魂的还乡。它像是一种在虚无的世界上在苍茫的时间中癫狂地燃烧着飞翔的自我神化的精灵。它以自身奇异的光焰烧尽世界的荒诞,烧尽存在的虚无,甚至燃尽自我意志,让人只有在它留下的无边的启示性灰烬里才敢小心翼翼地触摸存在的本质。人的精神场是一种炽烈燃烧着的白热时空,而回归意识和分裂意识——这种分裂意识主要源于魔鬼般的认知冲动以及恰由这一冲动引发的不可知病——则在这精神的白热时空疯狂而漫长地角力。精神有时会像魔鬼附身(不是神灵附身)一般背对着灵魂疯狂地舞向他方,它在分裂实践中体验到一丝丝越界的狂喜的同时遭受着燃烧所致的"内爆"感带来的痛苦的剧烈煎迫。人的受难感出于灵魂受困的同时还更多地出于炼狱般的精神体验。关于灵魂异变为精神后为何会有如此的自我反应,古罗马思想家普罗提诺关于"邪恶的灵魂"——此时我们不妨把"邪恶的灵魂"理解为某种异变为精神后的灵魂——的一番阐述可供我们参考:"(灵魂)会因质料的影响而变幽暗,并向着质料倾斜,会由于关注生成而全然变成非存在。生成原则就是质料的本性,它非常之恶,能够将自己的恶传给不在它里面,而只是注视它的东西。……完全的灵魂,即将自己引向理智的灵魂,则永远是纯洁的,永远离弃质料,既不看也不靠近任何未规定的、无限度的、恶的事物。因此它始终保持着纯粹性,完全受理智规定。但没有保持这种状态,反而走出自身的灵魂,由于它不是完全的、原初的灵魂,只是最初灵魂的一个影子,由于它的缺乏,按它缺乏的程度充满不确定性,看见黑暗,具有质料,因为它看向它看不见的东西。"①

总之,精神源于灵魂,人的生命存在的精神性当然也就源于其灵魂性。这两者之间不管再怎么有区别,它们所表征的都是人的生命存在的某种深刻的非自然性。精神性,由于其自身的异变色彩,它与自然性有时候仿佛也有着某种嗜入的紊乱关系——也可以认为是灵魂的源头爱愿的一次有些失控的表征,而灵魂性则往往与自然性界限分明。一个灵魂性凸显的人,他的精神性可能随之凸显也可能并不凸显,这决定于其灵魂向精神发生异变的程度;而一个灵魂性黯淡的人,却是断不会具有强烈的精神性生命表征的。或者说,精神人首先是灵魂人,但已经不是纯然的灵魂人;而"灵死"者首先就连灵魂人都不是,那么就更不会是精神人了。我们可以把那种具有强烈的灵魂性表征并且这灵魂性没有发生多少精神性异变,或

---

① 普罗提诺:《九章集》上卷,石敏敏译,中国社会科学出版社2009年版,第78页。

虽然有异变，但因发生异变的份额和程度较小而形不成真正的精神气候的生命个体，称为灵魂人；把那种具有强烈的精神性表征的生命个体则称为精神人。灵魂人随着其自身思想人格的慢慢成熟，最后往往会成为虔诚的宗教人，精神人则往往在一种精神的向心力和离心力极其复杂地纠结在一起的精神场的漫长作用下，向着一个不知所终的方向渐行渐远——最起码在一定的人生阶段是这样。

　　顺便说一下，我国当代优秀作家史铁生曾在这方面做过有益的思考。他在《病隙碎笔5》第五节到第十一节就"精神"和"灵魂"做了大量思考，我也从中有不少收益。我把他的思考所得出的结论大致总结如下：1．灵魂不仅高于（大于）肉体的我而且也高于（大于）精神的我，从而可以对我施以全面的督察；2．精神，当其仅限于个体生命之时，便更像是生理的一种机能，肉身的附属，但当它追随了那绝对价值（比如对终极意义的寻找与建立），它就不再是肉身的附属了，而成为命运的引领——它已经升华为灵魂，进入不拘己的关怀与祈祷；3．精神只是一种能力，而灵魂则是指这能力或有或没有的一种方向，它必当牵系着博大的爱愿，必是牵系着更为辽阔的存在，和以终极意义为背景的观照。

　　怎样才能对骆一禾的诗歌做出更为深切的解释？通过以上的讨论，一个最可取的视角也许已经浮现出来：这必得依经哲学和宗教的地界才能实现。从这个视角对骆一禾诗歌进行解释，我意是想借助于哲学中介寻绎诗歌的"真理性内容"（本雅明语）。这是一种在诗歌、哲学、宗教三种元素共同编织的话语场中对诗歌进行深度考量的批评行动。诗歌直接关乎生命经验和体验，哲学追问世界以及人的生命存在的本质，宗教探求生命的意义，三者互补互渗地同时在人的心灵之域在场，这一点是我们这场论述的理念感知基础。应该说，这也是某种特殊的批评视角和批评方法的运用。但视角及方法论本身在此是注定要受冷落的。这场批评行动真正关切的只是人的生命存在本身；而且，它还是一种探考诗歌的最深存在——其形而上质——的思想行动。

诗歌的哲学解释到底如何可能？从根本上说，这不是一个方法论方面的问题。这主要源于两者的内在共通性。表面上看，它们之间有很大的差别，诗与哲学的抗争也由来已久且持续不断，但它们实处于一种亲密的近邻关系中。首先，本质的诗都氤氲着思，而本真意义上的思用诗歌心象表达出来也就是诗。其次，作为两种人类心灵最古老的表现方式，它们其实是在以不同的话语方式道说着同样的东西；或者说，两种不同的话语场所抚触的归根结底是同样的思想、同样的精神、同样的理念。当我们的心灵被一首伟大的诗所感动时，我们一方面是陶醉于其唯美的词语和意境，另一方面还会被其引领着走向一种纯粹的思想和精神王国，沿着一种无尽绵延的灵性思辨之路径抵达真理的疆界。诗像哲学一样，都始于人对世界以及人的生命存在之神秘的惊异，都出于对爱和美及人的生命意义问题的敏感。诗在自己的最深处想表达的其实也是观念性的东西。不消说，诗是在通过意象和意境来象征和隐喻思想，哲学则是对诗所象征和暗示的东西进行详尽阐释。就连"唯美之子"顾城都认为，"诗不仅有哲学的内涵/还是哲学的方式/理论无法诉说的时候/还有诗/诗是哲学/是灵魂宇宙一体的显现/是灵魂宇宙分离的显现/是灵魂出没宇宙最初最终的光线"[①]。

在德国哲学家雅斯贝斯（有很多文本也译为雅斯贝尔斯）的《生存哲学》这个文本中，我看到了一个在全书中好像只出现过一次，却莫名地深深吸引了我的一个命名："那唯一的古老的哲学"。这一说法虽然只出现过一次，但我觉得它像一颗极具氛围的概念恒星，

[①] 顾城：《顾城诗全集》下卷，江苏人民出版社2010年版，第202页。

整本书的道说都在朝向它做向心运动。如果要用一句话说说"那唯一的古老的哲学"到底指的是什么,那就是:一种以哲学自己的方式言说着"大全"的思想。这样的说法可能会被指掉进了"同义复指"的逻辑陷阱,但这有时又的确是把一种东西竭力维持于其自身范围内的最好做法。"大全"指的又是什么?雅斯贝斯把它命名为"存在自身",并对之进行了这样的描述:"这个存在,我们称之为无所不包者,或大全;它不是我们某一时候的知识所达到的视野边际,而是一种永远看也看不见的视野边际,一切新的视野边际却又都是从它那里产生出来的。……大全是那样一种东西,它永远仅仅透露一些关于它自身的消息——通过客观存在着的东西和视野的边际透露出来,但它从来不成为对象。"[①] 实际上,我们可以把"是"、存在、最高的理念、真本体、上帝、绝对精神、终极真理等概念都视为这一命名的概念裂变谱系项。我在读了骆一禾的诗论《火光》时,一下子就联想到雅斯贝斯的这一说法,并顿时想到了一个新的命名:"那唯一的古老的诗歌"。激发我与这一命名相遇的,是骆一禾的这篇诗论也围绕着"大全"概念对人类"伟大的诗歌共时体"进行了道说(由此甚至可以推论说,骆一禾的诗论思想应该是受到了雅斯贝斯有关思想话语的影响)。它由此也非常精确地道说了我心目中的"那唯一的古老的诗歌":"诗人归根结底,是置身于具有不同创造力形态的,世世代代合唱的诗歌共时体之中的,他的写作不是,从来也不是单一地处在某一时代某一诗歌时尚之中,他也无从自外于巨人如磐的领域,这正是他斗争和意义的所在……世代合唱的伟大诗歌共时体不仅是一个诗学范畴,它意味着创作活动所具有的一个更为丰富和渊广的潜在的精神层面,在这个层面里自我的价值隆起绝非自我中心主义、唯我论的隆起,从这个精神层面里,生命

[①] 卡尔·雅斯贝斯:《生存哲学》,王玖兴译,上海译文出版社2006年版,第4页。

的放射席卷着来自幽深的声音,有另外的黑暗之中的手臂将它的语言交响于本于我的语言之中,这是一种'它在'的显现。"这其实也意味着"不可说的进入了可说的"。诗人这时"所看到和触及的是这个大全……诗人触及了大全、生命构造而不可化学式地'还原为人'"。基于以上陈述我想进一步说,人类所有伟大的哲学思想所表征的都是"那唯一的古老的哲学",人类所有伟大的诗歌创制所表征的都是"那唯一的古老的诗歌";而"那唯一的古老的哲学"与"那唯一的古老的诗歌",其实是互为表里的。

不用说,也不是所有的诗歌建制都很适合从哲学解释的视角去探考的。更适合这样的视角的诗歌,当是那种深蕴着博大的思想与心灵,并大量地凸显着古老的哲学主题的诗歌。循着这样一个思路深入中国当代诗歌场域,你必然会首先与骆一禾的诗歌相遇。他那沉潜的、感性和理性有机统一的、富含形而上质的诗作,始终伴随着内在的哲学思维和宗教精神因子。本体论、认识论、生存哲学、艺术哲学、宗教哲学等哲学方面的主题意蕴的"蛛丝马迹",可以说遍布了骆一禾宏阔的诗语场。或者说,在"原型诗人"骆一禾的诗语场,"那唯一的古老的诗歌"与"那唯一的古老的哲学"互为表里,互相映射。当然,我们也有必要申明一下:像所有诗歌存在一样,这个诗语场里也没有蕴含着某种体系性的哲学思想,哲学思想只是那阳光下幽蓝的诗语海洋的浪花顶端星星点点的闪烁。西川说得好:"一禾的诗歌是以爱为根,结成幻想的果实;只是这幻想与我们通常所说的以形象为出发点的幻想不同,一禾的幻想与其哲学性的宽广的沉思有关。"①

对骆一禾诗歌的某些心力相对低下的阅读,或许会经验到某种

---

① 西川:《深渊里的翱翔者:骆一禾》,《让蒙面人说话》,上海东方出版中心1997年版,第187页。

空洞的感觉，这情有可原。因为这种诗歌建制几乎都不再指向实际的事物场景，而是依一种"想象力的暴力"（康德语）重组着物象符号。它们不啻一场场自诗人的心智之域刮起的抽象的意象风暴。很多时候，我们也可以单纯地陶醉于其某些唯美的诗歌氛围中，但更多的时候我们所经验到的，则是其诗语场所深蕴的观念性的东西粗粝地击打着我们的审美神经。我们知道，观念性的东西对一首诗有一种特殊的统领和光照作用，但一种深刻的思想观念如何得到整一的甚至唯美的表达，这同样是一种天才的体现。骆一禾的诗歌在这一点上显示了某种罕见的大手笔。

法国大诗人瓦雷里表达过这样一个观点：一首诗应该是智力的盛大节日。这一说法对所有天才的诗歌来说可能有失公允——因为那些不朽的唯美主义诗作多是以一种敏锐的直感直觉取胜，但这的确无比契合骆一禾这样的诗人的诗歌创制。那是一种长期的、艰难的、雄浑的心智舞蹈所荡起的闪烁着刺眼而抽象的象征色彩的词语之芒。它把诗人的内心和我们的内心捆在一起锻打。它也仿佛使我们一次更比一次清晰地看到诗人及我们自己的灵魂。相信通过这场对骆一禾诗歌最深存在的勘探，我们能够带回某些意想不到的收获。荣格的一段话说得好："（诗人和艺术家）在本质上是他的作品的工具，而且他从属于它，因此我们没有权利期望他给我们解释他的作品。赋予作品形式，他已经做到了极限，所以必须由其他人或未来的人来对作品进行阐释。一部伟大的艺术作品就像一个梦；尽管它表面上看起来一目了然，但是如果它不对自己进行解释，那么它就总是令人捉摸不透。梦境永远不会告诉你'你应该'或者是'这是真理'。它以大自然使植物生长的相同方式表现了一个意象，其结论由我们自己得出。"① 从某种程度上说，我现在所做的，也就是在自我的意义上对荣格这一说法的履行。

　　最后我想交代一下的是，现象学批评方法和解释学的批评理念将是这一阐释工程基本的方法论支撑。对现象学批评方法的贯彻，将首先意味着抛开任何所谓的解读成规，回到诗人的文本世界本身，对它们进行全然内在的阅读，并进而把诗人还原到其自身的气场中，由此对其诗歌存在进行精神现象学考量。解释学的批评理念的支撑将不免使很多主观性的因素融入论述中，这大概也是解释学本身的一个特征。所以，一如我在阐释海子的"太阳全书"时所道明的，我不知道我的研究究竟会在多大程度上和多大深度上触及研究对象的实质。只是，在我的自我意识里，自己是要绝对真诚地走向它们。这是一种自我介入式的研究，或者说根本就称不上是一种研究，而只是一场特殊的对话。一种内在的心灵辩证法的思维策略将会渗透全部论述。另外，论述可能不够系统和全面，因为这里只是聚集了一些诗人在自己的诗歌里随处散落的主题来加以考量；虽然这些主题就像骆一禾的诗歌机体中的一根根主脉，但它们仍然无法完全替代那密密麻麻的"毛细血管"的位置。不过我也相信，这种切割式的分析最终还是会达至如下效果：绘制出诗人的精神命运曲线，指出其变形，分清其不同变化阶段，确定它们伸缩着的精神感应范围，以此照明诗人最终抵达的生命体验状态的精神渊源及其不断发生的复杂裂变，对诗人精神体验的衍化和昭示灵魂皈依的终极回归诉求予以把握。

　　全书主要由导论和六章具体阐述组成，另有主要参考文献和后记两个构件。导论部分，如上所陈，谈了四个层面的话题：骆一禾

---

① 荣格：《人、艺术与文学中的精神》，姜国权译，国际文化出版公司2011年版，第132—133页。

的地位、骆一禾诗歌的基本特质、骆一禾所属的精神和心理类型，及本书的批评视角和方法论杠杆。第一章"原型诗人"，综合考察了骆一禾诗歌的"原型"质地，包括所表现的核心主题及基本的思想、精神和理念内涵，这一章所述对后面各章内容有一定的涵盖作用和统领作用。第二章"爱的根性"，从考量海子关于骆一禾诗歌的一个说法——"一株青草生长起来的大树"——出发，对那株"青草"，或者说骆一禾的诗歌"大树"的原浆——"爱的根性"，进行了深度抚触。第三章"通向语言之途"，以对骆一禾的经典之作《素朴：语言和海》的解读为轴心，同时借助于诗人的长篇诗论《美神》、《火光》的照明，全面探考了骆一禾的"语言哲学"及核心诗学思想。第四章"黑暗的实质"，深入考量了骆一禾的诗语场蕴含的大量的"黑暗"意识的主要表现维度，以及它们与弥漫于《圣经》中的"黑暗"意识的内在相通性。第五章"生存之地"，考量了骆一禾诗歌中的生存思想，详解了诗人独自行进在追寻"大生命"的途程中时，于生存之地的"岩脉"上为生存之地的生命历练题下的由衷的辩词。第六章"命运深处"，集中阐释了骆一禾关于"诗人"这一类特殊生命个体的心理类型和精神命运的道说。在后记中，本人陈述了从事这一论题的某些外围的情况。另外，之所以把本书的标题定为"碧绿的十字"（由骆一禾诗中的"翠绿的十字"而来），一是采集了"青草"这一骆一禾诗歌的核心意象，二是同时含纳了氤氲于骆一禾诗语场的那种浓郁的生命情怀和富于基督教精神内涵的宗教情怀。

由于诗人一生的写作，仿佛就是在写"同一首诗"，故其不同主题表现层面的诗思，必定会有交叉、呼应甚至相同的情况发生。也就是说，对相近或相同题旨的表达，有时会在不同的诗歌文本中反复出现，而诗人的那些体现了自我互文性的文本之间的情形，就更不用说了。针对这种情况，我们在具体的阐释中，除了结合具体的语境，通过把我们感知到的微观层面的不同尽力说清，并有详有略地把它们处理得同中有异、异中有同外（这比我们去解读一种线性发展的事物真是难多了），似乎也没有更好的办法。愿朋友们对我的工作感到满意。

第一章　原型诗人

骆一禾的整个诗歌书写，仿佛一种内涵无比丰富的关于生命仪式的持久表达。我曾为骆一禾的诗歌存在如此献诗："粗粝的燃烧 / 在天地间 / 噼啪作响 / 天风辽烈 / 性命盛大绽放 // 第一对恋人 / 或者说最后一对恋人 /（每一对真正的恋人 / 都是第一对恋人 / 也都是最后一对恋人）/ 满怀热爱和恐惧 / 以及无解的痛苦 / 落户人间 / 他们用目光 / 在钴蓝的天空镌刻 / 生命纯净的必然和真实 // 当蓝天一次次深邃 / 远方抵近 / 他们起来 / 向大地问好 / 然后循着梦想 / 穿过子夜 / 迎着渐近的白昼 / 寻找新的家园 // 那是心的最后居所 / 也是临界的秘密 / 天风辽烈 / 生命美丽 / 此去他们领取 / 生命存在的 / 最高仪式"。不消说，这里面已经整体描述了我对骆一禾诗歌的表现主题乃至诗风的看法。现在，让我们用理性话语来提问：骆一禾那天风辽烈的诗语场的根本主题到底是什么呢？通过这些主题，诗人自身生命的最深存在又是如何得到吹息放射的呢？在这一问题界面，我敢说，与所有伟大的诗人一样，骆一禾也是一位"原型诗人"；他的诗语场也有一种"原型的质地"。他们之间不同的只是各自独特的诗歌心象表现，而各自不同的语言风格及意象体系也在于那各自独特的诗歌心象。换一种角度我们也可以这样认为，在每一位伟大的诗人那里，我们看到这样一种语言：它本身为创造性的语言，是复活的人类精神母题及主体的独特感悟随身携来的语言。在伟大的诗人那里，伟大的主题与富于独创性的语言几乎总是同步的。正如黑格尔在《精神现象学》序言中所说："精神的力量仅同其外化一样伟大。"骆一禾独特的诗歌心象体系所表达的，其实是每一位伟大的诗人的诗语场都会放射出来的"同样的追问、同样的感情、同样的恐惧以及同样的幻想"；他的诗歌陈述，与每一个灵性生命所有的虔心思索，所有"超越自我、追蹑美神、灵魂还乡"的精神活动，乃是一种共时性的内在生命历练。诗人自己说到，把自我注入万物，"使它们天生地呈现原型——这就是诗"（《美神》）。

骆一禾在自己的诗论中曾多次使用到"原型"这一概念，并认为，原型是诗歌的灵魂，"有原型，诗中的意象序列才有整体的律动，它与玩弄意象拼贴的诗歌，有截然的高下"（《美神》）。原型到底是指什么？从现代语境的意义上说，它本是荣格等人心理学叙事的一个关键词。不过，据荣格的陈述，"'原型'远非是一个现代术语，它早在圣奥古斯丁时代之前就已为人所用了，与柏拉图意义上的'理念'同义。"①后来，这一概念又发生了复杂的语义裂变（就像思想史上很多其他的概念后来的情况）。在荣格的语境里，主要是指原始神话的形态及其象征和隐喻，它们深深地蛰伏于历代的文学艺术世界。那么，这一概念在骆一禾的诗语场指的又是什么呢？

骆一禾在使用这一术语时，其意指对那本来的心理学语境显然有所游离。他在《美神》中说，"人之无常"感所带来的那种"核心的恐惧"，"和我们最基本的情感、我们整个基本状态，形成共同的原型"。可以说，就是这个原型，以及由这个原型所衍生的各种鲜活而痛楚、自明而晦暗、苦难而美丽、脆弱而强大的本真生命感觉，构成了骆一禾诗歌创作一以贯之的主题。而说到底，这一切集中凝聚为对人的生命存在的既直接又深切的关注，一如诗人自己所陈："诗歌是这样构成世界的一种背景的，它作为世界的构成因素而

---

① 荣格：《原型与集体无意识》，徐德林译，国际文化出版公司2011年版，第63页。

关心着世界、意义和人生。如果一定要这么说的话，我们难道还能有比它更伟大的关注吗？"(《火光》）是的，我们如果对自身的生命存在足够真诚的话，肯定会承认，没有比这更伟大的关注了。

我想进一步说，骆一禾所言的"共同的原型"，实乃人类最基本的精神母题。我常暗自思忖，究竟是什么使一个人走向了那"唯一的古老的诗歌"和"唯一的古老的哲学"呢？或者说，究竟是什么使一个人走向了诗、宗教和哲学呢？这答案其实无须向外寻找，它就在我们自己生命感觉的最深处。也就是说，原因只能是内在的：就是出于对爱和美及生命意义的问题的精神性敏感。也可以换一种说法：就是被人类最基本的精神母题所深深抓住了。补充一下：从表现形式的意义上说，谁更多地走向了诗，则还出于对诗歌心象——富于独创性的内心经验与意象之间的象征体系——的超敏感；若是更多地走向了哲学，盖因主体更多地被一种基于经验感知基础上的纯粹思维的力量抓住了。

对"我们最基本的情感、我们整个基本状态"的这种关注，实际上就是我们最本真的生命关怀意识。不难觉知，骆一禾的抒情场及其宏阔的诗语场，就是由一种最浓烈的生命关怀意识所放射、所浇铸的。那是诗人根本生命经验和体验的意象表达，是"体验诗歌"，是"诗歌向我的显现"(《火光》)。那语言的炼金术源于内心的锻酿。我想再提一下海德格尔的一段话："每个伟大的诗人作诗都出自于唯一的一首诗。衡量其伟大的标准在于，这位诗人对这唯一的一首诗是否足够信赖，以至于它能够将它的诗意纯粹地保持在这首诗的范围之内。"[①]这段话说得很到位。借此我想说，骆一禾的诗歌从内容到形式都有着高度的纯一性。他一生所写的其实就是"唯一的一首

[①] 海德格尔：《诗中的语言》，刘小枫：《20世纪西方宗教哲学文选》下卷，三联书店1991年版，第1237页。

诗"；而那"唯一的一首诗"所体现的，则就是一场主体融注了全部生命的大诗歌行动。正是在这个意义上我认为，那首"唯一的诗"体现出一种深切的"无历史性"，它所具有的时代文化气息其实是不强的——虽然它也在不少时候借道时代主题表达诗人的自我，因为它道说的实乃人之为人的根本命运。读完《骆一禾诗全编》，我真切地感到了独属骆一禾的那首"唯一的诗"的根本内质：深入人的生命体验和对世界存在的精神感验的至深处，在心灵的基点诗意地道说生命与存在。围绕着生命，诗人的诗思深深地触及到以下几个层面：诗与宿命，人同时作为自然的存在和精神的存在的内在矛盾，痛苦和受难在当下的绝对无解性，生命的终极绝望与希望等。在存在的层面上，诗人则抱着一种宗教情怀和宗教诉求意识，主观而且向着纵深地抵达并抚触了自然实体和宇宙本体，并最终返回自我之内的梦愿。而笼罩着这"唯一的一首诗"的，则自始至终是一种激情与理性内在统一的感恩、隐忍、修远的灵氛。

  再说"核心的恐惧"。那实为人的心灵因生命情怀而起的终极关怀意识的一次次沛然绽放。恐惧是人与生俱来的情绪体验。恐惧究竟是什么？我认同克尔凯郭尔的看似很抽象的一个说法：恐惧就是"对恐惧的恐惧"。"对恐惧的恐惧"这个命题，猛一看好像什么也没说，其实不然。它正说明：恐惧无处不在，无时不有，人甚至不知道它究竟是什么，以致只能用这样一个过于直白的同义词反复来定义它。从根本上说，恐惧应该是一种主观体验，但似乎又总让人觉得一种外在异力的在场，它不为人所见，所承认，甚至也不可能存在，但却肆无忌惮地统治着我们觉醒的自我意识。克尔凯郭尔还认为，"恐惧是自由的晕眩"，它之所以出现是因为人的精神要给世界以设定，而自由对着其自身的可能性看下去，看到的却可能是没有根据的虚无的深渊，就像是这样一种情形："一个人，如果他的眼睛对着一个张开豁口的深渊看下去，他就会变得晕眩"①。克尔凯郭尔也指出，恐惧不同于畏惧和其他类似的概念，后者是指向某种特定的东西，而恐惧则指向乌有；人的精神性与恐惧是相伴生的，恐惧是精神的标志，精神越多恐惧就越多，精神越少恐惧就越少。人有恐惧正说明人是精神性的存在。正是莫名的恐惧使人"具有自由和成为精神的内在可能性"。②不难感知，精神王子们常处于恐惧的心理深渊——这反过来也成全了他们的精神生态。对他们来说，大自然永恒的自在存在本身令人恐惧；感性经验中没有终极支撑的生命存在——找不到信仰支柱——更令生命自身恐惧。在这一点上，精神王子们可谓禀有过人的敏感。

实际上，现实意义上的自由生命，恰恰是诗歌王子们通过思想和艺术想寻找并实际拥有的东西。追求艺术和生命本身之艺术感的全部秘密正在于美与自由。或者说，人生艺术的深层魅力就在于其中的审美体验和精神的自由体验。而美感体验又是一种绝对自由的精神境界。审美的心灵受美的理想的驱使，则必然有一种向往自由的热烈天性，它不可能拥抱平庸、恶俗、僵化的生存模式，它必须不断呼吸清新的自由空气。一如兰波写给亲友的信中所说："我起誓，永远崇拜这两位女神：缪斯和自由……我疯狂地迷恋着自由的自由。"③也一如尼采在"'自由之鸟'王子之歌"组诗之一《给西北风的一支舞曲》中所唱："像快乐歌舞的吟唱诗人、昂首阔步的圣徒，让我们四处游走。"④然而，此处我更要指明的是，他们心灵的眼睛最终却又总是目击到彻底的自由感所带来的恐惧的深渊。这与我们上面所陈的事实不矛盾吗？不矛盾。给他们带来恐惧的深渊感的其

---

① 克尔凯郭尔：《概念恐惧·致死的疾病》，京不特译，三联书店2004年版，第92页。
② 同上书，第62页、第93页。
③ Rimbaud, *Complete Works, Selected Letters*, The University of Chicago Press, 2005, p363.
④ 尼采：《快乐的科学》，余鸿荣译，中国和平出版社1986年版，第316页。

实是形而上意义上的自由，是精神的无家可归感。诗歌王子们那具有浪漫主义色彩的自由精神长旅，其实始终伴随着其灵魂渴望最终的皈依的更为深邃更为内在的生命诉求。也就是说，这里有两重意义上的自由，它们对王子们的作用是不大一样的。

"我是谁？／我从哪里来？／我可以去干什么？"（《和平神祇》）"我为何来到了这般异乡？"（《诗人之梦：人类的祭祀》）"这是什么样的血液？谁的血？"（《世界的血》）"命运是什么？它会怎样继续呢？"（《大海》第十三章）……骆一禾在自己的诗中不停地发出这样的"天问"。诗人从自我意识深处发出的这些追问，与海子在《源头和鸟》中所发出的这一追问——"我们从哪儿来？我们往何处去？我们是谁？"[①]——应该有着同样的内涵。类似这样的话语表达在西方语境中相当凸显。帕斯卡尔在《思想录》中如此说道："我不知道是谁把我安置到世界上来的，也不知道世界是什么，我自己又是什么……正像我不知道我从何而来，我同样也不知道我往何处去。"[②]高更曾把自己的一幅画就题名为："人是谁？从哪里来？又要到哪里去？"康德在《逻辑学讲义》导言中，把人类理性的一切关切（包括思辨的关切和实践的关切）归结为如下四个问题（有时被称为康德的"四大问题"）：1. 我能知道什么？ 2. 我应做什么？ 3. 我可希望什么？ 4. 人是什么？他还解释道："形而上学回答第一个问题，伦理学回答第二个问题，宗教回答第三个问题，人类学回答第四个问题。但是从根本说来，可以把这一切都归结为人类学，因为前三个问题都与最后一个问题有关系。"[③]这实际上也意在告诉人们，哲学的任务终归就是想回答：人到底是什么。其实早在古希腊，德

---

① 海子：《源头和鸟》，《海子诗全集》，作家出版社2009年版，第1019页。
② 帕斯卡尔：《思想录》，何兆武译，商务印书馆1995年版，第92—93页。
③ 康德：《逻辑学讲义》，许景行译，商务印书馆2010年版，第23页。

尔菲神庙的门柱上就刻上了这样一句铭文:"认识你自己。"西方思想核心观念的转变从苏格拉底开始,基本标志是生存论、存在论思想——很大程度上统领西方人文思想的"认识自己"的观念——开始凸显。随后,经由基督教神学语境的强化,认识自己成了西方人文语境中的一条精神之轴。两希文明的一大精神特性就是,每个时代最伟大最深刻的人文思想怎么也不能不回答"人到底是什么"这一问题。这就是我们通常所说的终极关怀意识,当是人类最大的精神宿命之一。而两希文明中的精神人和灵魂人,在这方面表现得尤为强烈。

　　这样的追问无疑表征了人类心中最大也最古老的困惑。这道人类精神母题其实也是关涉苦难的最具有实质意义的人类心灵表征。透过文明的历史似乎可以感知,人类的心灵受难史和人类历史一样悠久,并且随着人类对自身和世界认识的不断加深,人类对苦难的心灵体验不但没有淡化,而且还越来越深切(物质文明的表面繁盛似乎并不能从正面告诉我们更多的东西)。当然,这样说不是要贬看人类的苦难意识。我反倒认为,受难是伟大的宇宙精神赋予人类的根本命运,我们应该勇敢地承当。苦难意识和生命悲剧意识应该是人类的基本良知,因为这种意识所散发出来的"冷光"使人类在精神上超拔于任何存在,人类由此可以在大地的祭坛上真诚地总结自己,在精神的升华中接近永恒,并反过来为大地和生命培植意义,为人间秩序编织痛苦而不朽的花环。总之,苦难意识是一种高贵深远的人类自我意识,它是使人类毅然决然告别行尸走肉的生活,追求精神升华的心灵基点之一。但不管怎么说,也正是对这一追问的执着,给人类的内心带来了难以言说的痛苦和恐惧。这痛苦几乎是某种带有神性内涵的痛苦;而这恐惧里面,不但藏有人面对宇宙自然力时所感到的那种"动物般的恐惧",更表征了一种精神恐惧。人的精神恐惧主要源于人对自身生命存在的虚无感——"人之无常"

感。我们说,"人之无常"的最大现实表征就是人的有死性,对死亡的恐惧是人最大的恐惧。但对于精神性的人来说,怕死并不完全意味着惧怕死亡这一事实本身。死亡事实带给他们的真正可怕的东西,是由对这一事实的感知所衍射的人的生命存在的虚无嫌疑(说嫌疑是因为,人并不能确认,人越过死亡界面就意味着彻底不在了)。如果人能确知自己越过死亡界面将得永生,人生只不过是一场游历,死将带人还乡,那么他们就不会再有死亡恐惧。

不难感知到,各种各样的恐惧体验可谓渗透了骆一禾的抒情场。"出于恐惧我们干了一切",这句在骆一禾的诗中屡有闪现的陈述,可谓道说了人的内在生命自由表现的一个最深的秘密。是的,似乎正是出于恐惧,我们有意无意地不停地转移着视线:我们到人间深处拼命地工作,到一些特殊的氛围中麻醉自己,到爱中寻求庇护,到艺术和宗教里避难……而自我意识和内在灵性深度觉醒、精神反应高度敏感的诗人,比谁都深切地意识到,人可以不期然地到那恐惧的中心战栗一阵,但如果他只是一味沉浸于那难以言说的痛苦和恐惧中而不可自拔,如果他完全屈服于这种心理氛围,他就会时刻处在崩溃的边缘。人如果要在这一精神界面实施自救,他只有寻求挣脱这种氛围的力量或在它面前永远得胜的力量。诗人那旷日持久的诗歌劳作的一个基本目的,其实就是沿诗与思的层面道说那恐惧,并试图内在地触及平衡它的力量或在它面前永远得胜的力量。

对恐惧体验的道说在骆一禾的诗语场中有着大量的呈现,尤其是在融汇了其每一条诗歌细流、之前所有的表现主题也都在此获得了进一步升腾的鸿篇巨制《大海》里。人对世界万象的观感体认是这部作品的经线,人作为一种不可思议的特殊存在者置身于世界中时对自我的思考是其纬线,整部作品当是由此编织起来的一个"球体"。可能诗人一生的诗歌劳作就是为创制出这样一部超长诗作。但永远无以弥补的是,由于诗人的突然早逝,我们未能看到它令人极其期待的完形。就目前的状貌来看，整部《大海》真正在表达的东西，就是诗人这个主体是如何径直进入痛苦和恐惧体验的中心去熔炼自己的心的。

那恐惧首先是对宇宙自然力及其自在存在的恐惧。仿佛受一个超越神和魔的不可思议的"存在的巨灵"的主宰，人之外的一切都完全无视人的主观意志而自在存在着。在诗人的认识和感知中，那诸般受制于宇宙自然力的自在存在的法相是恐怖的：

  在黑暗的笼罩中清澈见底是多么恐怖
  在白闪闪的水面上下沉
  在自己的光明中下沉
  一直到老、至水底
      ——《世界的血·黑暗》

  那黑潮间滚动的不是海水
  在黑潮隆起，一派透彻的固体炫目
  黑潮隆起的地方滚动着无穷无尽的斧头
      ——《大海》第十五歌

  但大海还是变得更深
  加重了我因空虚而起的恐惧
  ……大海变得更深
  那不停地深邃着的渊薮
  使我好像看到四处都是天涯
      ——《大海》第十三歌

世界之存在不可理解，无法言喻，人的心灵在此面前绝对受难。而很多时候，与人的精神和心灵存在形成致命反差的自在存在，却又是完全漠视人的心灵之受难的。

诗人的另一重更大的恐惧，就是对在自我心智的深层涌动的生命虚无意识的恐惧。生命虚无意识是最令人恐惧也最令人精神虚脱的人自己的心理魔障。随着科学理性主义对人的心智的主宰，随着人对世界以及人自身认识的不断加深，人关于自身只是一种时间性的存在的恐怖意识对人的心灵的威胁好像非但没有减弱，反而还越来越猖獗。精神王子们对此当然又是最敏感的。骆一禾在自己的诗歌中反复表达过这方面的疑虑，例如：

> 我们来到这里，丑陋而聪明的地灵
> 甘心的火焰
> 驾驭刀子和欢乐的人
> 煤层里的先知
> 神明的泥炭纪，空中花园
> 来到这里
> 不是作为人，而是作为时间
> ——《世界的血·日和夜》

与此同时，作为宇宙自然力的最高象征的死神，却在一如既往地不停地夺走他的人类奴隶的生命。不管人类在大地上留下了什么，好像都终将化为虚无的一部分。精神王子那"一堆无用的激情"所招致的，当然也会是同样的命运：

> 我以尘沙覆盖梦幻
> 我以无用讽刺爱情
> 我以石灰清扫你们的高潮

清扫你们星火如烛的坟场
　　　　　　——《大海》第十五歌

　　诗人那强烈的形上认知冲动——人类求真意志的最高表现,也自然是由这样的恐惧和疑虑而来。正因为恐惧生命的短暂,就想知道存在的真理到底在哪里,想知道永恒到底是什么,想知道人是否以及如何能成为永恒。诗人的形上认知冲动的真正诉求,就在于想使自己的生命存在与永恒本身形成一种内在关联,进而依这种关联实现对自身的有限性的超越。这种形上认知冲动绝非科学意义上的,因为它实为诗人自我认知的一个体现层面。诗人的自我认知和形上认知冲动,这两者看似相距遥远,实则密不可分。最真诚最深刻的自我认知最关心的,肯定是自身生命存在的实质,而这一实质,虽然主要以人的当下生命体验为根本表征,但它必定与人的来源和归宿相关。这样认定绝不是出于某种权宜之计,而是由于对那种关联的深刻直觉是发生在人的自我意识深处的真实。人在世界之中,所以,人的存在的"合目的性"应该是以世界本体的"合目的性"为条件的;或者说,生命的意义离不开存在本身的意义。那么,人类认识自己绝对离不开认识世界,甚至很大程度上还取决于对世界的理解和认识。而对世界的认识归根结底是想把握存在的终极本质。诗人的形上认知冲动实为其心智活动之主宰,就像奥古斯丁执迷于自己的"内在经验的形而上学"那样,他们对神、本体、上帝、世界以及人的生命存在的最高意义上的真实的挂心,也可谓是他们终生的执迷。

　　我们说,这种认知冲动无疑也是某种自由精神使然,或者说是人的内在自由精神在认知意义上的体现。自由不仅在于人的内在和外在生命的自由表现,也在于"对必然性的自由认知"(黑格尔语)。诚如荷尔德林1795年4月13日致兄弟的信所言:"人心中有一种通往无限的追求,一种行为,它断然不让任何持久的限制,任何静止状态在人身上成为可能,而是永远率意远思,更广阔,更自由,更独立。"① 自由认知意味着不去无条件接受任何成规,而是任何观念都必须经过主体自身的内在经验的勘定。这也意味着诗人对那种纯粹客观的知识并无真正的兴趣。说到底这得解释为,其认知的目的是为融入或成为经由其感悟认知而认同的永恒本身,一如尼采借查拉图斯特拉之口所深深地道说的:"想要深而又深的永恒!"②

所以说,诗人那强烈的认知冲动所表征的认知,根本不是一般意义上的认知,尤其不是科学意义上的认知。它其实只是一种理解和解释。那种理解和解释既源于客观世界,也源于或者说更深地源于不可思议的主观的灵感。或可以总结说,诗人的那种"内在经验的形而上学",实为一种特异的形而上学与宗教情绪的结合体。首先,它是形而上学的,虽然它对主体发生作用需经由一个被主体经验内在化的过程;其次,它也表征为一种宗教情绪,虽然其理念内涵完全是一种形而上质。它是思辨理性与心灵感性的矛盾统一。

骆一禾的诗歌弥漫着执着的形上思考。这种思考是一种在精神的白热时空中的纯粹的心智熔炼。它们直指世界、生命、上帝等的本体论、存在论意义上的终极实在。诗人做这样的思考,既不是为了思考本身,也不是为获得一个客观结果,而是为亮出自己的深度自我怀疑,进而穿越那怀疑的雾障来到光明的境地。我们说,在这样的思考中,界限是已然存在的。其实诗人自己深知,他富于超越意义的创造力实际上并不触及存在本身,因为他借以创造的工具只是想象力,一如康德所认为的:"诗人敢于把不可见的存在物的理性理念,如天国、地狱、永生、创世等等感性化;或者也把虽然

---

① 荷尔德林:《荷尔德林文集》,戴晖译,商务印书馆2003年版,第372页。
② 尼采:《查拉图斯特拉如是说》,孙周兴译,商务印书馆2012年版,第369页。

在经验中找到实例的东西如死亡、罪恶,以及爱等等,超出经验的限制之外,借助于尽最大努力仿效理性的预演的某种想象力,而在某种完整性中使之成为可感的,这些在自然界中是找不到任何实例的;而这真正说来就是审美力能够以其全部程度表现于其中的那种诗艺。但这种能力就其本身单独来看本来就只是一种想象力的才能。"①对世界的终极意义乃至人的生命存在本身的理解似乎都超出了人的心智能力,人类即使"后面失真,前面用尽",似乎也无法知晓怎么才能踏上通往永恒之途。《对话》中这样追问道:

> 看见上帝了吗
> 看见了
> 上帝是什么样子
> 被人们追问的、这个失踪了很久的人
> 没有回答
> 看见了 看见了
> 那到底是什么样子的

诗人这样追问的同时,其实无异于已经在内心承认:"什么也看不见。"《大海》第十五歌写道:

> 那是不是我的声音?
> 是什么从天空划过:"真理在哪儿?
> 真理是什么?"
> 天空是一阵狂笑
> ——"你是什么,我就是什么

---

① 康德:《判断力批判》,邓晓芒译,人民出版社2005年版,第159页。

我使真理分裂，使你退入神圣的死角

　　我是此外的一切折合与胜算

　　你执圣言与凡言

　　我使你两者自相放逐

　　为我所获

　　你是什么，我也是"

"真理在哪儿？""真理是什么？"这既是此时此地诗人的声音，也是古老人类心底的声音。它们亘古不变地"从天空划过"。每一颗执着于生命意义的心灵，都会在自己的灵魂深处不断发出这样的"天问"。但人类得到过回答吗？人类始终看到和感知到的，一个是存在本身的自明，一个是意义本身的缺失；或者说，世界之存在要么没有意义——除非我们把那意义界定为存在本身，要么世界的意义是"在世界之外"①。在诗人自己的感知中，这种问答给他带来的心理结果是："万念俱灰而空余天良未泯。"一方面，世界本身的魔法，使他不可能参透存在的秘密，使他的形上认知冲动注定把他自己带入"神圣的死角"；另一方面，其内心深处的良知却始终醒着（康德在《实践理性批判》的后记中曾说，在人的心中有两样东西最神圣，一个是我们头顶上的星空，另一个是我们内心深处的道德意识。在诗人心中，且不说前者是否神圣，后者的确是神圣的）。

　　我们还可以觉知，正是那种由生命虚无意识所带来的恐惧，使得诗人的诗作内部常常张斥着超人的紧张。这种紧张一方面来自恐惧本身，另一方面也来自怀疑主义和不可知主义的毒素给诗人带来的精神绝望的歇斯底里。人的生命存在之灵性不愿屈服于纯粹的宇宙自然力和大自然那自在的存在性状。但是，如果一时没有充分意

---

① 维特根斯坦：《逻辑哲学论》，郭英译，商务印书馆1992年版，第94页。

识到，终极意义的问题是必须循着内省的思路在灵魂深处加以解决的，主体便有可能会被那认知冲动裹挟着走向歇斯底里的精神复仇冲动。也正是这个原因，使得骆一禾的诗语场"长涌"着某种形上复仇意识的"黑潮"，尽管这并不是其诗歌的"大海"的主潮。这种复仇意识的精神表现首先是诅咒存在本身，高歌毁灭。而由于诗人也清醒地知道，存在本身是不以人的主观意志为转移的，"天空的目的就是使人渺小"，人听到的始终"只是自己的声音"，死神永远"在山脉上观海，等待着又一位角斗奴隶"，于是，这场复仇行动的结局，反而会是那复仇的精神利刃致命地刺向复仇者本人。《黑豹》如此宣称：

> 我们无辜的平安，没有根据
> 是黑豹，是真空里的
> 煤矿，是凛冽，是背上插满寒光
> 是四只爪子留在地上
> 绕着黑豹的影子　然后影子
> 绕着影子
> 天空是一座苦役场
> 四个方向
> 里，我撞入雷霆

写于海子自杀前后的《灿烂平息》开笔和结尾也反复歌道："这一年春天的雷霆不会将我们轻轻放过。"诗人一方面意识到，"现在没有将来／明天没有过去／但是他绝对真实／如果你是人，这就是你的人性"（《人歌》）；另一方面，却又深为这"无辜的平安"，这没有理由的生命存在所伤害（"这浑然不觉的日子像天使的尸体"）。

再者，形上认知冲动的严重受挫，还使得诗人的内心世界常常

笼罩着无以消解的"黑暗"意识:

> 随着境界的深远
> 身体里任何事情都可能发生
> 并且可以有许多事后的理由:既然
> 连天国也只是
> 一片黑暗
>
> ——《身体:生存之祭》

> 光明和黑暗从不对称
> 从不过早结束,旷日持久
> 从不饶恕,只是偶然错过
> 从不互相规避,只是单方面的穷尽
>
> ——《世界的血·黑暗》

> 我说:真黑呵,我的造物
> 你真黑呵
> 这就是我给你的命名
>
> ——《大海》第七歌

确实,在人类的灵性自我意识中,人的有死性所导致的心理"黑暗",是难以形容的。我们只能说,我们自身的存在,不可思议地"黑"。我们只能说,这种"黑暗"意识,或许有着某种神性的渊源;而任何神性的东西,则都是超出人类的智慧的。关于诗人内心世界的"黑暗"意识的深层实质,我将在第四章进行详尽的阐释,此处就简单带过了。

当然,"形成共同的原型"的,并非仅只是恐惧体验,还包括人类"最基本的情感"及"整个基本状态"。生命是一种整体状态,里面蕴含着极其丰富复杂的非定性因素,而这其中的很多经验和体验元素,如生命意志、爱和美、信念和信仰等等,都在强力折射着各种整合的力量,它们往往能使一个虔诚的生命最终找到某种内在的生命感觉的创造性综合。也就是说,每个人其实都活在某种"相对性"中,诗人也不例外。他不可能使自己的内心一味地沉浸于难以言说的痛苦和恐惧中,他也在一直"抗拒那些病态的哲学"(《海滩(三)》),孜孜寻求着救助的力量。

寻求平衡痛苦和恐惧的力量,在骆一禾的诗语场首先表现为发自内心地进到人类的"屋宇"中去体验生存本身;而这生存的内质实际上也足够美好,因为生命体验的根底是欢乐的,因为生命体验中的爱和美的元素使诗人百般眷恋。也因为这辽阔美丽的自然和土地,这地上的人民,这美丽的家园,这火热的人间深处宏大壮美的事业,使诗人忍不住歌唱着飞行,飞行着歌唱。这一切的一切,年深日远地温暖着感动着诗人的深心,有力地平衡了诗人内心难以形容的恐惧和苦难。

这种平衡的力量首先来自对爱和美的刻骨铭心的感知和体验。骆一禾的诗语场为我们描绘和铺展了深邃的爱和辽阔的美。俄罗斯思想家别尔嘉耶夫认为,"实现的爱脱出恐惧"[①]。这对诗人来说的确是一种自我精神解救的隐秘诉求路径。对青春、爱和美的感知与歌唱,及基于对本真生命感觉中的这些美好情愫的心灵守护,而走向对一种以"无因之爱"为根本表征的大生命境界的诉求意识,是骆一禾前期诗歌的根本主题之一(这一层面的论述我们将在下一章详细展开)。

---

① 别尔嘉耶夫:《人的奴役与自由》,徐黎明译,贵州人民出版社1994年版,第224页。

第二重力量来自对自然、土地、祖国、人民、家园以及人类在大地上的事业的爱与同情。对这些自然和人文事物的讴歌则是骆一禾中期诗歌的基本主题之一。诗人所感悟的那"伟大的青春",也使他同时"感到生灵和万物"。那大美的天地人伦,那万物内在的欢腾,不时提起诗人自我的"整个深渊",使他心灵的眼睛里"光明倾注"(《闪电(三)》)。在一首名为《恐惧》的诗的附言中,诗人说道:"无论如何,诗歌应当如千条火焰照亮人类的爱。"这一时期,诗人高擎诗歌的火炬走进人间深处,一路照亮每一张会心的脸孔,并遍洒自己深挚的关爱和朴素的祝福:

　　我背起善良人深夜的歌曲
　　玉米和盐
　　还有一壶水
　　　　　　——《生为弱者》

　　祖国是一片片平原
　　一座座高原和涌向天空的山
　　她是一片深厚的石头
　　和更深厚的土
　　她的大青树
　　和她没有多少话语的女儿们
　　已经晒过很久的太阳了
　　直到她们倒下
　　身子还像高粱一样红
　　她古井里满满的酒液
　　是如此神秘
　　摇曳着长长的短歌子

> 让世界像诗一样地沉醉
> ——《祖国》

> 人民。在黄河与光明之间手扶着手,在光明
> 与暗地之间手扶着手
> 生土的气味从河心升起,人民
> 行走在黄河上方
> ——《黄河》

长诗《世界的血》可谓这个主题的大集结。血是生命的内在运力。"世界的血"一方面象征世界生气灌注的内在运力,另一方面也象征人在世界之中的独特存在,象征存在的某种隐秘元素"化身为人"后在天地间播撒的精神性活动。这里,诗人以一种古典主义、浪漫主义、印象主义相结合的表现手法,深入自然人文事物的内蕴,诸般真实由此以一种独特的主观方式达到它们"清晰的顶峰"。长诗从"飞行"的辽阔诗歌心象开始。诗人在一种驾着意识和感觉飞翔的超拔的想象力的翅翼下,以一重俯瞰大千世界的心灵的眼睛,"大块飞行",遍掠这辽阔美丽的土地,遍拂这苦难而珍贵的人间。诗篇中经对青春生命的纪念(《春天,绿眼睛的纪念》、《北方的海》、《大黄昏》等),对生命存在最本质的孤独和恐惧的抚触(《黑暗的中心》、《日和夜》、《梦幻》等),"沿途洒下稀寥的屋宇",最后使自己的诗思之翅止憩于压轴之作《屋宇——给人的儿子和女儿(穿顶)》。"屋宇"这一意象在《世界的血》中有数十次闪现,并在《屋宇》中凝聚为一个闪闪发光的恒点。"这屋宇究竟是什么呢?","屋宇"其实是一个象征。它既是一个整体意义上的象征——人类的整体存在状态、全部本质意义上的生存内容、文明和人性在人间所流布的一切,也是这一整体内部所有具体内容的象征——人在大地上本真的劳作、

栖居、生活、斗争及各种伟大的思想、精神和艺术创造活动，等等。灵魂极其痛苦的诗人对这"屋宇"给予了深情歌唱：

> 真理只能生存百年
> 一代人过去，一代人又来
> 激荡在我们奔腾的大限
> 只有在屋宇的筑造当中
> 巨大的日轮在我们的光里呈现
> 这才是我们获得的：今天
> 这人类所产生的都会消逝
> 那产生了的 儿女们仍要一一经历
> 那大地上流布的屋宇盛纳
> 那屋宇苏醒时大地也在苏醒
> 烈火于鸟背站立 今天一再一再
> 锤炼于我的屋宇
> ……
> 今天一再，它独自不朽
> 深入梦境

诗人"以黑暗在活生生的屋宇前久久地静霁"，为人类苦难而美丽的生命存在而不断心生大感动，并于诗篇的最后，在一派极其宏大的诗歌心象氛围中，使自己的心怀达至一个称颂性的精神顶点：

> 我梦见望穿时空的气象
> 越过屋宇
> 闪电内部有一头狮子拖曳金书和谜底
> 身上长满岩浆

> 适逢晴朗时光辉闪耀的海洋
> 我所创立的屋宇和艺术
> 头顶有朝霞穿过狮子 过海而来
> 不惧死亡者
> 必为生命所战胜

"狮子"的意象在这里显然是一种力量或强力意志的象征。这个意象的使用，首先表明诗人意在试图触及某种蕴含于人的生存本身的品质和意志，某种自在般的自为质地。在这首长诗中，诗人用"心"抚触了人类悠久的生存之地。这里不停地演绎着生和死。这里充满着艰辛与苦难。总之，生存是不容易的。然而，生存本身却又总是顽强地延续着它自己的本质。这大地上的创造也在天地间熠熠闪光。而且，仿佛有一种更为强大的光，始终如一地普照着这大地上的一切。可以说，正是诗人那浓得化不开的人间情愫，使得他并未简单屈服于人的有死性这一阴沉的事实，并不愿因为意识到死的必然性就彻底悲观于人的当下生命存在。

然而，寻求在"无常"面前永远得胜的力量，最终还是会体现为寻求人的生命存在与永恒的关联——仅出于对人间事物的爱恋终归还是无法给诗人的内心带来根本性的安慰。当诗人的感触一次次遍历自己爱恋的人间后，他还是会在与自己最内在的自我为伴时一遍遍考问自己"我是谁"，还是不能祛除不可知的未来给自己的心智带来的浓重阴影，还是会时刻清晰地谛视到"蓝宝石的死神注视马头"（《眺望，深入平原》）。随着诗人心路历程的延伸，其诗歌一以贯之的根本主题，在表现重心和精神气场上，其实也不断发生着位移。大致路径是，由具象走向抽象，由实体走向本体，由形而下层面走向形而上维度。这最终说明了，诗人是"在一条天路上"

走着。这条"天路"的起点是在人间,终点是他的终极"心愿之乡"。一种浓郁的"内在性"不停地挖掘、撕裂、瓦解着诗人的生存感觉,但这种"内在性"自始至终所包含的强烈的"超验性",也在不遗余力地试图整合诗人的生命感知,使他不断向着一种内在统一性趋归。

这种内在诉求归根结底体现为一种永恒回归意识。永恒回归意识的心理实质无疑就在于,人出于对自身当下生命存在的有限性的深度觉醒,而去诉求一种超越这一有限性的存在范式。诗人对人的生命存在的短暂性更是格外敏感。他常常在自己的内心因自身生命存在的有限性而深感痛苦、焦虑、恐惧和绝望。他深知,只有永恒和不朽的信念才能使人真正坚强地在世界上存活,否则的话,人不免会时时感到某种内在的虚脱。

是不是每一位自我意识深度觉醒的个体都有着强烈的永恒诉求意识呢?似乎也不尽然。我们多少可以觉察到,具有唯物主义思想倾向者,虽然一般也都认同死亡给人带来的恐惧,并且认为使人信仰来世的主要是对死亡的恐惧,但他们并没有因此就去信靠了某种宗教。他们往往基于人的自由理性及某种自然视角,给出一些其他的处理方法。例如罗素就说过:"觉得世界是意外结果的假设,是痛苦较少,也更加可信的假设。"① 他认为,人对付死亡,应依靠大无畏的观点和自由的思想,譬如人为了正义的事业和信念视死如归的精神——如战士在战场上表现出来的那种精神——无论什么时候都是需要的。他甚至说:"决没有人会为几百万年后行将发生的事情担忧。即使他们自称确实非常忧虑,也只是自欺欺人而已。他们忧心忡忡地关心的是更现实的东西,或者仅仅是消化不良;但是,不会

---

① 罗素:《人死而灵魂长存吗》,《罗素文集》第二卷,靳建国、江燕等译,内蒙古人民出版社1997年版,第119页。

有人因为想到亿万年后世界发生的事而悲哀。因此,尽管一切生命都将灭绝的观点肯定是令人不快的——至少我想我们可以这样说,尽管我有时沉思默想着人们活着所做的一切,这种观点反倒是一种安慰——它毕竟还不会使生活苦不堪言。它只是让人们去注意另外一些事情。"① 再如18世纪的法国启蒙思想家霍尔巴赫认为,对于死的恐惧,"不过是人自己空虚的幻想,这些幻想,只要人们对这件必然的事如实进行观察,便要立刻归于消失。……如果生命是一件好事,如果爱生命是必然的,那么,与生命离别也未尝不是同样必然;而理性应当让我们学会顺从命运的意旨。……让我们把死从这层层的空虚的幻想中剥出来吧,我们就会看到,它只不过是生命的睡眠;这睡眠不会为任何不愉快的梦所打扰,而且在它以后永远也不会恼人地醒了过来。……自然曾使我们出自它的怀抱,而与使我们降生的那些法则同样必然的法则,又使我们回到那个自然的怀抱中去,从而把我们以某个新的形态再生出来。认识这个新的形态,对我们却是没有用处的。……自然让我们听从一个法则的支配,这个法则,凡它所包容的万物概莫能外,我们也不要埋怨它的冷酷心肠吧。所以,只要自然允许你,你就安安静静地活着吧;如果你的精神是被理性照耀着的,你就毫无恐惧地死去吧。"② 诸如此类的"唯物主义"观点,以及其他各种各样达观的观点,其实也被很多人接受。连太阳都会有熄灭的一天,人为什么就不能自然而然地接受有死的天命?那些获具了对抗死亡的心性力量的唯物主义勇士,有理由赢得人们对他的称赞。不过,看起来这样的观点对于诗人心灵的安抚效果就非常有限。在这样的问题界面上,说到底也还是个气质

---

① 罗素:《我为什么不是基督徒》,《罗素文集》第二卷,靳建国、江燕等译,内蒙古人民出版社1997年版,第85页。

② 霍尔巴赫:《自然的体系》上卷,管士滨译,商务印书馆1999年版,第219—221页。

性的问题，看他到底是更注重人的自然理性及其生命存在的自然性，还是更注重人的自由理性及其生命存在的精神性和灵魂性。一个人可能由对"爱生命是必然的"的感觉，走向对"与生命离别也未尝不是同样必然"的认同；而另一个人，则可能恰恰出于对生命的爱，而无法接受生命只是一缕过眼烟云，并由此走向对永恒的生命的虔心诉求。

永恒回归意识是人类心灵深处永恒不移的东西。古代的先知们于神灵的启示中领取了这神圣不安的精神命运，而一代又一代的精神圣徒则成为这命运传承它自己的载体。一代又一代的精神圣徒们，痛苦而虔诚地背负着这伟大而奇异的命运，孤独地走在他们自己也不知所终的茫茫朝圣路上。然而，从集体祭司到王子的转化要求一种巨大的承担，因为个体生命自我意识的空前觉醒引来了认知的魔怪，他们须得无比艰难地自"气象万千"中辨出"真理唯一"。海子在《太阳·弥赛亚》中写有这样的诗句："先是气象万千，后是真理唯一。"

但是，永恒到底在哪里？随着诗人精神性掘进的不断深入，他越来越觉得，对于永恒的抽象空洞的认知到头来只会给人带来心智上的绝望。执着的形上思考与追问是宗教诉求的认知心理基础。而且，精神天才也必将沿着这一心智路径走向宗教。由于"天路"上的事物终将"使后人失真前人用尽"（《天路》），人的形上认知冲动最终必定陷入智性的迷惘。他要么徘徊于这迷惘，要么经由对理性的自我革命走向对更高的心灵感性的捍卫。后一种选择实际上是在实施一种心智活动由哲学向宗教的转换。精神天才在自己的精神性掘进的至深处几乎都会发生这样一场内在转化。当然，这场转换的精神指向并非是单一的，有的走向了一种宗教光亮，打开了一种宗教情怀，有的则走向了甚至与某种阴郁的宗教意识决绝的分裂意识。是的，不愿在黑暗中沉没，就得透过黑暗寻找光明。骆一禾的取向明显是后者。骆一禾的诗歌行动，其实也是一场独特的宗教劳作，他的很多诗作都可以当作一种宗教性启示文本来读。

另一方面，诗人自己活生生的生命感觉，也渐渐使得他对于永恒已不愿仅做一种理念性的纯粹思维意义上的认同。对他来说，即便永恒本身存在，如果与人的生命不再有什么关联，那这种永恒对人来说就没有什么意义。故他对自然宗教意义上的永恒丝毫不亲和。他很快就告别形而上学式的还乡，而于内心的愿望和祈祷中直接诉求于生命本身的永恒。归根结底，对诗人来说，是生命之爱的力量在使其梦愿生长。最明显的体现是诗人对富于宗教意涵的大生命的始终不渝的追求。大生命洋溢着善良的光辉。善良意志是爱最深的基质，是大爱的种子，是一种来自神性本源般的力量。骆一禾的抒情场深深包藏着一颗善良的灵魂。他在生命实践中是一位像耶稣一样的"弱者"，因为他的内心被对生命的大爱和悲悯情怀彻底渗透。爱和信仰也由此成为他最深的生命诉求。记得西川曾说过，骆一禾生前常常说到"义人"和"义人之路"。"义人"一词在其诗歌中也有过多次出现，如《遥忆彩云南》：

> 这是一条义人的道路
> 当脚步证实心脏的时候
> 这是一种心声
> 一条博大的道路

再如《素朴：语言和海》：

> 假道于义人的道路：头顶着羔羊的
> 我的道路
> 素朴加于其间

再如《大海》第十五歌：

> 于是我听见牧羊义人的呼喊
> 以及黑夜王子的呼喊

我们知道，"义人"是典型的基督教色彩的话语（《圣经》中俯拾即是），也是基督教义教导人努力的目标。因信称义是基督教最重要的教义之一。加尔文说："人在神面前称义的含义是：神将人视为义并因这义悦纳他。……我们对称义的解释是我们在神面前被悦纳为义人。"[①] 不用说，矢志不渝的上帝信仰和善举，是"义人"的根本精神表征。我们当然不能基于此就把基督徒的名号加给骆一禾——虽然他浓烈的宗教情怀的确深蕴着基督教的内质。但我们知道，他一直走着一条由善良意志和大生命诉求意识铺就的"义人的道路"。

骆一禾的诗思虔心地寻绎、歌唱和守护着人的生命存在的真理。而且，它们歌唱的主题高度不断地攀升；它们在世界之中，在体验的至深处，在梦的边缘，汹涌生命最深的感动和"人类最蓬勃的梦想"。诗人"以一生作为离去"，完成了自己的"性格"，纯粹地实践了自己的精神命运注定要其完成的事业。也正是出于对整一的大生命的执着，那与其精神和理念内涵谐振的诗歌外在表现，才表征出同样的崇高和辉煌。骆一禾的代表性诗篇，每一篇都仿佛一场美丽而宏大的心灵生命仪式。在这一场场仪式中，天地来参加，星宿来参加，现实来参加，梦幻来参加。这仪式的基调有时是高亢的，有时是沉郁的；情感内质有时是刚性的，有时是柔性的，仿佛始终迂曲地应和着某种迷惘而坚韧的神性光亮的通程照射。

---

① 约翰·加尔文：《基督教要义》中册，钱曜诚等译，三联书店2010年版，第721页。

骆一禾的诗歌存在终归是一种独特的精神命运的象征。它们所表征的精神生命仪式其实也是一场漫长的、独属于诗人自己的"人子"受难仪式。当然，受难绝不意味着绝望；它同时也孕育着希望。孜孜探求世界以及人的生命存在的终极真理的诗人的灵魂，真的也正待穿越心灵周围无边的黑暗而触及终极的大希望大光明。

不难觉知，诗人的诗语场交互渗透着智性的绝望和心灵的希望。浓密的黑暗意识也始终并未把他的灵感真的彻底掠去：

> 偏于死亡和黑暗的说法
> 但无论对于黑暗，或是对于死亡
> 从心里都并不真正相信：
> 迷恋于自己的尸骨
> 并不自抉其心
> ——《大海》第三歌

诗人有时的确深陷绝望，但绝望至终也不能把他彻底征服。当绝望沿智性的层面达到顶点的时候，那是一种成熟的痛苦和绝望状态。在这种状态下，某种空前强大的心性力量反而会使一个精神性和灵魂性的人获具一种内在的平静：

> 没有失望
> 没有绝望
> 也没有希望
> 有的只是平静，肖然的平静
> ——《大海》第七歌

此时，绝望和希望一样，都是可疑的，也都是可以成立的，一如鲁迅先生在《野草·希望》中所表达的:"绝望之为虚妄,正与希望相同!"也就是说,不要只认为希望是虚妄的,绝望亦如此!当然,对于一个宗教性的诗人来说,这毕竟还只是其灵魂路线行进到特定阶段时所出现的一种短暂的智性策略。他不可能持留于此。他的灵魂会继续前进。他的心灵不会真的买纯粹理性的账,不会认同理性引向的"更为深湛的苍茫和黑暗",而是会祈求"在灵魂里完成"。灵魂此时坚决唱出了它自己最终的不适应感:"我为什么来到这般异乡。"(《诗人之梦:人类的祭祀》)"说这样话的人,是表明自己要找一个家乡。他们若想念所离开的家乡,还有可以回去的机会。他们却羡慕一个更美的家乡,就是在天上的。"① 是的,在茫茫黑暗中,诗人的灵魂越来越祈求回到自己真正应该归宿的故乡,并像被钉十字架的耶稣一样喊出那神秘而悲伤的话语:

> 于是我听见牧羊义人的呼喊
> 以及黑夜王子的呼喊
> "神呵、神呵"
> 你为什么抛弃我?
> ——《大海》第十五歌

的确,"宗教也是诗人自己苦难的历程"(《航海纪:俄底修斯与珀涅罗珀》)。这不是谁强加给他的。这是他"含泪看见了尽头的智慧",是他在自己苦难体验的顶点,于自己的灵魂深处自觉而突然发动的一场自我革命:

> 就这样

---

① 《新约·希伯来书》,《圣经》(中国基督教两会,2008年),第397页。

> 突然之间，穿过午夜
> 我看见了那本不该在这里看见的太阳
> 是的，是在突然之间
>
> ——《大海》第七歌

是的，"天路漫长"，"天路艰难"，但诗人那更加强大的心灵愿望使他义无反顾地走在这茫茫朝圣路上，"走在神的心里"（《大海》第十九歌），正如荷尔德林在《Patmos》一诗中所道说："But where danger threatens / That which saves from it also grows"（"危险所在 / 拯救者也生长"）[1]。痛苦和受难体验的绝对无解性和同样强势的、根本不可能泯灭的心灵愿望是这场革命的火把。心智绝望其实是纯粹理性主义的一个恶果。宗教转换是心灵感性对纯粹理性的本质超越。在通往真理的路上，理性和启示到底谁是主导者？应该说，人的真理之旅离不开两者的护卫。信仰选择本身也当是一种理性行为，一种理性的迷狂表现。作为精神性的人，其高度的精神化恰恰是由其高度的理性化来表征的——非理性的诉求指向的往往是自然性而非精神性。然而，理性与理性主义却是两码事。信仰与理性并不冲突，但与理性主义颇有点同途殊归之别：信仰其实是在一种自我意识彻底清醒的状态下对某种内在真实的情感迷狂，是对某种心灵感性的理性捍卫，而理性主义所捍卫的则始终是理性本身。理性主义的捍卫往往是一种姿态，一种"抉心自食"的、狂妄而又绝望的表演。纯粹理性主义的固执其实不但难以给人的心灵带来根本的安慰，而且它自身本来也没有什么好狂妄的，因为它在解决生命意义的问题上终归是苍白无力的，真正的奥秘在它面前并没有丝毫显

---

[1] Friedrich Hölderlin, *Selected Poems and Fragments,* Translated by Michael Hamburger, Penguin Books, 1998, p231.

露。事情的根本好在有一点是这样的："人的生命就是希望，而现实将它耗干，奥秘是它再生的场所。"(《八月：奥秘的祭祀》附言)不愿"自抉其心"的诗人于是选择了信仰诉求。"光照在黑暗里，黑暗却不接受光"①，但诗人的心灵却超出那黑暗接受了那"光"。诗人总结得好：

  美的人：消灭的人
  概被光明，或被黑暗
  所垂直打中

——《大海》第十九歌

而诗人自己，作为特殊的"美的人"、"消灭的人"、"神明的代言人"、"及时隐遁"者，先是被黑暗，然后同时被光明和黑暗，最后被光明，"所垂直打中"。

  尽管透过骆一禾诗歌的精神质地触知的，更多地还只是某种宗教情态的反应或某种宗教意志的表达，而非一种沉实的信仰状态，但这里无疑诞生了一种独属于精神天才的、从某种程度上说也更为真诚的宗教精神图式——在骆一禾这里是一种与基督教诉求有着内在契合的图式。这一图式具有双重的象征意义（诗歌则是这一双重精神象征的象征性表达）：它既是精神苦难的象征，也是希望的象征。具体点说，走在"天路"上的诗人，既体验着最深切的精神苦难，也经验到无法泯灭的心灵愿望；而也正是那百折不挠的心灵愿望，使诗人绝望的心理深渊上空升起希望的彩虹。当然，走在"天路"上的诗人也深深地意识到（这一点与有些"正宗"的宗教徒可能还不大一样），信仰就是信仰本身，人不可能要求信仰诉求的对象

---

① 《新约·约翰福音》，《圣经》（中国基督教两会，2008年），第160页。

当下就来到人面前就其自身的存在做出说明，人甚至不可能当下知道自己的信仰诉求是否真的会对应一个未来的真实；而信仰诉求仅意味着，人关于生命终极意义问题的一种彻底理性的反应经由心灵感性的施洗后，朝向伟大的"神之灵"的默默祈祷——祈祷我们最高的心灵愿望（"不再有死"的永恒新生命）对应于一个未来的真实。于是诗人才会如是说："语言的复出是为祈祷"（《葵花》）。进一步说，也正是信仰之舟——虔心的祈祷加隐隐而坚定的相信——把诗人由黑暗的心理王国摆渡进永恒的光亮世界。苦难与救赎是诗人的总结之作《大海》的根本主题，这与此前的另一部长诗《世界的血》的主题表现之间有承继，也有明显的不同。这部鸿篇巨制在一遍遍抚触苦难的根本内涵之际，也于苦难的深渊上空看到了救赎的曙光。

"大海"本是骆一禾诗语场的核心意象之一。就像百川归海一样，这一意象对骆一禾诗语场的涵盖力也无与伦比。而总结之作更是直接以其为题，并使该长诗的整个诗语场都围绕着此意象向外放射——也可以形容为灵魂在实在界和想象界的茫茫游历。"大海"既意指辽阔的生存之域，又意指无边的存在之域。它当是象征诗人感知中的世界综合，包括内在世界和外在世界。内在世界就是指人的内心世界，包括潜意识、前意识（骆一禾在《美神》中认为，诗语就是"辽阔土地上的实体流和内心前意识的流动"互相映射互相燃动形成的"语流"，并作为生命感觉的最高整体"开放出它们的原型"）、意识及其多重覆盖层（意志、态度、愿望等各种复杂的心理反应）；外在世界指向人的生存之地、自然、宇宙这样的客观实在界，也即人"在之中"的这个客观世界。这两重世界，在诗人对世界和生命的感知中，极其复杂地、晦暗地交流在一起。总之，"大海"既是令人恐惧的自在存在之荒海，也是更加可怖的人类心理之黑海。深入地抚触骆一禾这一片幽深的诗语海洋的基调及其所涌流所潮动所澎湃的精神内涵，我有一个推测，这个意象及其某些内涵，似乎是借自波德莱尔。诗人在感知这个海时的精神实存似乎也早被波德莱尔浓缩进了他自己的《人与海》这首诗里——这大概反射了人与物之间奇特的象征关系在天才诗人那里所表现出来的某些普遍性。这首诗的第一段如下:"自由的人,你将永把大海爱恋!／海是你的镜子,你在波涛无尽、／奔涌无限之中静观你的灵魂,／你的精神是同样痛苦的深渊。"① 诗人驾着脆弱的生命之舟,在这恐怖的荒海里九死一生之后,终于触到了自己心灵的家园。——他终于看到"在深海里下满了大雪":

> 雪下了。雪
> 就在深海里下了,雪来临 大雪
> 在深海里下满
> 在血泊上大雪升高
> 深海里下满了一场大雪
> ……
> 雪呵 在深深的海洋
> 我听不到你来到时丝光的响声
> 雪就白茫茫的了
> 雪。在深深的海洋
> 你不再是扑簌簌地下着
> 雪,就白皑皑的了
> 　　　　　　——《大海》第十九歌

可以发觉,《大海》第十九歌"在深海里下满了大雪",与海子的《太阳·弥赛亚》的结尾有异曲同工之感:"这一夜／天堂在下雪／

---

① 波德莱尔:《恶之花》,郭宏安译,上海译文出版社2009年版,第39页。

整整一夜天堂在下雪 / 相当于我们一个世纪天堂在下雪……// 而天堂降下了比雨水还温暖的大雪 / 天梯上也积满了白雪 / 那是幸福的大雪 / 天堂的大雪 // 天堂的大雪纷纷 / 充满了节日气氛 / 这是诞生的日子 / 天堂有谁在诞生"①。我们说，它们都是在表达一种有着永恒欢乐和光明内涵的宗教天国幻念。不难推断，"雪"在这里是希望和永恒慰藉的象征，是天国幻念的回馈的象征。借用荷尔德林的一个诗语表达式说就是："在所有以往的一切之后，这最后的场面是天国的。"② 这飞过最深绝望的最后希望竟是那样不可阻挡；这终极意义上的安慰是那样温暖人心；而且，与这天国幻念相随的是怎样欢乐和光明的生命气象啊！

我们说，这是一种"非辩证性思维"，也是某种"心灵辩证法"的演绎。这是在以某种"心灵辩证法"对抗自然辩证法和历史辩证法。"心灵辩证法"是依心灵体验能够成立的一种主观逻辑。大意是说，心灵体验的现实性并不是实际的现实性，而只是一种可能性。其很多诉求，诸如希望、盼望、梦愿、信仰等的指向，很多都是当下既无法证实也无法证伪的。正因为那些诉求是当下无法证伪的，故那些所诉求的东西就不会完全是不可能的。"心灵辩证法"捍卫这样的主观逻辑：心灵体验的真实尽管不是一般意义上的客观真实，但那同样是真实——其实同样表征了某种客观品质；或者说，主观意义上的真实同样是真实，否则它就不会绝对真实地在内心发生。从根本上说，"心灵辩证法"是非辩证性的。它往往会基于人的心灵感性而抵达某个逻辑实证全然失效的界面。非辩证性思维其实又是一种神话思维，其基本特征表征为自然逻辑和历史逻辑的中断（福柯的《词与物》的结尾部分所陈，也是在一种"非辩证性思维"

---

① 海子：《太阳·弥赛亚》，《海子诗全集》，作家出版社2009年版，第1012页。
② 荷尔德林：《荷尔德林文集》，戴晖译，商务印书馆2003年版，第202页。

模式下给出的思想架构,其思维路径在文中的详细展示可供我们参考)。它将某种对现在来说不可能的可能性打开,给人带来形而上的安慰。我相信,骆一禾的那颗深邃的诗心最终会被这种安慰庇护。

此时我还想顺便指出的一点是,骆一禾之所以被认为是一个"充满了光的诗人",盖因他的诗歌在大痛苦的质地上洋溢着一种肯定的色彩。他对痛苦和受难都有着一种内在的感恩情怀。我认为在这背后真正起支撑作用的其实也正是他那种深邃的"爱的根性"及博大的宗教情怀。这种根性和情怀,使他把人的生命本身,尤其是这生命对自我深处爱和美元素的神性般的体验能力,认同为一种恩惠。海子自杀后,骆一禾多次表达了对自杀的反对。美国著名诗人普拉斯曾说:"死亡／是一种艺术,就像其他一切事物。／我做得很好。"① 而且,普拉斯的这一倡导似乎还赢得了不少诗人的响应。骆一禾则认为,"以死亡作为技巧,只是另一种庸人"(《生存之地》)。质言之,骆一禾走的是一条默默地在自己内心绵延的"义人的道路";他在骨子里是个"义人"。加尔文认为,"那不喜乐等候死亡和复活之日的人,对基督教的了解非常有限"。我们不但要渴望救主的降临,"也应当将之视为最令我们快乐的事而叹息渴慕之"②。相信每一个骨子里的"义人",都在默默守护这样一种生命感觉:死不再可怕,生更没有什么可怕的;距离是忠诚的反衬,对永恒喜乐的新生命的寻找和追求的过程本身也通过内在关联着那永恒的喜乐,灵性的生命此在也是值得拥有甚至在一个特定时段必须拥有的。再者,在这个寻找和追求的过程中,其虔心的诗思之道说也深度折射了人的生命的某种伟大的担当情怀。那种超越的思想和意识当是人的心智最为高贵深远的灵感。世界以及人的生命存在必定有其终极本质。

---

① 普拉斯:《西尔维亚·普拉斯诗全集》,冯冬译,上海译文出版社2013年版,第301页。
② 约翰·加尔文:《基督教要义》中册,钱曜诚等译,三联书店2010年版,第711页。

人的生命存在的最高意义当是对这一本质的契合。对本质的意识和趋归诉求之表达无疑是最高最终的思想。所以，这最高最终的思想和意识具有特定的命运性。试想，如果人完全与本质融合了，将不会再有任何针对分裂感的思想甚至意识。与本质的分裂本身才导致了对本质的意识及对自身存在状态的反思。人类最高最终的思想实为对这种颇具形而上色彩的命运的伟大担当。

第二章 爱的根性

据西川回忆说,海子生前在同他谈到骆一禾的诗歌时,曾说骆一禾的诗"是从一株青草生长起来的大树,因此带有本质的单一性,与其回旋的思维方式形成对照"。① 那么,骆一禾的那首"唯一的诗"的根本内质,或者说他的那株"青草"、那棵诗歌大树的原浆,到底是什么呢?也正如海子当时所认为的,那实为一种独特的"爱的根性",实为爱本身。可以说,由对爱和美的体验的铭心刻骨而来的生命之爱,和对任何威胁到这爱的本真绽放的自然或人文事物的批判意识,及由对人的生命存在可能与其他的自然存在一样只是一缕过眼烟云带来的无限恐惧和忧虑,以及又恰由这一心理险境而萌生的向着永生新生命的宗教诉求意识和心灵祈祷,共同构成了这棵"带有本质的单一性"的"大树"的所有内涵和外延。在骆一禾辽阔的诗语场,我们自始至终感触到的,都是浓得化不开的生命意识,都是葱郁的生命情怀,都是强烈的内在体验和心灵的经验,而归根结底都是对于生命之爱和美的艺术灵知。再进一步强调说就是,骆一禾的诗作,每一首与其他的诗作之间都是那样富于映射性,都是处在他诗歌本体的同心圆的圆周上。而这同心圆的圆心就是爱本身。我们还可以转换为另一种沾染点西方神秘主义话语色彩的表述方式

---

① 西川:《深渊里的翱翔者:骆一禾》,《让蒙面人说话》,上海东方出版中心1997年版,第187页。

如是形容为：就如表象物与原型相关，光的反射与光源相关，被引起的存在物与引起的原因相关一样，与诗人有关的所有美好的生活事物及生命虔诚都和这神性般的爱有关。

在骆一禾这位"义人"那里，爱的情怀当然是博大的，它指向人间天上和人最本真最内在的生命感觉相融会的所有生命内容乃至存在内容。不过，我在这里想把这个"爱的根性"进一步提纯为男女之间的爱情。我敢说，人全部的爱的情怀都是由这个爱的原点生发而来；没有这种性质的爱的感觉，其他所有的爱都将会无所附丽，也都会是空洞和虚伪的。在骆一禾这里，也正是它禀有骆一禾的诗歌大树那真纯的青草气息。可以说，诗人的全部活生生的生命经验和体验，他的爱和苦难、绝望和希望，他的信仰诉求，他的终极祈盼，包括他虔心的歌唱和道说，都出于这爱，出于对这爱的感觉的爱本身，以及由对这爱的感觉的爱本身而来的最深的眷恋、同情和不忍。

"青草"也本是骆一禾早期诗歌的一个重要意象。骆一禾所留下的有据可查的第一首诗是写于1979年的《草地》：

　　我不知道
　　　它到哪里去了
　　那块草地
　　眼前只留下了
　　　一片恍惚的绿

　　积雪　晚霞　苹果花
　　时令一个个过去
　　黄昏浮在树梢
　　我怎么找不到

那片草地？

　　风推着光
　　轻轻穿过晴天的雨
　　太阳突然冒出云层
　　照亮一双黑眼睛
　　那是草地上的过去

　　你还记得吗？
　　我似乎早已忘记
　　那片草地
　　只望见了
　　　　一片恍惚的绿

这首明丽、轻快、纯美的小诗是在追忆一片消失了的草地。它似乎只是一首写实的诗，并没有多少延伸的意绪，不过还是可以推测，诗人年少时就表现出对青草的偏爱。现下，很多风景一如往昔，但诗人独怀恋"那片草地"及那"草地上的过去"，他的眼前常闪现"一片恍惚的绿"，他的"白日梦"中常飘过那草地上被明媚的天光照亮的"黑眼睛"。诗人的"草地情结"背后或许有一个隐秘的爱的故事——诗的第三段其实已经暗示了这一点。也正是这个故事使得"青草"和爱的感觉在他的内心永远奇异地幻化在了一起。自此后，青草和爱的神秘结缘的诗歌心象便一再浮现于他的诗语场。他在《青草》一诗中歌道：

　　那诱发我的
　　是青草

是新生时候的香味

那些又名山板栗和山白果的草木
那些榛实可以入药的草木
那抱茎而生的游冬
那可以通血的药材　明目益精的贞蔚草
年轻的红
那些济贫救饥的老苦菜
夏天的时候金黄的花朵飘洒了一地

我们完全是旧人
我们每年的冬末都要死去一次
渐渐地变红
听季节在泥土中鸣叫

而我们年复一年领略着女子的美
花萼四裂
花冠像漏斗一样四裂
开裂的花片反卷
白色微黄　有着漆黑的种子
子房和花柱遍布着年轻的茸毛

因为青草
我们当中的人得以不被饿死
妻子在苤苢的筐子里渡过了难产
她们的胶质
使丝织品泛映光泽

> 我该爱这青草
>
> 我该看望这大地
>
> 当我在山冈上眺望她时
>
> 她正穿上新布衣裳

这首诗的歌唱主题,从对青草新生时候的香味的迷恋,延伸到对大自然中各种草本植物的喜爱,进而上升至一种自然物象与人性人情之间的某种隐秘的象征和通感关系:青草的气息与少女的气息,花草的外在美与女子的形象美走到了一起;而青草的气息与少女的气息则通过一种更深更隐秘的寓意与最美好的生命感觉走到了一起。这首诗的意境折射着一种简单的美好和一种素朴的、无名的善意。在诗人看来,正是这种非概念化的美好和善意,在以一种弱小而又强大的力量,隐隐地支撑着生命,凝聚着生活。它也给我们的内心带来一种隐隐的感动,以及一种对生命的感恩情怀。这首诗似乎还隐射着这样一种理念内涵:一个生活的爱者,他不必有志于美好,而是在他的眼里生活本来就是美好的;他不必为善意奔忙,而是人性中的善意本真必然地流动它自己。再者,一个被爱意充满的人,他无条件地爱着这生之美好,而这生之美好,也会加倍回馈他的爱意。在长诗《滔滔北中国(北方抒情)》及《美丽(一)》至《美丽(三)》系列诗歌文本中,诗人对那种隐秘的象征和通感关系给出了进一步的抒发,并更加具象化。《滔滔北中国(北方抒情)》歌道:

> 你们闻得见吗?那清香的气息　和那善良者的灵魂一起　轻盈地飘在空中　你看得见吗
>
> 那孤孤单单的小少女

提着一桶河水

　　身体倾斜了

　　她走到树林边

　　巨大的云银白而灿烂地 平稳而恢宏地悬浮在她的头顶

　　……

　　那里焦黑的树木 黑沉沉的 冒着湿漉漉的香味

　　　　有一枝很长很长的新枝

　　　　优美地

　　　　伸到白云上面

　　　　碧绿的月牙儿开满了春叶

　　　　开满了北方淳朴的愿望

《美丽（一）》写道：

　　又闻雨声

　　那水里的浪花盛开

　　你那青葱的小屋顶依旧

　　阳光晒暖后背

　　飘着春雪

　　一种早早的感觉

　　使我期待你

　　你是才惠的青草

　　初通人性

《美丽（三）》写道：

> 而美丽 你是七倍于我
>
> 早上起来，精神寒爽
>
> 你在果树林里
>
> 光着脚，观看着清凉的果树
>
> 并在断枝上
>
> 留下碧汪汪的手印
>
> 我们寻找着太阳的脸颊
>
> 清新得好像一阵刺痛

诗人在自己一片片的诗语场中绵绵地道说着。正是对爱和美的刻骨铭心的感知，成为我们生活的真正美好并显示力量的根底。正是它，使人们在物质的意义上死过多少次又在心灵的意义上活过来。它是生命意志和生存意志真正的源泉。它是人间世界真正的支撑力量。正是对美的表象的本真本然的心灵反应，正是对爱和美本身的迷恋和珍惜，使诗人决意拥抱人生。不用说，诗人对"青草"这一意象的广泛采集，既表达了对自然界中真实的青草的喜爱，也是在借之象喻一种天然、真纯、质朴而唯美的人间恋情，以及真纯、唯美的青春和生命本身。

那棵"青草"葱茏地生长，渐渐地，就长成了一棵"大树"。对青春、爱和美的感知与歌唱，及基于对本真生命感觉中的这些美好情愫的心灵守护而走向对一种大生命的诉求之意识和情怀，是骆一禾前期诗歌的根本主题之一。在其后期诗歌中，虽然对事物的本质追问和形上困惑是主要的理念内涵，但我们说，那一股"青草"的气息——也即那一股爱和美的生命气息——也是始终弥漫其间的。就连诗人在终极的绝望和希望的精神界域所徐徐打开的宗教情怀，也是一种永恒的青春和生命之理想。

在本真的生命经验和体验中，青春是那样纯真，那样激烈，那样唯美,那样富于理想主义和浪漫主义色彩。骆一禾的诗歌炽热地歌唱青春主题。他歌唱青春的气质:"我们弯曲着/向着风雪的一极/弯曲得有如很久以前/青铜铸造的/犁铧//带着倾斜的姿态/枝条开放着/那种没有暮年的/青春气息……虽然我们/弯曲/而/倾斜/仍然站立着/为了蓝天/没有哭声 没有叫声"(《突破风雪》);歌唱青春的激烈:"青春激荡/在雷暴火后的落日里/白马跃向长空/扑落崖底/还摔不成一条道路吗"(《青春激荡》);歌唱青春以流浪情怀所表征的自由和浪漫:"走了很久很久/平原要比想象更遥远/河水沾湿了红马儿的嘴唇/青麦子地里/飘着露水/失传的歌子还没有唱起来"(《大黄昏》)……当然,诗人真正想歌唱的还是与生命更与青春生命紧密相关的主题,那就是爱情。的确,对于青春生命来说,没有比爱情更美好的生命体验了。一颗内在的诗心,自然也是一颗对爱最敏感的心。在骆一禾写于1983年至1986年的诗歌中,有20余首都相当直接地表达了刻骨铭心的爱情主题。这些诗歌向一个名叫"果树林"的女孩子绵绵倾诉着爱:

> 果树林
> 你温柔 不安而摇响
> 安静的蓝月亮
> 松开了你的头发 沉落了
> 无数果实滚动在你的身体上
> 从那绵密如雨的眼神里
> 雷声在轻轻传来
> 你说这夏天永远属于我们吗
> 告诉我
> ——《爱的印象》

一条纯青的火焰

　　穿透心房

　　使我感到痛楚

　　深入夜雨的表情

　　那时

　　我正从门外进来

　　你询问地

　　抬起眼睛

　　你的花冠

　　在日光下润泽饱满

　　像一团洁白的火

　　我们就熟悉了

　　心上有

　　亲切的陌生

　　　　　　　——《爱情（一）》

　　果树林　我爱你

　　我爱你

　　在这个荆棘灼热的人间

　　我不能对肤廓的灵魂讲你的故事

　　我爱你　我爱你

　　　　　　　——《爱情（三）》

那种无法离开的爱使诗人竟至这样祈祷："要你活着／要你活着／哪怕你痛苦∥我的爱"（《爱的祈祷》）。相信，也正是出于这爱的牵系，才使得诗人觉得自己在时刻遭受着内外在威胁的情形下，会一再坚决地"对自己说"："……回故乡去吧 你要好好活着 // 就像我们无意间提起的忍者 / 最善意 / 最无名"（《生存》）。以上这些文本的题旨都挺好理解的，并且它们之间题旨的相似性也不难感知。很明显，骆一禾的早期诗歌中对青春和爱情的歌唱所表达的主要还是一种具象的情怀和情感。这里面久久飘忽着那初生的"青草"的气息。

我必须得进一步肯定，正是由对爱和美的刻骨铭心的体验——人对爱和美的体验其实本来就比任何体验来得都要深刻，诗人慢慢地由对青春生命的挚爱，沿心智层面走向了对一种大生命境界的诉求。这是骆一禾中期诗歌中隐含很深的一种精神和理念。与此同时，其诗歌意境也渐渐地由具象走向了抽象。此处，我想借法国思想家巴什拉在《梦想的权利》这个文本中所创造的一组概念工具——"诗意瞬间和形而上学瞬间"[1]，把骆一禾诗歌意境的这种转变表述为：由对单纯的"诗意瞬间"的表达，走向了对"诗意瞬间和形而上学瞬间"的同时呈现。此时，诗歌成了一种"即时的形而上学"。一首短短的诗就做到了"同时展现宇宙的视野和灵魂的秘密，展现生命的存在和世间诸物"[2]。在诗歌所创造的"自己的时刻"，诗人的诗思，"启动了更加遥远、更加深刻的同时性"，某种极具形而上意味的感应性或想象性关联深蕴其中。而在这整个过程中，爱的形象始终处在诗人想象的存在的中心，使生命所有感性和理性的反应相互感应和相互补充，并渐渐于梦想中形成一个非存在的在性整体。

透过骆一禾的诗歌表现，我们心灵的眼睛能够测度到，大生命

---

[1] 加斯东·巴什拉：《梦想的权利》，顾嘉琛、杜小真译，华东师范大学出版社2013年版，第245页。

[2] 同上书，第246页。

有这样几个标志：第一，这生命洋溢着一种内在的自我肯定性，并与青春本质互相穿透和融入。这生命的心灵真挚地实践着青春，并愿望着永恒的青春："关于人类我有一个梦想：伟大的青春"（《闪电（三）》）。第二，这生命获具了心灵与自然、自由与必然的大统一。它把自然本身看成是生气灌注的。它在自然中创造自己。它徜徉于大自然，也在这自然上空"飞行"。它追寻大风景、内心风景、灵魂视野下的风景中的风景。它既拥抱本真的身体感觉，又拥抱自己的梦境、形而上思想和心灵的终极愿望。它"终生相爱"，"依循渴慕的人性"，追求生命——灵魂与肉身双重意义上的——完美（《头》）。第三，这生命由对当下具体的爱的感知上升到对本体的、本源的、形而上意义的爱的诉求。很大程度上，这也是一种隐藏着某种宗教秘密的精神和灵魂通道；或者说，诗人的这一次精神和心灵体验的升华，实际上构成了他最后的宗教诉求的一个最为根本的起点。在诗人写于1986年11月24日，由十个在语义上具有内在相关性或彼此在内质上形成互释互证关系的片段构建的《爱情（四）》中，一种与之前三首同题的诗作对爱情的实写明显不同的、对爱情更为本质的感觉和诉求开始大面积浮现出来。我们说，诗所表达的永远都是真实的，而且是对人的生命存在来说更为本质的真实。诗是一种内在精神的实体。对真诚的诗人来说，诗永远都不会是"偶然幻想的任意性"（黑格尔语）的产物。诗人有时做出的不易被人理解的表达，所包裹的内核，其实仍是诗人当时想要表达的生命感觉之真实。诗人的生命感觉不断发生着变化，或者说他对世界和生命的感知和理解不断发生着变化，这种变化自然会被诗人准确地在他的诗作里表达。在这一感觉层面，对诗人的系列诗歌文本的阅读会最强烈地作用于我们：如果我们按时间顺序阅读和领悟诗人的系列诗歌文本，其思想和精神之基本进路几乎能够很清晰地在我们的感验中浮现。另外，一个时期的核心文本的思想和精神主旋，会在这个时期所有的文本中荡起回声。从方法论的意义上说，要想触及一个诗人内心世界或一层面的变化，需要按时间顺序通读他的系列文本。就骆一禾的诗歌存在来看，《爱情（一）》到《爱情（四）》这几首诗，明显构成了系列诗歌文本现象，里面关于爱情的体验和感知的变化的"心灵路线图"清晰可触；而且，这一系列文本还作为他不同时段的核心文本凸显于他的诗语场。那么，《爱情（四）》究竟深切地道说了什么呢？那是一种非概念的，也超越了任何理性或非理性界定的生命感觉，它除了纯净的必然和真实本身外什么都不是。也许是圣灵为了强调爱的理念以及对这一理念的表象，创造了这样的生命结构，而人本真的生命经验和体验似也在无条件且非概念化地表征着圣灵的旨意。我们来提取几个片段悉心地抚触一下。

先看第一个片段：

> 这是自心中产生的
> 光线自天空产生
> 这无因之爱是我所新生

这段诗告诉我们，诗人此时经验到的爱给他带来一种焕然新生的感觉，这种爱是一种先验的必然性之体现，是不需要反思的（很多时候，是反思构成了我们内在分裂的根源，尽管进一步的反复的反思似乎也能使我们沿思想的层面隐隐触及某种内在综合的力量）。人置身于这种爱的感觉中，就仿佛他的心灵沐浴在一种被神性的光亮所照彻的澄明之境中。他本真的生命经验和体验，就在这澄明之境中，以一种最简单、最直接、最正确的方式在场。这段诗还深切地告诉我们，这种爱的感觉及在这种感觉基础上所萌发的形上诉求，它们都首先源于我们内心世界的真实。一方面，它是客观的，是真切地发生于我们内心世界的；另一方面，它又是主观的，在当下真实的意义上只对应于我们的内心,也就是说,它不一定对位于一种真实意义上的"真",它只是一种主观意义上的愿望之"真"。

我们可以把这种体验的性质表述为一种"内在客观"。关于"内在客观"、内在真实等观念,在荣格的心理学视域和克尔凯郭尔的宗教思想语境,都有过很好的阐述。它们应该很有助于我们把握诗人的某些特定的内心真实。荣格把人的心理类型大致分为内倾型和外倾型。他在从多个层面分析内倾型心理类型时指出,内倾型意识虽然也是对外在世界的意识,"但它总是(在直觉中)把主观规定当作决定性因素",对它来说,"知觉和认识都并非纯粹是客观的,它还受到主观条件的制约。世界并非纯粹存在于其自身,而且还像它出现在我们眼里那样存在。"① 这种情形表征的就是一种内在客观。它同样是一种真实,但它是指主观因素"与客体所产生的作用相融合"所造成的"一种新的心理事实"。内倾型思维及直觉——天才的诗人和艺术家大多禀有此种思维类型——的现实表现则是"主要定向于主观因素"。它"可能既与具体的对象也与抽象的对象相关,但是在决定性时刻它又总是定向于主观的因素"。② 在这种思维的具体运行中,主体总是始于自身最后又返回自身,"尽管它可能在实在的现实领域中进行最广阔的遨游"。对他来说,客观世界"仅有次等重要性","主观观念的发展和呈现、那些微弱地闪现于心灵的眼睛面前的原初象征意象的发展和呈现才是绝对重要的东西"。而最后,他又总是"匆忙地掠过观念世界而进入纯粹的想象王国","直至最后那种不再表达任何外在真实的意象产生出来,成为纯粹不可言喻的和不可认知的象征",甚或止憩于某种"灵视的观念"。③ 克尔

---

① 荣格:《心理类型》,吴康译,三联书店2009年版,第318页。
② 同上书,第323页。
③ 同上书,第340页。

凯郭尔在其不少著述里，依据一种大量的心灵辩证法思维，就基督教信仰做了颇具魅力的阐述。他认为，基督教信仰体验是一种绝对的真实——从真实本身的意义上看这具有某种客观性，但是，那是一种极其刻骨的主观真实；一种独特的"内在性"和"自身性"是其最高表征，"其决定性因素就在于主观"。①

下面是第三个片段：

> 那曾是源泉的
> 以你为源
> 放射着光辉
> 只因爱情是长久的
> 人间变得短暂

这明显是想表达一种超越了具体时间和空间的、本体意义上的存在。这里，诗人的自我在感悟中上升到了最本源的爱或一种神性的生命之源。诗人这是想要把我们的诗思引向爱之"太一"呢！诗人表示，生命有其最初的来源，而这个来源当初不管是一种什么样的存在性状，它都还有一个更为隐秘也更为神圣的源泉，那就是爱。只有这个爱才真正是照彻世界尤其是人的生命存在的光源。诗的最后两句表达了一种特殊的永恒回归之精神母题。人类的心灵深处似乎有这样一个伟大的觉知：生命有它的来源，而它的最终去处有赖于它所承蒙的最初的恩缘。只是，由于这个本源本身是理智无法认知的，所以每个时代最深刻的思想才给出了各种各样的想象性命名。诗人在这里把它命名为爱。我们说，这是一种尤属于诗人和圣徒的特殊

---

① Kierkegaard, *Concluding Unscientific Postscript to Philosophical Fragments*, Volume I, Howard V. Hong, 1992, p610.

的先验情绪的体现。这一诉求是与主体自身最深的生命体验分不开的，它首先在心灵体验的意义上关涉着爱。而且，其中还深蕴着某种宗教性质素。

下面看第五个片段：

在花朵开放的时候
我只能说
呵　这是花朵　这是花朵

"在花朵开放的时候"，我们根本不想去知解，这花朵为什么开放，这花朵到底是一种什么存在。我们想表达的，最多也就是对这美丽的存在是其所是的悉心感悟，以及对这一自我感受本身的守护意识；最多只会说："呵　这是花朵　这是花朵。"质言之，"在花朵开放的时候"，在我们心灵的眼睛与这开放的花朵相遇的时候，我们根本就不想用流俗的语言去就这一相遇说些什么。这几句看似浅白的诗，其实深切地道说了爱和美的体验性本质。爱和美表征的是某种体验本身，我们不可能依靠抽象的认知力和知解力触及它们的本质。也即是说，当我们被爱和美所打动所感动的时候，我们不可能想到去解构它们，甚至不可能去解读它们，而是会被它们引领着去到一种纯然的精神体验的境界，内心沉浸于忘我的陶醉中。这时候我们能表达的最多就是在一种"下降到赤贫状态的思"（海德格尔语）中对它们的本真之"是"的感知和接受。

下面是第八个片段：

照耀永恒　是因爱情
照耀瞬息　是因爱情

这一节诗极其简洁又极为准确地表达了爱情在人的生命体验及精神诉求中的核心性。那"唯一的古老的诗歌"在骆一禾的诗语场反复吟唱的就是：生命的终极真理，除了爱之外，什么都不是。永恒的爱的意念，自神性的澄明中飘洒，滋润着诗人的至上心愿。他逐梦不思归的心神，掠过痛苦和受难的临界体验，融入爱和美的永恒澄明之境。诗人的终极诉求，其实都在朝着他最高梦愿中的，作为爱、美和欢乐的永恒生命庆典发生强力弯曲。那爱归根结底是生命之爱。而生命之爱的最高最美的表征则是爱情。到底是什么让我们圣诉生命的永恒？或者说，是什么照亮了我们的永恒生命意识？只能是基于爱情体验的生命之爱。我们当然也可以把这定位为只是某种内心的真实，但诗人的心灵真正想捍卫的就是这一内心的真实。如果真有所谓的永恒，真有所谓的最高最终的真实，并且这永恒、这真实不再与生命之爱有关，那么断不会引发诗人的心灵的亲和力。而诗人也宁愿不要那样的永恒，只是拥抱自己当下美好的生命体验，守护和道说自己真实的愿望，并祈祷这真实的愿望所指能经由神赐的力量化为最高最终的真实。

值此，我想进一步指出，诗人真正要捍卫的其实始终都只是其内心的真实。在他的诗语场，他常以自己某种强烈的主观反应使存在的客观性发生变形。他不知道而且也清楚难以知道真理到底是什么，他只知道而且确切知道他自己想皈依的真理到底是什么——庞杂的真理话语体系甚至会令他反感，他只愿在朴素的理性的陪伴下几近完全地把自己交给自己最深的心灵直觉；他不知道而且也清楚难以知道世界以及人的生命存在的最高意义上的真实到底是什么，他只知道而且确切知道他自己想融入的最高意义上的真实到底是什么。他不知道"上帝"究竟会拿他的生命怎样，他只真切地知道自己究竟想让自己心目中的上帝怎样对待他的生命；或者说，他不知道也清楚自己不可能当下知道上帝会否满足他生命最深的愿望，他只知道而且深知属于自己的只是虔心的祈祷。诗人压根儿就怀疑人的认知能力，各种所谓的真理话语所构划的境界也始终不能打动他的内心：首先，它们所诉诸的东西似乎也只是人的某种主观想象；其次，他根本上就怀疑，灵性生命到底在多大程度上会去亲和一种纯客观意义上的真实，以及，人的心灵到底是想融入一种不以人的主观意志为转移的客观实在，还是想坚决捍卫自己的愿望之真——这愿望之真不一定就对位于未来的生命真实。诗人深知，他最深也最美好的天性，是他有所梦愿，而且这梦愿就是，他基于人的生命体验中最美好的元素（即爱和美），想虔心地祈祷圣灵赐予他彻底表征着真善美的永恒新生命，虽然那不可思议的伟大的圣灵也可能只是他祈祷中的一种存在。总之，不为各种图式的所谓真实卖命，而唯愿怀抱着自己最本真的生命之爱和生命理想，朝向他祈祷中的圣灵实施自己义无反顾的精神生命献祭，这是诗人所昭示给我们的独异的灵性生命反应。我们再沿"语言"的层面对这节诗做一些解读——

爱情是人的生命存在的永恒之"道"。它既是人心灵深处的体验，也是最能象征人的生命存在之灵性的语言表达式。作为心灵的人类，想找到一个"词语"为生命的真理命名。他找到了它。这个"词语"，这个来自古老人类心底的"词语"，在不知名的高处，在"太初之言"的近处，突然明亮，照彻人的生命此在。生命沐着那神秘的光，在一种存在的深度里荣耀圣灵并朝圣自己。在它的光照下，人类以往以痛苦的名义所表征的，都转化为欢乐的泡沫，融入永恒喜乐的太一。这个"词语"，它仿佛是真正的梦想开始的界面，在它祝福的澄明中，所有本真的词语，葱茏生长，而生命，带着被语言所感动的神秘，回到其无限美丽的初始，并由此走向永恒。

这节诗要表达的第二层意思是，到底是什么使每一个生命瞬间熠熠生辉？我们的回答必定是：我们发自内心的热爱和拥抱每一个生命时刻的感觉。那么，到底又是什么使我们发自内心地执着于每一个生命瞬间？那不会是任何与我们的内在生命体验无关的东西，而只能是我们对于爱和美的铭心刻骨的经验和体验；而生命的灵性之爱则对这种体验具有内在的统领作用。针对这个话题我想再延伸谈一下——

对一个灵性生命来说，其生命体验中真正具有支撑和引领作用的两种精神性元素是爱和美；而其中，爱的力量又大于美的力量。当然无可怀疑，审美体验在其中发挥着非常重要的作用。在这一点上，我认为尼采的一些表达相当刻骨。尼采在其早期代表作《悲剧的诞生》的落脚处说道："在人生中，必须有一种新的美化的外观，以使生气勃勃的个体化世界执着于生命。我们不妨设想一下不谐和音化身为人——否则人是什么呢？——那么这个不谐和音为了能够生存，就需要一种壮丽的幻觉，以美的面纱遮住它自己的本来面目……它们在每一瞬间使人生值得一过，推动人去经历这每一瞬间。"①尼采在自己佚失的最后道白中甚至有如此陈述："一种事物越远离现实，就越纯洁，越美，越好。唯一的可能性是生活在艺术中。只因生命的美学幽灵，所以生命才成为可能。"②然而，针对这种情形我想说的却是，对一个灵性生命来说，抱着单纯审美的立场实际上是有着内在虚脱感的——不少精神天才的最后毁灭其实已经构成了这方面的铁证。爱才是终极意义上的生命之光。美是一种挽留的力量，爱则是一种拯救的力量。我们不难推知，像骆一禾这样的精神天才和"义人"，是不可能持单纯审美的立场的。他会把爱的体验和爱的力量看得高于一切。

借助这一话题界面，我想再深入探讨一下骆一禾这样的诗人与

---

① 尼采：《悲剧的诞生》，熊希伟译，华龄出版社1996年版，第125页。
② 尼采：《我妹妹与我》，陈苍多译，文化艺术出版社2003年版，第357页。

唯美主义者之间的不同。对唯美主义者来说,客观意义上的美和主观意义上的审美体验可能就是其人生中最重要的事情了。唯美主义者不会为所谓的真理过多地伤神。这样的艺术个体给人印象最深之处还不唯在于其唯美主义的艺术实践,更在于其为美而不惜冷落一切的心性气质。他集艺术狂徒和生命狂徒于一身,追求生命的自我沉醉及在艺术之美中沉醉自我。这是一种富于极端色彩的审美情怀。这里也许涌动着一种非理性的弃绝意识的超密态的生命暗流。那是一种疯狂笑纳但又不领情的反对造物主的精神暴乱:暴乱者一方面在一种超善恶的生命感觉中挥霍生命,另一方面又不买造物主的账;他没有多少感恩意识,而只有自身生命的艺术性试验的热狂,甚至某种个性化的死也成了他这场试验的一部分。与这样的唯美主义个体相比,骆一禾这样的诗人其实拥有一种不尽相同的审美情怀。最根本的一重区别在于,他的艺术创造更深地烙上了他的"心痕";而且,在他的心灵世界,艺术、宗教、哲学三个层面上的精神体验元素是始终处在一种复杂的互补互渗的状态中的;同时,艺术也是道德、审美、信仰或者说真善美三者的整体的一个象征(由此产生的诗作往往比唯美主义者的创作更能震撼人心的原因实际上也正出于那"心痕"。我们完全可以承认,唯美主义的东西的确最能刺激人的审美神经,但它们却很少能给人的内心带来真正的震动和感动。只有心灵的融入才能唤起心灵的感动。心灵所创造的艺术美其内涵不唯在于美感本身,更在于真善美的内在综合)。所以绝对地,他那颗审美的心灵对心灵之美要比对任何其他形式的美更为敏感。对他来说,天地之间真正的大美之所在是生命之美,而内在美则是生命之美的本质之源。这样的生命感验必定会使他把爱看得高于美。当然,这一点并没有真的消解他那浓郁的审美情怀。或者说,这一切都与他那发达的审美力并不矛盾。与一般意义上的艺术天才相比,他的审美力其实丝毫不见弱,美甚至还给他带来更深的生命感动。

不过，如果说唯美主义者的审美诉求更多地与主体的感官感受相关联的话，他的审美诉求则是体验和理念性的心灵抚触并重（我还倾向于认为，这样的诗人的审美诉求更富于灵性——这源于其诉求中所融入的那种博大的思想和心灵）。因为，对他来说，美往往不像是一种单独存在的力量，而是与本质之真和最高意义的善有着隐秘关联的；审美体验也往往更多地游离着人的感官感受，而彰显着人的生命存在的精神性和灵魂性。终极意味的爱的感验就像一束光照耀着其审美体验。

另外，这两个并蒂绽放的纯净诗句还同时在说，爱情照耀永恒的同时也照耀瞬间，照耀瞬间的同时也照耀永恒。不难觉知，这里面还深蕴着另一道寓意，那就是，永恒与瞬间互为表征，内在统一地共在于爱情之光所照亮的澄明之境中。对生命的最高境界的诉求基于对每一个美好的生命瞬间的切身体验。永恒生命意识并不能概念化地被所谓的理想或梦想所挟持（空洞的理想或梦想，以及任何不切实际的偶然幻想，久而久之都会对人的本真生命构成一种严重的腐蚀）。最好的生命感觉就是爱和美渗透了每一个生命时刻，就是人在每一个生命时刻都被纯净的必然和真实所感动和拥有。离弃某些幻想主义的虚假承诺，拥抱每一生命时刻所禀有的内在真实，这是每一个虔诚生命的必然选择。当然，离弃幻想主义丝毫不等于否弃朝向永恒的诉求；相反，对当下的生命真实的热爱还恰恰是人的永恒诉求意识和情怀的根本心理基础。

关于爱的超验性和核心性的理念内涵同样在第十个也是最后一个片段所昭示的精神场域氤氲和蔓延着。请看这节诗：

谁若失去爱情

也就失去了秘密

在一片夺目的白光中

像笨重的物体

　　再也不能诚实地说出那个我字

　　　　我

这节诗告诉我们,爱情是人之为人的最高亲证。谁若没有内在地与本真的爱情相遇,也就不可能触及人之为人的本质;谁若失去了爱情,也就失去了对最不可思议的伟大的神秘的感知和领悟。维特根斯坦《战时笔记》里的一句话曾给我留下非常深刻的印象:"艺术上的奇迹是:存在着世界。——存在着所存在的东西。"[①] 这句话是想告诉我们,从艺术的意义上看,最大的神秘是"存在着世界"。这一像是蕴含着某种禅机般的描述,无疑折射了思想家对这一事实的天才觉知:世界从根本上说是作为一种艺术现象而存在的。我想顺着这一表达再加上一半新的意思当量:从真理的意义上看,对人来说,最不可思议的神秘是人的生命体验之灵性——爱和美是其最高标志。生命的灵性之美到底有多么难以言说,灵性的生命之爱到底有多么深,生命之爱中的灵性因素对爱的其他诸表现层面的统领性到底有多强,基于这灵性体验的生命最深的愿望到底有多么虔诚等等,这些出于心灵的自我提问,想必我们也无须过多言说了——我们活生生的生命经验和体验已经说明了一切啊!

　　不用说,人之为人的本质,就在于其对灵性生命的拥有,就在于其作为心灵在感验着自己的内在生命,否则他似乎就也成了"被大自然所埋葬的无意识的存在"(黑格尔语)了。而在诗人看来,人的生命存在之灵性的首要标志就是爱情。一方面,我们只有在自己生命感觉的最深处去经验和体验自我,去实现自我,才能使得自

---

① 维特根斯坦:《战时笔记》,韩林合编译,商务印书馆2005年版,第244页。

己的生命存在真正富于爱和美的内在质感及不可替代的终极意味的意义感。另一方面，再本质的自我实现其实都离不开自我的对象化实践。既然我们的心灵是在依爱的灵魂而本真地存在，那么，与相遇的爱者一起虔心地等待、期待及拥有爱的至上感觉才是它最完美的存在"模态"。与爱者在神明的光亮下的共在，才是最伟大的生命仪式的奠基礼，才是纯粹出于爱和美相遇到一起并一起经验神秘而神圣的深度生命的梦中的婚姻，才是我们朝向永恒的美与欢乐的唯一真挚而虔诚的自我生命祭献。所以，"谁若失去爱情"，谁就脱离了神秘而神圣的生命之源，他的生命就不可能真正表征人的生命存在的灵性内涵，他还将会因处于"灵死"的"自闭"状态而失去对伟大的爱的神明的感悟。从而，他就会"像笨重的物体"，就会像"被大自然所埋葬的无意识的存在"，无法感知和认识真正的自我，也就不配说自己是一个"生命"。

可以总结说，骆一禾的这片诗语场深蕴着一种"感性宗教"性的质素。在同样写于那几天的《落日》一诗中，诗人歌道：

> 一个人需要有那种无因之爱
> 那种没有其他人的宁静
> 幸福在天空中闪闪发光
> 也许一生只是为了它

在包括另外几处在此期的诗歌中随处散落的诗思中，诗人甚至冥想到男女"裸身之前"——亦即爱化生命并承担生命之前——的情形。这里，诗人所有的诗思其实都在向着被爱和美彻底拥有的永恒的生命本体弯曲，就像广义相对论所认为的光线在经过大质量的物质时会发生弯曲并被吸附一样。这种诉求同时蕴含了中国式的情感元素、以爱和美的理念之爱为本位的柏拉图式的爱的哲学及以伊甸模式为基本表征的基督教的婚姻哲学,并对三者做了某种创造性的综合。爱、道、光、生命、信仰,在骆一禾的诗歌所开启的灵性世界中互相照亮。

在这些爱的元素中,柏拉图式的爱的哲学最不好理解,我们在下一论述板块再专门谈谈。此处我简单展开谈一下基督教的爱情和婚姻哲学。《圣经》中的《旧约》记载,上帝起初造人时,是在造了亚当后,觉得他"独居不好",又造了夏娃做他的配偶,并且说:"因此,人要离开父母与妻子连合,二人成为一体。"① 《马太福音》中,耶稣基于此说道:"既然如此,夫妻不再是两个人,乃是一体的了。所以,神配合的,人不可分开。"② 不难觉知,《圣经》里关于爱情和婚姻的叙述,"具有深刻的现实性,它并不排除,而是体现了带有种种经验细节的事实的理想含义"③。其实,基督教不但不排斥婚姻,反而是最具有婚姻理想主义色彩的宗教,里面折射着一种形而下意义的拥抱与形而上意义的诉求相统一的爱的精神。一方面,基督教精神所倡扬的爱在具有终极意味的同时,与凡俗的爱也并无任何根本的对立冲突。它赞美现世的男欢女爱和情意绵绵。看看《诗篇》中的《雅歌》对女性美的热忱赞歌,渗透着多少美好的人间情愫啊!基督教义还要求,在现实的家庭生活中,夫妻要以爱为原则去履行各自的态度与行动。另一方面,基督教意义上的两性之爱,不是夫妻暂时的、肉体意义上的结合,而是一种恒常的、形而上的统一。"男女的这种形而上学的一致是难以理解的谜,因为它超出

---

① 《旧约·创世纪》,《圣经》(中国基督教两会,2008年),第4页。
② 《新约·马太福音》,《圣经》(中国基督教两会,2008年),第36页。
③ 索洛维约夫:《爱情的意义》,索洛维约夫等:《关于厄洛斯的思考》,赵永穆、蒋中鲸译,辽宁教育出版社1998年版,第9页。

了人类智慧的范畴"①。而且,在基督教文学表现场域,这种爱始终被感悟为一种永恒不移的、高于个人的在,即一种统一的且不可分的神秘整体。一如《旧约》中的爱情赞歌所唱:"爱情如死之坚强。"②一如《新约》中的道说所陈:"爱是永不止息。"③总之,在基督教语境下,爱情是最令人兴奋和感动的人间关系乃至永恒的存在关系。

基于上述分析我认为,骆一禾的诗思里深蕴着柏拉图主义-基督教的爱的理念。这是一种由柏拉图主义及新柏拉图主义要素、基督教要素、心灵辩证法的哲学要素等共同交织起来的理念。说实话,这种爱的理念在传统的汉文化语境中体现得并不明显,而在西方人文语境中却是异常凸显。为了准确理解和把握骆一禾的诗思,我想在此就这一爱的理念做一些探考。

柏拉图主义的爱的理念是这一精神的观念基础。柏拉图主义的爱的理念到底是什么内涵呢?它说的爱实际上是一种灵魂行为:爱美的灵魂如何爱形象美、心灵美、本体美。这我们可以先从最早也最集中探讨这一话题的柏拉图的《会饮篇》中寻绎答案。《会饮篇》中,狄奥提玛关于美和审美向苏格拉底所做的阐述如下:爱美者首先爱上的往往是某个具体的美的形体,他应该由此走向爱一切美的形体。再进一步,"他应该学会把心灵美看得比形体美更为珍贵"。由此再进一步,走向美的广大领域,并在对美本身的观照中临近终旅。狄奥提玛最后总结说:"一个人加入了这种爱的秘仪,按既定的次序看到了所有这些美的方面,也就最后接近了终极启示……到了这个时候,他那长期辛劳的美的灵魂会突然涌现出新的美景。这种

---

① 特罗伊茨基:《婚姻的理想主义与直觉》,索洛维约夫等:《关于厄洛斯的思考》,赵永穆、蒋中鲸译,辽宁教育出版社1998年版,第269页。

② 《旧约·雅歌》,《圣经》(中国基督教两会,2008年),第1106页。

③ 《新约·哥林多前书》,《圣经》(中国基督教两会,2008年),第307页。

美是永恒的，无始无终，不生不灭……"① 我们知道，这一精神诉求在西方语境中实际上有着"原型"的分量。"柏拉图式的爱"是这一"原型"的通常表达。这一命名的确切含义是，由当下具体的对爱和美的感验引领着走向对爱和美的本体的爱。并且，在爱者的梦愿中，这个精神仪式的完成并不是必须经由死的界面，而是完全可以落实为当下的精神体验的。正是出于对爱和美的深入灵魂的体验，人们才在自己的梦愿中沿某种隐秘的灵魂路径走向爱和美的终极本质之所在。

柏拉图主义的爱的理念对于后来的西方人文语境，实际上开启了一种宗教路径，并与基督教精神诉求某些表现层面有机地结合到了一起。我们说，这一路径更富于唯美气氛和理想主义色彩，也更为隐秘。那就是，使自己对爱和美的心灵感验越过世俗层次，直接被提升至形而上的高度。实际上，这也是由审美到信仰的一种攀升。首先可以认定，审美与信仰这两种心灵体验中的元素是生命情怀的两种最宝贵最深邃的体现，也是使人的生命存在最富于质感的两种精神性表现；审美情怀面向世界和生命打开，宗教情怀则是把人的生命体验中的根本精神元素终极化本质化的一种诉求。其次，在人的生命情怀中，爱和美是两种密不可分的元素，而且"我们往往是通过爱而观照美的"（席勒语）。说到底，对爱和美的体验其实是上升到灵魂的生命情感，是激发人的某种宗教情怀和宗教诉求意识的情感活源。宗教之爱源于生命之爱，尤其是生命之爱中富于灵性的内涵。人类最美好的想象无疑源于对爱和美的深切感知。在爱和美的心灵气氛里，想象无限生长，像伤愈的灵魂的翅膀，穿过被内在的艺术感所改变了的时间和空间飞翔。最美好的想象，当它来到思想和意识彻底空茫处，它就把自己交托给梦想，从而更加自由地飞

---

① 柏拉图：《柏拉图全集》第三卷，王晓朝译，人民出版社2003年版，第254页。

向远方的远方,飞向爱和美的终极幻象。

进一步说,我们爱美,爱的其实是美的灵魂;我们爱着的时候,爱的其实是爱的灵魂。爱和美的灵光在哪儿闪烁,我们的爱就会被引向哪儿。这样一种爱的感觉难免使我们想把爱和美的灵魂本质化终极化。实际上这就是一种宗教路径。我们的心灵被愿望天使引领着沿这条路径前行,直至与爱和美的终极相遇。当然,这样的终极诉求的真正起点,会是我们的现世生活中最真切地感动过我们的对于爱和美的体验。而且,这样的终极诉求其实也同样与死亡意识有着内在关联。执着于生命,就盼望生命的永恒,也就得克服生命的短暂性;刻骨铭心于我们有过的对于爱和美的体验,就寄望于越过死亡的门径后能与之重逢,并永生永世不再分开。

我们可以借对西方语境中的一些典型的例子的考量,进一步深入抚触这一特殊的宗教路径。先谈谈天才诗人荷尔德林的某一段"心理故事"。荷尔德林许多作品中都写到狄奥提玛这样一个女子形象。而更突出的表现无疑在于,她是诗人的早期名作——诗体小说《许佩里翁》——中的主角之一。关于她的原型到底是谁,有过多种说法。尤其是一些传记作家,总想把她与和荷尔德林有过某种现实关系的女性挂钩。我倾向于认为,她是荷尔德林心目中的完美女子形象的化身,或者说一个关于爱和美的象征。她自然有现实的原型,但这原型可能不止一个。荷尔德林对于爱和美的最刻骨铭心的体验都聚集于这个形象。这个名字的话语原型见于我们前面所提到的柏拉图的《会饮篇》。在这个文本里,苏格拉底复述了这位被他尊称为"女先知"的女子关于爱和美的谈话;而狄奥提玛关于爱和美的观点也成了整篇对话录中柏拉图关于爱和美的学说的核心。也许正是出于这一话语渊源,荷尔德林才让这一名字成了他自己关于爱和美的体验和感知的形象化身吧。荷尔德林在《许佩里翁》中,借许佩里翁与狄奥提玛的故事表达了如下生命理念:源于心灵的爱和美坚不可摧，令人神往，"带着永恒的青春"；"统一，永恒，灼灼的生命是一切"。①当然，我们肯定还要说，荷尔德林借此想表达的还有更高的理想，那就是与曾经的爱和美在神灵之爱的光辉中重逢并直到永远。《许佩里翁》是个残篇。许佩里翁在表达了上述生命理念后说："我这样想。有待下回。"一个表面的事实是，我们并未曾见到过这个文本的"下回"，但我们如果为此伤神，那可能只意味着我们尚未真正读懂荷尔德林留下的东西。一方面，诗人留下这样的残篇，可能是狄奥提玛的死使他一路走下来的思想突然发生了短路；另一方面，那"下回"的缺失实际上意味着下面是不尽的无词的言语，因为所有的语言都已经无法表达许佩里翁因狄奥提玛的死而来的无限心伤。不过，诗人当然不会因此就停下了对他自己真正想要表达的理念的寻找。那个"下回"实际上也在他的诗与思中隐秘地延伸着。

在荷尔德林早期的好几首围绕着他的狄奥提玛情结而书写的诗作中，狄奥提玛似乎只是作为一种人类的精神存在的理想本身或者说某种理念而被堕落的时代精神所扼杀。但《美诺哀悼狄奥提玛》这首哀歌体长诗则是真正接续《许佩里翁》的主题而来，并在一种宗教性诉求中实现了该主题的升华。这里的抒情主体美诺（应当也只是一个托名，最早出现在柏拉图的《美诺篇》中），一开始仍深陷在失去狄奥提玛的无尽心伤中："每天属于我的都是失魂落魄的无边寻踪 / 我无数次踟蹰于我们走过的每一条路径 /……所以，每一个像我这样的深爱者，都不可能 / 脱出这愁绪中那死一般的沉重，挣开这悲哀的梦 // 那就是为什么我现在总像一个幽灵一样彷徨于迷途 / 必须活下去，这简直可怕，剩下的日子对我都不再有意义"。然而，他依稀看到"黑暗王国的一束亮光"。他觉得，如果自己永远就这

---

① 荷尔德林：《荷尔德林文集》，戴晖译，商务印书馆2003年版，第150页。

样不可自拔，那么他的天职、他的歌唱都不再有意义。这时，一个希望的声音自他的心中升起，他的心灵又开始涌动歌唱的激情；在他深深的幻梦中，他于自己的悲痛中依稀领悟到一种更高的欢乐和更深的祝福——

> 我的女主人，你依然浴于你自己独有的光中
> 　　你依然完全地持留着你的爱和善良
> 你也绝不会孤独的；有足够的伙伴与你同欢畅
> 　　你在玫瑰花丛中在四季的花朵上栖息和绽放
> 天父亲自通过诗神缪斯的香醇呼吸
> 　　为你吹来那夏日和风般温煦的摇篮曲
> 是的，她的一切都还在！……
>
> 我要一次再一次感谢上天，您终于
> 　　能真正使我心底升起如愿的祷歌
> 就像又回到从前，我和她一起站在洒满阳光的小山坡
> 　　一位神的声音自天庭深处越来越快地向我传来
> 我也会有更葱茏的生命！这声音也好像是
> 　　从在圣域滑移的七弦琴、从太阳神的银峰发出
> 来吧，过去的一切都恍然如梦，受伤的翅翼
> 　　已痊愈，并回复到那跳荡着希望和梦想的青春
> 曾经有那么多的良知，它们还都依然那么透明
> 　　而一个像你那样的爱者必将会走向神的圣域
> 通神时刻那神圣的体验引领着我们
> 　　并有真挚而焕发的神圣预感与我们相伴
> 虔诚的祷告者，充灵的激情，以及所有喜欢与恋人们
> 　　厮守的美善精灵，都和谐地处在整一之中

都为我们停留,直到我们在那共同的界面重新合二为一

唯因也唯在那如愿到来的界面,所有蒙福的灵魂也都将返回

那里有鹰,有星宿,有父自己的使者

那里,缪斯依旧唱着,英雄和恋人们各行其是

我们将在那里重逢,一如在这里,在这里的一个露水覆盖的小岛

我们之曾经所是,在相逢的花园再度绽放

那里,诗与真实为一,春天更美丽更长久

我们的灵魂将开始它们新的旅程①

诗作的最后这两节显然已把"我"的心思升华为一种宗教般的心灵期许。诗人在这里唱出的,实际上也是他自己内心的一种最深的祈祷。还可以觉知,在这一片诗歌话语场,审美与信仰两种精神因素并生并发,共同营造了一种更善更美的永恒生命时空。

克尔凯郭尔在其大著《非此即彼》的第四篇《引诱家日记》中,对这一心理路线图的全程则做了另一种形象的揭示。作品描绘的是一名男子与一名女子之间某种纯然的"爱情故事"。起初,女子以其清纯无邪的美引起男子的无尽渴慕和向往。他想方设法接近她,并最终博得了她的爱。然而,当他们真的能频频近距离接触的时候,他却慢慢觉得自己反而对她产生了一种分裂意识:他渴望着追求她,并不是想和她谈话,而只是想让她的倩影从他的面前飘过。当他一想到要按照社会要求和她订婚这种伦理方面的问题时,他就感到厌烦。他认为,"在审美的天底下,一切都那么轻盈,美丽,变化多

---

① 由于不太满意此诗的汉译文本,笔者根据英文版荷尔德林诗集将所引内容自行译出。参见: Friedrich Hölderlin, *Selected Poems and Fragments*, Translated by Michael Hamburger, Penguin Books,1998,p133。

端；当伦理一旦出现，那么所有的东西又变得粗糙，生硬，无限的无聊。"① 他在自己的内心深处承认自己对她的爱是真心实意和忠贞不渝的，但他却也捍卫这样的感觉：那是"审美意义上的忠贞不渝"。他认为"精神上的爱与肉体上的爱是不同的"，并注重在她身上培养精神的东西；他想使姑娘自己能骄傲地以为是她自己厌倦了某些现实关系。如果说女子的存在是心灵与自然的统一，他执迷的却好像只是女子那里的心灵的闪光。我们知道，他们的婚约后来解除了。他抱着"爱情的结合是一种更高层次的结合"的理念毅然决然地离开了他深爱的女子。在他最后的心灵境界中，"所有有限和有时间性的东西全被遗忘了，只有永恒的东西还在，爱的力量，它的渴求，它的幸福"②。

克尔凯郭尔的这部作品想真切而不容置疑地告诉我们："在我们生活着的这个世界背后，在很遥远的背景里有另一个世界……与这个现实世界有质的不同。很多人尽管身处这个世界但不属于这个世界，而属于另一个世界。"③ 不消说，精神王子们都不同程度地属于这样的人。不过我认为，在这一精神表现场域，最具有代表性的还当推作为"纯洁诗人和疾病诗人的典型"的荷尔德林。如果说引领但丁游历天堂、被象征化了的贝亚特丽齐，是在早夭之后其形象于但丁的精神和灵魂视域中被升华了的话（在《神曲》中，引领但丁游历地狱和炼狱的古罗马大诗人维吉尔象征理性，贝亚特丽齐象征信仰），荷尔德林的狄奥提玛则可能是被荷尔德林所捍卫的理念有意先期置于彼岸世界的。荷尔德林绝对不允许他所抽象出来的那个作为爱和美的象征的形象受到世俗事物的污染。他想要把这一象征

---

① 克尔凯郭尔：《非此即彼》，封宗信等译，中国工人出版社2006年版，第186页。
② 同上书，第139页。
③ 同上书，第244页。

直接以某种永恒的形式固定下来。我注意到，在"青春和生命之诗"《许佩里翁》中，狄奥提玛一开始就是作为一个死去了的女子的形象被提及的。虽然第二部倒叙了许佩里翁与狄奥提玛的书信往来，但她并没有被赋予任何血肉形象，而只是作为某种精神力量的象征，在不停地激励许佩里翁去做完"精神注定要你完成的事"。其实，在梦想诗人荷尔德林的心目中，狄奥提玛始终都是作为一个理念性的象征在对他的追求起着精神坐标轴般的实质性作用的。类似下面这样的描写在《许佩里翁》中有不少："她神奇得无所不晓，在刚刚开始的瞬间，在我自己还没有察觉之前，为我指出我生命深处的每一个和悦与不谐的声音，她看见我额前的每一丝云翳，唇上的每一道忧郁、骄傲的阴影，眼中的每一点闪亮，她聆听我心的落潮和涨潮，关切地预感到沮丧的时刻……这可爱的生灵比镜子更加忠诚，告诉我面颊的每一变化，温情地为我不宁的性情担忧，常常警告我，惩罚我……"① 这种"全知全能"的角色赋予，不免使我一阵阵地联想到诸多西方人文经典中对人的守护灵或守护神的描绘。实际上，这是关于爱和美的某种神秘幻想经验的表达。

进一步说，"柏拉图式的爱"的诉求表达的是一种特殊的宗教情怀，但并非一种沉实的宗教信仰。这实为荷尔德林曾经命名的"感性宗教"（相当于一种哲学性与神话性相结合的观感体认事物的方式，主要表现在诗人和哲人那里）。可以说，感性宗教是诗人的梦想之源，也是诗人的抒情场所包含的基本思想、精神或理念内涵。没有了它，诗歌也就没有了自己的灵魂，也就没有了自己的生命和力量之源，一如施勒格尔所认为的："诗的生命与力量就在于诗从自身出发，从宗教那里撕得一块，然后回复到自身，并

---

① 荷尔德林：《荷尔德林文集》，戴晖译，商务印书馆2003年版，第58页。

且占有这块宗教。"① 真正的诗人的诗歌劳作其实也是一场独特的宗教劳作，因为他的诗歌就表征着他朝向自己最高的心灵愿望的"内在的礼拜仪式"。

这里我还想指出一点，感性宗教其实也是诗人的一个精神受难之源。质言之，感性宗教是以人的心灵感性为基础并经过纯粹理性过滤却又仍处于理性范围内的宗教。它既非完全感性的，也尚未抵达理性的制高点。或可进一步说，即便已经抵达了理性的制高点，但尚未发生最高理性的"自反性"质变。应该说这是一种比较浅表的宗教状态。它的根基往往是感性充沛的生命情怀。也许诗人和哲人不需要信仰——他们的理性怀疑精神或许也使他们难以走向沉实的信仰，但需要感性宗教。诗人和哲人的感性宗教体验往往只意味着富于宗教色彩的道说，而真正的信仰状态的根本特质则是由内在转变而来的行动本身。感性宗教经验常常会被矛盾所充斥。诗人为什么在打开了宗教情怀之后还表现得那么矛盾，原因盖出于此。最彻底的宗教体验应当没有矛盾，那是一种高度理性意义上的疯迷，就像耶稣所表征的十字架上的疯迷。就人的生命存在诸法相看，有两种较典型的精神性疯迷表现，一种是以人的本能生命之神——酒神狄奥尼索斯精神为表征的生命迷狂，另一种是以耶稣十字架上的牺牲为标举的信仰迷狂；前者是非理性的疯迷，后者是理性的疯迷。不要认为疯迷与理性无干，尽管人常会有这种表面上的错觉。就人的精神存在来说，最纯净最本质的信仰当是一种最最精神化的表现；而高度的精神化其实就是高度的理性化。某种理性走到它的制高点时会步入物极必反的轨道，把自己交给某种疯迷。你可以说，魔性的保证是一种非理性状态，神灵之爱的宗教保证是一种理性状态；但不管是非理性状态还是理性状态，都有可能是一种疯迷状态。而

---

① 施勒格尔：《雅典娜神殿断片集》，李伯杰译，三联书店2003年版，第157页。

十字架上的疯迷只有痛苦没有矛盾。因为在这时真正起作用的不再是理性本身，而是由理性在其制高点发生某种自我质变后而诞生的一种更为强大的心性力量（之所以说是自我质变，是因为其基础是理性的至高状态），那也可能是一种经由最高理性锻冶的最高意义的纯粹感性。克尔凯郭尔根据切身体验认为，"反对理性去信仰就是痛苦"。但根据克尔凯郭尔的看法，"只有这种信仰，这种不寻求也不可能得到理性证明的信仰，才是圣经的信仰"。① 克尔凯郭尔这一说法的意思有两层：第一层意思是，信仰状态本身也是痛苦的；另一层意思是，"圣经的信仰"是超出理性的。克尔凯郭尔的这一看法还有助于我们触及人的另一重体验事实：信仰状态与非信仰状态的本质区别不在痛苦，而在矛盾；非信仰状态既痛苦又矛盾，而信仰状态只有痛苦而不再有矛盾。

"青草的气息"在骆一禾的诗语场继续蔓延着。不过，随着诗人的诗歌劳作的深入，他由原先对那气息的直接歌唱渐渐转向了对它所处外在生态的隐忧。诗人表示，人的本真生命经验和体验中的爱和美在生存现场实际上是缺乏保护的，是极易受到伤害的。威胁的力量和因素从形而下及形而上两个层面都不断迫近。首先，这股本来洋溢着本源生命的至纯至美的气息也受到了来自形而下层面的现代物质文明的严重威胁，甚至摧残。其次，那啃噬灵魂的生命虚无意识更是构成了对生命之爱和美的最大伤害。于是，诗人分别从两个维度提出了严正的控诉和痛苦的"旷野呼告"。我敢说，诗人的此种诗思之举真正想彰明的，一方面是在当下意义上对那"青草的气息"的悉心庇护意识，另一方面是想寻求对它的永恒庇护的力量。

---

① 转引自舍斯托夫：《旷野呼告》，方珊、李勤译，华夏出版社1991年版，第16页。

我们首先来考量随处散落于骆一禾诗语场的看似与那"青草的气息"关系不大的生态批判意识。这种批判也是沿两个层面展开，一个是自然生态境域，一个是精神生态境域。先探考第一个层面——

生态问题是20世纪后期以来人类文化语境中一个很凸显的问题。一种觉醒的良知似乎已经深深感到，如果人类还想在这个世界继续存活下去，现代世界必须来一场生态性革命。也许现代的人类还远不成熟，他大肆张扬着自我的意志和权力，在资本逻辑主宰下不计后果地榨取着地球母亲。时至今日，人类已经不仅仅被要求开始还债，甚至开始被人类可能就此走向毁灭的巨大的忧患意识所宰制——但愿人类生态意识的当下觉醒为时未晚。

生态关怀意识竟也是骆一禾诗歌话语场一个隐含挺深的主题，这一点在中国当代诗歌场域相当罕见。自然、宇宙、人类之间的存在关系被他的诗思不断地触及。融入其中的则多是一种对现代文明的强烈的批判意识。《归鸟》一诗写道：

> 应该承认
> 我们的城市是美丽的
> 在黑暗的岩层上
> 它贮存了光线　和平和稻谷
> 有一群白马
> 在铁桥上喝着干旱后剩余的清水
> 而人们从桥上走过
> 镏金铁塔和积雪
> 渐渐乌黑
>
> 归鸟在日照中
> 环绕城市飞行

> 而这是什么幻觉？
> 城市是美丽的，因此容易毁灭
> 旋即风起，结满原子
> 水锈画出城市
> 吸附着尘埃和面容
> 对于良知，这个纪元偏于掠夺
> 在上帝边上
> 矗起一堆废铁

这是一种特殊的"新寓言"式书写。诗作以一只"归鸟"的视角，探讨了处于都市文明中的现代人类的无家可归感，并表达了某种深度忧患意识。沉沦于都市生境的人，一定对这首诗真正要表达的东西感到麻木，不会有这样一重深层意义上的觉知：在华美表面的遮覆下，这疯狂生长着的现代文明，其实让人充满恐惧和茫然；有所醒觉者，在深知自己对之束手无策的同时，又恍然悚觉到，毁灭似在临近。"在上帝边上/矗起一堆废铁"两句诗暗示道，在神圣的信仰中本真地生存，才能体现对生命存在的根本价值的持守，才是生命此在的真正意义所在。否则，一如现代技术文明很多时候所演绎的那样，人其实是生活在一种深度异化的状态中的；而且，人类的诸多现代性追求，从根本上说，都是没有意义的，也不可能给人带来心灵的幸福。《月亮》一诗写道：

> 世界，你这借自神明的台阶
> 下行着多少大国
> 和它们开发过度的人性与地力
> 只有月亮

>   在门边向着那健康的丛林
>
>   为我们谢罪

这里，诗人似乎在发出如此严厉警告：对存在的神性维度的淡漠或淡忘，使人类在技术的旋涡和人性的败坏中越陷越深。信仰诉求的日渐式微，人对自然的疯狂掠夺以及对自身的作践，持续加深人关于自身生命存在的罪责意识。当然，在这一类诗作中，诗人的生态关怀意识，很多时候也像是在东方天人合一的文化思想语境下表达的；也就是说，在诗人此际的意识背景中，神性维度体现得并不明显。如《大海》第五歌就发出如下呼告：

>   割舍了自然的人呵
>
>   在自然中必定迷失，一堆
>
>   自大的尸骨
>
>   正弃在太阳下面
>
>   一旦走出自然，便不再能够走入

本雅明在《历史哲学论纲》第九个片段描述了这样一个天使："他的脸对着过去。在一连串事件呈现在我们面前的地方，他看到的只是一场灾难，残骸碎片摞着残骸碎片，抛在他的面前。天使想停下来，唤醒死去的人，把已经撞得粉碎的世界粘到一起。但是一阵狂风正从天堂吹来；这场风如此猛烈地吹开他的翅膀，以致天使再不能合拢他的翅膀。这阵狂风不可抗拒地把他刮向他背对着的未来，而他前面的废墟向上越堆越高。"[①] 骆一禾在自己的诗作里也有过类似的描绘，只不过，那最后的凝神注视者不是一位天使，而是

---

① 本雅明：《本雅明：作品与画像》，孙冰编，文汇出版社1999年版，第141页。

最后一对恋人,是那"青草的气息"在大地上的最后一缕存在:

> 渐渐我们都不回来
> 而这个世界上
> 最后的一对恋人
> 守护着成行的固体
>
> ——《恐惧》

诗人在诗的"附记"中表示,这首诗给出的是"文明无存"的恐怖预言画面:"爱情面对着冰冷坚硬的固体,我们中最有情的被抛弃了。"类似的想象性描绘其实在骆一禾的诗语场还有很多处。尽管诗人的确尽力在使自己的诗歌"如千条火焰照亮人类的爱",但也时时放射着某种内在的恐慌和焦虑情绪。他多次把人类比作现代恐龙,如《闪电(三)》:"在盐里走着这另一代的恐龙/并虚假地盗用死亡之名";再如《大海》第二十歌:"当代的恐龙/你们正经历着绝代的史诗/在每一首旷古的史诗里/都有着一次消失或一次新生"。诗人之所以一再把人类比作现代恐龙,主要是折射了这样的心理真实:文明可能正在走向毁灭的意识一再冷袭着诗人的心智活动。

  以现代生态整体主义思想视角考量骆一禾的诗歌能够发现,他的许多思考与之是相吻合的。这表现在诗人关注的不仅是人的自然生态,更在于人的精神生态。诗人对现代人的精神层次同样给予了严厉的批判。这是一个被盲目的集体无意识裹挟着向前奔进的时代,一个良知的声音似乎总是消寂于无形的时代,一个社会实存充斥着物质主义和庸俗主义者、"小信的人"和"伪先知"的时代。在这样的时代,"耶路撒冷的使者(耶稣)终生战败"(《白虎》),因为,"伪先知在那人的后面阴郁地打量着我/你懂得什么火光/你不朽的主意使我蒙受嘲笑:/'没有人再是那个东西!'"(《伪先知》)。这样的时代精神生态不但加剧着文明的危险,甚至构成了杀害诗人的一个因素,尽管诗人的死因从根本上说更来自形而上层面:"离开,在这人群成为恐龙的后代／另一种／险毒生物的时候"(《闪电》(三))。骆一禾的诗歌在这一题旨层面的表达,在其诗歌国土上其实俯拾即是,而我们的相关论述其实也散布于整部书稿,这里我就不再专门探讨了。

当然,诗人内心更严重的伤还是来自形而上层面。围绕着爱情所萌生的生命关怀意识和形上关怀意识,才是诗人真正竭尽了自己的心智的诗思活动维度。由对生命的短暂性的阴郁意识而来的难以形容的苦难感,其实正来自于对这刻骨铭心的爱情存在也会随生命的逝去而成为过眼烟云的最深不忍。如果说骆一禾前期的爱情诗歌文本更多地围绕爱情体验表征一种美而明澈的客观性,那么到后来,那种美而明澈的客观性渐渐被一种超密态并且极富心理触感的焦灼的主观意绪所覆盖(主要表现在长诗《大海》里)。特蕾莎修女在她留下的零金碎玉般的语录里,有这样两句我觉得很难理解的话:"必须爱到受伤的地步,才是真爱";"爱,直至成伤"[1]。我承认自己未能洞透这些表达的本意。我也无意说,基督教意义上的爱以及富于基督教情怀的爱情,在走向其至深处时,的确如此。但我觉得,一个虔诚的灵性生命,基于自身真实的生命经验和精神体验,其爱的诉求抵达一个精神临界点时,必将"成伤"。而对于一个怀揣着极其刻骨的生命虔诚心理的诗人来说,当然亦是如此,或者说更是如此。

"爱,直至成伤",虽然这句话的原意我至今尚不完全清楚,但我觉得这个说法本身倒是契合了我的某种感觉,那就是,真正的爱

---

[1] 特蕾莎修女:《爱的纯全》,上智文化事业编译,北方文艺出版社2009年版,第104页。

必将唤来伤害。怎么回事？那究竟是一个什么样的精神临界点？在抵达它时又为什么必将"成伤"呢？因为越走进那爱，越怕它是一种短暂现象，越怕它是一缕过眼烟云；也就是说，越爱，就越怕终有一日它会成为虚无的一部分。显然，这样的独特伤害不是那爱本身带来的，而是一种伴生的感觉带来的。不用说，爱者绝不会因为将会有这样一种伴生的伤害就不爱了，反而会更深邃地走进这爱，深邃到祈求圣爱能够赐予它永恒。再外展一点说就是，归根结底是忧虑生命本身会成为虚无的一部分——生命与那爱必定是偕存偕亡的。《圣经》上曾发出如是哀叹："死啊，你的毒钩在哪里？"[①]在我看来，就在这一界面：我真的走进一种爱，它就同时给我带来一种隐隐的伤，即是说，一想到它可能会是一缕过眼烟云，就有一种极度受难的感觉。按说，在这珍贵的人间，凡是源于爱和美的生命感知，本来就没有也不会有任何伤。爱和美这一对孪生姐妹赐给真诚的生命的永远都是无上的美和欢乐。两颗真诚的心灵的交会，两个真诚的生命的相熟、相知、相爱的体验，永远都必须用美好本身来诠释。然而，不能不承认，我们有时也的确真切地感受到一种隐隐的伤。但那种伤与本真的生命体验所洋溢的美和欢乐一点也不矛盾，因为它是一种形而上意义上的伤。它注定要伴随我们一生，现世的生命存在不可能使它愈合。什么时候那伤才能愈合？只有得了永恒、完满的新生命，它才会愈合。我们的内心真切地感悟到，真实的生命体验本身已然足够美好，我们时常为这美好感动得要流下幸福的泪水。但伤和苦难也真确在场。而且，甚至也同样使我们亲和。它们是人的心灵的眼睛看向永恒光明之境的特殊的窗口，与爱和美的体验这道窗口并蒂绽开。

看来，那个临界点其实就是对死亡的刻骨意识。是的，在诗人

[①]《新约·哥林多前书》，《圣经》（中国基督教两会，2008年），第312页。

所有的经验中,"另一个经验还暗中搏动:知道我们在劫难逃的死亡体验"①。诗人"在诗歌深处触及人类心脏"后,在自身生命感觉的至深处"经受自己的心"后,醒觉到,"死亡的毒钩"其实一直在使自己的内心汩汩流血:"我不知道命运的突然,不知道死亡怎样来临"(《头》)。诗人虽然信誓旦旦地歌着"我不爱死 不畏死 也不言说死 / 我不歌颂死 / 只因为我是青春"(《生命》),但"不可知的未来毕竟阴沉"(《眺望,深入平原》)。《落日》一诗就如是陈述道:"一种死亡未及死亡便已脱胎 / 在裸睹天光之日 / 我发现死亡在延续 / 最可怕的乃是这个活死亡"。与此同时,进化论的阴影也不停地抵近:"当自然超出中心的时候 / 人只是一句废话"(《大浪》),"现在爬上来的是个人类"(《大雪山》)。其实也正是基于这些感觉,诗人早在《爱情(三)》中歌唱无比真纯美好的爱情之际就写道:"在这个辽阔无边的世界上 / 只有人间是这么苦难",并认为,"我们这些大地上的人们",不可能不"衷心地感觉到这样的痛苦"(《我,在人间》)。当然,这一切归根结底出于诗人对于爱情终将偕人的生命一同逝去的最深不忍,一如诗人在《大海》第二歌所唱出的最沉郁的心曲:

> 我梦见果树林的枝叶
> 纷纷淌水,我的脚步
> 纷纷流血
> 沿着海岸的金沙,朝前逝去
> ……
> 清晰地印下脚掌和十趾
> 像是满月召唤出来的语言
> 在自行揭开,在自行叹息

---

① 帕斯:《帕斯选集》下卷,赵振江等编译,作家出版社2006年版,第511页。

　　　　也就是在这个梦中
　　　　满城的灯光照见一具化石的形骸

爱的形象是多么美啊！但诗人透过它却看到一具遥远的"化石的形骸"。这是一种多么可怕的生命自我意识啊！诗人一想到人的生命的这种真实的自然结局，他的内心就会被难以形容的苦难所浸透。"我的脚步／纷纷流血／沿着海岸的金沙，朝前逝去"这几行诗中的意象，当是对耶稣钉十字架时的"血象"的一种呼应，折射了一种受难的顶峰状态。我们说，诗人的诗思和精神性掘进行进至这一界面，单纯审美的立场以及所有爱的宣言，恐怕都会某种程度上显见其苍白。这时候，诗人的精神策略是，怀抱着绝望中的希望把自己交给宗教。诗人的心灵在漫长地泅过那恐怖的心理之海后，在"前面失真后面用尽"之后，在一种"受难力量的顶峰"，依一种不可让渡的自我意志使存在的客观性发生强力的主观弯曲，在"暗无天日的三种时间"都泯灭之后的"时间的尽头"，为自己描画了这样一幅希望或梦愿中的未来天国的图景：

　　　　深海里下满了一场大雪
　　　　越过死人的流水
　　　　两枚孤独的金针闪光在大雪上
　　　　两枚金针交叉　刺在一个环上的两枚金针
　　　　深海里
　　　　诗歌深处的大雪在两枚肉上下满了天国的地图
　　　　以大海照亮
　　　　并且再也不是道路
　　　　……
　　　　我举着大雪黑暗的灯

在大雪崎岖的廊柱里穿行　血盖满了风

这黑暗的灯盏，舌头的灯盏

照着大殿里红闪闪的灯笼

两枚交叉的金针

已经睡了　枕着三颗星辰

在黑暗的天国里

大雪悄悄地滑落在穹顶

荒凉，这是我写给大雪的诗篇

在荒凉里

大雪没有回声，在深海里笑是没有回声的

站在我的血

醒在我的血

我酬谢了这样的欢乐

我独自走在无形无影、无边无际的深海

诗篇使大雪纷纷降落

在黑暗天国

两枚金针覆雪而睡，是荒凉地貌里

孤独的方向

在三颗星辰的梦中燃烧低语

"是你完成了我"

——《大海》第十九歌

　　诗人的自我寻找和真理追寻至此，依稀抵达了终点。这样的终点也通常意味着诗人的诗歌劳作的一个富于实质意义的转折点，越过这个转折点，其诗歌将会被赋予某种更加富于光辉的品质。诗人在"生存时间"里穷尽了自己的生命真正想要获得的东西,或者说,除此之外,不可能再有什么东西能真正折服他的生命,并在他的生命感觉的制高点闪闪发光。首先,这里触及了一种永恒性——宗教性的最高表现。也正是在这个意义上,诗人及其诗抵近了其自身价值和意义的制高点。因为,"永恒观念及对无限者的向往,是人之所以为人最困难也最有价值之处"[1],而诗人及其诗实现并道说了这个价值之所在。那个"环"象征着永恒存在本身,象征存在的本体与存在者整体的真理性的永恒关联——真理的要素就是那个关联本身。人的生命存在只是这个"环"上的一个"节",并不能代表整个环。"人本身是相对的,里面却要求绝对,所以人产生出来的绝对,一定是相对的绝对,而非绝对的绝对"[2],但人只要处在这个绝对之环上,他就与永恒本身有着内在的关联,他就活在真理中。"以大海照亮 / 并且再也不是道路"的意思即是说,这种终极诉求,一方面在内涵上是有着对生存和存在的感觉的根底的,另一方面它也的确达到了人之诉求的顶点,它不再是还处于"在路上"的状态。再者,第十九歌最后的那几句诗表明,诗人对存在本身意义上的纯粹光明存在的境界没有概念,也没有相关的愿望,甚至认为天国本身存在的本质——如果它存在的话——对人来说也是晦暗不明的。人的生命存在于天国的版图上或许也只是某种孤独的存在现象。但对这一切,诗人都不真正关心。在他看来,没有人的爱情照耀的永恒存在本身是无限荒凉的。作为一种最为奇异的存在,人的生命存在"是荒凉地貌里孤独的方向",但它使存在本身不再荒凉。诗人真正执着的只有一点,那就是,无论在哪里,也就是说即便到了天国,必须有能确证自身生命实现的爱情与他共在,一如《爱情(四)》

---

[1] 陈益国主编:《基督教信仰要道系列丛书》第四卷(吉林省基督教协会,2001年),第486页。
[2] 同上书,第487页。

第八个片段曾道说的:"照耀永恒 是因爱情/照耀瞬息 是因爱情"。诗人要拥抱的只是真正表征爱和美的本质的"生命时刻"——"生存时间"。这生命时刻本身"不等同于永恒性,只是在众多瞬间中与永恒性相关"[①]。人"依自己的内在体认"进到那些"加入了永恒性的且又属于自己的"生命时刻。或者说,人的生命存在的最具本质意义的真实,盖被由以对爱和美的体验本身为内在规定的生命时刻拥入表征永恒性本身的境地。

我们说,这是一种宗教情怀的最终打开,以及某种宗教诉求意识的最终焕发。如果进一步对其定位的话,可以认定,这不是一种自然宗教反应,而是一种生命宗教诉求,是诗人的灵魂透过生存和存在之"海"阴暗的波涛向着比自身所拥有的精神存在更深的层面——永恒生命本身——所发出的沉默的祈祷。对诗人来说,永恒天国的美好必须得由永恒的爱情来表征来诠释;而且,人与永恒天国的关系是一种体验关系而非一种认知关系。这里面明显蕴含着某些基督教精神内质。"天国"、"两枚肉"等等,这些显然都是富于基督教色彩的话语。这是表征着终极爱情存在的、诗人当下的思想和心灵的永恒生命期许,甚至是一种"伊甸"情结的反映。虽然诗人觉到了肉体的易朽,也觉到了"那超绝的智慧/必须抛弃自己的躯体/才能成为永恒"(《我,在人间》、《天然:耶利米哀歌和招魂的祭祀》),但诗人这里却也有着另一重高度的自我觉知:人的生命存在本不是"那超绝的智慧",也无意反抗"那超绝的智慧",而唯愿"那超绝的智慧"——上帝或圣灵——依本源的爱的力量赐予这深深地禀有生命之爱的人的生命以永恒喜乐的新生命。看来,诗人对自身生命的受造性并未不满,只需自身生命能够永恒并有永恒的爱情亲证那永恒的生命。无疑,这里折射了某种自我生命的谦卑意

[①] 别尔嘉耶夫:《人的奴役与自由》,徐黎明译,贵州人民出版社1994年版,第235页。

识及对"那超绝的智慧"的敬虔心理。

　　我认为,这里面已渗进了基督教最为核心的教义——复活——的精神汁液。那两枚永恒之环上闪耀的"金针",指的就是复活后的爱情男女在天国继续的生命。一方面,这是复活的诉求;另一方面,这是最富基督教意味的复活。我们知道,复活是基督教信仰的中心,基督复活事件构成了其一切诉求的美好根基。而且,基督教意义的复活还有其特殊性(它不同于道教的长生不死、佛教的六道轮回、古希腊俄尔甫斯教单纯的灵魂不灭,等等)。基督教意义上的生命本就不同于其他的自然万物,其复活也是指其自身的复活。这个复活不仅是灵性生命整体的复活,而且最直接地体现为生命形体的复活。那时,那"两枚金针覆雪而睡",是那么安详。他们所表征的一切,"全然自如,就像他们全然幸福一样"①。那时,他们虽然"无疑仍是形体而不是灵",但他们的身体已完全是"属灵的",一如《新约》中所言:"所种的是血气的身体,复活的是灵性的身体。"② 那时,"人的灵与肉将会如此完美地结合,以致灵魂将维系已降伏的肉体之生命,后者无须再靠营养,于是我们人性的两部分不再有紊乱发生;相反,正如我们不再有外在的敌人一样,我们也不再做自己内在的敌人。"③

---

① 奥古斯丁:《论信望爱》,许一新译,三联书店2009年版,第92页。
② 《新约·哥林多前书》,《圣经》(中国基督教两会,2008年),第312页。
③ 奥古斯丁:《论信望爱》,许一新译,三联书店2009年版,第93页。

第三章　通向语言之途

骆一禾的内涵极其丰富的长诗《素朴：语言和海》（这首诗的内容在《大海》，尤其是《大海》第七歌里也有一种互文性呈示），与他的长篇诗论《美神》、《火光》交相辉映，并因其对东西方某些神秘主义诗学的悉心锻冶而呈露着大诗歌理论的全部质地——在骆一禾的诗语场，我们能不断发现荣格、马利坦、巴什拉、海德格尔等人的诗学思想的蛛丝马迹。《素朴：语言和海》和诗论《美神》、《火光》均写于1987年之后，这个阶段是骆一禾诗歌创作辉煌的成熟期。《美神》写成于1987年5月25日。与此同时，诗人创作《素朴：语言和海》，与《美神》形成诗与思的呼应。1987年便开始写的《素朴：语言和海》，经过诗人不断的锻冶，至1988年4月10日方定稿。这些都说明了诗人对自己的诗学思想之苛刻。《火光》则成稿于1989年。基于其高邈的思想和精神内质可以判断，对诗人来说，这是他的一个更具纲领性的诗学文本。相对来看，《素朴：语言和海》的内质，与诗论《美神》、《火光》中所融入的思想、精神、理念之间，也有不小的区别。诗中所道说的"语言"，在有的语境下更具有本体论色彩，感觉与"太初之言"（即神创世之初所说的话或曰"神言"）、"太初有道"之"道"身份接近[①]；诗论中所阐述的思想则更

[①] "太初之言"、"太初有道"之"道"指的就是那"Word"；"NIV 新国际版"（*Holy Bible*）中的"John"之开篇如下："In the beginning was the Word, and the Word was with God, and the Word was God. He was with God in the beginning." 中文和合本《圣经》的翻译则如下："太初有道，道与神同在，道就是神。这道太初与神同在。"

多地在指向诗歌语言本身。语言和诗歌语言（我经常简称为诗语），在骆一禾的话语场其实是两个不同的范畴。在诗人的具体表达中，语言在这两个所指之间有时也不断发生着转移。

一种独特的语言形而上学思想构成了诗人的这片诗语场的场心。语言、神性、存在本身、生命存在最高意义的真实，这些思想意义上的范畴，在这片诗语场互相关涉。而诗歌，虽然布设了这片诗语场——就像话语溶剂一样氤氲着这些概念溶质，但它所陈终归都只是人的心智活动本身的真实，并不触及那些范畴想要意指的事物的真正真实。所以，它们不但是诗歌文本，还是哲学文本，甚至还是宗教性启示文本。可以说，这里深蕴着一座特出的"语言哲学"的富矿；而且，那扎根极深的矿脉构成了我们的思开采不尽的话语之源。因为在这里，语言、道、生命、存在、真理同时在一种神性的氛围中复杂而混一地共在。

需要特别指出一下的是，骆一禾的诗语场所蕴含的这种特出的"语言哲学"，与作为现代哲学主脉之一的欧美逻辑实证主义和语言分析哲学语境下的"语言哲学"，恰恰大异其趣。欧美"语言哲学"借对语言构成的逻辑及语义分析宣判形而上学没有意义，似乎一直扮演着为各种形而上学命题拆台的角色，甚至大有驱散人类的形上思维之势。这里，我无意揭发现代哲学自欺欺人的"心性"劳作以及它不可能给人类心灵带来任何实质性安慰的内在虚脱。我只想说，骆一禾的语言之说，及其所透入的现代神话诗学思想，仍在这个看似祛魅的现代世界以其浓郁的形上色彩尽力庇护着人本来神秘而神圣的生命感觉。而事实上也是，人类活生生的生命体验和心灵经验并没有真买某些现代哲学的账，正如骆一禾在《舞族》一诗中所陈：

    理论是贬低不了舞族的

    正像金子不会哭泣

爱情却会哭泣
正像现实不会做梦
而生命却会做梦

每一个怀揣着无比生命虔诚的人想必都会认同这一点："人活着不是单靠知识。在他里面还有一个更深的基本天性，他是一个有愿望的受造之物。"[①]哲学、神学从未能真正取代诗和宗教，这便是人自己给出的活生生的见证之一。我顺便再说一下：语言在骆一禾的诗语场的地位及身份，倒是有点类似于语言在海德格尔后期哲学思想中的情形。在海德格尔的后期思想里，语言、存在、"大道"，是相统一的。而且，海德格尔语言之说的基点就是语言说，就是语言说它自己。语言之本质显示为道说。道说意指语言的天命般的源泉。我们既不能真正听到它，也不能"读"到它。当然，我也感到了二者之间很多形似神不似的地方。不用说，最根本的区别就在于，语言在海德格尔的思想话语场，只是哲学家的形而上学玄思所围绕的一个抽象范畴；而在骆一禾的诗语场，语言则与生命息息相关。

总的来说，骆一禾的语言之说，就是关于那"世代合唱的伟大诗歌共时体"或者说那"唯一的古老的诗歌"的理论陈述。其纲领性的陈辞则是："世代合唱的伟大诗歌共时体不仅是一个诗学的范畴，它意味着创作活动所具有的一个更为丰富和渊广的潜在的精神层面，在这个层面里自我的价值隆起绝非自我中心主义、唯我论的隆起，从这个精神层面里，生命的放射席卷着来自幽深的声音，有另外的黑暗之中的手臂将它的语言交响于我的语言之中，这是一种'它在'的显现。"（《火光》）

[①] 陈益国主编：《基督教信仰要道系列丛书》第一卷（吉林省基督教协会，2001年），第17页。

在这一章中，我们将重点围绕对《素朴：语言和海》这首长达236行的诗的思想触摸，并随时借助《美神》、《火光》的思想照明，试图探得骆一禾在他的诗歌王国的纵深地带，于绵延不尽的诗思之"修远"中所铺设的通向那本不可说的"它在"的路。那么，在骆一禾的诗语场，语言究竟是什么？我们究竟在多大的程度上和多大的深度上触及过语言？诗语究竟抵达了什么和意味着什么？且让我们去细细地感知一下骆一禾辽阔的诗语场那一片强磁性的语言之说。

先看《素朴：语言和海》这首诗的标题。这里的"语言"指的就是语言本身——真理的自行道说。同时，它也折射着存在本身的自明性，还映照着人的生命存在的内在灵性，以及作为人的内在生命之自我道说的诗歌语言的自发性。这里的"海"，与诗人的鸿篇巨制《大海》中的"大海"，当具有同样的所指，象喻世界存在本身，象喻所发生过的、发生着的以及将要发生的一切事实的总和，包括人的生命存在及其所有的生存内容。以"素朴"这一词语照射"语言和海"，体现了诗人存在之思和生命之思的基本始点。这个始点就像一个在诗人本真本然的自我感知空间兀自闪亮的光源，万事万物，所有的事实，都在它恬然澄明的光亮里是它们自己。在这一光照下，就是自为地处在其自身维度上的人的生命存在，也同时氤氲于存在本身的是其所是里，在存在本身不可测度的深度里朝圣它自己。这个命名使我想到如下两层意思：第一层，世界存在是自在的，尽管其中似乎含有某些自为的成分，但就存在本身的意义上看，它归根结底是自在的。它以一种自存在的天命中来的最直接、最简单、最正确的方式自我显现、自我运行。它不需要别的理由，也不需要自己为自己寻找理由。它以自身的光照亮它自己。它的外在可能笼罩着虚无的暗夜，内在却通体透亮。第二层，"素朴"还是诗人对人自身的一种定位，是诗人为人类的思和说所设置的一种品格。其指意在于，作为存在整体的一部分，人应该在拥抱自身生命感觉的同时，以自己"下降到它的赤贫状态"的思去道说并守护"作为真理的天命"的存在，而不应该以自己任何形式的"话语暴力"去解构世界。客观实在，所有是其所是的、纯净的必然和真实，不会以人的主观意志为转移；而在人的诗思的观照下，首先也不需要那转移，而只需保持它们本真本然的、纯粹在自我意义上绽开的存在，一如诗人在《爱情（四）》第五个片段所道说："在花朵开放的时候/我只能说/呵 这是花朵 这是花朵"。这个"素朴"在关涉人之心智活动与事物之间的关系这一维度时的指意，也可以借用海德格尔的话语方式表述如下："思注释着存在的澄明。"人作为生存现象，一面思一面在作为"存在之家"的语言中住家。而在这一切中，"事情是这样，仿佛通过思着的说，什么事也没有发生似的"①。

下面我们来到正文第一段：

> 堤岸在尾波的左侧
> 如心在骄阳之侧
> 语言在心之侧
> 而它们闪光的弧
> 张开 搏动或者被分水的回波所围困
> 那弧光长鸣，涌出的是航道
> 和那唱歌的灵
> 　　没有人能在弧光上生
> 　　　人在闪光的弧线上歌咏
> 在海洋上所有的船都是脆弱的

---

① 海德格尔：《关于人道主义的书信》，《海德格尔选集》上册，三联书店1996年版，第405页。

都是一种阴和暗
是命运波动于天气
诗人们和劳动者
我们都是如此，不过如此
驱逐着石头，鞭挞着海

我首先要说，这首诗的开篇所蕴含的诗思当量之大就几乎难以形容，尤其是前半段。这段诗以一种隐秘的"比兴"手法，借对具象的事物之间的关系的观感体认引出一种抽象的关系，即语言与心灵的关系。语言之于人的心灵，就像堤岸之于水域一样，都具有一种相互依存的关系。语言，它是特殊的心之岸，是心灵的栖息地。我们暂且不管本质的语言是不是"存在之家"，但人的心灵的确是在语言所构筑的家中住家。"语言在心之侧"是说，人的心灵本身不是语言，但它离不开语言所形成的四侧及穹顶。思想家怀特海曾说"心灵是语言给予人类的礼物"[①]，诗人似乎不是在做这样的认同——他可能更认为人的心灵是神之灵赐予人类的礼物，但他却在隐隐地道说，如若失去了语言所构筑的家屋，人类的心灵将无由庇护。

　　诗的第四到第七行的根本寓意是，超出自在的自然实体，语言在人的心灵视域幻化出一道心灵在复现和再现它自身时的意义的虹霓。这也是人作为一种精神性的存在的根本标志。人的生命是一个同时作为肉体存在、精神存在、灵魂存在的矛盾复合体，或者说，他同时具有自然属性和心灵属性。人的精神性生命体验与其自然生命经验相比一点也不见弱，甚至还更强烈，但它又总是受困于自然物质实体及自身生命的自然属性。它在与各种异己力量惨烈的角力中挣动、扭曲甚至产生复杂的自我裂变，然而它从未屈服过。它对

---

① 怀特海：《思维方式》，刘放桐译，商务印书馆2004年版，第37页。

自己的终极梦愿有一种自我献祭般的虔诚。它在不屈的挣扎中"长鸣",死命地在密闭的自在存在的时空撕开一道口子,注入终极梦愿的灵氛,使之"涌出"缥缈而去的不可思议的"天路",使心灵的眼睛依稀看到看似不可能的可能。人类的终极诉求,其实质就在于人把自己的最高心灵愿望强化到了一种真实情景。依自然和人的实存看,那种情形似乎是不可能的,但依心灵自身的"辩证法"去看,那又是可能的。宗教诉求的本质就在于,人类的心灵死命地祈祷不可思议的伟大的神之灵将人的梦愿转化为事实。宗教诉求的逻辑则在于,人的终极梦愿所对应的未来意义上的真实,只要它不是绝对不可能的,那它就是可能的;只要它是可能的,那它就是绝对可能的;一种当下的可能性,绝对可能对应于未来的某种现实性。一个信仰的心灵则是在相信,只要那不可思议的伟大且万能的神之灵充分考虑了人的心灵愿望,那这愿望就有可能真的转化为一种现实。基于我们在导论中的预设,我们可以说,这是灵魂向着它自己的故乡的回归运动,是一种灵魂自身的行为。由于这回归的灵魂在那"天路"上远远地沐着那源头的自我肯定的光辉,隐隐经验着那永恒喜乐的存在之灵性内涵,于是它把自己一路交给了歌唱。"那唱歌的灵"实为诗之灵;而诗人,则是"那一个被灵充满的舌头"[①]。那诗之灵归根结底源于存在本体所原有的那种灵性本身,它借那些"被灵充满的舌头"绵绵不断地唱着分裂和漂泊的受难,唱着还乡的忧心与执着,也唱着由相信真诚的灵魂终会回归真本体而来的内在的喜乐。

这段诗中间的"没有人能在弧光上生/人在闪光的弧线上歌咏"在意思上昭示了一个转折:上面是在直抒心灵与语言的依存关系,下面从人自身的存在这个维度迂曲地表达了人的另一重更为本质的

---

① 海子:《太阳·诗剧》,《海子诗全集》,作家出版社2009年版,第922页。

本质,以及诗之灵所昭示的东西与人的在世本质之间的间离性。诗人表示,人的在世本质首先就是作为事实的生存本身。人的生存本身不可能只是在那终极意义的虹霓上飘浮,而是实实在在的生活,"没有人能在弧光上生"。如果生存本身就无法保证的话,对人来说一切都将无从谈起。"人在闪光的弧线上歌咏"说的则是,诗本身具有一种超越性,它不可能停留于形而下的事物层面,它在自己超验般的富于创造性的幻想中歌唱着人的生命体验至深处的灵性诉求。这两句诗似乎还表达了另外一个意思,即作为"那唱歌的灵"的载体,诗人都是一种独特的"二元性个体","他一方面是一个有着个人生活的普通人,而另一方面又是一个非个人的创造过程"[①];他一方面过着实实在在的生活,另一方面又像受着某种神力支使一样在从事精神活动。

接转折后的意思而来,这段诗的后半部分是在进一步描述在"海"浪中沉浮的生命个体的根本的在世存在处境。这里的意思很好理解:就像"在海洋上所有的船都是脆弱的"一样,在生存在本身对每个人——当然也包括诗人——来说都不容易。每个人所驾的自己的生命小舟时刻都有在"大海"的波涛中倾覆的危险。而人在什么时候会遇到那危险,这是人自己无法真正掌握的,在这一点上人都受无常的命运摆布。每个人所做的并且所能做的,只能是一边尽力避开那时刻潜在的危险,一边莫名地声讨着自己根本的在世存在处境。

第二段到第五段这四段诗构成了一个意思板块。诗人先是用"心"抚触了人的当下实存,然后在存在与虚无对峙的心理场景对其进行了反思,最后,诗人的诗思划过一个否定之否定的心智轨道,

---

[①] 荣格:《人、艺术与文学中的精神》,姜国权译,国际文化出版公司2011年版,第128页。

通过对哲学和诗歌各自灵魂的考量，落脚于对诗歌的颂赞。

"手"是第二段的核心意象。在前几行中，诗人通过对手的各种动作的描述，表达了人在生存之地对生活和生命的多种感验。"这只手和那只手高高地举过头顶"及"虔诚地放在胸前"，这是同时在表达一种真挚的个体性和主体间性。它说明，人的生命此在的本质之在既是一种个体之在也是一种共在，人在一重意义上是作为真切的自己加入共在，在另一重意义上又是在一种共在中是他自己。在这种真挚的生命实践中，人感受到自己内心各种真实的反应，感受到大地的黑暗，感受到自我意识的觉醒，以及世界那运行着变乱着却又不以人的主观意志为转移的自在存在。① 与此同时，诗人在隐隐意识到生存的晦暗本质的情况下还感受到，就存在本身的意义上看，世界存在好像有其自身的自明性之光。人的生命——"一颗心和一个珍罕的身体"——则被那人的心智无法真正触及的自明性庇护着在这个世界上现身、过活、领会、前行，并最终成为世界存在之不可思议的神秘的一部分。

诗人那心灵的眼睛在天地万物、日光流年、生生大化面前长久地静默，然后下潜到自己心智活动的深处暗自思忖。一种源自他天生的心性气质的对于人的生死及生命意义问题的过人的敏感使他意识到，神创造了世界存在，有大生命在世界上涌流不息，生命现象本身也许是长久的甚至是永恒的，但人类个体的生命可能只是一种

---

① 我在论述中常使用"自在的存在"这样的说法，这里就此说法做一些辅助解释。自为、自在本是黑格尔的哲学用语。在黑格尔的思想语境里，"自为"就是自觉，有自我意识，与存在而不自觉、"本身不是自由的"、没有自我意识的"自在"相对立，是心灵的特征。这组概念后来在西方思想语境中使用得相当普遍。例如，萨特在《存在与虚无》中，也把存在分为自在的存在和自为的存在。在萨特这里，自在的存在指的就是客观存在，它只是晦暗的存在本身，没有什么目的，也没有自由。自为的存在指人的自我意识及自我，它处在创造自己的自由中。

短暂的存在现象。世界存在本身不属于他，属于他的只有他一己的生命。并且，个体生命的消失有时就像一小阵"风吹雨洒的消失"，"一缕烟"被风轻轻驱散、"一滴水"被悄然蒸发掉那样简单：

> 风吹雨洒的消失
>
> 也就是我的消失：大海
>
> 流动着大生命
>
> 而海是神的
>
> 一如生命是我的
>
> 人比生命短暂 比海脆弱

然而，诗人的内心总还是要从这一切痛苦的思辨中返回到活生生的人的实存上来。因为人的生命的繁衍生息、生存本身的不易以及生命的苦难和美丽总是无形中在深深感动着他、牵动着他。在他看来，这些人间事物经常在"妨碍人之博大又使人对生活感恩"（《辽阔胸怀》）。这一切似乎也是某种特殊的生活之自明性的反映。在这一点上，诗人和"正宗的"哲人不一样。诗人就像火热的生活者一样"镇定地擂响红色大鼓"，真切地投入生活的怀抱；而"正宗的"哲人（"最好的哲人出身于农民"，握有了不起的生存智慧，与这"正宗的"哲人无干），却"坐在这鼓里"与生活相隔离，独享自己阴郁的心智。

诗人循着上面的思考进而总结道：

> 大海在循行它的循行——
>
> 蒸腾为天上海，沛然为海里雨
>
> 哲学预言着死亡，诗歌预言着生命
>
> 哲学的生命是死亡
>
> 诗歌的生命是生命

小而孤单的语言
小而孤单的屋顶风吹着
也被海照着

这节诗首先道说了存在本身乃至生存本身那自在般的运行，接着在生命本位主义的心灵坐标系中分别对哲学和诗歌进行了深度考量。作为人类心灵的两种基本表现形式（黑格尔曾把艺术、宗教和哲学称为心灵的三种基本形式，我基本认同这一说法），哲学和诗歌，分别在自身意义的极点对世界以及人的生命存在进行了孜孜道说。诗人这样表达它们在各自意义的极点的存在性状："哲学预言着死亡，诗歌预言着生命。""预言"这一措辞显示了很强的主观色彩。说"预言"，其实就是各自沿着独属于自己的路径——分别为逻辑思辨的路径和心灵梦愿的路径——走向各自视域的终点。这行诗表达的第一层意思是，哲学就是在"学习死亡"，教导人如何正确地接受死亡。显然，这一看法主要是承接了西方思想语境中的一些观点。西塞罗说过，探究哲理就是学习死亡；塞涅卡则说到，把每一天都当成最后一天去过。类似的说法还有很多。这一刻画的确是适合人类伟大的哲学智慧的。因为"那唯一的古老的哲学"——包括它在佛教哲学、古希腊古罗马哲学、基督教神学乃至儒家道家哲学等等思想语境中的体现，其所有的努力归结为一点似乎就是，"教会我们不要惧怕死亡"。它采取的基本途径则是，翻来覆去地去想死亡，为随时都可能——也都可以——离开人间做好充分的思想和精神准备（至于说它们都分别采取了怎样的具体思想或精神策略，互相则有很大的不同）。当然也可以说，"那唯一的古老的哲学"的真正目的，还是想教会人如何正确地接受生活，但其根本途径则是教会人如何"先行到死"，然后反过来对生处之泰然。

这行诗表达的第二层意思是，诗歌是在更深的意义上唤醒生命，唤醒更深地热爱和拥抱生命的感觉，并抛弃"阴暗的思想之塔"而期许永恒喜乐的新生命。两者可能最终殊途同归，但它们同归之前的确又是殊途的；它们都在尽自己最大的所能安抚生命，但它们采取的是两种不同的安抚方式。哲学依靠它围绕世界以及人的生命实存所做的强大的思辨，诗歌依靠它对生命之爱和美的刻骨铭心的感知及人的心灵无法泯灭的愿望和梦想，分别触及了战胜苦难的力量。

当然，哲学和诗歌也正是在这个意义上分别成为它们自己，也从而彰显了它们各自不可替代的存在价值："哲学的生命是死亡／诗歌的生命是生命"。是刻骨的死亡意识和全方位的死亡教育养育了哲学，是浓得化不开的生命意识和生命情怀及朝向大生命和永恒生命的葱茏的梦想养育了诗歌。一个是把死亡作为自己思想话语场的极性之所在；一个是把生命作为自己内在抒情场的极性之所在。再者，哲学往往"自怀疑始"，它越过一切现有的东西前进，直至在自我意识的冷光中形成与世界的"抉心自食"般的怪味和解。哲学，哪怕它的实践者的思维路径才刚刚打开，其所表达的生命意识都笼着一层阴沉的灰色。诗歌则自生命之爱始，它想基于人活生生的生命经验和体验触及并拥抱一种纯净的必然和真实。诗歌，哪怕它的拥有者的人生轨迹临近终点，其所表达的爱和希望也比哲学自始至终所表达的要多；诗人所唱的永远都是生命的无上恋歌。

不难觉知，诗人归根结底是想要向诗歌献上自己最真挚的颂歌。诗是微不足道的，这"小而孤单的语言"，它建构起来的家屋贫穷、简陋、微小，仅够放得下"又小又美"的"心"。但它在人本真的生命感觉中吹息放射，它昭示生命，这一点就使它超出了一切。再者，也超越了一切理念性的建构。它一方面坚决忠实于自己的细小命运，另一方面又总被世界以及人的生命存在本身的真实所照亮。

走笔至此，我想插入一个小小的论说板块——关于诗歌烈士与生命之爱的深度关联这一话题，以清算我们对于诗人的某种严重误读。

诗人的某种不幸结局有时会使人进行这样一种解读：诗人是厌弃自己的生命存在的。而其实这可能是我们对诗人最大的误解之一。针对这个问题，我想借海子的一首诗在这里来谈一下这其中的实情。这首诗便是《幸福的一日——致秋天的花椒树》：

  我无限地热爱着新的一日
  今天的太阳　今天的马　今天的花椒树
  使我健康　富足　拥有一生

  从黎明到黄昏
  阳光充足
  胜过一切过去的诗
  幸福找到我
  幸福说："瞧　这个诗人
  他比我本人还要幸福"

  在劈开了我的秋天
  在劈开了我的骨头的秋天
  我爱你，花椒树

这首诗表达了一种无比幸福的心情。幸福本身是一种体验，它胜过任何表达，胜过"一切过去的诗"。因为就幸福体验本身来说，"一切过去的诗"里所梦想拥有的东西，现在已经成了体验者实际拥有的东西。也正因为拥有了那种真实的体验，诗人才会这样有趣地说："幸福找到我 / 幸福说：'瞧　这个诗人 / 他比我本人还要幸福。'"

诗人当然是痛苦的。对诗人来说，也许真的没有比痛苦体验更刻骨的东西了。但是一个基本的事实是，诗人却又是极其热爱生命的。有必要说一下，生命不完全等同于生活。诗人也热爱生活，但有时也会对不理想的生活表现出些许厌倦。这生活既包括他自己具体的生活处境，也包括文明和人性的现实表现。要论及内心对生活和生命的热爱，其实无人能与诗人相比。他深爱着生命中度过的每一天。他甚至执着于每一个"生命时刻"。对诗人来说，每一天的意义都不亚于一生的意义，他真正拥有了一天和他"拥有一生"同等重要。

诗人会比一般人能更深切地感知到，人在内心与世界相遇，被美丽的大自然所环抱，真心地去感受生命和享受质朴的生活，这本身就会是无比幸福的。即便"在劈开了我的秋天"，在诗人赴死之际，他也会向世界大声宣告：我爱你，生命！认为诗人是厌弃生命的，这一不着边际的判断，与做出如此判断者对另一个更为明确的事实的无知不相上下。这另一个事实就是：诗乃生命之爱最完美的语言表达式，没有生命之爱本就不会有诗。

我们借此再外展论述一下：诗人究竟为什么而痛苦。其实是生命的短暂易逝性对他的心灵造成了某种近乎无可救药的伤害。他那种痛苦是一种形而上意义上的痛苦，是一种由人对自己似乎处在被永恒遗弃的状态而来的苦难意识，是一种无尽的生命哲学之殇。对于具有精神性和灵魂性的人来说，那痛苦似乎还必定会伴其一生。那痛苦绝非出于他对生命的厌倦，恰恰相反，是出于他对生命爱得过于深情和深沉；那痛苦是其生命虔诚的一种最有分量的反证。试想，一个虔诚的生命，他怎么可能不痛苦呢，当他刻骨地意识到生命的短暂性极有可能是一个事实的时候？！所以说，正是形而上意义上的痛苦，使一个人经验到了人的生命存在最大的精神和灵魂深度，他内心对生命的热爱及所经验到的苦难都是难以形容的。

从某种意义上看，诗歌王子有时是在以其年轻的生命作为自己最高的献祭，向神之灵发出着自己最终的"旷野呼告"："上帝啊，请赐予生命以永恒！"对他来说，因为他真正在心上生活过，所以生活本身的长短已不是根本问题：如果他的生命能够永恒的话，他现在少活几天算得了什么？如果他的生命注定是短暂的，他现在多活几天又能怎么样？说诗歌王子恰恰是出于对生命的极度热爱而选择了早逝，其实这一点都不矛盾。他内心最后的"稀声"之"大音"想必会是：上帝啊，我以我所可能选择的最极端的方式向你表达我最高最终的愿望，你看着办吧！诗歌烈士这一极端行为，表面上看似与信仰无关，实质上看却是一种极具深度的信仰形式。

可以认为，第六段到第十二段这七段诗，构成了下一个比较大的意思板块。这个意思板块的重心，一方面是在揭示本真的语言，亦即诗歌在异化的文明语境中的遭遇，以及在异化的文明语境中占据上风的语言的现代性实质；另一方面是在抒发诗人要凭借自己虔心的生命实践守护本真的语言的情怀。在对这一板块展开具体的阐释之前我先指明一下，诗人在这片诗语场——甚至在其全部诗语场——似乎向我们呈示了不少纯粹的"诗歌写作"。"诗歌写作"这一说法，我是借自北岛。北岛在《时间的玫瑰》一书中解读现代诗人的诗作时，常常会指认一首诗中的某些句子属于单纯的诗歌写作，并认为其寓意难以真确感知——纯粹的"诗歌事件"常常借可说的词语非逻辑地去表征本不可说的事物。北岛的这一"不打粮食"的说法使我颇受启发。它使我更加坚定了自己的一个想法：在解读现代诗歌时，不能结结实实地"死于句下"。顺便说一下，现代诗歌的实存告诉我们，诗歌写作对现代诗歌表达来说不但不是败笔，反而极其重要。每一首卓越的现代主义诗歌，之所以能抓住读者，似乎正在于它"有一种极为细小的元素"（魏尔伦语），你无法用文字确切表达它，但它却弥漫在作品现场。有了这些元素，诗歌便有了自己的灵魂；没有它，诗歌就仿佛成了枯燥乏味的符号物质的堆砌。我敢说，那种极为细小的元素主要是由纯粹的诗歌写作来表征的。当然，所谓的"诗歌写作"，其不可解性也只是相对的；其实我们完全能够感悟得到，在这样的诗语场，仍然游走着整首诗的思想和精神内涵。总结起来，所谓诗歌写作，我意是指，诗人在自己的诗歌创作中，有时出于对词语和诗歌心象的超常敏感所做的一些唯美而抽象的表达。单纯就那一处表达来看，我们很难理解清楚它们所要表达的确切意思。也就是说，我们只有把它们放在整片诗语场中去考量，才能依稀触及个中真意。

我们先看第六段的前半段：

> 人骑在马上如爱马的马：人头马
> 幸福的马　温暖的马，结束
> 的马　迅疾的马也是时光的马
> 一路的水花扬射，一路的人死人生
> 闪光的弧形。
> 骄阳的心。
> 如果我是闪光，我便从不写诗
> 如果，我是骄阳
> 我必晒穿屋顶
> 我的生命，或者骑在马上
> 或者被马拖着，这就是我和马

这明显是在描写一种生涯，一种向前奔命的生涯，一种美而晦暗的生涯。这生涯既是人生历程，也是心路历程。"马"的意象在骆一禾的诗歌中屡有出现，如："优秀的马儿／从林间空地里跨过，一步／

来到炎热／我们在秋天里互相凝望"(《麦地(一)》)；"四匹骏马在大路上奔驰／道路呵　道路呵／你要把所有的人带向何方／四匹骏马／四个麦地的方向"(《久唱》)；"走了很久很久／平原要比想象更遥远／河水沾湿了红马儿的嘴唇"(《大黄昏》)；"是修远／使血流充沛了万马，倾注在一人内部／这个人从我迈上了道路"(《修远》)；"死亡呵／你这静悄悄的动机／你这马头上静悄悄的宝石"(《大海》第二歌)。这些诗里还只是散落着"马"的意象，骆一禾还有几首诗更是以"马"为核心意象，如《跪上马头的平原》、《眺望，深入平原》等。综合来看，"马"的意象在骆一禾的诗语场象征着一种既刚烈、奔放、唯美而又危蹶、晦暗的自在自为的生涯。

人一旦来到人间，其生涯就开始了。人的生命经验和体验随自己生涯的展开不断生长、衍化、深邃。人在自己活生生的生命经验和体验中告诉自己，人有太多的理由爱这珍贵的人间。人处在这生涯中久了，仿佛自己就成了这生涯本身("骑在马上如爱马的马")，它自在自为地向前奔进，它矛盾统一地整合着它自己所有的内容。这生涯是幸福的，温暖的，真心投入一次就等于穷尽了它所有的复制和再现。这生涯"逝者如斯不舍昼夜"，带走了时光，把人带向了人生的终旅。这生涯使我们看遍自然风景，阅尽人间风情，并渐渐谙得人生世事的本质。在这生涯的上空，总好像闪烁着世界以及人的生命存在的某种源头的自我肯定性的光辉；在这生涯的内部，总好像氤氲着终极意义感的灵氛；这生涯整体，总好像沐着存在的本心——或曰"绝对心灵"——恬然澄明的祝福的光亮。在叙述中，诗人再次提及诗篇一开始就浮出的"闪光的弧形"和"骄阳的心"两个大写的诗歌心象，并使用这段诗中仅有的两个句号把它们与上下文隔开，像两个连续的休止符。这是诗歌心象的某种内在性所决定的节奏，非常有力地凸显了这两个诗歌心象的分量。

正写着，诗人话锋一转，近乎有点突兀地说："如果我是闪光，我便从不写诗。"这句诗的字面意思很明了：我写诗，是因为我不是闪光。诗人真正要表达的意思其实是，我不是光本身，我最多只是被光照射到的、自身却晦暗的实存。或者说，我不是存在的真理本身，我最多只是与存在的真理本身有关联的具体存在者。如果我本身就是光，那我就只照耀——照耀我所能照耀到的一切；如果我是真理本身，那我就会处在自有永有的状态。如果我这样，那当然就不再需要诸如写诗这样的活动。只因为我只是现在的我，我才写诗，才来表达晦暗、复杂的自我感觉。诗人这里其实道说了其自我意识下的诗的本质：诗是人处在自身异化、苦难位置时的真实的自我道说，是对被"黑暗大神"劫持的心灵在黑暗中向往纯粹光明的存在之境的向往之情的抒发，是还乡的灵魂在漂泊的中途对自己故乡的回忆和念想的表达。"诗人都是还乡的"（海德格尔语），但"诗歌本身不是故乡"（海子语），真诚的写诗意味着诗人处在还乡途中。

借此我还想说一下，在诗人漂泊的途中，他虽然确信自己有真正的故乡，但他其实并没有得到过来自那"真正的故乡"的任何承诺。就其对本真的语言的热衷来考量，我们可以觉知，诗人在其自我意识里似有这样一重坚定的信念：自己的还乡之途深藏在那本真的语言中。因为，在诗人看来，在本真的语言中，"是生命在说话"，这里面蕴含着关于人的生命存在的所有不可思议的伟大秘密。自不待言，那本真的语言绝非"语言学的语言"，而是"诗的语言"，以及诗语还想触及的在更高处闪亮的"神言"。它似乎有着更深的精神渊源。也正是在这个意义上，"语言才不仅用字面说话，而是在说自身"（《美神》）。它在本质上不属于诗人的创造，而是真理借助于诗人的诗语场的自行显现。作为具有特殊心性能力的诗人，能透过事物的外观抵达其内部存在，抵达"原始元素"或某种"原始力量的中心"。他能把那作为真正的存在和太一的质地化为诗歌的静观。在这个过程中，他"被原始元素所持有"，生命本身的内在体验与存在和太一的内在本质通过诗歌的想象力打成一片，幻化为一体。在这里，诗人自己的精神存在仿佛一团越来越弥散开去的灵魂单子，漫过实体，与神秘的原始元素互相穿透和融入。

尼采对抒情诗人的看法与上面所陈也有相通之处，我们也借机感悟一下：人们通常会认为，"抒情诗人"只是"主观诗人"，其形象"只是抒情诗人自己，它们似乎是他本人的形形色色的客观化"。这是一个误判。抒情诗人的"自我"，"不是清醒的、经验现实的人的自我，而是根本上唯一真正存在的、永恒的、立足于万物之基础的自我，抒情诗天才正是通过这样的自我的摹本洞察万物的基础"①。抒情诗人"只是创造力的一个幻想"，是"世界创造力"借他"象征性地说出自己的原始痛苦"，他的"幻想世界"离开那即便最早出现的实在界有时也非常之遥远。②

诗人在这前半段诗的最后两行，对人整体的生存感受或者说人与自己一生的生存实践之间的关系，进行了如下总结：人的生命，要么主动地随着生涯向前奔进，要么被动地被生涯拖拽着向前走，就这样。而不管是主动还是被动，人似乎都无法知道得更多，有关生命存在的真理对他来说都是日蔽不明的。

在第六段诗的后半段，从"我的头颅在高天奥蓝地转侧"开始，诗人拿自己的生存方式与世世代代普通中国人的生存方式进行比照，突出了诗人作为一种独特的精神性生命个体不一样的人生体验及命运。世代更替，人们在土地上辛勤地劳作，朴素地栖居，本分地婚丧嫁娶、繁衍生息，演绎尽人间的喜怒哀乐。这生活之流是如此强大，被一种集体无意识裹挟着滚滚向前。而诗人，既在这之内，也在这之外。

---

① 尼采：《悲剧的诞生》，熊希伟译，华龄出版社1996年版，第22页。
② 同上书，第23页。

第七段（"来到了海岸的人们，迎接我们的"）陈述了诗人对生存之实在界的感知，及自己置身于这实在界中内心的深度失落感。生存的洪流席卷着所有的人远去，注入无边无际的存在之海。"过海的人们"相忘于实在界，谁都没有真正的地址，谁都找不到真正通往另一个人的道路。人们生存，好像只是为了生存。人们在一种集体无意识中沉沦于实实在在的生存，并在沉沦于这生存的实在界中时把语言置于深深的遗忘中。更多地只是在地理而非心理的意义上沉沦于这生存的实在界的诗人，在一种自我感知的边界地带，像一类特殊的异乡人，唱出了自己的某种不适应感，唱出了自己内心的焦渴：

> 多少年，我在这里生老病死
> 大豆菠菜；多少年
> 我在这里住着
> 心灵的家乡不能返回

看来，在沉沦于生存的实在界中时，对其有着深度心理认同危机的诗人，真正怀恋的是自己"心灵的家乡"。他"心灵的家乡"在此处的语境里是指什么？其实就是由他心目中本真的语言所建构起来的精神乐园。在生存的实在界流行的语言，只是作为一种特殊的工具理性的产物被人们使用，只是"居民的猎物，风和情景的猎物"。"或者如火焰使火种受到崇敬"，"或者如同远方的客人为好客的主人歌唱"，总之都有着世俗目的，而非纯粹心灵本身的歌唱。

人类生存之实在界的生活本身倒也是如火如荼，人性复杂而坚强。诗人也衷心地祝福人们的生活，也歌唱人间大地的风物，一如第八段所陈：

我们远道的皮肤领受大地的清水
　　我们身体的干净也就是心地的干净
　　……
　　我手扶着庄稼的手
　　也抚摸着晴空的门
　　我斜靠着大海的身体
　　也斜靠着平原上河流滚滚的乡村

然而，诗人唱罢，还是于审视和反思中选择了从集体中离开，还是选择了独自一人的流浪。于是，与诗人为伴的，成了：

　　一朵摇铃的野花，一块垄头的石子，一枝
　　并蒂的头发，一片沉寂的暮紫
　　一座高原上储满天粮的大碗和一条
　　浪子的歧路……

不用说，这可都是些忠诚地注释着流浪的事物啊！诗人为什么要选择独自流浪？因为在他眼里，现代人的生命实践其实缺乏某种内在一致性或自我统一性质地，现代生活根本不再是人完整的生命经验的体现，而是一种异化后的破碎的自我展示。在现代生活场景，语言不再在人的内心唤起美好的事物，反而困惑着人。这一方面是因为，本真的语言已经被作为既破碎又泛滥的文化符号的流俗语言所掩盖，另一方面，也出于人们长期被流俗的语言之网影响而失去了对本真的语言的心灵感知能力。面对现代人这样的实存境况，诗人甚至觉得自己像"一个若有所思的鬼魂"一样孤独地游离于文明和人性的边缘。尤其是"众人困于语言"，"真正地使"诗人"感到孤独"。诗人望着"海水"陷入深深的"哀伤"，并由此想到诗歌——

诗人心目中的本真的语言——在现代生活场景孤独的命运：

> 诗章活着的时候，它可以
> 暂时停泊于静夜
> 安坐于荒芜的海面
> 诗章死去
> 语言在水下是迷路的宝藏
> 水上的诗人和水下的诗人
> 倾听着同一片海
> 破碎的大海　也是一齐眺望的大海

这意思其实是说，不管诗歌活着或者死去，作为人类真正返回心灵的基点说出的透明、洁净的语言，作为穿越人类灵魂深处而来的声音，它的命运都同样是孤独的。诗歌活着的时候，它可以——甚至也只能——暂时停泊于心迹罕至的"静夜"时分"荒芜的海面"，等待着与同样孤独的心魂的相遇。当诗歌"死去"，它就被深深地遗忘在人的实存的背面（这里面似乎还有另一重意思：诗歌之"死去"其实就意味着，人们把它深深地遗忘在自己的当下实存的背面）。这时候，诗歌好像只是某种与人无涉的东西，人与诗、诗与人双双相忘于荒凉的存在之境。人无法触及语言，语言似乎也找不到通往人的道路，只作为"迷路的宝藏"凝聚为一种独立的存在。而诗人，不管是置身于实在界，还是游离于实在界的边缘，他们真正所面对的，都只是同一个实在界，都只是同样的人类生存实体和世界的存在实体；他们所经验到的，都只是被撕成缕缕碎片的、无法获得内在统一的生命感觉。

接下来第十段（"他们的肝脏光明"），诗人在一种孤独而高傲的自我意识的冷光下又反过来强调道：在实在界沉沦的人们实际上也不配说语言。诗人表示，沉沦于实在界的人们，不管你在自身的意义上内在生命感觉是"光明"的还是"黑暗"的，外在生命表现是"血色充足"还是"劳累不堪"，作为晦暗的短暂者，都"请闭上短命的嘴唇"。语言，那超越实在界的、有着"太初之言"般渊源的神性存在，"水下太初的教堂"，不管"被呼唤"，还是被深度遗忘，其实都是一回事：语言，它始终作为一种独立的存在是它自己。这既是那语言自身的天命体现，在人与语言的关系的意义上说也折射着人自身的某种精神宿命。不过，被那语言赋予了某种天职的诗人，却在自己的内在行动中欲拯救那超然于人的语言。因为诗人接着在第十一段歌道：

> 假道于义人的道路：头顶着羔羊的
> 我的道路
> 素朴加于其间
> 投掷阳光的实体
> 勿使语言死去

这里，"拯救"行动的实施，其实就是寻找并找到人的生命存在与那语言之间的本源意义上的关联。作为最高真理的介体，那语言本身不可能死去。诗人之所谓"勿使语言死去"，其意即是勿使人的生命存在失去与那语言之间的本源意义上的关联。

我觉得，伴随着诗人的这段歌唱，他对语言的道说发生了一次深度的语境转换：一种《圣经》语境自诗人的默默道说深处浮现出来。这段诗与漏收入《骆一禾诗全编》的短诗《遥忆彩云南》[①]形

---

① 该诗被西渡编的《太阳日记》收入，参见《SJM大学生校园诗歌系列·北京大学·太阳日记》，南海出版公司1991年版，第32页。

成了一定的"互文性",我们可以放在一起考量。在《遥忆彩云南》中诗人是这样陈述的:

> 这是一条义人的道路
> 当脚步证实心脏的时候
> 这是一种心声
> 一条博大的道路
>
> 投掷阳光的实体
> 我此去头顶着醴酒和羔羊

这番陈述告诉我们,诗人认定,他在自己的心底走着"一条义人的道路"——一条博大生命的道路。诗人走上这条道路并非一种姿态性的或抽象化的选择,而是他在自己的心里就无比亲和着它。走在这条道路上,他的内心世界洋溢着富于质感的、健康的、阳光的自我生命感觉——"我此去头顶着醴酒"可以理解为诗人此去充满着内在的喜乐。他要循着这样的生命感觉去理解和解释世界和生命,去履行自己的精神命运注定要他履行的一切。此处所陈——"勿使语言死去",当是诗人要去履行的那"一切"中的一个表现层面。诗人在践行自己的精神命运时怀揣着深刻的"命运之爱",就像在完成一道自我献祭般虔诚的生命仪式。"头顶着羔羊的我的道路"这句诗想表达的就是这个内涵。我们知道,"羔羊",是一典型的《圣经》话语。"羔羊"在《圣经》里不同的语境中有着多重含义,但很多都与献祭有关。《旧约》记载,以色列人出埃及前夕过第一个逾越节时,按照耶和华的晓谕,每家宰杀一只羔羊,把所杀羔羊的血涂在门框和门楣上,以使耶和华击杀埃及的一切头生的人畜时,一见这血就越过去。《新约》认为耶稣是为人类赎罪而死,故将耶稣比作"逾越节的羔羊"("羔羊"有时还成了耶稣基督的专用称呼），认为耶稣遇难具有献祭的性质。①《彼得前书》言称，人们当知道自己得赎，"乃是凭着基督的宝血，如同无瑕疵、无玷污的羔羊之血"②。另外还要再强调的是，这场生命仪式的灵魂绝不是某种抽象的哲学理念，而是诗人本真的生命感觉和恬然澄明的心灵经验。笼罩着这个过程的始终是一种"素朴"、平安、祥和的灵氛。

在第十二段，诗人怀揣着对本质的语言的敬虔，转向了对现代语言生态进而对现代人的精神生态的批判，同时也对这种生态的成因进行了深度文化心理解码。诗人是这样描述现代语言生态及其背后所折射的现代人的精神生态的：

> 破碎的、本世纪的人们，你们来自大地
> 你们有何等的劳动，以及
> 何等的艺术，何等的情感
> 你们的铁锹和镐
> 刨着多少人民和田亩：语言
> 整块的语言，刨成了碎块的土坷垃
> 它又是怎样变成了
> 整块的矿，整块的纪念：挽手的歌
> 及远离的歌 醒的歌和醉的歌
> ……
> 你们的语言破碎
> 是为心碎
> 一个世纪的风

---

① 《新约·哥林多前书》，《圣经》（中国基督教两会，2008年），第296页。
② 《新约·彼得前书》，《圣经》（中国基督教两会，2008年），第410页。

吹动着你们在山坡上割下的衣襟

因为有时

有时和有时

我们也必须逃离苦难

  我们相忘，我们和诗歌也相忘

  如同挂在悬崖上青春的肝脏

  这段诗所呈示的几乎一直都是考问的口气，其批判的意味可想而知。这种语气就等于在说，20世纪的人们，你们停下来好好看看吧，看看你们都在大地上完成了怎样的事业，文明和人性发展到你们这里都已经变成了什么！当然，诗人此时还是把对现代文明的手术的切口主要放在了语言表现上。值此我想说一下的是，骆一禾的这一重诗思明显也是受到了20世纪世界范围内的人文大气候的影响，或者说这也是语境中的产物。20世纪庞杂的思想实践和话语实践明示我们，自尼采的批判之后，哲学（传统哲学，尤指统治了西方思想两千多年之久的传统形而上学）终结了，语言问题成了现代思想的中枢地带——这个语言在人文场域的所指与语言学的语言毫不相干。海德格尔、本雅明、福柯等著名的人文思想家都对语言给予了极大的关注。现代思想对语言的空前关注和思考意味着什么？或许可以说，很大程度上，就像海德格尔的思想实践所告诉我们的："探讨语言意味着：恰恰不是把语言，而是把我们，带到语言之本质的位置那里。"[1] 这个"本质的位置"无疑也是人的生命存在之本质的位置。或者说，在诗意葱茏的现代人文哲学语境，"从被体验和经历为语言的语言的内部"（福柯语），人所抵达的仍是他自己的内心。

---

[1] 海德格尔：《语言》，《海德格尔选集》下卷，三联书店1996年版，第982页。

诗人表示，现代文化把"整块的语言""刨成了碎块的土坷垃"。人们进而用这"碎块的土坷垃"建构了只是另一种所谓的"整块"意义上的"整块的矿，整块的纪念"。这意思是在说，语言本来昭示着某种本质的同一性，它在人类的内心世界恬然澄明地照耀。现在，那种同一性瓦解了，语言也随之崩解为符号碎片。这个语言绚烂多彩地"完全赤裸地显现出来，但同时又躲避任何意义"，它其实"是一个巨大的专制和虚空体系"[①]。现代人被构建是随语言的破碎而来，他"在一种成片段的语言的空隙中构成了自己的形象"[②]。这破碎的语言描述着人破碎的现代经验，于是以往那宏大、崇高、混一的抒情也裂解为肤浅、卑微、琐屑的抒情——无非就是些"挽手的歌／及远离的歌　醒的歌和醉的歌"。

诗人进而揭示，现代人的"语言破碎"，"是为心碎"。"整块的语言"映射的是整一的和谐的心灵；破碎的语言标志的是人性的内在分裂。这两者其实是相辅相成的：破碎的语言表意内心的冲突，矛盾冲突的内心生产破碎的语言。当然，诗人也深知人的这种现代表现的心理实质："因为有时／有时和有时／我们也必须逃离苦难。"质言之，这本乃一场现代人自高度醒觉的现代自我意识的恐怖深渊向外的逃亡。时代发展到20世纪，或可说人类文明取得了空前的进步。但是，在这个文明的内部，实际上潜藏着巨大的隐患。现代人内在文化心理的深度彷惶其实已经说明了人类开始对自身行为、对文明进步的怀疑。再者，在物质性的表面繁盛似乎并不能更多地从正面证明什么的同时，折磨人的存在难题却仍然强固地存在。最致命的当然还是生命存在的意义问题。面对这一难题，一方面，古老的解释和安慰不太成立了。古人都有过在各种各样的宗教精神中

---

① 福柯：《词与物》，莫伟民译，三联书店2001年版，第490页。

② 同上书，第505页。

觅得存在的根基的表现，他们在生存上有一种内在一致性，有一种既压迫他们又安慰他们的存在机制。经过漫长而又复杂的岁月，那种古老的一致性消失了。不管是因为在"现代认识型"（福柯语）对人的建构的绝对主宰下人的世界观和人生观发生了根本性变化，还是因为传统的伦理和信仰体系在"现代性"这个魔怪面前无法挽回地崩溃了，这个消失都已是一个既成事实。而另一方面，人类又没有找到新的可以为自己安然定位的精神坐标。这个时代的人类从根本上来说其实是很虚脱的。完全可以说，苦难在今天远没有消失。因为"我们从哪儿来？我们往何处去？我们是谁？"这道关涉苦难并且作为最本质的人类心灵活动表征的精神母题还远没有消失。因为生命存在并没有脱离其悲剧性本质。这时候，我们常常觉到生命无法承受之重，觉得不能一味地沉浸于内在的痛苦和受难体验，否则会时刻陷于崩溃的边缘。于是我们麻醉自己，向实在界本质上空洞的狂欢逃亡。这毕竟使其内心超密态的苦难体验得以缓解，从而也使其并没有——似乎也不可能——得到"不可知的未来"任何更好的许诺的人生在当下被点点滴滴的人间情怀支撑着得以延续。在这样的大气候下，我们的注意力完全止憩于自我之内的目的，遗忘主体之间真诚的心灵交往，也淡薄于与诗歌的相遇，漠视所有伟大的精神诉求，就像受罚中的普罗米修斯，一任自己的青春和生命钉在危机四伏的文明悬崖为时代文化的鹰隼所叼啄（"挂在悬崖上青春的肝脏"这个意象当源于古希腊神话中关于普罗米修斯的故事）。

应该说，诗人在这一界面的诗思向我们展示了一定的矛盾心理。但他终归对语言的现代生态和现代人的精神生态是持批判态度的。他想通过对本真的语言的寻绎重新觅得通往新的精神家园之路。也就是说，诗人是不认同对苦难采取的那种现代式的逃避的。敏感的诗人，他定是深切地意识到，人作为精神性和灵魂性的存在，对精神的苦难的逃避只会得到一些虚假的安慰。人应该直视自己精神的苦难,去返回自己的灵魂深处,通过对那本质的同一性的触及使这个问题得到解决。似乎,诗人在其自我意识里所认同的那条返回自己的灵魂深处触及那本质的同一性的路径,就隐含在本质的语言里,而伟大的诗歌语言则又是通向那本质的语言的唯一可靠的路径。总之,人类的回归之途和救赎之谜就深藏于人类被语言所感动的神秘中。这一点自然是因为,伟大的诗歌语言能躲过语言的流俗裂解,在其宏阔而深邃的诗语场中形成一个强烈的形上聚焦处。这是一道特殊的皈依的"窄门":神之灵把本质的语言赋予人类时,它所具有的那种透明的同一性,虽经复杂纷纭的现代裂解,仍在伟大的诗歌语言中隐约可辨。

第十三段可以单独作为一个较小的语义块来理解。这里,诗人简洁的诗思路线图是从作为自在的存在的世界存在本身到作为自为的存在的人的生命存在。诗人首先通过对实体的思想抚触,对好像彻底自在的存在本身进行了沉思:

在:水里生
在:土里长 闪动着弧光

这两句诗可能融入了东西方两种古老的思想元素。一方面,水、土是化生万物的五行——金木水火土——中的两个环节。再者,水还是大多数民族的创世神话中所描绘的基本的创生地。如《圣经》里就有记载:"起初神创造天地。地是空虚混沌,渊面黑暗;神的灵运行在水面上。"① 诗人这两句诗的本意倒不是在思考一元本体怎么就生出了万物,或者上帝为什么要创造世界。而是,万物无言独化,

---

① 《旧约·创世纪》,《圣经》(中国基督教两会,2008年),第1页。

大道运行，世界存在似乎有着存在本身意义上的源头的自我肯定性，无须他因求证，存在本身自我照亮。

然而这时候，一种惊异和怀疑的眼光出现了：

> 我曾在战乱中
> 拉开盔顶的面罩
> 向着北斗和日出所在的方向
> 长久地看着这伟大的粗糙
> 感到语言是多么痛苦

我们的理性明确告诉我们，世界是物质的，物质是处于永无止息的生成、演化、湮灭、再生的过程中的，存在本身并不是时间性的。为什么世界是存在的而不是本来就不存在？这一点对人来说绝对无法理解。这不但是形式逻辑失效的地方，也是心理逻辑失效的地方，是人类心智活动的边界之一。然而，世界存在固然是不可思议的，但世界演化出不但作为自然而存在更作为心灵而存在的人类更是不可思议的。他不但能够认识、理解、想象世界存在，而且还经验到某种神性般的痛苦。物质世界那"伟大的粗糙"与他极其敏感、细腻的心灵体验之间形成了严重的错位。也就是说，诗人的心灵在大自然的自在存在面前产生了严重的不适应感。不用说，"感到语言是多么痛苦"这句诗就等于在唱"感到生命是多么痛苦"：语言，就其自身的意义上看，它无所谓痛苦不痛苦，但作为本质生命的自我表达，里面深蕴着这生命无解的"神性的痛苦"。这个痛苦可能源自神之灵那里——"太初之言"里可能就伴随着生命最源头的痛苦的外流。面对"在，还是不在"这个具有源头天命色彩的难题，那不可思议的伟大的灵性存在，在一种自我意志痛苦的矛盾冲突中选择了"在"，进而创造了世界。"在"的实体性表现既显示了神之灵的大能，恰恰又反过来以"在"的实体性表现磨炼着那纯粹的灵性存在。作为绝对心灵的自我表象方式之一的人的心灵，自然禀有那源头的痛苦。在存在本身不可思议的自在中，不管是作为存在本体的"不谐和音"（尼采语），还是作为绝对心灵的一个重要表征，作为心灵的人都得经验到那绝对无解的大痛苦。借用尼采的话说，这痛苦是"存在和太一的永恒痛苦和冲突"的一部分，它源于"世界的内心"，有着本源意义上的神秘基础。[①] 尼采的查拉图斯特拉甚至曾有如此感验和呼召："我的不幸、我的幸福都是深沉的，你这奇怪的白天啊，可是我并不是神，也不是神的地狱：它的痛苦很深"；"神的痛苦更深，你这奇怪的世界啊，去抓住神的痛苦"[②]。不消说，我们的诗人在自己的深心触及了那"神性的痛苦"。诗人自己也补充强调道：

这不是语言学的痛苦
那样精美
而是麦地的痛苦
光明和黑暗

诗人这是在说，那痛苦与作为语言学意义上的符号的"痛苦"这个词语无涉，也与形式主义诗人在表达痛苦这个概念时所做的那种"精美"的语言形式上的追求无涉。那痛苦就是生命本身的痛苦。就是生命在"光明"与"黑暗"之间无尽挣扎的痛苦。鉴于"麦地"在骆一禾、海子这二位互相影响的天才诗人的意象体系中的核心地位及其诗歌存在本身的内在精神质地，我们自然要认为，"麦

---

① 尼采：《悲剧的诞生》，熊希伟译，华龄出版社1996年版，第16页。
② 尼采：《查拉图斯特拉如是说》，钱春绮译，三联书店2007年版，第392页。

地的痛苦"指的就是生命本身真实而无解的痛苦。人的心灵一方面隐隐地触及"世界存在着，并且如此存在着"作为事实本身的自明性，另一方面又经验到对存在本身的晦暗本质的自我意识。甚至，人的痛苦还多出了一重"实践增量"：他不但从存在的天命那里获具了痛苦体验的无限性，而且还深为无法真正触及自身痛苦的绝对根源——深为自身的有限性——而痛苦。

这段诗的最后三句，进一步道说了诗人内心所经验的痛苦的自身特质：

> 我的光明是大海的光明
> 大海的黑暗也是语言的黑暗
> 另一种气度的痛苦才为我们所拥有

诗人所道说的"另一种气度的痛苦"，不是普通的生存者所体验到的一般意义上的、类似于烦恼的痛苦。这是一种形而上意义的精神性担当的痛苦。这种痛苦不仅因人深度觉醒的生命自我意识而来，还因世界存在本身而来。这里的歌唱主体与世界存在本身同光明，共黑暗。为什么会如此呢？一方面，自身生命意义的问题与人的心智活动结下了永恒不解之缘，认识自己是其最高的心灵事业；另一方面，人的存在的意义在根本上应该是从属于——至少关联于——世界存在本身的意义的，人的生命存在的合目的性应该是以世界存在本身的合目的性为条件的，人认识自己离不开对世界的认识，甚至很大程度上还取决于对世界的理解和认识。而对世界的认知归根结底是想把握存在的终极本质。问题的致命之处在于，人似乎根本无法洞悉世界存在的本质意义。也就是说，世界存在本身有着某种不可思议的晦暗本质。"大海的黑暗"象征的就是这一晦暗本质。"大海的黑暗也是语言的黑暗"一句里的"语言的黑暗"，意指存在的真理、太初之道在人有限的心智光亮下的日蔽不明。在骆一禾的这一重"语言形而上学"玄思的维度上（在这个维度上，语言等同于存在本身；语言在这一存在维度上的表意，与语言在他诗思的另一个重要维度——语言的生命维度——上的表意有所不同，虽然语言在两个维度上都是在说它自己），语言，道，存在，本源意义上的精神性生命，实际上是内在统一的，在范畴的意义上有时也是相互指涉的。"语言的黑暗"就意味着世界存在之本质的一种整体性的晦暗不明。而人的心灵所经验到的那"另一种气度的痛苦"主要由此而来。

诗人欲以自己的心智洞悉世界存在的本质意义，尽管这可能只是一种虚妄的表现，但也充分表征了诗人的一种"辽阔胸怀"，一种在"把祝福带往一切存在的深处"的同时还要偕世界存在本身共同上升到纯粹光明存在的境界的存在情怀。诗人深知人的渺小和脆弱，但他好像觉得，作为自在之存在的自然世界其存在的本质更晦暗，而且，这具体而晦暗的自然存在，让诗人更多地感到的不是家园般的温暖和庇护，而是恐惧（这个主题在《大海》里有很多铺陈），自然世界和人一样都需要救赎。在骆一禾的诗语场，也有不少关于自然美的颂歌。但往深里看，诗人真正歌唱的是自然元素作为一种陪衬的人文情怀，是大生命的呼吸，是在自然中突出地显影的作为心灵的人。这其实也是每一位精神王子和心灵圣徒的共性。他们的确喜欢在大自然中徜徉，也都保持或者说禀有对大自然的爱，但那从某种程度上说恰恰折射了他们焦躁不安的灵魂。"一颗温柔、贞洁的心灵"实难以与自然法则、与宇宙自然力之间产生一种真正的亲和力，它必将从对自然的朝圣走向对人文的朝圣，尽管它时常也会陶醉于自然所呈现的美丽的外观。自然和它的美不可能给他们带来根本的安慰，只有心灵和它的美、它的信仰才可能带来那安慰。他们天生是人之子和人文之子。正因为如此，荷尔德林才会这样歌道:"哦,我的灵魂!你总是不习惯它,并在铁样的睡眠中做梦"①;梵高才会在认为应该永远保持对大自然的情感的同时不忘说"对大自然的热爱不代表一切"②;骆一禾也才会歌道:"梦幻 是我与世界的唯一不同"(《新月》)。从人作为心灵这个维度上看,应该说这是一种罕见的彻底的形而上意义上的担当情怀,它大有一种拯救世界和存在本身的虚无性的终极拯救意识。可能除了神之灵自己的痛苦外,没有比诗人所经验到的那"另一种气度的痛苦"更高贵深远的了。他不能接受存在本身的晦暗性就像他不能接受人的生命存在的晦暗性一样。

第十四到十六段三个小小段落是一个"插叙":

雨呵,你为什么下个不停
下个不停、下个不停
让一百座城门的金钥匙
显得多么坚实冰凉

冰凉钥匙的雨水呵
大地的雨水,汹涌澎湃
淋湿了黑甲板上暗淡门窗

雨呵,你为什么下个不停

---

① 荷尔德林:《哀歌》,《荷尔德林后期诗歌》文本卷,刘皓明译,华东师范大学出版社2009年版,第15页。

② 梵高:《梵高艺术书简》,张恒、翟维纳译,新星出版社2010年版,第18页。

我认为它们抒发了诗人自己的某种难以言说的忧郁情绪。折射这忧郁情绪的意象就是那在三个段落里都"下个不停"的"雨水",这个意象不知道能使我们想起多少诗人超拔的感知力和想象力赋予忧郁体验的意象计谋啊。这里说的就是那忧郁!就是它,使人所有诉求的实体般的体现——"一百座城门的金钥匙"——都显得"坚实冰凉",使人在茫茫"大海"中的"黑甲板"上看不清任何真正的方向,使人有时甚至怀疑到上帝在关上一扇门的时候会不会打开一扇窗户。第十六段是整首诗里唯一的一个独句段。这个段落就来这么一句,更是在强调它所要表达的情绪。

诗人为什么那么忧郁?为什么要以这种情绪渗透其整个诗语场?据说有一种特殊的体液病理学认为,忧郁的罪魁祸首是人体内的某种"黑胆汁"。关于诗人的忧郁,我意还是不必过多地请精神病医生来帮忙吧。我倾向于认为这归根结底是个心灵问题:源于诗人内心世界的某种两重性。在西方人文语境,亚里士多德等人建立了一种似乎很持久的定义:"忧郁者是比任何人都能够提升到最高思想的人。"[①] 我想,这两者当是相辅相成的。也就是说,"比任何人都能够提升到最高思想的人",肯定会有忧郁情绪常相伴,因为他们会被那两重性的自我矛盾所彻底俘获。他像绝对精神和绝对心灵那样永远在"在,还是不在"的矛盾选择中经验着那超验的痛苦。另外,我们前面已经提及的诗人的那种感性宗教情怀似乎也构成了其忧郁的一种深层心理基础。有一颗艺术的深心的精神王子们都有一种独特的宗教本性。其宗教性体验的独特性在于,这种体验一般不指向明朗的宗教诉求,而是更多地表征为某种浓烈的具有终极意味的意识,生命内部一直鼓荡着的不安的精神激情,以及一种绝对无

[①] 转引自让·斯塔罗宾斯基:《镜中的忧郁——对波德莱尔的三篇阐释》,郭宏安译,华东师范大学出版社2012年版,第103页。

着的待解救状态。之所以说那永远是一种待解救状态,是因为对这样的个体来说,生命的获救永远只是一种未来的可能,而且对这种可能性本身他们也没有任何明晰的概念。这样的生命个体的最高理想往往是一种具有形而上意味的艺术理想,而这种理想实际上只指向其晦暗的个体本质。在这里,自我绝对地裸露着,一任审美和信仰的内在风暴抽打。

我们不妨认为,忧郁体验必定会是灵魂异变为精神后的一种必然反应。因为分裂的意识——有时仿佛是被某种嗜美成性的幽灵牵引着一样洋溢着一种"可怕的美"——和回归意识的冲突,寓于精神王子的精神体验的深处,并嵌固于他们任何可能的精神诉求方式中。这个强大的精神存在,一方面在诗歌王子们的灵魂深处持留着回归永恒故乡的夙愿,"天路"的漫长总也剪不断那丝丝缕缕的灵魂乡愁,另一方面又使他们屡在一种由空虚的自由意志导演的审美迷狂中彷徨于歧途。诗歌王子们的精神实在,就这样面对那种难以消解的矛盾冲突,对回归意识和分裂意识——那"一百座城门"中处于轴心的两座或那"一百座城门的金钥匙"中最闪光的两枚——同时进行双向剥蚀,最终达至使两种诉求意识共同消解于他们忧郁彷徨的绝对情绪状态之中。最后,还乡诉求本身的重重忧心,也会时不时使诗歌王子们深陷忧郁情绪(关于这个话题我在别处已有论及)。总之,"雨呵",它总是"下个不停、下个不停"。

第十七段("埃斯库罗斯,远在他乡的悲剧之父")所蕴含的诗思当量之大,同样难以形容,尤其是中间几行,可以说每一行都单独表征了一个大的语义块。这些诗思,彻底返回人的一切形上思维的真正原点——人的感性和理性复杂牵缠的生命经验本身,围绕着语言、存在、诗歌、生命等主题,进行了极其刻骨的道说。对人类虔心的求真意志及其在当下注定要享有的基本宿命的深切感知和默默认同的思想情怀,则是这场道说的基本情绪质地。而这一切的背后是诗人的那颗受难的心灵。我们可以先就这一具有统领性地位的论述前提进行一些铺垫性考量。

我们先来询问,思想到底依凭什么才真正抵达了自身?我们说,如果一种思想的展开只是为了心智的自娱自乐,或者说目的只在思想本身,那这种思想到头来就没多大意义。事实彰明,思想的灵魂是真理意识和坚定地朝向真理的诉求意识。出于思想先天的局限,思想即便在抵达它自身的顶点时,也不意味着它就等同了真理。它恰恰是在完成对自身的革命性超越后让位给了真理。尚未让位给真理从而完成自身使命的思想存在的基本表现形态,不外乎以下三种:第一种是处在通往真理理念的地界的途中,第二种是逗留于思想与真理理念的交界地带,第三种是返回起点重新推起思想自身的"西西弗斯之石"。只要思想还完全是它自己,那么它或者长期处于一种状态,或者在三种状态之间不断地来回滑动。只有到了它灯蛾扑火似的为真理献出了自身时,它才算终于实现了自我升华。再展开点来说就是,在思想之途,必须有一种伟大的意志引领,而这个意志又必须是以对真理的追求作为其宏阔辽远的背景。思想需在这一背景下表达自己最深的要求,描绘自己最深的希望、愿望和梦想。我们说,这一切的背后真正起作用的实乃主体的求真意志。有必要交代一下,这里所说的求真意志所求之"真",不是具体事物的纯粹科学意义上的真,而是指世界以及人的生命存在的终极之真。它其实是具有高度哲学性的,因为其所指完全是那"唯一的古老的哲学"所言说所追问的东西。说到底就是:人到底"是什么"和"为什么"。不难觉知,对这些问题的回答始终都只是某种描述性的人的自我想象的产物,而且问题本身也延伸过来并延伸开去。人类的求真意志试图一劳永逸地解决这些问题的历程,似乎颇类似于西西弗斯推石头,永远没个完。这些问题在人类精神世界的存在方式,毋宁说更像是某种永远无法抵达解决终点,却又的确有着明确意向性的自我意识。人类对这些问题的思考无疑是反复进行的。他不停地想这些问题,基于自己对世界和生命的感知、体认向自己解释它们,然后他往往又要回到问题的原点。在人的每一个生命十字架上,至今还"都用火焰的字母写着人类还未解决的恐怖问题:灵魂是死还是不死"①。然而,也可以说,试图彻底解决这些问题又是人类的基本精神宿命。因为,不仅作为肉体生命而且还作为精神生命、灵魂生命而存在的人类,怎么都无法说服自己不去回答生命意义的问题。顺便说一下,不是人选择了复杂,而是人先验地被赋予了复杂。对于以上所描绘的人类精神生态,我们无法以好或不好去简单评定,只因为它是发生在人身上的某种刻骨真实。人除了首先尊重自己经验到的真实外别无更可称道的做法;话说回来,任何不以尊重真实为出发点的做法——思想或行动——到头来都注定是虚妄的。事实上,伟大而超拔的人类生命精神毫不躲闪地承接了我们上面所陈的真实,并给予了各种各样的真诚回答。虽然以今天的理性眼光看,这些回答似乎都是依靠个体的经验和体验来确定的事实,都不能说绝对地代表了真理,但这些由完全敞开的心灵所放射出来的有着真理性内涵的话语场,却的确构成了人类心灵可靠的居所,从而使得人类能抱着更大的自信心,或"由神的启示带来的更大的安全感","去做自己的生命之旅"(柏拉图语),并发自内心地不再不可救药地惧怕生死问题。

求真意志表征了某种独特的完全精神性的"三而一"图式:本真而强烈的自我认知和形上认知冲动、认知世界以及人的生命存在的终极真理、使自己的精神趋归这个真理并在完成由精神上升到灵魂的心理仪式后去契合它。再展开些来说,首先,这种认知冲动的

---

① 洛特雷阿蒙:《洛特雷阿蒙作品全集》,车槿山译,东方出版社2001年版,第32页。

基本心智理路应该说是一种实证主义的思维方式；其次，其认知对象不是一般意义上的真实，而是人的生命存在的终极实在、世界本体、本源以及永恒本身；最后，其认知的目的不在于认知本身，而在于想找到通往永恒的途径，使自己的生命融入永恒，以超越当下生命的有限性。

中世纪的大神学家奥古斯丁曾表示，渴望知道灵魂和上帝是他唯一的渴望。他如是祈祷："上帝啊，你是永远的同一者，愿我知道我自己，愿我知道你。"① 话说他想知道这些到底是为了什么，就是想知道自己的生命是不是永恒的。对他来说，"热爱生命不是为了活命而是为了求知"。他所说的求知就是想求得他急于想知道的那些真理，而求得那些真理则是为了使自己活在真理中。可以说，每一位精神天才其实也都具有与之相似的心性气质。他们想知道的虽然不能说都是奥古斯丁心目中的上帝，但完全可以说都是"上帝"的某种理念化身。在骆一禾的这片诗语场，其理念化身便是"语言"。

话说求真意志在当下注定要享有的基本宿命又是什么，实际上就是"不可知病"。这种病的症结在于，精神性的认知者真正想认知的对象，并不像一般意义上的科学研究所针对的对象那样只是具体的物质实在，而是世界和存在的终极本质。一方面，他想彻底看清世界和存在的根源和本质——在基督教神学语境中则意味着想彻底认清上帝；另一方面，这样的认知对象却绝对不可能经由实证的逻辑途径来到认知者眼前。对于被施了形上认知魔咒的人来说，这两个层面的感觉会不断相互作用并相互强化，直至耗尽他的心力。世界之存在是无限神秘的，大自然始终向人们呈现它斯芬克斯式的笑脸，迄今仍没有，而且永远都不会向人类供出它的内在秘密。也就是说，世界从根本上说是不可知的——人类能够认知世界的一部

---

① 奥古斯丁：《论自由意志》，成官泯译，上海人民出版社2010年版，第31页。

分不等于说存在的本质就是能够认知的。人类似乎天生就具有一种认知冲动。他的认知理性总是不顾一切地探索存在的终极本质。所以，由此也不难觉知，认知不啻为一个人类的精神黑洞，它使人类疯狂而又徒劳地穷尽自己的心智。不消说，"实证主义魔鬼"（尼采语）是人类最大的心智之魔。认知冲动和认知能力是人的天命所赐，而且这种冲动和能力的确也为人类带来无数有益的成果，对人类活动起到了根本的调节作用。然而，它给人类带来某种超拔感的同时，的确又像是诱惑人类误食"知识之树"的魔鬼的一份不怀好意的礼物。因为它无疑也是布置了人类漫长的精神苦役的最大恶手之一。但怎奈人类心智活动的某种宿命般的嗜魔成性，似乎从来不曾真的冷落过这个"实证主义魔鬼"；或者说，实证主义"执着如怨鬼"地与人类心智缠结在一起。我们也不难发觉，浸淫了某些伟大的天才心灵的那种简直没有任何解药的怀疑主义毒素，也只是这个魔鬼的秘密分泌物。

在这番铺垫性的论述后，我们来解读这一段诗，重点当然会是下面这一部分了不起的陈述：

> 为什么挂起了那么多年轻的心脏
> 去喂语言的鹰？
> 没有人能够直接触及语言
> 就像神来到人的家乡，人来到
> 神的家乡：诗
> 不说语言，诗也不说生命
> 诗获得我们的生命
> 诗说生命的命运
> 而语言，它不能触及语言
> 语言说不，诗说是

我们明显不能把这些有着超密态的思想融入的诗行认同为纯粹的"诗歌写作"。但我们又不得不承认氤氲其中的思的确又极其复杂难解。解读它们不但需要我们对人的当下生命经验有着深切的感知，而且还要求我们把沉思的空间拓展至茫茫的形而上维度。这里所陈的"语言"，在不同的诗句里，所指明显不同。其基本的指意有两重：第一重，指意那超验的"道"、"太初之言"、"神言"、世界以及人的生命存在的终极真理；第二重，指意诗歌语言，或曰"人言"。这一个措辞的两种真实身份在这里判然有别。下面我们分别就这里面的每一个语义块进行详解。

"为什么挂起了那么多年轻的心脏／去喂语言的鹰？"——这里面的寓意是，人的生命的命运，为什么会使那么多诗歌王子最终以自己年轻的生命完成了朝向语言的自我献祭？诗人实际上是在说明这样一个事实：人类历史上很多的天才诗人都是匆匆离去——出于自杀或早早病逝；虽然他们是"与诗歌活着而去"，但那"许多诗篇之手挂满鲜血"。一如在诗人的一次梦象中出现的，那位"皮革羊角的教士"所发出的"恶咒"所言："没有哪位王子会活着"（《大海》第十五歌）。其实质意义上的原因盖有两个：一个是用生命写诗，一个是形上执着。总之是王子们拿自己"年轻的心脏去喂语言的鹰"（这里面的"语言"的身份当是合二为一的，那两重指意应该都有）。用生命写诗者，必将产生拿自己最宝贵的生命祭诗的心理；诗人的形上执着，必将在某一精神性掘进的临界点穷尽他的心智，并把他带往充满心理险境的癫狂之梦的边缘。这会是诗歌王子的必然精神命运。

这里顺便带出了一个问题：我们也许会问，他们不能不选择这样的命运吗？关于这一点，我想说，首先，这已经是某种真实体现，我们应该对这种真实本身给予足够的尊重。其次，可能这既是一种选择的结果，也是一种被选择的结果。诗人在寻找诗，诗也在寻找它自己的诗人。这当是一种人类中的极少数与独属于他们的精神命运互相寻找并深深相遇的精神现象。有时我就想，精神天才们身上为什么疯狂燃烧着一种艺术创造激情——一种精神性的激情燃烧情形。这绝不是一种简单的爱好，它实为一种根本需要（一般的人可能也有这种需要，但不像他们那么根本）。海子就曾说，人"活在原始力量周围"，而那些"深渊圣徒"和"早夭的浪漫主义王子"则是"活在原始力量的中心，或靠近中心的地方"，"他们的诗歌即是和这个原始力量的战斗、和解、不间断的对话与同一"①。而这种对话"主要是一种抒发、抒发的舞"。我们说，这"抒发的舞"本身就是一种疯狂的艺术创造活动，而这活动往往有两种伴生的结果，一种结果是那具有某种天然独创性的艺术作品的诞生，另一种结果则是诗人的生命肉身的终结——一种精神能量燃烧殆尽的表现。对于可能正是被那不可思议的、超越所有理性或非理性界定的"原始力量"赋予了某种特殊基因的精神天才们来说，他们如果不抒发、不表达的话，那他们可能就会被那个"原始力量"所撕毁。虽然抒发似乎还是没能最终彻底解救他们，他们最终还是被那力量所撕毁，但那种本能般的自我解脱的诉求客观上延缓了他们的爆炸。而对世人来说，他们真正值得珍视之处则在于，他们在这个过程中留下了大量放射着灿烂精神光焰的伟大艺术作品。

  为什么要说这是一种互相寻找并深深相遇的精神现象呢？因为精神王子们对他们所禀有的这重精神命运发自内心地热爱，借用尼采的一个表达式说就是，他们被一种"命运之爱"的感觉深深抓住了。这里面有一种互相强化的机制。至于说为什么会有那种"命运之爱"的感觉，我想这可能也有两个层面的原因，一个是形而上意义上的担当感使他们有一种自我神化的超越感，另一个是一种特殊

---

① 海子：《诗学：一份提纲》，《海子诗全集》，作家出版社2009年版，第1043页。

的审美体验本身的魅力。这两者也是相辅相成的。精神王子们都是徜徉于永恒的精神王国中的自由之子。而艺术,对于他们那一颗艺术的深心来说,其实就是对自由的一种最好的追寻方式及守护方式。艺术就是精神自由和生命感觉的内在诗性的自由表现。艺术迷宫实质上就是内在生命自由表现的场域。在艺术中,萦绕着本真的生命感觉,想象、梦想和幻想共同织就一道道巨大的,让人陶醉也让人感到些许恐怖的美丽的心智虹霓。不过,这里面最大的秘密其实还在于美本身。黑格尔说得不错,美是绝对的自由。美是永恒存在本身的品相,只要人的生命感觉真正融入了美,就等于同时融入了绝对的自由。相信吧,美是自由的守护神,而艺术又是美的守护神。艺术家为什么选择了艺术,秘密也正在这里。美超越于一切有形的和无形的事物之上,所以美具有一种消解一切的力量。作为美的守护神,艺术从而也获具了某种瓦解一切束缚的力量。虽然艺术诉求没有什么目的,而只是心灵的严肃游戏,从根本上说并不具有灵魂的拯救功效,但是对精神王子们来说,其最深层的生命经验和体验也许只能通过艺术来表达,也就是说,他们无法找到更适于他们的表达方式。当艺术表现与主体最内在的体验——往往是一些悲剧性的体验元素占上风——相结合,这些体验会酵发为某种超越的快感——那是一种既深刻又神秘地表征了存在本身的不可思议、命运的不可抗拒及精神深深地沉入命运的隐秘的狂欢,一如荷尔德林所歌:"精神融入言辞、形象,/融入生命至乐的谜语之中,/这时我的心中升起颂歌/拂晓中的心在诗的祈祷中敞亮。"① 于是,艺术也有一种从复杂到最为简单的建构之心灵功效:它呼唤本源性的生命之爱。最深刻的艺术之爱往往伴随最深刻的生命之爱,其中有一种深深的迷恋之意和一种最终隐入关于爱和美的幻想的心音。热衷

---

① 荷尔德林:《荷尔德林文集》,戴晖译,商务印书馆2003年版,第329页。

于原型批评的荣格从一种心理学角度认为,"创造性冲动常常是如此专横,它吞噬艺术家的人性,无情地奴役他去完成他的作品,甚至不惜牺牲其健康和普通人所谓的幸福。孕育在艺术家心中的作品是一种自然力,它以自然本身固有的狂暴力量和机敏狡猾去实现它的目的,而完全不考虑那作为它的载体的艺术家的个人命运。"[1] 这同样未经证实的观点我们权且认为在理,但它似乎也只说对了事情的一半。

"没有人能够直接触及语言 / 就像神来到人的家乡,人来到 / 神的家乡:诗 / 不说语言"——"语言"是一种本体存在,在世界的本源那里有其本质的秘密。"语言"就是那作为世界本源的"道",它"与神同在",它"就是神"。就像人无法以自己的心智触及真本体和存在本身的意义、无法真正认知神一样,也无法触及那"语言"。再展开一点来说就是,尽管我们最本真的思似乎能让我们意识到真本体的超然存在,但我们不可能知晓它。尽管"人言"在竭力找到通往"神言"的路,但这个路就是无法从我们对世界的"惟恍惟惚"的感知中清晰地浮现出来。"就像神来到人的家乡,人来到神的家乡"都会有一种"身份"认同的异己感一样,"人言"与"神言"也是两码事。作为"人言"的表现形式之一,诗,也"不说语言",而只说它自己。或许,在诗人的自我意识里或某种自我期许里,诗歌语言在其抒情场似也与"太初之言"或"神言"发生了某种隐秘的关联,因为诗歌语言在走向自己的最深处时分明表征了"不可说的进入了可说的"(《火光》)这一事实,因为诗人透过自己心灵的眼睛借助诗歌语言似乎隐隐看到和触及了"大全",而"语言"也仿佛在诗人的感验中自明般地到场,但他到头来还是会清醒地意识到诗歌语言与那"语言"之间的无法逾越的距离。这里面其实还折

---

[1] 荣格:《心理学与文学》,冯川、苏克译,三联书店1987年版,第113页。

射着另一层意思：诗只是人自己对世界和自身感知的道说，它与真理本身无干，最多只是关于真理的话语。

走笔至此，我们不妨再外展地探讨一下一个与此相关的问题：关于诗与真理之关系的问题。我想说的是，诗——也可以延伸至一切其他形式的艺术——的确深蕴着一种"真理性内容"，但也只是与我们的真理意识或诉求有关的内容，而与真理本身是两码事。我们倒也不必硬要把诗与真理挂起钩来。诗表达的只是人自身；再者，诗真正想表达的恐怕也只是人自身。对存在之美的艺术感知可能是引领人走向通往本质之途的灵性使者，但那可能只是一种曲径丛生的暗示，或者说那本就不是所谓的路。我们还是不要硬把诗与真理扭在一起为好；还是首先把艺术还给艺术本身为好。如果硬要说艺术揭示了真理，那首先得把这真理定位为人的精神真理（真理也是一个离不开语境的措辞）。这一真理与世界以及人的生命存在最高最后的真实可能没有任何关系。在艺术场域，所谓终极性的事实，只是人类自己关于终极事物的想象或幻想。譬如，如果说"太初之言"——这"太初之言"本身其实也只是人类自己的想象及命名——里定有真理的同时注入，这当然完全可能会唤起我们的思想认同，但"人言"与"太初之言"本身却绝对是两码事。"人言"所道说的真理只是人类思维本身的一种产物，绝非终极真相本身。再拿他们那"可疑而又迷人的真理角色"（福柯语）的癫狂般的表现来说吧。你可以认为"没有癫狂就没有天才可言"（尼采语）；而且，也的确是唯有天才最令人震撼地表达出人的精神存在的心理真相。然而，我们也需要承认，人的心理真相与存在本身的终极真相之间是有着无法逾越的距离的。当然，这样说丝毫无意看低天才的表现。我们会坚决认定，真正令人震撼的表达本来就是对人的精神存在之心理真相的无比深切的表达。所以说，震撼人心，不在于人的道说或艺术表现是否以及究竟在何种程度上触及了存在的终极本质和真理，而在于你的道说和表现是否有着一种高度精神性的艺术灵知的渗透及灵光的照彻。不难觉知,正是那种超越了理性或非理性的界定的癫狂般的艺术灵知及灵光,使人的心智深渊中的东西得到了最震撼人心的显现。

就像一般意义上的艺术天才"自己不能描述或科学地指明它是如何创作出自己的作品来的","自己并不知道这些理念是如何为此而在他这里汇集起来的"①,精神王子们也会在精神体验之上表征出一种无以言说的氛围,而他们的作品只是这种精神体验的一个载体。一如海德格尔在言说最伟大的创造者时所说的:"界限在他们的作品中是已然的,这意味着在极限上已经决定了,它是如此不可接近,以致创造者纯然驻留于他的界限,知道它,却说不出它。"②实际上,他们最终想表达的,往往近乎某种神秘幻想经验及对抽象这种经验理念的持守,而他们到底想触及什么、能触及什么,以及触及了什么,他们自己也说不清。其实这也是人的精神体验之常态。更多的时候,人无法沿精神层面确定自己想要的到底是什么。他的思想想要构建的可能是一个绝对理念性质的东西,因为好像只有它才足以解释世界。但人的情绪反应往往与其纯粹的思维产物之间是错位的。与情感以及晦暗的情绪体验相比,思想其实总是滞后和不够有力的。思想多是平静后的心智产品,情绪则是活生生地冲突着的体验现实,它总想把思者带往不想再用语言表达的生命本身的边界。思想难以真切把握精神的胜景和绝境,所以它归根结底无法总结精神想要的到底是什么。是的,不难觉知,精神王子们都对其内心所认定的东西有一种类乎病态的执迷,虽然他们自己并不能明确地道说它到底是什么。或者说,他们在这个精神界面进入了一种迷

---

① 康德:《判断力批判》,邓晓芒译,人民出版社2002年版,第151页。
② 转引自戴晖:《尼采的"查拉图斯特拉"·序言》,商务印书馆1998年版,第2页。

狂般的内在体验状态。与其说那像是神之灵附身所赐予的非理性的疯迷，毋宁说更像是一种完全清醒状态下的理性的疯狂，尽管这种疯狂最终好像反过来摧毁了他们的理智，尽管他们的执迷本身无形中渗透着某种自反性的非理性因素。或可以说，他们所抵达的，就是一种充满精神张力的充灵状态。总之，精神天才最终所抵达的是一种富于独创性的精神氛围。它既具有某种客观性，又具有强烈的主观化色彩。而最终，他们又多是在某种具有神秘幻想色彩的感验中使自己沉没。

"诗也不说生命／诗获得我们的生命／诗说生命的命运"——想必这几句诗更容易引起歧义。关键在于，"生命"一词在这几句诗里有着不同的所指。第一句诗的基本意涵是上面的语义场的延伸，"生命"在这里当是一个哲学理念，指的是人的生命存在的终极实质。"诗也不说生命"的意思是说，诗之道说也无法触及人的生命存在的终极实质。后两句中的"生命"指的则是人的当下生命实存。"诗获得我们的生命"是说，诗最真切地表达了人的生命感觉之真实，或者说，人把自己最本真的生命感觉交给了诗去表达。于是，诗归根结底表达的是人自身的命运体验。总之，诗这一特殊的"人言"，它归根结底说的是人自身。它即便是在言说人之外的事物，它所言说的其实也只是人自己对那事物的理解甚至想象。对于本体层面的事物，就更不用说了。对人来说，它们虽然是可说的，但绝对是不可知的。

如果联系到诗歌王子们的现世生命那独特的终局，联系到骆一禾对"短命的诗歌王子"现象的极大关注，我总觉得后两句诗的寓意还有另外的一重深度折射，那就是，一个用生命写诗的诗人，最终必将以自己的生命殉诗，不管是诗人自愿投入经由诗神指使的死神的怀抱，还是看似被自己的创作活动活生生杀死。至于原因，我们不能简单地就把它归于诗性活动本身，虽然这个层面的原因显然也有(一颗诗心无法长久忍受过于透明的事物,它必将为"未竟之地"的打开而殉难)。更为实质的原因当在于诗性活动在走向自己的深处时给诗人带来的精神变乱。他们的结局实际上严重地判处了艺术拯救的最终无效性。

对这样的主体来说,绝望情绪与审美诉求早晚要死死地撕扯到一起。艺术劳作能借着创造和美的力量慰藉绝望,但又会使主体在绝望中越陷越深。为什么这样说呢?因为诗人本具有浓重的终极关怀意识,对生命无比虔诚的他们,渴望人的完整的真实和存在的真理。随着他们对世界和自身生命存在的认知和感悟的不断加深,他们在精神性掘进中迟早要陷进与人的终极实在相关联的事物及思想的包围,进而与终极意义的问题相遇。汉斯·昆在《艺术与意义的问题》中如是设问:"艺术能够或应该对意义问题做出一个直接的最后答复吗?不能,也不应该,除非艺术自己想成为宗教。"他同时也充分注意到了这样一种努力:"在德国古典派和浪漫派时期——早自'歌德'时代及其泛神论的基调直至尼采,艺术已神话为艺术宗教:艺术被颂为神性之源,被看成是面临威胁的一种必需品,这时艺术具有一种向上超升的、拯救般的、调解的功能,艺术救护生命,与生活和解。"[①] 汉斯·昆对艺术的这种宗教性担当之努力不置可否,但他认为艺术最终不能代替宗教。这里我更想强调的是,浪漫主义精神王子们那险象环生的精神生态及其最终被撕裂的结局赫然昭示,艺术的宗教性担当之努力其实比艺术的其他任何功用来得都要虚妄。不管一种艺术或一个时期的艺术是否已变为"虚无主义的视域",艺术本身的虚无主义本性都在那里。问题的关键在于,觉醒的主体所感知到的那种形而上的恐怖,并没有也不可能经由艺术

---

① 汉斯·昆、伯尔:《神学与当代文艺思想》,徐菲、刁承俊译,三联书店1995年版,第17页。

诉求得以消解。甚至，随着艺术之审美诉求的扩张，他们会越来越感到来自形而上的压迫，他们的天性事实上根本无法使他们与形而上的需要诀别，诚如尼采所说："一位自由思想家即使放弃了一切形而上学，艺术的最高效果仍然很容易在他心灵上拨响那根久已失调，甚至已经断裂的形而上之弦。"①这时，精神追求永恒的要求将与感性肉身先天的规定发生越来越激烈的冲突，主体在这当儿如果不能被一种源于灵魂的力量解救出去，就会被这冲突无情地撕毁。我们说，美和审美及其表达式——艺术——终究难以对意义问题做出最后的答复。艺术本身就表征着主体的分裂；审美的人本身就是在"以滥用的方式来使用他们的自由"。在审美的生活方式下，有限性和无限性、灵魂和肉体、现世的和永恒的、自由和必然性，以及个体的和普遍的这些对立的矛盾，是没有也不会得到解决的，②这就决定了那审美的存在之根本精神性状仍然是痛苦和绝望的，尽管审美者也经常感觉到快乐——难道某种程度上应验了《摩诃婆罗多》中的一个说法：希望是存在着的最重刑罚，绝望是最大的快乐。不管怎么说，精神天才是一种最绝望的失败者。因为他们始终被一种绝望般的认知冲动和意义诉求激情所宰制。因为他们是一种灵魂彻底觉醒却又把这种觉醒交由艺术方式去处理的人。与他们相比，艺术狂徒们在其自我意识里反倒是某种"目空一切的英雄"（本雅明语）。当然，我们也可以说，他们恰是以自己的彻底失败，反证了灵魂及其信仰的无条件的胜利。他们最终都倒在了那胜利的曙光中。

"对于正视和愿意正视人生的可怕可疑性质的求知者，对于悲

---

① 尼采：《出自艺术家和作家的灵魂》，《悲剧的诞生》，熊希伟译，华龄出版社1996年版，第158页。
② 这句话中的几组概念多借自克尔凯郭尔《致死的疾病》，参见克尔凯郭尔：《概念恐惧·致死的疾病》，京不特译，三联书店2004年版，第256页。

剧性的求知者，艺术就是救星。"① 尼采如是说。尼采所说的这种求知者，实际上主要指向这些被形上认知冲动所宰制了的精神王子们。这些自我意识深度觉醒的王子们，他们一开始往往逃到艺术王国里避难。他们在艺术王国那唯美的氛围中，可能也的确感到一丝丝自我超越的狂喜，这使得他们在无限的痛苦和矛盾中不断把自己的事业疯狂地做下去。艺术诉求说到底只是主体不可自抑的内在生命冲突的外化，这种表达本身以一种审美的表象对主体的精神紧张起到一种缓冲作用，对其焦灼的灵魂起到一定的安抚作用，但这归根结底救不了灵魂。灵魂的焦灼有时会裂变为一种精神的歇斯底里。它是灵魂在精神的白热时空中的一种病态的膨胀。它是灵魂的炼狱和梦魇。一旦灵魂从这梦魇中醒来，它会急于向着自己本应处于其中的无限欢乐的澄明之境飞逝。而这结果，也往往同时意味着诗歌王子们的尘世生命的终结。

顺便谈一下有的诗人的精神生态所表征的那种彻底分裂意识。尽管人类精神的真正进路似乎只能是追求与存在本体的和谐一致，但人既已作为"世界的裂缝"而出现，他的自由意志好像就有了一种新的可能：希望这裂缝越来越深。"如果裂缝越来越深会怎样"这样的问题曾长期潜伏于不少精神王子的心灵深处。我认为，与本体的彻底分裂意识出于对世界存在本身意义的怀疑。这种心智状态不仅暗含了最不可救药的人类心理毒素，而且也表征了人的精神受难之巅。这实为一种因深患了不可知病而萌生的歇斯底里的精神复仇冲动，是一次绝望力量的大量集中爆发。这种人类心理毒素是宇宙心灵所发生的一次非常可怕的异变，同时也表征了人类心灵最为可怕的一种灵感。可怕在于，即便是存在的终极力量、存在的源头肯定性都难以奈何。应当说，否定存在本身的意志是一种最阴郁的人

---

① 尼采：《曙光》，田立年译，漓江出版社2003年版，第230页。

类心理产物。

"而语言,它不能触及语言/语言说不,诗说是"——第一个"语言"指的是"人言"及诗歌语言。这句诗的意思上面已包含:"人言"——包括诗歌语言——不能触及那本体论意义上的"语言"。下面这句诗似乎携带了一次较大的语义转折,但这句诗的真正含义却是这段诗里最为难解的:"诗说是"还好理解一些,"语言说不"就没那么容易了。我们抱着"话语狂欢"的态度对其进行恣意阐释在今天的"后现代主义"语境下倒也不是什么丢人的事,但我还是抱有一个初衷,那就是触及,起码抵近诗人的原意。我认为,要想触及这句诗的本意,首先得清楚"语言说不"之"语言"和"诗说是"之"诗"的各自的真实身份。"诗"指的就是诗人心目中的那伟大的诗歌,"人言"的最高表现;"语言"在此处可以理解为"太初之言"以及随那"太初之言"而来的存在本身的自我显现。

"语言"为什么"说不"呢?"神说要有……就有了……",这是《圣经》在描绘神创造万物时的一个基本的表达式。循着其中暗含的一重逻辑,我们不难推测到,世界存在本身显然是随那"太初之言"而来而非随之而去,难道那"语言"那"神说"表达的不恰恰是"是"的最高理念吗?我们必须得在这前半句诗和后半句"诗说是"的并置关系的语境中理解它才能谙得个中真味。这里面其实有两个视角,一个是存在本身的视角,一个是人的生命存在的视角。从存在本身的视角看,"语言"开启了世界存在,它令万物在存在本身的真理之"澄明之境"中在场(此处的概念工具主要借自海德格尔的思想话语,海德格尔认为真理就是"澄明本身")。从这个意义上说,神借"语言"表达了最初的"让存在"的恩准,那"语言"所折射所捍卫的的确当是一种具有源头肯定性的"是"的理念,也即是说,神的创世之"说"说的就是那本源意义上的"是"字。从逻辑的观点看,这里面的道理是很好理解的:如果它当初所捍卫的不是一种具有源头肯定性的"是"的理念,那压根儿就不会有世界存在。但是,从人的生命存在的视角看,那"语言"说的极有可能是"不";或者说,在也让人的生命存在这个意义上说,它也说了"是",但这个"是"很可能是不彻底的,因为与永恒存在本身相比,人的生命存在似乎只是一种短暂的存在现象,甚至也只是一种自生自灭的自然存在现象。人的生命存在与万物相比似乎并没有特殊的地位,也没有特殊的"天职"方面的意义(就像某种道家思想说的,"天地不仁,视万物为刍狗",而人也只是这万物中小小的一员)。也就是说,那"语言"尽管对人的生命存在也说了"是",但对生命尤其是个体生命的永恒说的似乎是"不"。生命的"无常"法相恰恰就是随那"语言"而来的一种先验设置。

这样一来,"诗说是"就好理解了。诗绝对是生命本位主义的。不错,诗"不能触及语言",它也"不说语言"。这一点它当然承认,它对自身的有限性是有着深切的意识的,但它对自身真正的真实是清楚的。这个真实就是:诗说的就是人自身的生命,说的就是"生命的命运";诗就是在表达人对自身生命存在的发自内心的热爱,在表达对生命之短暂性的最深的不忍和由之而来的心灵的深度受难感,在表达九死一生而又万死不辞地虔心祈祷创世主能赐予人的生命以永恒,在表达人类最高的心灵愿望和梦想。说到底,伟大的诗歌行动所表征的,就是一种在美好"幻想"引领下的对"未竟之地"的打开(《火光》),也就是誓死在对生命无条件地说"是"!

看来,"语言说不"说到底只是诗人内心的一个深深的隐忧,并不一定就是绝对意义上的真实。诗人自己曾如是说:"诗歌使创世行为与创作行为相迴,它乃是'创世'的'是'字。"(《火光》)循着一种思辨的理路不难推测,那"'创世'的'是'字"本来应该是神的创世之"说"亦即那"太初之言"所说,那诗人怎么说它"说不"呢?又为什么说诗"乃是'创世'的'是'字"呢?这意思可以理解为，从创造一词本身的意义上说，诗人的创作行为与神的创世行为同理，都是在借语言的中介表达"是"的理念，"语言"本来也并不"说不"。神借"语言"创造了世界存在本身；诗借诗歌语言歌唱对生命的肯定意识，并借"幻想"最大意义地拓展了生命的"不可能的可能"——诗创造了人的生命自身的本质。话说回来，"语言"，而非诗歌，本乃"'创世'的'是'字"；诗歌乃是"创作"的"是"字。"创作"的"是"字与"'创世'的'是'字"本不是一回事，只是在作用机制上有异曲同工之感——诗真正想触及也想说的就是那个"是"本身的灵魂。创世说明了神自身的未竟；创作说明了人自身的未竟，"语言"作为那源初的"是"，贯通了"可说的"（存在的世界）和"不可说的"（存在之神秘本身）；诗歌作为深切表征人的精神生命的"是"，贯通了人的生命此在（人"可说的"）和人的终极归宿（人"不可说的"）。"语言"，作为"神说"，作为"使其他的得以彰显的、照亮的'是'"，来使"万物万灵"在其所开启的存在之澄明之境中现身和生长；诗歌，作为创造性的"人说"，作为使"我们最基本的情感、我们整个基本状态"得以照亮的"是"，则使所有伟大想象的产物在它所开启的艺术存在之澄明之境中在场。①

这一段的最后几行，于上述抽象的心智思辨后，转换为另一重

---

① 诗人使用"是"这个如此形而上学的概念，实在是对我们的理解的一次大的挑战，虽然诗人的本意不是要围绕着"是"来一场抽象的哲学思辨，而是要在一种形上思维的光照下建构其生命诗学观。我们知道，"是"——有时候也被国内学者译为"在"、"存在"、"有"、"存有"等——可说是西方传统形而上学语境中最为核心的一个范畴。希腊古哲巴门尼德提出"存在"和"非存在"的概念后（"存在"和"非存在"是更多地被认同的一种译法，另外也有翻译成"是"和"非是"、"有"和"无"的），近现代西方学者对它们进行的大量解释，几乎可以说反而更多地印证了这样一个事实：巴门尼德的思想是现代人很难理解的。他们甚至觉得这两个概念是用诸种现代语言难以表达清楚的。在西方哲学史中，虽然这两个范畴被巴门尼德提出后便成了西方哲学中的主要范畴，但它们实际上发生了相当复杂的语义裂变。

富于感性色彩的陈说：

> 我就是它的战场、光阴和荞麦。
> 那么多海上来的
> 放着光明的女儿们
> 和那么多世世代代的疯女儿
> 都听着这般的语言，历史
> 在麦地上空一次次变乱

这是在说，上述理性思辨——对"语言"的多重角度的倾听和理解，其实折射了人自己内心活生生的矛盾存在，折射了人类心灵深处的重重疑虑和困惑。"女儿"一说，在这里当是指代人类自身，尤其是他的精神王子们。海子《太阳·弥赛亚》的倒数第二个片段，题目起为"疯公主"，这在意象及精神意蕴上当是与骆一禾形成了又一次呼应。那些矛盾集束，归根结底源自人自己的心灵特质。人的心智是它们得以存活的培养基；也就是说，如果没有人这样的心灵存在，就不会有这样的问题出现。那些互相矛盾的因素，把人的内心世界当成了它们旷日持久地厮杀的战场。每一个生命自我意识深度觉醒的人，"都听着这般的语言"，都将会在精神或灵魂的意义上经验到：不是由此得生，就是由此得死。"那么多海上来的放着光明的女儿们"，她们是由此得生；她们就那矛盾集束完成了某种内在的综合，并从而获具了某种强大的心性力量。而"那么多世世代代的疯女儿"，则是由此得死；她们没能就那矛盾集束完成某种内在的综合，于是被那矛盾火力所击毁。由那些精神人和灵魂人的精神生态本身所书写的人类精神史，其实就是在一次次这样的精神变乱中延续着。

综合考量这片诗语场，及"诗歌使创世行为与创作行为相迴，它乃是'创世'的'是'字"这个命题，我们似乎还可以谙得这样一重心灵逻辑：诗人不愿相信，所有的事物，都是本来如此，而是都处在创造中；每一种存在者，都是作为某种受造物加入存在的试验场的。也正是在这个意义上，人的生命，才获具了它的某种终极潜在的机会。如果事情都是本来如此并且永远如此，那么人的任何超出现世的愿望或梦想都注定会落空。神之灵，依其自身的灵感，创造了存在本身及存在者；而人的心灵，在它自己的创造性灵感中结缘梦想，并沿梦想的理路，于虔诚的祈祷中，走向新的可能。

诗篇的第十八段（"这是一轮大太阳：一个父亲"），深刻而精确地道说了浪漫主义精神王子在其深患不可知病并被空虚的自我心神所挟持的情形下常会有的两种临界体验，以及相应的两种似乎截然相反的精神诉求范式。这两种范式实际上也就是克尔凯郭尔所描述的"寻求神性的保证"与"寻求魔性的保证"。不难推断，骆一禾洞悉克尔凯郭尔的思想并深受其影响（他有多首诗都写到了克尔凯郭尔）。想必他也深度认同了克尔凯郭尔的这一著名论断："天才一开始就迷失了普遍性的方向，而与悖论相关联。在这种与悖论的关联中，他因他的局限性而深感绝望；在他的眼中，正是这种绝望使他从全能转化为无能。他不是去寻求一种魔性的保证，并因此拒绝将获得保证归之于上帝或人，就是去寻求一种对神灵之爱的宗教保证。"[1] 现在我们还是来感悟一下这部作品中的相关铺陈吧：

> 这是一轮大太阳：一个父亲
> 和他回头的浪子
> 祈祷它的心灵得以总结。

---

[1] 克尔凯郭尔：《恐惧与战栗》，刘继译，贵州人民出版社1994年版，第79页。

或者在世界的混沌中

炸出向外投射的道路

如光芒向外射来，没有人能够收回中心

如果你真是从那里走来

"一个父亲和他回头的浪子"这个说法本出于《圣经》。据西川回忆，骆一禾能背诵《圣经》，他对《圣经》之熟可想而知；骆一禾诗歌中采自《圣经》的灵感及意象非常之多。在《路加福音》中，耶稣向众人讲述了这样一个"浪子回头"的故事：一个人有两个儿子，小儿子要求父亲把他应得的家业分给他，他父亲就把产业（养生）分给了他们。然后，小儿子就往远方去了，任意放荡，浪费资材，还遭遇大饥荒，渐渐坠入穷苦之中。终有一天他"醒悟过来"，重新回到他父亲那里去。浪子回家后，蒙父收纳。① 耶稣给出这个比喻似乎是说，人一开始从神那里领有一个灵魂，并在神那里生活。然而人在犯罪后到了远离神的世界，渐渐陷入绝境。随着圣灵在人的心中做工，人又醒悟过来，复归神的怀抱。而神，同时也接纳了他回头的浪子。

不过，这一说法在这首诗里明显有别的指意。我把它们理解为喻指诗人的"自我"和"超我"。我这里使用的"自我"和"超我"的说法是从骆一禾的诗论《美神》中采集过来的。这些术语的发明最早当然应归功于弗洛伊德。骆一禾在使用这些概念时倒是一定程度上游离了它们的原始语境。诗人意在表达，那个诗性创造活动中的诗之"自我"，"不应理解为一种孤立的定点，它是'本我——自我——超我'及'潜意识——前意识——意识'双重序列整一结构里的一项动势"（《美神》）。这我们就不过多说明了，还说这段诗。

---

① 《新约·路加福音》，《圣经》（中国基督教两会，2008年），第137—138页。

"一轮大太阳"象喻一个处于精神性的激情疯狂燃烧状态的精神生命。它是"自我"和"超我"的一个复杂的复合体。"自我"是根基，它决定着"超我"的诉求限度；"超我"不真正反对"自我"，但它追求对"自我"的升华（这几句表述在逻辑路径上受弗洛伊德的影响）。"超我"的诉求注定是有限度的，在它抵达它自身的边界时，将会在更高的意义上返回"自我"。再展开点说就是，这个精神生命的自我，它总想在"超我"之域寻求超越"自我"的可能性。但由于其自身的绝对有限性，这场寻求注定会在某一人生时刻达到一个临界点。在达到这一临界点时，这个自我必将发生一场大的精神转变，否则越过这一临界点的精神性掘进将不再能够继续。如果主体没有在一种难以承受的精神重负下倒毙在这一临界点，他一般就会通过选择某种"神性的保证"或"魔性的保证"以完成自我。选择"神性的保证"，就意味着在生命的圣坛上"祈祷它的心灵得以总结"（诗中所描述的前一种情形），并由此信靠那象征着善和美的最高理念的神之灵，完成由精神上升到灵魂的精神生命的最高仪式。选择"魔性的保证"，则往往意味着在恶性膨胀的自我自由意志下走向彻底分裂的维度，也即诗中所描述的后一种情形："在世界的混沌中炸出向外投射的道路"（这个描绘与海子的《太阳·断头篇》一开始的描绘有些相似，想必都得益于20世纪新物理学所提出的关于宇宙起源的"大爆炸学说"；该学说认为宇宙起源于一场"大爆炸"，这场爆炸的原点被它命名为"奇点"，是宇宙真正的中心），不再返回自己可能从那里来的中心。

延伸论述一下：这种精神路线图及其最终达至的极端心理情景，更多地是由骆一禾、海子他们所说的那一类西方式"王子·太阳神之子"来表征的。什么样的心性气质对应着什么样的精神诉求。但应该说从心性气质到其所对应的精神诉求并非都取决于某种先天性，而是与后天所受到的影响也有很大的关系。对精神性的人，观念及信念的影响表现得尤为强大，或者说观念及信念对他们的影响甚至超过了实存。就拿骆一禾、海子来说，他们明显已经逸入那"王子·太阳神之子"的行列。但如果没有现代西方思想的影响，他们很可能就不会有那样的生命表现——他们很可能像中国古代智者那样在中国自然哲学所诉求的境界里安顿身心。杜威的有关论述可能会有助于我们理解上面所说的情形："信念是人们持有的、确立的、默认的、经过了证实或未经过证实的见解。信念的根据可能是充足的，也可能是不充足的，但人们有可能并未考虑根据是否实在，就接受某种见解，使之成为自己的信念。"① 关于这样的观念的成因，杜威认为，"包括传统、教诲或模仿——它们来自某种权威，或是投我所好，遂我心愿。这种见解是先入之见，而不是先弄清它有无实在根据再经过判断而形成的信念。"② 在骆一禾、海子这里，他们的精神取向与其说"传统、教诲"层面的成因很少，毋宁说"模仿"的痕迹较重。当然，这样的"模仿"明显也同时意味着某种内在的相遇。否则的话，单靠"模仿"是断不可能达到他们那样的精神生命高度和艺术高度的。不消说，天才都有天生的一面。其"模仿"对象对其本人的影响决非公式化、概念化的，而是必定有某种东西在其自身的生命体验的最深处找到了他。

顺便说一下，主体到底做出怎样的选择，想必这归根结底还是一个心性气质的问题。或者说，取决于灵魂异变为精神后的具体表现。纵观人类精神史，在那个精神临界点，皈依者有之，走向彻底分裂者也有之。关于这个问题，我个人总是倾向于，对于精神王子们中那些深患"不可知病"的"深渊圣徒"来说，走向彻底分裂的诉求有时看上去恰恰也像是一种独属于他们自己的信仰形式。因为

---

① 约翰·杜威：《我们如何思维》，伍中友译，新华出版社2010年版，第5页。
② 同上书，第6页。

他们的形上复仇意识最终坚决指向的其实只是他们自身；并且，在最后的瞬间，他们的自我意识往往被一种神性的光亮所蒸发。

诗篇的最后几段是又一个比较大的语义块。它集中阐扬了诗人一贯捍卫的生命本位主义的辩证存在观，以及以"光明需要运行"、生命是一种"动势"、诗是人的内在生命整体自身的道说等为思想和理念基础的生命存在观及生命诗学观。诗人生命本位主义的辩证存在观的基本理念内涵大致是，生命存在可能有一个源于存在的天命的终极支撑，它是超验的、永恒的，是世界以及人的生命存在的真正主宰；那存在的最高理念也有着它自身的永恒表象，它与自身的永恒表象互相印证，互为依存，共同统一于永恒存在本身。就诗人自身对存在的这种一元二重结构的态度来看，他在自身的生命情感中并不亲和那纯粹哲学意义上的逻各斯。他真正亲和的是那最高的理念之光普照下的人的大生命表象。从思想渊源上看，骆一禾的这一思想态度似乎同时汲取了中国古老的"生生之谓易"的思想、赫拉克利特"超善恶"的辩证世界观、柏拉图主义的理念论、亚里士多德主义的运动存在观、基督教义的生命理想主义等思想或精神元素，并在自我生命感觉的熔炉里对它们进行了创造性综合锻制。

现在我们来看第十九段：

不朽靠着不朽而不朽
而不朽靠着生灵得长生、得永存
冲击在北海的宽涌上
激起下一个阴影。下一个阴影献给世纪的
生命。

第一个"不朽"当指抽象的、理念意义上的永恒存在本身（想必诗人也相信，只有绝对的存在，没有绝对的虚无），第二个"不朽"当指同样会是永恒的、作为永恒存在的具体表象的世界之具象存在。前两句的意思就是，第一重意义上的"不朽"离不开第二重意义上的"不朽"；而第二重意义上的"不朽"又离不开以"生灵"为基本表象的世界之具象存在，否则在人的意识中它可能就与一个空洞的符号无异了。这段诗的后几行是说，不朽的世界之具象存在就充满"动势"地深切地表征于人类活生生的历史性实存上。这实存同样是一种"光"与"影"复杂交织的特殊的矛盾统一体。无论"光"或"影"都不能代表它的全部。"光"与"影"是相互依存的。"影"是统一体不可或缺的结构性存在元素，或者说也是世界存在之理念本身意义上的一个积极的范畴。就人的历史性的生命此在来说，"影"的元素也同样是一个决定性的"常量"。"下一个阴影献给世纪的生命"这句诗的真正寓意也就在这里。说到底，在诗人的精神和灵魂视域下，生命本身就是一种绵绵不尽的历程，是一种向上的阶梯，是一种意义体现模式。在生命存在的任何一个历史性阶段都是如此：每一刻的时间现在都关联着时间过去和时间将来，每一道当下的台阶都关联着走过的台阶和未竟的台阶，每一个生命时刻都是生命存在的意义链环中的一环。这里，明显也折射了诗人在永恒的视域下对人的生命此在的肯定。

  下面这一段，更深切也更具体地描述了作为一种特殊"动势"的人的生命此在所禀有的具足性。而且，诗人似乎也由此真正完成了一种综合了自我自由意志的各种发挥的最后的"心灵总结"。这里，诗人的精神诉求从一个个射出去的方向，返回到自己当下本真本然的生命感觉和心灵感验，陈说了"义人"的真实人生选择。先看前半段：

语言在歌里诞生，生机在大海里诞生

弓拉着弦，弦拉着胸口

它足足地耗尽了我们

在大而圆的月亮

低垂于海面的时候

触摸一顶又一顶鲜红的帽子

一块又一块麦黄时的屋顶

在马车上清扫着被遗忘的粮食

不是送进古老的仓库

而是送给一个过路的人，让

这个世界遗忘的，也忘记被潮汐带走的

接受一份口粮

哪怕它是避世的口粮。

在这篇总结性的自我陈辞中，诗人同样是先谈"语言"这一照耀这部作品整个诗语场的意念。不过，这里的"语言"其实已经是一个复合体，一个"神言"、"道"、真理、光、诗歌、生命等诸多形而上和形而下的存在元素的复合体。它在我们心中对生命存在由衷的歌唱和祝颂中诞生和寓居。在这从高处和深处同时闪亮的"语言"之光的普照和透射下，万物一片生机盎然，生命的气息沛然生动。当然，这生机不是什么理念性的东西，而是世界存在及人的生命实存的一个属性。这里面有一种人无法真正知解，同时也不执迷于依靠自身的知解力去把握之的存在意志——落实在人这里的具体表现则是人的生命意志和生存意志。这种"意志"就像"弓拉着弦，弦拉着胸口"一样，支撑或牵引着我们向前领命和奔命，完成一生。我们甚至无暇真正反思和怀疑什么。当然，我们对于自己的生存，也不是全然被动地接受的，也有发自内心的亲和并拥抱之的感觉。

在这个层面真正起作用的，是生存本身的诗意以及我们内心深处对生命的慈悲情怀。"在大而圆的月亮／低垂于海面的时候／触摸一顶又一顶鲜红的帽子／一块又一块麦黄时的屋顶"这几句诗，就是在绘写我们的审美情怀与生存本身的诗意元素——其实也就是那恬然流动于人类美丽的生存家园中的素朴的人性美和人情美及本真意义上的劳动与栖居——相契合时的美好生活体验。这种体验对我们有一种弱小而又强韧的挽留力量，使我们就不想把生存从我们身旁轻易推开，一如诗人自己在《生存》一诗中所写："这时候有人说活着真没劲／我是相信的／奇怪的是我对自己说／回故乡去吧　你要好好活着／／就像我们无意间提起的忍者／最善意／最无名"。

后几句表达的就是我们内心深处对生命的慈悲情怀及我们无名的善意表现。诗人表示，他所唱的"歌中的美"，"人人懂得"（《修远第一稿》），而这"歌中的善"并非人人都在虔心地践行。诗人把这"歌中的善"，只简单而真实地归返给我们在自己生存家园中的生活实存。是的，"这歌中的善"不是抽象的，它唱的就是我们的家园中素朴的人性真实。就像诗人在《生为弱者》一诗中所写的"我背起善良人深夜的歌曲／玉米和盐／还有一壶水"一样，我们在这里怀着一颗朴素的心及时地把"被遗忘的粮食"，"送给一个过路的人"，让他忘记岁月留下的伤痛，顽强地活下去，哪怕只是活在自己避世的孤独中。我们做这些没有什么豪言壮语，没有什么神圣的社会历史使命，而只是不愿我们的"河流上漂满墓碑"。

这段诗接着写道：

　　……在今晚
　　它也并不能阻止或抗拒
　　一个人又一个人
　　从这个世界上消失：我们

> 在这里彼此说话，直接地说话
> 而我们
> 倾听着陌生的语言流畅地风吹
> 陡峭地分叉
> 在冲向极点的时候
> 使倾听腾起 冲击神秘的黑大陆
> 如灿烂的海淘汰黑暗的王国

这是在写，虽然我们无奈于我们的生命此在的根本命运，无奈于死亡不断地夺走人们的生命，但我们之间真诚而直接的交流，我们经验到的残酷无理深渊中的人间真情，不断地温暖着感动着支撑着挽留着我们。而且，我们还虔心地倾听着那陌生的"语言"自明般的道说，沐着那"语言"的熏风如称颂如祝祷如庇护般的神秘吹送。我们还绵绵不绝地感知到，有一种陌生而又熟稔的生命之光和心灵的希望之光彻照着我们活生生的生命感觉和存在感觉，永远使黑暗体验成为可疑。当那"语言"的一个支流在我们的倾听中突然强烈地把我们的心灵唤向本源的时候，我们进而感验到黑暗被全线击溃，幻化入永恒光明的以太中，生存以及存在之"海"的上空也升起永恒的意义感的希望之"弧光"。那永恒的意义感之"弧光"，大尺度地划破围困着我们心灵的黑暗的虚无意识，在我们生命感觉的顶点，使我们仿佛一下子彻底触及了人的生命存在那不可思议的终极秘密以及世界和生命的救赎之谜。

整部作品是这样结尾的：

> 这陌生的语言
> 如夜海里一艘悄悄的船
> 我们在大海的正中

> 一言不发，听大北海踩着我们的头顶
> 时光劈开空间
> 命运劈开空间
> 而海面上的火光燃烧着人影

可以感知得到，在诗人这一场漫长的诗思走到结尾时，他的心灵最终把那"陌生的语言"认同为，真正捱过"夜色"茫茫的"大海"，把我们的生命摆渡向不可知的未来的永不沉落的神秘舟船。我们乘着这舟船，顽强而坚忍地行驶在"大海的正中"，听任那自我们存在的天命中来的所有生存和存在的内容涌向我们覆盖我们。人似乎是"世界的裂缝"（借自尼采，尼采曾认为人是"两种虚无之间的一个裂缝"[①]），人类时间和人自身的命运表现"劈开"了永恒的存在本体，人不知道自己究竟是什么，也不知道自己究竟从哪里来到哪里去，但总好像有绵绵不绝的"神说"仿佛永不熄灭的乌托邦之灯照耀着他前行的航程。

可以总结说，诗人在这一次漫长的诗思之旅中，自己的心智始终未被那种很多"深渊圣徒"都深患过的"不可知病"所击倒，未被形而上学式的思维方式所主宰，而是始终被自己生命的天然理性和本真的心灵感性所引领着。到最后，其形上认知冲动，更是已完全被一种简单的生命敬畏意识和一种朴素的宗教情怀及宗教诉求意识所替代。当然，这一颇富启示性的诗歌文本绝非什么布道词。它并没有提供生命的终极救赎之路。它只是在借诗人的诗思之道说尽力为可能浮现的路提供照明。最后，我再说一句就从这一片阐释话语场离开：生活之爱和生命之爱，尤其是生命的灵性之爱，是诗人此番歌唱的真正质地。

---

① 尼采：《权力意志》，孙周兴译，商务印书馆2007年版，第1245页。

第四章　黑暗的实质

我们创造的每一个词语似乎都可以有两重意义上的意指，一重是物理意义上的，一重是心理意义上的。这一方面说明，我们对事物的认知离不开我们与实物的照面——或者说都离不开事物在我们的面前实际显现的样子；另一方面也说明，客观事物的真实与我们内心世界的主观真实之间，有时会有着很契合的象征关系。波德莱尔曾认为，万事万物都是象征的，即互相之间都在应和，彼此象征。诗人是一个特殊的辨认者，就是在从世间万事万物中发现象征关系，寻找象征物，并经由这种艺术灵知，将实在界和超验界沟通，一如他在《应和》一诗中所歌："如同悠长的回声遥遥地汇合／在一个混沌深邃的统一体中／广大浩漫好像黑夜连着光明"[1]。不用说，每一位天才的诗人在这方面的表现都很天才。骆一禾当然亦如此。其诗歌心象说与波德莱尔的"象征理论"之间明显也有一种遥远的"应和"关系啊。这我们且不再说。我们真正要说的是"黑暗"这一诗歌心象在骆一禾诗语场的具体象征表现。

据统计，作为词语的"黑暗"在骆一禾的诗中共出现139次。而且，越到后来出现的次数越多。1986年之前的诗中只有1次，长诗《世界的血》中出现33次，长诗《大海》中出现40次。关键还在于，在骆一禾前期的诗作中，这一意象的指意主要还是物理意义

---

[1] 波德莱尔：《恶之花》，郭宏安译，上海译文出版社2009年版，第17页。

上的，而在其后期诗歌中，则更多地体现为一种心理意义上的写照。如果联系到诗人成熟期的诗作中那浓郁的、没有概念化地使用这一词语去表达的黑暗的主观自我意识，我们甚至可以说，骆一禾的诗语场真可谓密布"黑暗"。骆一禾在其严格意义上说都是作为感知和思维的产品的诗歌表达中，究竟是在怎样的生命自我意识的深渊中不断触及"黑暗"这个令他惊异不已也恐惧不已的"在"，当然还是他的诗歌存在本身最有发言权。

现在我们不妨先将"黑暗"在骆一禾诗中的具体指意铺陈一下。大致有四个层面：第一个就是在实写物理意义上的黑暗、黑夜（有20处左右）；第二个是两重意义上的互涉或互相通感，这一点主要表现在"光明"与"黑暗"结对出现的语境；第三个是暗指世界存在的真理、生命存在的意义等的晦暗不明；第四个是喻指人类主体由对死亡的刻骨意识及相应的生命虚无意识而来的阴郁的生命自我意识。很明显，后面三重含义基本上都是心理意义上的，都指向人的某种精神体验的真实。后面两个层面的含义还是相辅相成的，分别是在从客体和主体两种视角触及诗人自我意识中的"黑暗"的实质，这在骆一禾的诗语场有着大量的呈现。

下面我想先亮出两点对我现在要做的阐释具有统领性意义的看法。第一点，骆一禾的诗语场深蕴的"黑暗"意识本身，实际上同时构成了诗人精神受难的主要根源和对他的救助力量之源。诗人之所以会遭受到那种难以形容的精神苦难，其最根本的原因无疑出于对生命意义的问题的焦虑，以及由对死亡的刻骨意识及相应的生命虚无意识而来的阴郁的生命自我意识。其实，他经常在自己看似纯粹的诗歌劳作中，很快就游离了单纯诗歌的航道，来到他真正关心的问题的中心。不用说，对死亡的刻骨意识及相应的生命虚无意识是最啮噬诗人的心灵的心智原因。"那舞族之舞蹈，那舞蹈之主题／就是爱生命的人的死亡"（《舞族》），在这一点上人无法选择。作为生命的对立面的死是令人讨厌的，也是令人无限恐惧的，这是人类恐惧的中心。"出于恐惧我们干了一切"，这实际上都是在用别的装饰来掩盖死亡意识对我们的影响。但诗人始终是极其刻骨地意识到死亡的：那也许是所有问题中最古老的问题——"死后还有生命吗"，那约伯因他所受的苦难而发出的绝望般的哀呼"人若死了，岂能再活呢"①，那爱伦·坡在自己的绝唱中发出的天问"我还能再看到兰诺吗"②，等等诸如此类的问题，真可谓是以"毒钩"的形状径直扎向了诗人的内心啊。

第二点，这种性质的"黑暗"意识，表征的当是完全基督教意义上的属灵经验的革命的前夜。在这个意义上说，这"黑暗"经验又来自两个层面：一个是时代历史层面，一个是本体层面。在时代历史层面上，骆一禾的诗歌饱胀着对现代文明和人性的批判意识。这是一个什么时代？这是一个"光照在黑暗里，黑暗却不接受光"的时代，是一个"人处在黑暗中却不知道自己处在黑暗中"、"浑然不觉的日子像天使的尸体"的时代（《人歌》），是一个"黑夜已深，白昼将近"③的时代。同时，这也是一个"诗歌被另一种血色苍白的人深深地嫉恨"的时代，是一个"伪先知"频频出没的时代。在这个时代，并不是所有的人都处于"灵死"状态，也并不是所有具有精神性和灵魂性的人都对自身的生命体验之灵性表示出一种时代性的淡漠，但疯狂的技术之魔似乎欲把人的生命存在的灵性基础连根拔起，对于人的生命存在的灵性自觉则已更多地隐遁于某些生命个体的灵魂深处。现代资本洪流、技术洪流和文化洪流，在某种集体无意识的裹挟下滚滚向前，似乎不抵达一个末日指数决不罢休，而

---

① 《旧约·约伯记》，《圣经》（中国基督教两会，2008年），第844页。
② Edgar Allan Poe, *The Raven, The Complete Poetry Of Edgar Allan Poe*, Signet Classics, 2008, p92.
③ 《旧约·罗马书》，《圣经》（中国基督教两会，2008年），第285页。

人性的内在光辉却在资本和技术的旋涡里日趋黯淡。总之，在今天这个时代，"世界之夜"，在一种无可避免的历史性命运的作用下，已全面来临。

在本体层面上，诗人经验到一种心理意义上的最黑的黑暗。它不是文明意义上的"世界之夜"，也不是未有世界之前的那最原始的黑夜。它乃是诗人的心灵之日出事件发生前的无边的心理暗夜。对于这一重性质的心理黑暗，几乎每一位诗歌王子都曾在自己的诗歌中深深抚触过，一如诗人自己所道说：

> 大海的律吕
> 已经穿越了水银
> 而我的眼前更是一片漆黑
> 就像人间那些天才诗人们说过
> 破晓之前，最黑的时分
> 已经来临①
>
> ——《大海》第八歌

"水银"这一意象，在《大海》前几歌中屡有出现。它象征世界之自在存在自身所携带的某种来历不明的隐约光亮。这种光亮使得世界之客观存在得以被诗人看见。但这种光亮，这种看见，非但没有稀释诗人的心理黑暗，反而更加深了那黑暗。这一点，实为伴随着诗人强烈的终极关怀意识及阴郁的存在之虚无意识而来的阶段性精神体验。

---

① 在语境的意义上，直接启发了骆一禾这一表述的，想必是被誉为天才诗人的荷尔德林。荷尔德林在其名作《Patmos》（拔摩岛，圣约翰写《启示录》的地点）中，有过如是表达："Yet thay sad, now that / The evening had come, amazed"（"然而他们悲伤，现在／黑夜已经降临，令人悚然惊心"）。在海德格尔的多个文本中，也有过对这几句诗的语义的转用。

我们能深切地感到，骆一禾的诗歌彰显了刻骨的生命虔诚心理，及强烈的对于生命的终极关怀意识和悲悯情怀——处理死亡问题的态度最能说明一颗心灵关切生命的深度。我们肯定能感知到，在世界几大宗教模式中，刻骨的生命虔诚无疑最深切地表明了基督教精神的独特气质。儒教思想也彰显了一种生命执着精神。但这种执着明显是一种现世意义上的。对它来说，从存在本身的意义上看，人死了就是死了，就是永远没了。儒教思想也追求"永生"，不过主要是想通过"三立"（立德、立言、立功）永远活在后人心中。这与基督教所诉求的"永生生命"完全是两码事。道教所彰显的更是一种非生命本位主义的思想，不管是在其当下视野还是"长生"视野下，人与物游、物我两忘、完全臻入化境才是其根本诉求。归纳起来看，中国思想所诉求的最高境界是这样一种"自然"境界：一切随其自然，什么事情都介于可做可不做之间，即使做了，与不做相比也没什么特别意义；人可生可死，死对于生来说也并无什么特别意义，于是人生不妨在一种自然意趣中一过。佛教对待生命的基本态度就更不用说了：其核心义理就是轮回本苦，人生本苦；而其核心诉求则是摆脱轮回本身，实现彻底的解脱、涅槃——人的生命存在自然也是要被弃绝的东西之一了。不难觉知，基督性与佛性的本质区别在于对人的生命存在的不同态度，与儒道性的本质区别则在于对彼岸诉求的态度。

所以我认为，在这一点上，骆一禾的诗语场所深蕴的精神和理念内涵，与基督教义和基督教精神内涵有着很大的相通性。再者，在一种最内在的意义上看，骆一禾"是一位充满了光的诗人"。这说明了他看苦难是有意义的，说明了他那浓烈的苦难意识恰恰使他借着苦难胜过了人的当下实存，说明了他"在一条天路上走着我自己"时，"黑暗渐渐过去，真光已然闪耀"[1]，说明了他归根结底是决

---

[1] 《新约·约翰一书》，《圣经》（中国基督教两会，2008年），第422页。

然不属"黑夜"和"幽暗"的"光明之子"和"白昼之子"。耶稣也亲口说过:"哀恸的人有福了"①。从宗教态度的意义上说,哀恸恰像是虔诚的一种有力反证。耶利米、约伯等《旧约》中的先知都曾表达过大哀恸。诺瓦利斯在《虔敬之歌》一诗中所歌在诗歌王子这里则有一定的代表性:"我必定恸哭,永远恸哭:/只愿他有一次向我显露,/只一次远远的现身/神圣的悲情!永无尽时/我的痛苦,我的泪水;我情愿顿时僵硬。"②事实也表明,骆一禾诗歌世界那浓密的"黑暗"意象,恰恰形成了一种伟大的生命之爱的有力反衬。或者说,透过骆一禾的诗歌精神及其诗情人生本身不难推知,他的拯救诉求似乎纯然是基督教性质的。也许对从不对人表态的永恒来说,人到底有多大的重要性是不可知不可解的,但人的生命存在本身的实相、人对生命之爱和美的刻骨铭心的体验,却的确使诗人的内心充满对生命的无限怜惜和悲悯之情。

在这个论述界面上,我必须要再延伸说一下,骆一禾是一位内在意义上的"义人",并非一位通常意义上的基督徒——就是诗人活到今天可能也是这样吧。毋宁说,诗人的精神生态表征的更像是一种单纯的基督教气质。其生命实践可能与基督教团契精神之间还有一定的距离。那么何为基督教气质?它指的是,人的整体意义上的生命感觉及精神体验,与基督教义对人的生命存在的理解和解释之间,有着某种内在的契合。我们可以用"基督性"这一说法来表达他们的生命经验及精神体验。严格上说,基督性与基督教或基督徒行为远非一回事。基督性是某种个体意义上的生命经验的象征。西班牙哲学家雷蒙·潘尼卡有过这样一个可以帮助我们理解这一措辞的界说:"把自己看作是一个基督徒也可以是指实践一种个人信仰,

---

① 《新约·马太福音》,《圣经》(中国基督教两会,2008年),第7页。
② 诺瓦利斯:《夜颂中的革命和宗教》,林克等译,华夏出版社2007年版,第60—61页。

具有像基督那样的精神,以及把基督当作其个人生活的象征。这就是我称的基督性。它不需要完全根据历史来解释。它只是作为一个事实存在,作为我们发现的事物,并且同时作为不单单是被我们发现的事物。"①不消说,基督性就是一种以个体经验为根本表征的、与耶稣的经验具有很强的同质性的特殊的当下性,或者说一种"个人的宗教性"(雷蒙·潘尼卡语)。这是一种典型基督教意义上的属灵的智慧,它永远表征着某种生命现在。有一个事实我们得承认:有很多生命个体在狭义的基督教场域之外经验了基督性。诚如尼采所说:"如果基督教意味着以'十字架'取代胡言乱语与机会主义,那么我一定会被接纳成为耶稣的弟子。如果就像'殉道者贾斯汀'所说的,苏格拉底是基督出现之前唯一的基督徒,那么,我便是基督出现之后的唯一基督徒。"②他这样的表白,实际上就是在道说一种个人经验意义上的基督性。尼采还曾表示:"尽管我多么努力,却无法成为佛教徒,沉醉于死亡之中。想到陷进虚无中,我就害怕。"③不少现代语境下的宗教思想家明确表示,真正的、未来的基督教是一种"个体性的基督教精神想象",如陀思妥耶夫斯基所谓的"文化的基督教意识"、海德格尔所谓的"在思与诗中等待"的"等待性"、德里达所谓的"弥赛亚性"等等。这样的思想不啻关于基督性的种种象征主义表达。我们或可以说,耶稣基督的形象,其实是灵魂深度觉醒的人类精神受难和心灵挣扎的一个内涵无比丰富的喻象,诚如雅斯贝尔斯所认为的:"对上帝的确信来自对无限痛苦的意识。"④"义人"骆一禾实际上也通过自己"背对前人也背对后人"的

---

① 雷蒙·潘尼卡:《智慧的居所》,王志成等译,江苏人民出版社2000年版,第189页。
② 尼采:《我妹妹与我》,陈苍多译,文化艺术出版社2003年版,第163页。
③ 同上书,第65页。
④ 卡尔·雅斯贝尔斯:《大哲学家》上册,李雪涛、李秋零等译,社会科学文献出版社2010年版,第182页。

精神生命历练,绘制了一道独属于自己的心灵受难及皈依的宗教图式。他也由此内在地经验了以耶稣事件为伟大象征的人的"受难力量的顶峰"状态。同样,诗人在这"受难力量的顶峰",并没有屈服于自己那超密态的黑暗意识,而是循着一种革命性的心灵感性——源于"信望爱"的生命感觉而完成的一种对生命的纯粹理性主义的理解的超越——依稀抵达了那"不再有死"也"原没有黑夜"的永恒光明之境。自不待言,这也是基督性的另一个根本精神表征,没有这一精神表征,也就无法称得上真正的基督性了。

关于上文的一些补充探讨——

佛陀有言说,"一切众生皆有佛性"(究竟何为佛性,佛教语境中倒是有过多种多样的说法)。著名的基督教思想家德尔图良则说过,"人的灵魂天生是基督教的"。如果他们说的都对,那么佛性和基督性可能只是措辞上的不同了;而如果佛性和基督性有着不相同或不尽相同的内涵,那么只能说这些说法都是有所遮蔽的。现在来看,正确对待它们的做法是将它们放在它们所浮现的具体语境中去理解。应该说,人类的基本经验都是共通的。之所以会出现异质性很强的精神诉求,盖出于在主观上对不同经验层面的极端强化。综观人类的精神生态,我们会感觉到,不同的精神类型之间实难以通约。精神性的人最终遵循的都是个体化原则,来自他者的观念对他们的影响都是有限的。对他们来说,影响往往表现为,某些影响的精神因子经过他们的内在化处理而隐隐地对他们起到了作用。这个过程的实质在于,这些精神因子,在他们自己生命体验的至深处与他们的自我相遇,并引起共振。以不同的文明类型和文化模式中的那些伟大的精神典范——如苏格拉底、耶稣、佛陀、孔子等——为例来看,他们对世界和生命的观感体认,在其自身的范围内肯定都是真实的,他们都是在沿着各自内心认定的真理和道路追求着自我实现，虽然他们的精神取向是那样的不同。当然，可能每一个极端的精神人格都爱把自己的感觉当作人类的本质来处理，于是才有了各种各样的救世构想。也就是说，救世思想往往是自救之精神和思想行为的副产品。

我们通过上面这段论述是想陈明，在各自的意义上都是真实的生命经验及相应的精神诉求，很可能有着很大的出入。我们所说的基督性有其自身的独一性体现。在一种比照的视野下，基督性的独一性会不可抑制地凸显出来。关于这个话题，我在不少地方都有所触及，我想在这里再行话语探触。感觉基督性是这样表征它自身的：浓郁的审美情怀和生命情怀，对痛苦的无限性和无解性的深切体验，对永恒本身的执迷，无可救药的不可知病，复活诉求及对永生生命的执着，不知所终的祈祷心理。

在这些层面中，可能第二个层面最不好理解，我们单独提出来再说一下：十字架事件隐喻的其实就是人的痛苦体验的无限性和无解性。我们能感觉到，在不同的精神场域，痛苦所受的礼遇还是有很大不同的。而在基督教中，则是痛苦更多。

佛家所说的"苦"，与基督教意义上的"痛苦"，似乎有着明显不同的况味。前者意指人生及轮回本身的具体感觉或经验状态，又曰存在本身的某种法相；后者多意指精神或心灵意义上的无解的受难感，以及人对自身的绝对有限性所感到的绝望。笼罩在基督教意义痛苦上的，是一种浓得化不开的精神和心灵气氛；佛家所言的苦感，则类乎某种驱之不去的烦恼情绪。相对来说，基督教意义上的痛苦给人一种非常简洁和直接的感觉，它是一种更纯粹、更透明的精神体验。佛家所言的苦感令人厌烦生命存在本身，即便是对生命的担当的喜乐似乎也伴随着某种不畅的感觉；基督教意义上的痛苦理解竟使人萌生一种珍爱生命的感觉，使人想祝福存在，并期许更完满的生命存在状态。注意：其中必须有生命！

基督教色彩的关于精神和灵魂的痛苦的表达，可以说遍布古往今来的精神文献。基督教信仰的最深心理基础，其实就是人类与生俱来的和绝对无解的痛苦，一如雅斯贝尔斯所认为的："只有从这一极限状态（对无限痛苦的意识）出发，才能有这样的转变：向上帝呼喊成为可能，说出不可忍受的沉默，之后便是大声地呼唤——你是那神圣者。"[①]"对无限痛苦的意识"是什么意思？就是说，对人来说，在终极的意义上，无论人自己能想到什么样的安慰，其所带来的内心安慰都是有限的。痛苦的真正根源似乎不可言说。这种精神体验有时甚至使人做如下推测：创造了人的神自身经验着同样无解的痛苦。再来一些想象性的阐释——

基督教的根本表征就是十字架及发生在十字架上的事件。张开的人体式的十字架是"人子"受难的最高象征。"人子"之死于十字架隐喻着人的受难至死。而整个基督教义的最深内涵，则更像是一道深隐于圣书的书写真实背后的极其晦涩的隐喻。这一切其实深切地暗示了基督教诉求的最内在秘密。这个秘密就在于绝对无解的痛苦体验。痛苦的绝对无解性导致人的精神和心灵的绝对受难，同时也意味着绝望最深处的绝望。正是无解的痛苦体验及对生命所表征出来的爱和美的无限热爱和怜惜之情的心灵联姻，唤起了对一个无限欢乐的生命之源的精神性向往，及基于生命体验中的某种神秘幻想经验而萌生的朝向它的融合诉求。"钉十字架的人"也象征着那种绝对的痛苦者和受难者。一个被无解的痛苦体验和对生命的大爱与悲悯情怀彻底拥有的人，就是一个内在的基督徒，不管他表面上与基督教事物有多少关联。如果把绝对无解的痛苦体验及相应的受难体验，认同为惩罚及赎罪的精神维度之基本样态，同时把对生

[①] 卡尔·雅斯贝尔斯：《大哲学家》上册，李雪涛、李秋零等译，社会科学文献出版社2010年版，第182页。

命的大爱感认同为上帝的源头恩典，那么我认为基督教赫然成立。我的意识里经常掠过这样一个意象：在一片痛苦的辉光中，内在基督徒的形影一个个化育而出，继而上升，进入一种永恒光明和永恒欢乐的以太中。

下面我们不妨径直来到骆一禾的诗语场的"黑暗"的中心，试以一种我们自身所禀有的灵性和悟性，去感悟一下诗人主观经验中那最黑的"黑暗"到底是什么意涵，去深深地探触一下这"黑暗"在诗人内心世界这一特殊的"真实域"的来龙去脉。在骆一禾的诗歌帝国并不很复杂的文本地貌上，那"黑暗"的中心地带无疑蜿蜒于《大海》第十五歌以后（尤其是第十五歌、第十七歌及第十九歌的前半部）。在那片诗语场，诗人的"大海"涌动着前所未见的"黑潮"（虽然有时是与"赤潮"互现，但"黑潮"本身在其中仍是一种非常强势的在）。其诗歌帝国之前那丝丝缕缕的黑暗至此凝聚为一种"超密态"的在。这无疑也是"白昼将近"之前那"一天中最黑暗的时刻"。因诗人的突然离世，作为诗人"心灵的最后总结"的《大海》成了一部残篇，从"完形"的意义上说——相信"完形"在骆一禾那里是注定的，这是一个不可估量的损失；不过，在残篇的倒数第三歌，也即第十九歌"在深海里下满了大雪"，那"白昼将近"的气息已然扑面而来。

在《大海》第十五歌的开篇，诗人苍茫的精神"修远"之旅来到"太阳"的界域。来到这里，首先是诗人的时间意识在面对太阳那宿命般燃烧的伟大意志时发生了变乱，不知道是自己"失去了时间"还是"时间已经回转"。那无与伦比的"壮烈风景"兀自呈现，与诗人的精神风暴互相锻打，与诗人的灵魂风景互相照射、对质；并且，自在存在的世界和诗人自为的灵魂自我，在互相照射、对质中分别是其所是。在这样的混合风景带，诗人歌道：

> 穿过光明
>
> 太阳把我淹没，这伟大的意志之源
>
> 有肖然的黑子在日中狂舞
>
> 沸腾的天文就像是贴在我的脸颊
>
> 插在我的眼帘
>
> 在某种程度上，我要说
>
> 这是一种可怕的美，在这里已经完成
>
> 宏观世界里的一位歌王
>
> 曾经将它预言
>
> 我的眼帘在这可怕的美中扑动
>
> 就像是很轻的火山灰烬

诗人这是在对我们言说一种独特的诗歌美学思想：天才的诗歌的巅峰呈现，都是诗人在某种"原始力量的中心"的歌唱与道说。这时候，他的精神在自身最高的意义上，"挣脱自身及其中心，不断穿透客体，透彻得如此过分，像在无据深渊中他在客体中失去了自身"[①]。在主体与客观物象的如此照面中，一方面，客观世界自在地表征一种"可怕的美"，"世界艺术家"——尼采在《悲剧的诞生》中曾把世界本身也看成一个艺术家——在它自身的创造行为中成就着那美；另一方面，"人间艺术家"在一种"艺术的强力意志"中，在一种"出自深藏在艺术家本能中的那种非理性的恣意任性"中，步"世界艺术家"的后尘，感知着那美，并在自己的艺术创造行为中表现着那美。天才其实就是这样诞生并展翅高飞的。也正是在这样的机制中，诗歌艺术才闪烁着一种可怕的、令灵魂战栗的美，一个诗人也才能由此登上诗歌艺术的理想之巅。那种"可怕的美"，

---

① 荷尔德林：《荷尔德林文集》，戴晖译，商务印书馆2000年版，第300页。

是美的极致,是艺术的最高诉求。为什么"宏观世界里的一位歌王曾经将它预言"?因为那美是其"艺术的强力意志"的真实表征。对于那美,那"歌王"是"预言",而"我"是抵达,"我"是目击者和实践者。从内在逻辑的视角上看,诗人此说当然不是真的:他其实是在拿那"歌王"自比,他和那"歌王"其实是同样的"预言"者或"实践"者。进一步说,灵魂在精神的"白热时空"中的翱翔,在"神性的风暴"中的锻打与自我歌唱,是最美的生命之诗。如果说审美是较低阶段的心灵表现形式,在这里却是这个较低阶段本身的最高表现。那"可怕的美",以一种不可阻挡的力量把人的审美体验席卷而去,人在它面前"就像是很轻的火山灰烬"。这时候,诗人还产生了一种难以自持的认知冲动,"不得不将那沸腾的天文看得很清"。而这"看",看到的既是外视野也是内视野(这双重视野,在一种象征关系中,共在于诗人的诗思中);这"看"的路径,既是一种想象性的物理意义上的观感过程,也是一种内省的过程,一种自我的沉思:

  幻象的烈日。在
  我的狱中
  在所来之根

这几句谶语般的歌词是在说,审美的极致情景,作为"幻象的烈日",其实是一种极端的主观情景,其根源在于诗人天生的嗜美的心魂,在于诗人的自我心狱。这嗜美的心魂,就像生命本身一样,有着它自身的神秘的根源(按尼采的说法是,艺术冲动本是"存在和太一的永恒痛苦和冲突"追求自我解脱的途径;落实在人身上,它也是人类"天生的形而上活动")。在第二段的陈述中,诗人很快就发生了一场内在转变,即对于这自在之美,由一种单纯审美的视角转变到一种质疑的灵魂的视角。这时候，诗人首先把自己从那美的对象旁拉开，然后把那美的对象完全作为一个客体去审视去考量。在他的审视中，那美依然是异常之美，但他的心灵与这美之间却慢慢发生了严重的断裂。当诗人的"飞行""穿过烈日之宫"，不由得慢了下来，这是因为他的灵魂面对这自在的美，慢慢地收聚翅膀止憩于自我之内，虽然他这时仍然承认：

> 那些日神的祭司
> 手执地心，手执太阳种子的父亲
> 都曾失去心爱的儿子
> 祆教的白衣之子，火烤断他们断裂的翅膀
> 我从他们中间走过
> 感到他们远远胜过天使
> 却没有天使的运气

"日神的祭司"在这里暗指那些为美而美的艺术圣徒。他们不顾精神王子们在这可怖的自在存在面前纷纷离去的精神事实，也不顾客观之火没有丝毫温情地烤断他们灵魂的翅膀，而只是忘我地、出神地向美本身祭献他们最高的顶礼膜拜。"祆教[①]的白衣之子"这一奇

[①] 祆教，在不同的语境中也称琐罗亚斯德教、拜火教、帕西教等，由伊朗先知查拉图斯特拉（希腊文的琐罗亚斯德）创立。该教是基督教之前西亚地区最具影响力的宗教，古代波斯帝国的国教，传入中国后被称为祆教，意为天意所授之教（"祆"是当时专门新造的一个汉字）。该教的根本思想在于一种二元神论，认为世界秩序从属于善与恶、光明与黑暗、生与死之争衡。宇宙之肯定本源和否定本源化身为两个永恒争斗的神，两者均为"无终之时"大神之子。该教建构的是一种超善恶的世界观和存在观，对后来的摩尼教及犹太教、基督教的异端之形成均有不小的影响。在人类思想史上，类似这种观念颇受一些抱定审美世界观的艺术至上主义者的青睐。尼采在其代表作《查拉图斯特拉如是说》中，让查拉图斯特拉作为代言人去宣讲他的艺术形而上学和永恒轮回思想，其用意可能也与此有关。

特意象其实就是那艺术圣徒的一个深刻的指代（"祆教"在《骆一禾诗全编》中被打成了"祅教"，可以断定这是一个错误；祆，发音 xiān，中古拼音 hen，左示右天）。从单纯审美的角度上看，诗人甚至"感到他们远远胜过天使"。

很明显，第十五歌的这前两段，可谓是关于"美的艺术"（康德语）的一次天才的道说。不过，这显然只是诗人的一次简短的诗思逗留。某种精神和灵魂的深层经验才是诗人在这一界域真正要道说的。诗人在这一界域真正要道说的精神和灵魂的深层经验是，他的心灵在自在存在的宇宙自然力面前，其实有一种极度受难的感觉。他之来这里，并非只为观赏穹苍和宇宙自然力自身的创造与毁灭游戏；他之来这里，并非作为一艺术狂徒为寻求最极端的艺术灵感而来；他之来这里，

> 与他们目的不同
> 不久我将离去
> 与诗歌活着而去

他来这里只是让自己经受充分的锤炼，因为他知道，"信仰或者不信／都是一种锤炼"（《航海纪：俄底修斯与珀涅罗珀》）。"不久我将离去／与诗歌活着而去"这两句诗，在此听来像是诗人的某种先知先觉（骆一禾在别的地方也有类似的表达，如《大地的力量》中就说"现在，我就要离开艺术"）。它似乎道出了诗人对自己的内在身份的认同。从诗人的精神生态之真实来判断，他似乎禀有一种"王子"和"圣徒"合二为一的身份。但不管怎么说，有一点是可以肯定的，即他绝不是唯美主义或艺术至上主义的。虽然他也清楚地知道，

> 关于太阳
> 里面有这样的人(纯粹的艺术之子)

而且,对于"这样的人",他还呈上了自己很高的尊重,但他更清楚地知道,他自己却真的不是"这样的人"。与其说他是艺术之子,毋宁说他是神明之子。此世光华四射的艺术生命也不足以使他持留,因为"另一种生命正在异乡朝他盛开"。荷尔德林在《恩培多克勒斯》中的一句诗所道说的东西,与骆一禾此处所陈似有一定的相通之处:"作为神灵的传达者,/他必定早早离去。"[①]

诗人与"那些日神的祭司"之间的根本不同在于,他不会在审美的迷狂中忘却他最深的自我。也就是说,不管什么样的存在场景,他其实都活在深度觉醒的自我意识和自我生命感觉中,他会时时在内心追问到底"我是谁"。这不是概念性的东西,这是他本真的自我生命感觉总在激起他在大自然的自在存在面前的异己感。面对大自然的"壮烈风景",他最突出的感觉不是陶醉,而是恐惧。这种恐惧并不是单纯对大自然的恐惧,更是一种精神性的体现。归根结底,诗人在无边的自然之在的映衬下,意识到人作为一种自为的存在之可怕。我们且看这里:当诗人的"修远"之旅穿过"烈日",穿过一种精神的白热时空,在他心灵的眼睛中,烈日的"赤道和黄道",一时转换为内视野下的"黑潮和赤潮":

> 穿过光明之后
> 世界由大海照亮

[①] 荷尔德林的"悲剧性戏剧诗"《恩培多克勒斯》先后有三稿,在翻译过来的第三稿中未发现这一名句。此处转引自海德格尔:《荷尔德林诗的阐释》,孙周兴译,商务印书馆2000年版,第49页。

那黑潮间滚动的不是海水

在黑潮隆起,一派透彻的固体眩目

黑潮隆起的地方滚动着无穷无尽的斧子

那位伟大的盲眼诗人

手摸灵魂

面向风暴与海洋

黑潮站立着万捆闪光的斧子

而那深深的津梁

在发出异样的海啸,不是雷霆

而是魔力在喧嚣

与黑潮透彻的隆起相逆,隔着斧阵

旋动着赤潮

许多诗篇之手挂满鲜血

我们说过,这"大海"的意象,既源于大自然中令人恐惧的真实的大海之在,也象喻诗人深不可测的恐怖的心理之海。这"黑潮"的意象,既源于真实的大海在夜晚来临时候那汹涌的阴暗波涛,也象喻诗人阴郁、晦暗的自我意识之潮的不安涌动。这段诗的根本主题是在渲染一种杀人的心理恐怖。那大海照亮的黑潮,像"滚动着无穷无尽的斧子",像"站立着万捆闪光的斧子",使诗人的灵魂惊恐。借住于"伟大的盲眼诗人"的灵魂,似乎也已深深患上了"目盲",根本无力解读这一切——这一切受制于某种非理性的"魔力",更多地属于它的是对自身惊恐的体验。关于"伟大的盲眼诗人"一说,虽然让人首先想到荷马,但此处也可能是所有诗人的一个指代。"盲眼",则隐喻灵魂通过他们只能看到怪异的现象界的眼睛,其实根本看不清存在的实质。这一喻象还暗示,对人类来说,不目盲与目盲其实一样,都无法知解世界存在之本质。

"赤潮"是一个与"黑潮"对应的意象，二者在最后几歌中也总是交互呈现。这究竟又是一个什么属性的意象呢？一方面，它可能折射了一种由那令人恐惧的宇宙自然力及相继而来的心理恐怖所引起的杀人的心理幻象；另一方面，可能也是更具有实质意义的，它其实是一个更加强化诗人的黑暗意识的意象。在骆一禾的诗语场，这"赤潮"几乎总是伴随着一种淋漓的血象。我注意到，海子去世后，骆一禾在一系列纪念并推介海子诗歌的文本中，论到海子的"太阳七部书"之一的《太阳·弑》的舞台空间设置时，反复陈述过他的一个醒目的解读。他在《我考虑真正的史诗》（海子《土地》代序）中说道："处于七部书巅峰状态的是1988年的三幕三十场话剧《弑》，那是一个血红而黑暗的恐怖空间，今天在他死后读到时，有如进入了血海而看人世。"在《海子生涯》一文中又说道："《弑》是一部仪式剧或命运悲剧文体的成品，舞台是全部血红的空间，间或揳入漆黑的空间，宛如生命四周宿命的秘穴……这个空间的精神压力具有恐怖效果……从色调上说，血红比黑更黑暗，因为它处于压力和爆炸力的临界点上。"或许我们由此可以推断，在骆一禾的心理场及诗语场，"赤潮"其实是比"黑潮"更黑的"黑潮"，血红是比黑暗更黑的黑暗。不过，"赤潮"终归还是有着它自身的属性的。虽然在幻象中它会是比"黑潮"更黑的"黑潮"，但不像"黑潮"只是一味地黑，好像它总想在黑暗的深渊映亮什么。

在接下来的几段中，诗人先是似乎较为理性地抚触了自己的内心面对宇宙自然力时的恐惧。他"以较小的隐喻"，把宇宙自然力的自在存在比喻为人的意志。人的生命内部冥冥中好像有一种意志（一种存在意志或生命意志），它有一种为存在而存在的自在般的性质。但在人的内在生命中，还有一种完全自为的因素在起作用，那就是我们的心灵。它在宇宙自然力面前有时会感到极度的不适应。不用说，对于那些心性超敏感的诗歌王子们来说，宇宙自然力总是对他们洋溢着富于触感——"我那仰目天文的眼神，不仅是一种视觉，也是触觉"——的杀气：

> 那无情的鲨鳄竞相撕咬不已
> 有那少年之王的躯体
> 被它们咬举而起
> 掳立于海上
> 那分裂的童心，天真之体
> 就像是仍在朝我招手

诗人这里是在描绘诗歌王子被对宇宙自然力的奇异的主观感验所撕裂的事实。他们处在人类的原始恐惧的中心，一任这恐惧把他们逼入神经崩溃的死地，不断应验着那位"皮革羊角的教士返回雾中"之际抛出的那句恶咒——"没有哪位王子会活着"。这种情形使诗人直感到，自己像是处在与某种自己的自在本体的分裂之中。他自己并不确知那个本体到底是什么。他只是基于对自己可怕的内心恐惧的恐惧，无条件地相信那是一个能使自己不再有恐惧的所在。诗人的自我一时甚至不愿计较那个本体到底是什么——神性的还是魔性的，唯愿他能够返回它，以摆脱自己这可怕的内心恐惧。于是才会有如下的情绪崩解：

> 于是我听见牧羊义人的呼喊
> 以及黑夜王子的呼喊
> "神呵、神呵
> 你为什么抛弃我？"
> "魔王父亲，我又手执利剑
> 我又回到你的身旁

你为什么抛弃我?"

当然,他也清楚地知道,一当他从自己这短暂的歇斯底里的情绪状态走出,他实际上还在经受一重新的精神炼狱,那就是到底想寻求"神性的保证"还是"魔性的保证"。

诗人在惊悚于"王子"的精神命运的同时,还诙谐地谈及这一现象:

> 而伟大的诗歌之王
> 也不禁耸然动容
> 但只像一阵微风拂过海面
> 将衣衫略略吹动

骆一禾的这番描绘,似乎与海子在《王子·太阳神之子》中的思想走到了一起。这里面渗透了一种什么样的思想意绪呢?"伟大的诗歌之王"是一种怎样的存在呢?事情是这样的:在他们的诗歌精神视野,有两类伟大的个体,一类是诗歌王子、太阳王子、"早夭的浪漫主义王子"(在导论中已有阐述),另一类是那"终于成为王的少数"。关于"王",海子在《王子·太阳神之子》中有如是刻画:"但丁、莎士比亚、歌德就是。命运为他们安排了流放、勤奋或别的命运,他们是幸运的……他们是伟大的峰顶,是我们这些诗歌王子角逐的王座。对,是王座,可望而不可即。"①以我们相对更客观的视角看去,也许由于天生的精神气质方面的些许差异,尽管"王"和"王子"们的诗性劳作最终所关注的是同一个东西,但在"王"那里,不管是在诗歌建制还是在精神诉求上,仿佛都使我们感到某

---

① 海子:《诗学:一份提纲》,《海子诗全集》,作家出版社2009年版,第1047页。

种均衡、某种节制，以及某种内在一致性——实为他们"整一的和谐的心灵"所赋予的某种主观意义上的"明澈的客观性"。而在"王子"那里，一切都伴随着一种危险的主观激情。真正的诗歌"王座"可能是在"诗歌王子"们的自由角逐中诞生的，但一个醒目的事实是，大多数"王子"都宿命般地无法成为"王"。

我们不妨也在这一话题界面对骆一禾和海子两位诗歌王子简单谈一下。相较之下，海子更珍惜自己"作为王子的命运"，而且，最后深深地走进了王子的命运深渊。而骆一禾则像是正在一步步登顶那"王座"，如果不是因为意外早夭，骆一禾将会迈入那"终于成为王的少数"之列。他的诗歌精神内涵的灵性质地，他能成功实现内在综合的心性力量，甚至他在诗歌表现形式上的完形能力，都使我对这一点深信不疑。这个话题我们暂且带过。

话说王子们的精神生态所表征的那种难以言状的恐惧，是否只是一种单纯的恐惧呢？有没有一种更深的精神映象从他们那里放射出来呢？其实，在这恐惧体验背后更深地起着主导作用的，是对王子们形成形而上的绝杀之力而且也实为王子们的心理恐怖的真正根源的生命虚无意识，一如克尔凯郭尔围绕着"恐惧"概念所阐明的：人的精神性，总使人于自己"与它的自然性的直接统一"时的"和平和宁静"状态中，感到别样的东西，"它就是虚无"。而"虚无具有怎样的作用呢？它产生恐惧"。人的精神"梦着地投射其现实性，但是这种现实性是虚无"。人的精神总是使人"不断地在自身之外看见这虚无"。[①]

这里所陈其实就是我所理解的诗人的"黑暗"意识的第一重主要内涵。或者说，在这个层面上，"黑暗"的确切含义就在于那有着宿命般力量的令人备感恐怖的生命虚无意识。那可怕的生命虚无

---

① 克尔凯郭尔：《概念恐惧·致死的疾病》，京不特译，三联书店2004年版，第61—62页。

意识的根源就在于，在宇宙自然力支配下的那处在不停地创造和毁灭的过程中的大自然的自在存在，是根本不以人的主观意志为转移的；而人的生命存在与其他的万物相比，从存在本身的视角上看并没有什么优势可言，都不过是不停地创造和毁灭着的世界进程中的某种短暂的存在形态。对于大自然的自在存在，你如果抱定一种单纯的审美世界观并使自己的生命实践有机地融入那"世界诗"，你反而就会认定那是最正常不过甚至最正确的世界存在状态，你也就可能不再有那无以消解的精神恐惧感。但问题的关键在于，你能否真的达到那种自在存在的境界。事实表明，我们的诗歌王子根本无法使其深度觉醒的灵性自我融入那种自在存在的境界。也即是说，他是绝对无法怡然自得地生活在那种审美的定力中的。插议一段——

骆一禾在大自然的自在存在的美丽表象面前的心灵感受，与尼采在抚触其纯粹思想意义上的审美世界观时的心灵感验几乎如出一辙，我们在此不妨就尼采在这方面的表现，以及他就自己与其思想导师赫拉克利特所做的对比，做一点细密的探讨，以助于我们更好地把握骆一禾在这一界面的真实心理反应。在西方思想语境中，审美世界观的思想性阐发以及精神性融入，最早生发于赫拉克利特等希腊古哲的诗性思想话语场。尼采的艺术形而上学思想，可以认为是那种古希腊思想和精神的回光返照。赫拉克利特"一切皆流"的思想认为："生成和消逝，建设和破坏，对之不可做任何道德评定，它们永远同样无罪，在这世界上仅仅属于艺术家和孩子的游戏。"① 对于作为这永恒游戏中的一颗棋子的人的生命存在来说，"作为同一回事，存在着生与死、醒与睡、年轻与衰老。后者经过一轮变化

---

① 尼采：《希腊悲剧时代的哲学》，周国平译，商务印书馆1999年版，第70页。

成为前者，前者经过一轮变化，（返回来）再成为后者"①。在尼采看来，"赫拉克利特所主张的这一切，真是一种令人昏眩的可怖思想，其效果酷似一个人经历地震时的感觉，丧失了对坚固地面的信赖。把这种效果转化为其反面，转化为崇高和惊喜，实在需要惊人的力量。赫拉克利特做到了这一点"。这样的人生活在"自己的太阳系里"，"是一颗没有大气层的星辰"②。尼采出于对基督教外在表现形式及现代文化的反感，想自"最纯净的希腊精神之井"汲取生命美学的清泉，以洗去尘封于人的生命感性之上的现代文明的铅华。但随着人的现代觉醒，也许人类的心理真的已经变得非常之老了，以至于从古人那里继承的世界观和人生观，更多地只是形式或由这形式的作用而由概念化带来的某种姿态，而非它们实际上已被古人基于最本真的生命感觉和存在感觉内在化了的实质。尼采很清楚，在赫拉克利特那里，世界观和人生观是统一于某种内在一致性中的。先哲不但倡扬了一种审美世界观，而且他自己的内心同时也在契合这种理念般地生活着。而尼采本人呢？他所做的，最多只是停留在对这一世界观的解读上——尽管其解读的确非常天才。这背后隐藏着一种现代性的人的自我的内在分裂。而这种现代性分裂的根本表现就是主体无法或不能做到知行合一，这也是灵魂的现代性痛苦的根源之一。赫拉克利特做到了"以艺术家的眼睛俯视大千"，像艺术家怀着喜悦"静观自己正在创作的作品"一样，怀着喜悦静观这世界，而尼采只是沿思想的层面去触及去阐释艺术家所达到的那种状态——他的些许喜悦当是来自其创造性的思想活动这一过程本身；赫拉克利特直感直觉地活在其自我意识中的真理氛围里，而作为那一真理氛围的形而上学式的解读者的尼采，却是高度理性地

---

① 赫拉克利特：《赫拉克利特著作残篇》，楚荷译，广西师范大学出版社2007年版，第99页。
② 尼采：《希腊悲剧时代的哲学》，周国平译，商务印书馆1999年版，第81页。

活在那真理氛围之外的；赫拉克利特能动地置身于世界艺术家的作品中，并"考察一切生成和消逝的真正历程"，而真实的尼采则始终都在以一种恐惧的目光打量着大自然无限怪异的自在存在。听听尼采自己业已步入癫狂或处在癫狂的边缘时关于这一切的真实陈述吧："赫拉克利特和他的弟子尼采之间存在着多么强烈的悲情距离啊。尼采尽管反抗耶稣的奴隶道德，却被基督教19世纪以来的爱与同情阻隔在他的赫拉克利特理想之外……和这位以弗所人一样，我仍然对于'道德'、'舒适'与'自在'保有贵族似的轻蔑，并且像他一样，我赞美'纷争'；但是跟这位古代哲学家不一样的是，我让这种纷争进入我的灵魂之中，所以我的心灵已经成为两种世界观之间的战场，那就是'犹太教—基督教世界观'与'希腊—罗马'世界观，以及道德的世界观与非道德的世界观之间的争战。这种冲突……如今把心智分裂成两半，所以，我的朋友们才会收到署名'被钉上十字架者'与'狄奥尼索斯'、来自杜林的疯狂怪诞的信。"[①]

诗中，作为自在存在的宇宙自然力的拟像的、"红沙之中"的那"一张大蜥蜴的脸庞"，在诗人的精神视域上演着如此活剧：

> 他在空中狠狠阻击王子们的彗星
> 从他们手中夺走心上人的石蜡胸像
> "我以尘沙覆盖梦幻
> 我以无用讽刺爱情
> 我以石灰清扫你们的高潮
> 清扫你们星火如烛的坟场"——
> 我看见他向彗星和天才
> 投出这些物品

[①] 尼采：《我妹妹与我》，陈苍多译，文化艺术出版社2003年版，第138—139页。

  恶狠狠地发出冷笑
  脸庞翕动：你现在完全属于我了
  他的笑声更加疯狂
  丰收从王子们的心脏
  掉落在赤潮之渊

这里营设的是，宇宙自然力支配下的自在存在对人的灵性生命经验和体验形成的巨大反差。这种自在存在似乎有着某种完全非理性的根源，受制于某个不可思议的"迷离的巨灵"。我们不妨把它想象成叔本华所谓的"意志"吧。在叔本华的拟人化色彩明显的形而上学思想中，意志被当作了世界本体："意志就是真正的自在之物。任何人都能看到自己就是这意志，世界的内在本质就在这意志中。"[①]这个意志是一种无根据的、只以自身为目标的、晦暗的本能冲动。因这种意志处于无穷无尽的追求自我满足的过程中，所以它永远不会停下来。我们实在所看到及所感知到的这个直观世界，即"是意志的客体性，是意志的显出，意志的镜子"。那么人与这个意志是什么关系呢？依此说去理解可以得出，人的生命存在只是这个意志自我显示或者说客观化的一个偶然产物，是意志借以表现它自己的一个被动的工具，是"无常"本身的一种表征。这当儿，甚至"连那光明的瀑雨"，也无法"阻住迷离的巨灵"；而人，

  不就是那毫无戒备的雪人
  逐出丛林
  来到了没有遮拦的猎场

---

① 叔本华：《作为意志和表象的世界》，石冲白译，商务印书馆1994年版，第233页。

在它面前，人的生命中最可宝贵的东西，连同人的生命本身，似乎都成了一缕过眼云烟，王子们所有自以为是的"丰收"盖被那虚无的深渊所无情吞噬。面对这存在之非理性的深渊，王子们的心灵是极其痛苦和受难的。但是你越受难，那魔性的外在异力好像越加疯狂：

> 这时我猛然地感到
> 他欲望的趾爪
> 因嗅到我心脏的激跳
> 而兴奋得
> 正在剧烈颤抖，以致隐约起来

在这样的心理氛围中，一切似乎都在发生可怕的异变，就连在人的眼中本来应该是美丽的物象也是如此，一如诗中对月亮的刻画：

> 天空中突然涌出一盘银蛇
> 这冰冷的月亮
> 智蛇的月亮
> ……
> 一片好大的、凶杀的月亮。月色真好

这几个诗句中的两重意思的悖论组合，进一步强化了审美世界观对于诗歌王子的无效性。月亮本是自然物象中最美丽的存在，但是在这里它却放射着一派可怖的凶杀气氛，虽然从其本身的意义上说这时的确"月色真好"。此处与海子《太阳·土地篇》第一章的最后所陈，表达的是同样性状的心理感验氛围。在海子的描绘中，"情欲老人，死亡老人"拦截"人类少女"时的过程，竟然伴随着一种奇怪的美学氛围:"在这位高原老人的压迫下/月亮的众神,一如既往仍在犀水/只有犀水,纺织月光。"而他们"纺织月光"所使用的"梭子",则是"少女的胫骨"。人类少女"欲哭无泪",但"泪水中新月的双角弯曲","月亮如魔鬼的花束"。① 我认为,如此怪异的反应及描绘,实际上都是在烘托诗人的某种心理恐怖。

我们再延伸一下这个层面的解读。应该说,美及审美体验对精神王子们本来也是有着极端重要性的。如果没有对于爱和美本身的爱,他们所有伟大的生命理想其实都不可能成立。在没有神就不能得救之处,美和审美帮了他们大忙。如果没有美和审美的帮忙,他们就会厌弃世界,包括厌弃人类所建构起来的所有所谓的真理,甚至包括作为存在之最高最终的真实本身的真理。总之,在王子们的生命体验中,美和审美是一种重要的整合力量。在他们身上所表现出的那种超凡的审美力的确是一种慰藉力量。实际上正是审美力使他们刚刚承受住了客观世界。然而,以一种灵魂的视角纵观精神王子们的心路历程不难觉知,他们的精神命运曲线在一定的人生时段都呈现出审美与信仰的消长这样一种走势。他们的生命因自身的审美力而显得美好,但他们渐渐在自己灵魂体验的深处意识到,只有那来自永恒的启示才能使他们获得永远得胜的力量。而这一切归根结底是因为,审美力不管怎么发挥它自身,它终归无力驱散那啃噬诗人心灵的恐怖的生命虚无意识,无法唤来驱散那超密态的"黑暗"意识的光亮。

第十五歌的后半篇,在继续抒发宇宙自然力给诗人带来的严重心理效果的同时,诗思主题似乎也呈现出某种内在升华的潜势。这主要体现于,诗人不再一味渲染自己在宇宙自然力面前所感到

---

① 海子:《太阳·土地篇》,《海子诗全集》,作家出版社2009年版,第644—645页。

的内心恐惧和阴郁的生命虚无意识，而是也使自己与之拉开一段距离，对自己的强烈主观反应做了一些"内在客观"的灵性反思。它们似乎体现为围绕着那黑暗意识所做的一些有逆向色彩的思考。它们与那黑暗意识在"心灵辩证法"的熔炉里混合冶炼，似乎将会由此析出一种新的东西。当然我们也不难觉知，它们在这里仍主要是那黑暗意识的心理产物。下面，我想主要就两处这种性质的陈述进行考量。

第一处是：

> 世界已有和固有的时间就是这样
> 人寻找命运
> 命运也寻找人
> 这循环一旦击中
> 我就在非人中承受这样的熔炼
> 在循环深处
> 有一种没有历史挣扎
> 也没有意义和常识的时间
> 仿佛时间已经中断，道与气体一起稀薄

这里的核心词无疑是"时间"。时间在这里的确切意指并非我们通常意义上对它的理解。它此时无疑是一种纯粹哲学意义上的所指，是一种象征，人的根本命运的象征。

时间问题毫无疑问是历代思想家探讨最多的问题之一。众多思想家对于时间的探讨可谓是聚讼纷纭，甚至很早就远离了对时间的原初理解。但对时间的原初理解，其实仍像一种思想基质或某种精神溶剂，潜在地渗透了每一片思想话语场。亚里士多德认为时间就是从此时到彼时的时间段，并认为灵魂自己的"向外伸张"使得这种时段成为可能（用我的这项阐释工程的一个杠杆性思想图式来表达，就是灵魂异变为精神使得这种时段成为可能）。作为基督教神学家的主要代表之一的奥古斯丁也认为，时间就是一种特定的时间段；天主是"一切时间的创造者"，但他本身"超越一切时间"[①]；天主"不随时间而见，不随时间而动，不随时间而安息"，但他"使我们见于时间之中"[②]。20世纪的哲学家，如海德格尔，则是更直接地认为，一种超越日常状态的时间经验的获得，其根本就在于人对死亡的刻骨意识以及人朝向本己的死亡的筹划；此在的意义就是"时间性"，而"时间性""绽露为此在的历史性。此在是历史性的"[③]。海德格尔对时间的诗思般的具体刻画则是："此在由之而能够原本地成为它的整体的那种存在，就是时间。……并不是时间存在，而是此在取道于时间生成它的存在。时间并不是在我们之外的某个处所生起的一种作为世界事件之框架的东西；同样，时间也不是我们意识内部的某种空穴来风，毋宁说，时间就是……使牵挂之存在成为可能的东西。"[④] 不管怎么说，在哲学的意义上，人类的思想关于时间的基本经验和看法是，时间原本并不存在，它只是人对于自身生命存在的一种经验直观——这种经验直观能力本身则可能如康德所认为的是"先验"的。绝对存在本身肯定不是"时间性"的，一如巴门尼德所言，存在本身"不是生成的，也不会消亡"，"它既非曾经存在，也非将要存在，因为它现在作为整体存在，是一体的、连续的"[⑤]。甚至作为本体的具体表象的自然之存在，只要被揭示为纯粹的自在存在，似乎也不会是"时间性"的；它们只是"在我们

---

① 奥古斯丁：《忏悔录》，周士良译，商务印书馆2012年版，第257页。
② 同上书，第347页。
③ 海德格尔：《存在与时间》，陈嘉映、王庆节译，三联书店1987年版，第394页。
④ 海德格尔：《时间概念史导论》，欧东明译，商务印书馆2009年版，第447页。
⑤ 巴门尼德：《巴门尼德著作残篇》，李静滢译，广西师范大学出版社2011年版，第83页。

本身所是的时间之中",与我们照面,并由此构成了我们的存在的背景性元素。从历史的、哲学的以及象征的意义上综合去看,时间就是人的根本命运的指代,就是人与他自身的根本命运的相互寻找、找到和相互嵌定,就是使作为自为的存在的人本质地实现他自己成为可能的东西。

可以说,骆一禾这一段诗之道说,径直抵达了人来到世界上只是"作为时间"的命运的制高点。并且,这种命运是一种异化的表现。人宿命般地与它的遭遇,意味着人从真正真实的自我那里异化为非我的事实。这段道说还放射出了诗人的另一重觉知:人真正真实的自我,当是与存在的真本体相关联的,那当是一种"无时间性"的永恒存在状态;人"作为时间",作为一种"历史挣扎"征象,与永恒之间有着一种超验的断裂;人是真本体的一道"裂缝"。这里明显表达了一种诗人对于那永恒故乡的悲郁的乡愁。我们还可以做一点延伸解释:在诗人的自我意识里,自己只是在经受着一种"非人"的"熔炼",其永恒诉求意识恰恰说明了他并非处在被永恒彻底抛弃的状态,回归的可能性总在强烈地作用于他的当下生命感觉。插议一段,以助于澄清骆一禾的"三种时间"说——

"时间"无疑是骆一禾诗语场的核心词之一。对于时间的意识是其生命自我意识中一个十分重要的维度。他似乎还进一步认为,人作为"时间",同时处在"三种时间"中。这里,我想就骆一禾的"三种时间"一说外展谈一下。先给出西渡的一个考察结果:"在骆一禾的诗里,共有三次提到'三种时间',一次是在《修远》里,另两次都在《大海》第二十歌里。但在骆一禾已经面世的文本中,并没有对三种时间的进一步解释。果树林(张玞)在《世界的血》单行本后记中引用了骆一禾本人对这部长诗构思和主题的说明,其中有诗人对其时间意识的集中表达,其中提到了三种不同的时间:物理时间、决定论的历史时间和大文化风格时间或命运时间。物理时间是十年一代、百年一纪的科学的、可度量的时间,历史时间是时代性的、以盛衰为标志的时间,大文化风格时间或命运时间则是以文明为计算长度,其单位跨度为一两千年。"①借此我想说的是,单纯基于这一点能不能完全判定骆一禾所说的"三种时间"就是指上述三种不同的时间,这仍是个问题。因为骆一禾提到这三种不同的时间时,只是意在指出,博大生命生存其中的"大文化风格时间或命运时间","是与今天共时的,因此不同于十年一代、百年一纪的物理时间,也不同于'时代'性的、以盛衰为标志的历史时间"②。诗人的这种陈说显然是想表明自己对生存在"大文化风格时间或命运时间"中的诉求;而物理时间和历史时间在此是受贬的对象。我还要特别指出的是,骆一禾的诗歌中大量关于时间意识的表达,其内涵也并不在这些纯然人类历史意义上的界定,而是有着更为深刻的本体论存在论的超验色彩的。骆一禾的诗思虽然有时也折射出某种深刻的历史眼光,但我认为它们还是更多地透射着一种深邃的生命眼光和存在眼光。其实,哲学意义上的"三种时间"说,并非是对骆一禾的历史诗学观带来较大影响的斯宾格勒和汤因比的文化哲学语境的产品。"三种时间"说本是一个更为古老的问题,而且在这一话语框架下聚集着多重所指,我印象中就见过下面几种说法:时间过去、时间现在、时间未来,自然时间、社会时间、心灵时间,宇宙时间、历史时间、生存时间。骆一禾在具体谈论这一问题时,似乎还有一个更为深远的语境在场。据肖开愚回味说:"一禾和我在一起谈论得最多的是三种时间这个古老的问题。芝诺关于阿基里斯、飞矢和乌龟的形而上学理论中所提出的绝对性首先使空间的直径变

---

① 西渡:《壮烈风景》,中国社会出版社2012年版,第84页。
② 果树林:《世界的血·后记》,骆一禾:《世界的血》,春风文艺出版社1991年版,第132页。

得不可思议，令人畏惧，这一具有无限弹性的直径就是时间。这种不动的永恒中最光辉的事物是礼拜日的上帝和他的手。这双疲倦的大手在昨天——星期六——捏造了脆弱的人类，从而开始了无情的运动。"①我们其实已经可以从这段明显蕴含着三重关于时间的语义的话中，抽绎出骆一禾的"三种时间"的某种架构：自然时间（或存在时间、宇宙时间）、世界时间（或创世时间、历史时间）、人类时间（或生存时间、此在时间）。另外我还想提一下，诗人对时间概念的强烈关注可能也受到了现代哲学尤其是存在主义哲学思想的影响。别尔嘉耶夫在《人的奴役与自由》中总结时间问题时说："时间问题跻身为现代哲学的中心……对于存在主义一类的哲学，时间尤具特殊的意义。"他还基于现代哲学对时间的具体关注角度，把时间划分为如下三种：宇宙时间、历史时间、生存时间，并认为"每个人都生活在时间的这三种形式中"。②熟知现代哲学的骆一禾的"三种时间"一说，不知与别尔嘉耶夫思想中的这一划分有没有某种内涵上的关联，这里就不对这三种时间各自的内涵和外延做具体解释了，可参考该著的第三部分"历史的诱惑与奴役：三种时间·对历史终结的两种理解·积极创造的末世主义"。

第二处，严格地说，是我从后面的一片诗语场不连续地提取出的两个片段：

这时间又黑又哑，背负着窄门
门板上横担着的是谁？

---

① 肖开愚：《三种时间里的英雄》，周俊、张维：《海子、骆一禾作品集》，南京出版社1991年版，第340页。

② 别尔嘉耶夫：《人的奴役与自由》，徐黎明译，贵州人民出版社1994年版，第232页。

> 而感动是所有的瞬息正在集成
> 结晶和凝聚
> 我在这又黑又哑的时间里
> 怀着世上的盐和世上的光
> 在海底

这里面除了"时间"这一核心理念意象外，还出现了另外几个凝聚着极大的诗思密度及精神和心灵内涵的、同样富于理念色彩的诗歌心象：窄门、盐、光。应该说，这里面似乎已经生长着一种与黑暗意识相抗衡的心灵宗教的力量。而黑暗，恰恰像是在这个关头提供了一种相辅相成的契机。"这时间又黑又哑"是说，人的生命存在的意义日蔽不明。首先，它为自身设定的意义并不是能够自足的；其次，又没有一种终极意义的光亮从上面照射过来，没有启示的声音自任何地方传来。人的存在只是在借道具体的生活演绎着，而"生活的蒙昧就在于它总被经过"（《大地的力量》），"我们无辜的平安，没有根据"（《黑豹》）。这一切都使得人作为时间就像是一种不可思议的虚无。但人的生命之灵性在这虚无中却为什么又总被某种意义感所渗透？人"又黑又哑"的命运为什么又"背负着窄门"？为什么人类心灵的眼睛会执着地透过"黑暗"寻找"光明"？这是否也是一种更为神秘的相互认证或嵌定？

此处的"窄门"、"世上的盐"、"世上的光"，这一在同一片诗语场竞相绽放的意象群，无疑源于《圣经》。我们先分别谈谈吧。在《圣经》中，"窄门"喻指通向天国之路的门。《马太福音》中，耶稣如是宣讲："你们要进窄门。因为引到灭亡，那门是宽的，路是大的，进去的人也多；引到永生，那门是窄的，路是小的，进去的人也少。"①《路加福音》对此也有记载:"耶稣往耶路撒冷去,在所经过的各城各乡教训人。有一个人问他:'主啊,得救的人少吗?'耶稣对众人说:'你们要努力进窄门。我告诉你们,将来有许多人想要进去,却不能。'"②《马太福音》中,"盐和光"的比喻是耶稣登山圣训的内容之一。他对门徒说:"你们是世上的盐。盐若失了味,怎能叫它再咸呢?以后无用,不过丢在外面,被人践踏了。你们是世上的光。城造在山上,是不能隐藏的。人点灯,不放在斗底下,是放在灯台上,就照亮一家的人。你们的光也当这样照在人前,叫他们看见你们的好行为,便将荣耀归给你们在天上的父。"③耶稣设这样的比喻是要门徒能真正发挥作用,要以好的行为为世人做出表率。《约翰福音》的相关记载明显有着更强的哲理性,并且是耶稣的自喻:"耶稣又对众人说:'我是世界的光。跟从我的,就不在黑暗里走,必要得着生命的光。'"④

我们再回过头去说。诗人密集地唤来《圣经》意象,当然不是要炫耀他的《圣经》知识,而是意在道说,虽然"这时间又黑又哑",虽然世界以及人的生命实存的真理日蔽不明,但总好像有一道启示的折光穿透我们心灵四周茫茫的黑暗在照亮我们最深的生命理解,总好像有一种神秘的带来大希望的声音在引领我们心灵的眼睛看向一道通往真理的"窄门"。"门板上横担着的是谁"这句诗,是关于耶稣被钉在十字架的一个寓意折射,"横担着"一语很容易使我们联想到十字架的横梁以及耶稣被钉于那横梁上的双臂。所以,诗人在告诉我们,这"门板上横担着的"就是耶稣基督,他亲自以自身的生命实践的全过程向人们昭示了"真理和道路";他是上帝和

① 《新约·马太福音》,《圣经》(中国基督教两会,2008年),第12页。
② 《新约·路加福音》,《圣经》(中国基督教两会,2008年),第134页。
③ 《新约·马太福音》,《圣经》(中国基督教两会,2008年),第7页。
④ 《新约·约翰福音》,《圣经》(中国基督教两会,2008年),第177页。

人之间的"中保"。另外，我们透过诗人自己的深层道说还能够觉知，在诗人的自我意识里，他也是一位特殊的"横担者"。也就是说，这一表达中也有诗人自指的含量。当然，诗人这里的意思绝不是在说，他就是耶稣的化身；而是说，他在骨子里是一个耶稣式的受难者。其实诗人下面的那几句诗也已经彰明了这一点："我在这又黑又哑的时间里／怀着世上的盐和世上的光／在海底"。我们不妨认为，诗人也是一位耶稣的特殊"门徒"，一位内在地表征了基督性的传道者。再展开一些说，为每一个"结晶和凝聚"灵性经验的"生命时刻"所感动的诗人，其全部诗歌存在的最深处无疑折射着一个更震撼人心的精神真实：他始终都没有屈服于层层围困自己的心灵体验的黑暗，对永恒的光的期许、对圣灵的祈祷和呼唤，是其更深的生命反应。诗人最终捍卫的，始终都是人的生命存在本身的属灵性。也正是这一点，使得他把人的精神体验和心灵愿望总是高置于人的自然性之上。在诗人的精神视域里，基督的生命实践无疑是人的生命存在之灵性的最伟大表征，或者说，没有比基督的形象对人类属灵的寓意揭示得更深刻的了；"耶路撒冷的使者终生战败"却又终生闪放着永远得胜的"圣灵"之光。于是，耶稣式的担当——并非对耶稣的概念化效仿——才成为诗人的诗语场隐含最深的主题之一。

我们前面揭示了诗人的黑暗意识的第一重内核，即不以人的主观意志为转移的宇宙自然力支配下的自在存在对人的灵性生命经验造成的巨大反差，以及由此而来的令人恐怖的生命虚无意识。基于生命虚无意识的心理恐怖是这一重内核的基质。在《大海》第十七歌里，诗人铺陈了另一重黑暗意识。如果说第一重黑暗主要是从人的主观生命感验的意义上来说的，那么这第二重黑暗则主要是从世界的客观存在本身——以宇宙万物包括人的肉身的实体性存在（"超密态物质"）为主要表征——的意义上说的。世界之客观存在本身在其自身的深度里是它自己，而且，那也许还是"比人类心灵更深的"深度。为什么存在世界而不是本来就无物存在？虽然这样的问题属于那种伪问题——背对存在的真实所提出的徒具思维本身的意义的问题，但伪问题意义上的发问及无解，有时候也总在使人类的心智遭受磨难。人这样发问似乎意味着，在人的意识里，世界存在本身也充满了可疑性。在诗人"掊物质而张灵明"的精神和灵魂视域下，客观存在的世界好像意味着另一种意义上的虚无和荒诞。而这种虚无和荒诞，与人的生命存在可能的虚无性和荒诞性相比，并没有什么值得更多地去自我夸耀的地方。诗人的这一重意识还不只停留于帕斯卡尔的如下著名看法："人只不过是一根苇草，是自然界最脆弱的东西；但他是一根能思想的苇草。用不着整个宇宙都拿起武器来才能毁灭他；一口气、一滴水就足以致他死命了。然而，纵使宇宙毁灭了他，人却仍然要比致他于死命的东西要高贵得多；因为他知道自己要死亡，以及宇宙对他所具有的优势，而宇宙对此却是一无所知。"[①]他似乎更深刻地洞穿了世界存在本身的虚无和荒诞本质。而且，他在洞穿了这一点并深切地意识到人的生命存在可能的虚无性和荒诞性的同时，还有另一个真正彰显了人的生命的精神性和灵魂性之高贵的事实在他身上发生了，那就是，作为"两种虚无之间的一个裂缝"（尼采语），他竟不可思议地触及了自身不再虚无的可能性。这一点我们暂不多谈。单说诗人的这第二重黑暗意识，它其实就源于诗人对客观的世界存在本身的虚无性和荒诞性的意识。当然，我们也可以认为，这实为人把自己的某种黑暗的自我意识罩向客观的世界存在所导致的一种心理后果。如果说那第一重黑暗是一种主观的主观视角使然，那么这第二重黑暗则是一种主观的客观视角所看到的东西。

---

① 帕斯卡尔：《思想录》，何兆武译，商务印书馆1995年版，第157—158页。

第十七歌入笔后很快就铺陈道:

具体的乔松,具体的虎纹
具体的奎宁,具体的根
具体的海胆,具体的电鳗,具体的锰镍
具体的宏张和深入,矿层
金具和乳头
危险,具体的肉感和危险
在具体中
透明只是虚假的

我在深海里听见具体的雷霆
灵魂碰在上面
浓密的灵犀在体内轰轰地跑动,抵着角
伟大的人肉成吨地倾泻着
黑潮和赤潮在错动
一种永不止息的心需要外力配合呵
这是比人类心脏更深的
在失明中有多少合冶的金属和瘴气
更深的地方更混沦

在轮回与轮回之间是失明
只有瘴气与合金
正当我从这里穿过的时候
具体
这就是失明,是轮回与轮回之间
那无比嶙峋的部分

这些陈说就是在直击世界的实体性存在之表象——质料之存在——及这种存在本身的"无明"。世界的各种质料性存在是那样具体,那样真实,超密态地充塞着我们的视线,并且触手可及。就存在本身的意义上看,这各种质料性存在似乎也彰显着某种自明性,也即都在其自身的意义上是它们自己。但它们为什么存在?在人的自我意识里,这恐怕比"人为什么存在"更费解。所以,关于这光天化日之下的实体性存在,同样有某种十足幽暗的东西;具体,并不意味着本质意义上的透明。

看来,在质料性存在面前,诗人根本无法做到人与物游、物我两忘,因为他的心灵在此之际总有一种强烈的不适应感。在诗人的感知里,尽管"一种永不止息的心需要外力配合"是可能的,尽管质料性存在似乎更加反衬出精神和灵魂的存在,但宇宙之质料性存在又总是显得更加"无明"。这"比人类心脏更深的"存在,似乎源于一种更为混沌的存在意志。它对自身存在的意义更是一无所知。它甚至连一点那样的意义意识也不会有。

后面的一段诗,进一步总结性地陈说了质料性存在之"无明"的实质,并且是从主客体双重意义上对之进行的思考。首先,在客体自身的意义上说,"在轮回与轮回之间是失明";循环的实在界只是那样莫名其妙地自在般地循环存在,对自己为什么存在全然不知。"轮回"是这段总结性陈说中的关键词。轮回思想是人类自古以来就有的思想,古埃及、玛雅文化、古希腊、古罗马、古印度等的有关历史文献及现代哲学思想都能证明这一点。只不过,不同的语境下对轮回的具体理解和解释有明显差异。比如,古埃及人早就认为人的灵魂是不灭的。肉体死亡后,人的灵魂还会投生到其他生物中去,经过一切生物之后,再投生到人体中来。① 公元前6至7世纪,

---

① 参见希罗多德:《历史》第二卷第123节;转述于汪子嵩、范明生等:《希腊哲学史》卷1,人民出版社1997年版,第256页。

作为希腊民间更早的狄奥尼索斯（酒神）秘仪的裂变形式之一的俄尔甫斯密教，也依其秘密仪式中的"凭灵（神灵附身）"和"脱自（灵魂出窍）"体验，秘密宣示了灵魂轮回转世的思想。灵魂不灭和灵魂轮回，也是祖述和深化了俄尔甫斯教义的毕达哥拉斯学派的一个重要思想（据说，毕达哥拉斯是第一位宣称灵魂按照必然的命运在生物体中轮回的思想家）。该思想在认为灵魂不灭和灵魂在人及各种生物中不断轮回的同时，还认为灵魂经过净化，可以得救，以摆脱令它痛苦的轮回。① 在基督教历史的早期，基督徒多相信轮回再生，这种观点后来被基督教正统教义所拒绝。在印度，轮回思想从奥义书哲学时代即开始发端，中经小乘佛教，至大乘佛教达到较为系统的学理意义上的建构。在现代思想语境，尼采曾经借对宇宙总体的"力"和"能量"的思考演绎"永恒轮回"思想。首先他认为，世界的普遍特征是"力"，而力是有限制的。另外，宇宙之力的有限性并不意味着"一种停滞"，而是意味着不断地"生成"。他说："倘若什么时候曾达到过力的平衡状态，那它就会一直持续下来：可见它从来就没有出现过"②。尼采还在另一则笔记中说："能量守恒定律要求永恒轮回。"③

关于轮回，我们说了这么多，但它在诗人这里究竟是什么意指呢？基于诗人通篇所言说的主题及其整体诗歌精神的内质可以判断，这里所说的"轮回"意指的主要就是无尽的世界之质料性存在，大致上相当于《圣经》的灵性视角下的天下万物——包括人的自然生命存在（"伟大的人肉成吨地倾泻着"）——的反复流转，也即《传道书》中"传道者"所描述的："虚空的虚空，虚空的虚空，凡事都

---

① 参见三岛由纪夫：《丰饶之海》，许金龙等译，燕山出版社2001年版，第680页。
② 尼采：《权力意志》，孙周兴译，商务印书馆2007年版，第240页。
③ 转引自海德格尔：《尼采》上卷，孙周兴译，商务印书馆2004年版，第337页。

是虚空。人一切的劳碌,就是他在日光之下的劳碌,有什么益处呢?一代过去,一代又来,地却永远长存。日头出来,日头落下,急归所出之地。风往南刮,又向北转,不住地旋转,而且返回转行原道。江河都往海里流,海却不满;江河从何处流,仍归还何处。"①但也请注意,《圣经》所言主要是从人文这个层面上去说的,较少直接触及自然的实体性存在。骆一禾的诗思此际探触得似乎还要更深广一些,他很多时候是以一种灵性视角探入自然实体内部去审视的。诗人此时作为一位旁观者从这实在界经过,看到了实在界这质料性存在之本质意义上的晦暗。

其次,在主体的意义上说,这"无明"源于人自身的某种"失明",也即人根本无法洞悉质料性存在的终极实质。如果说人是"道成肉身"的表征,那么那无边的质料性存在到底要证明什么呢?难道还有比"真理"更深的"非真理"之更不可思议的存在吗?海德格尔在思考作为无蔽的真理时更深地思考到了这一层面:"从作为解蔽状态的真理方面来看,遮蔽状态就是非解蔽状态,从而就是对真理之本质来说最本己的和根本性的非真理……存在者整体之遮蔽状态,即根本性的非真理,比此一存在者或彼一存在者的任何一种可敞开状态更为古老。"②难道真是这样吗?当然,我们也可以把海德格尔所说的非真理中的"非",思考为"尚未被经验的存在之真理的领域",但那个领域似乎永远不可能向人类的心智敞开。

需要补充解读一下的是,诗人在质疑天下万物的"无明"存在之际,并无意全盘否定人的生命存在。诗人所鞭挞的其实只是那处于"灵死"状态的"成吨地倾泻着"的行尸走肉。在诗人的自我意识里,当有一些不属于那行尸走肉群体的灵性生命,要不然就不会

---

① 《旧约·传道书》,《圣经》(中国基督教两会,2008年),第1082页。
② 海德格尔:《真理的本质》,《路标》,孙周兴译,商务印书馆2004年版,第223页。

有置身于外的对那一群体的批判了。

我们接着品读下面的一些核心句子：

> 这是比人类心脏更深的
> 它使我的步伐笨重了

这是在抒写似乎源于某种更为神秘的本源的"超密态"的世界之质料性存在对人类灵魂的影响。灵魂异变为精神后，遭逢的就是这质料性存在。虽然它客居的这种新的环境可能不至于彻底异化它——精神的高蹈意味着灵魂欲摆脱质料性存在的歇斯底里的反抗，但它还是使灵魂感到了束缚甚至禁锢，使灵魂的还乡之旅举步维艰，甚至使灵魂对自己故乡的记忆都淡远了。或许，如果不是爱和美时时激发使人的灵魂竭力保持它自身，它早被质料彻底扯碎，且随着"生成"被带往无尽的质料空间，并由此失去重新整合自己的能力了。再往下看：

> 这时候
> 我从一个哑天鹅的叫声里听到了未来的叫声
> 未来的声音、哑天鹅
> 履及着未来践踏的部分：
> 在天使的位置写不了诗

这几行诗一方面铺写了灵魂的尘世处境，一方面深刻地道说了诗歌的某种实质。灵魂的尘世处境如何？它在质料中挣扎着。它在因质料的影响而变得幽暗的自我的当下深渊中浮沉。它甚至觉得自己再也看不清希望的未来。它呼告和求救的声音好像也都令它绝望地消寂于无形。此时占据优势地位的声音，甚至已全然成了那些太滥的生物存在的声音：

> 蚊蝇在秽暗的腔中吸血并且在腔中自诩道：
> "凯撒，凯撒，凯凯凯，撒撒
> 撒"蚊子叫凯凯
> 苍蝇叫撒撒。抖开暗红的包袱
> 秽暗的腔虫一片覆盖，向生命麇集

置身于这样的存在状态，灵魂的受难无疑是极其严重的：

> 我停留在此
> 一无所有，又万般俱在
> 这是比心脏更深的地方，光辉已经失去
> 我的血倒挂在血泊

然而，再怎么落难的灵魂也是不屈的灵魂。嘶哑的灵魂也要像"哑天鹅"一样发出自己最终的哀鸣——哀鸣的天鹅的意象在西方诗歌语境中往往是受难的心灵的一个象征。从某种意义上说，诗就是灵魂在幽暗中的哀鸣，也是灵魂对禁锢它的黑暗的控诉及对永恒光明之境的死命执着。"在天使的位置写不了诗"一句，当然不是想贬低"天使的位置"而倡扬诗歌诞生之地。这句诗与《素朴：语言和海》中"如果我是闪光，我便从不写诗"一句诗，所表达的当是相近的意思。这里诗人是在告诉我们，诗歌就是灵魂处在质料性存在的幽暗之地时所发的哀怨之声；诗将随着灵魂还乡意愿的实现而走向消失。所以，"透明只是轮回的赝品，艺术也绝非水平如镜"。艺术本是灵魂艰难挣扎的痕迹，"它比命题更昏暗"，更具有深渊气氛。不过，我还想进一步指出，在这一精神感验界面，骆一禾这样的"灵性"诗人恰恰显现出与那种"虚无主义"诗人——往往也是唯美主义或形式主义诗人——之间的具有实质意义的不同。"虚无主义"诗人于此际看到的,可能只是存在事物幽暗的虚无性和荒诞性本身;而"灵性"诗人则更多地听到了不屈的灵魂的"哀鸣"。举个例子说吧,我们在这样的"虚无主义"色彩的诗歌中恐怕就听不到灵魂的哀鸣:"一位在芦苇丛中躺了很久的少女,/她的小嘴妩媚动人。/医生剖开她的胸腔,看见她的食管百孔千疮。/在横膈膜下的某个部位/发现了一个小老鼠窝。/腹腔中躺着一只死了的小老鼠。/其余的老鼠吃肝肾,/喝冷血,在这里/度过美好的青春。/但是它们的末日很快来临:/所有老鼠都被扔进水里。/啊,那些小嘴发出了吱吱的哀鸣!"[1]

走笔至此,我想借骆一禾诗歌中那愤怒般铺张的"血象"插议一部分。问题就是:为什么在诗歌王子的诗歌帝国常常布满血泊?我震悚地目击到,在《大海》的后几歌,那不停翻动的"黑潮"和"赤潮"间随处闪耀着大面积的血象。如:

> 一种血光撕入我苍苍的胆囊
> 正飞掠下来
> 泼出血花和浓雾
> 血光在无人里杀出血泊的高度
> ——《大海》第十六歌

> 我的血倒挂在血泊
> 血泊啊,你为什么席卷着我的血

---

[1] 戈特弗里德·贝恩:《韶华》,《贝恩诗选》,贺骥译,重庆大学出版社2012年版,第32页。

从白银的嗅觉里倒流出来？
这就是时间的血和空间的血
是什么旋动着，集成着，暴烈着，颠覆着？
时间的血和空间的血
从我倒挂的血里取出来

　　　　　　　　——《大海》第十七歌

传播血，种下血，焚化血
血人在吼声上漂浮着
成片的碎石在高处由灰烬黏合着
血光在无人中淹没血泊的深度
血泊还要卷带断斧
⋯⋯
血泊还要乱刮旋风
血泊还要烧焦众血，一层血骑乘一层血
一层血压着一层血
血染根块在塔楼里爆射
圣洁还要失火
废墟还要加上肢解

　　　　　　　　——《大海》第十八歌

这固然可能是在强化诗人自我意识中的黑暗的密度（就像我们前面已经分析过的），但我认为这也是一种形上复仇意识的极端的诗性渲染，是诗歌王子自我杀戮的映象，是受困于质料性存在的灵魂的歇斯底里的超前革命的诉求。可以想见，受困的灵魂并非真的是被动的，人的生命结构中具有自我革命力量的只能是这作为完全自为的存在的灵魂。虽然我们不能断定，诗人这种性质的书写就一定指涉他自己的某种精神生态,但它们的确道说了发生在诗歌王子身上的某种相同或相近的精神生命实相。我们不难发觉,在《大海》的后几歌中,诗人在"客观"抒发的间隙,也不时宣告某些灵魂要彻底革命——在其自我意识里抄死亡的近路急速实现还乡——的信息。如《大海》第十七歌中就写道:

你们去生,我去死
哪条路更好
只有天知道

单就这几句诗而言,它们显然是在转述苏格拉底临死前所说的话。柏拉图《申辩篇》记载,苏格拉底被判处死刑后,在法庭上总结了自己一生的活动及思想实质,并于最后说道:"我们离开这里的时候到了,我去死,你们去活,但是无人知道谁的前程更幸福,只有神才知道。"[①] 苏格拉底是在看透了人生世事的本质并沉思了死后的情形后做出这样的结论的。他端起毒鸩一饮而尽,临死前谈笑风生,这说明了他在死亡之前已经获具了强大的心性力量。有意思的是,苏格拉底对死后两种情况的描绘,分别成为后世的唯物主义者和唯心主义者战胜死亡的重要法宝。他是这样描绘的:"死亡无非就是两种情况之一。它或者是一种湮灭,毫无知觉;或者如有人所说,死亡是一种真正的转变,灵魂从一处移居到另一处。如果无知觉,而只是人死时进入无梦的睡眠,那么死亡真是一种奇妙的收获。我想,如果要某人把他一生中夜间睡得十分香甜,连梦都不做一个的夜晚挑出来,然后拿来与死亡相比,那么让他们经过考虑后说说看,死亡是否比他今生已经度过的日日夜夜更加美好,更加幸福。……

---

① 柏拉图:《柏拉图全集》第一卷,王晓朝译,人民出版社2005年版,第32页。

另一方面，如果死亡就是灵魂从一处迁往另一处，如果我们听到的这种说法是真实的，如果所有死去的人都在那里，那么我们到哪里还能找到比死亡更大的幸福呢？"①

　　此时我们更关心的问题当然会是：我们的诗人骆一禾采取的究竟是哪一种精神策略？不难推断，作为一位内在的"义人"，骆一禾在转述这话时，想必在其自我意识里就已经接纳了苏格拉底所描绘的第二种情形。诗人自己在诗中也多次表示自己有灵魂（这样的自我生命感觉想必也是其基督教情怀所打开的内在泉源之一），甚至说自己"绝不只有一个灵魂"（这种说法本身可能不会成立：如果人真有灵魂的话，想必这灵魂只会是它一个——神赐予每个人的灵魂想必就是单独的一份。诗人有多个灵魂的感觉可能源于其灵魂异变为精神后的多重表现）。

　　显然，灵魂的这场自我革命，不但指向一般被我们理解为客体的质料性存在，还指向作为特殊质料的人自身的躯体。我想借助普罗提诺在"论超脱躯体"时的思维路径对此进行一番阐述。更多地其实只是思维路径上的借鉴。普罗提诺是一位柏拉图主义者，在他的思想语境中，灵魂超脱躯体后，将彻底摆脱任何质料性存在而趋向作为世界本体的绝对理智。我们所论的诗人似乎更多地秉持着一种基督宗教情怀，在其自我意识里，他们的灵魂在超脱躯体后，是在走向基督教意义上的灵性生命整体的复活，而那复活的灵性生命整体里也当有肉体元素。一般情形下，就像普罗提诺所说，灵魂虽然与躯体有矛盾，但总体上在人生阶段能够与躯体有机统一于人的生命整体。而有些成熟却又暴烈的精神，可能欲使灵魂早早地离开躯体。当灵魂在精神的这种驱使下"一切都不再与躯体结合在一起"，"躯体就再也无法拴住灵魂，这是由于灵身之间的和谐已经消

---

① 柏拉图：《柏拉图全集》第一卷，王晓朝译，人民出版社2005年版，第31页。

除"。普罗提诺还解读道:"假如某人刻意要除去他的躯体,那会怎样呢?他使用暴力摆脱他自己,而不是让他的躯体自然离去;在消除躯体时,他并非毫无激情,而总有憎恶、忧伤或愤怒。"① 普罗提诺劝说人们"千万不能这样行事",认为"如果各人都有分派给他的命定时间,那么在那个时间到来之前就离开并不是件好事……如果各人在另一世界的位置取决于他离去时的状态,那么只要一个人还有进步的可能,就不能从躯体中取走灵魂"。② 但他也并未一概而论。他对这样的情形予以一定的尊重:"即使真的发生了,他会认为这是不可避免的事之一,因情势所需必须接受的事,尽管其自身并非可接受的。"不消说,在诗歌王子那里屡有发生的精神现象,就印证了普罗提诺所言说的这一较为刻意为之的情形。也许对他们来说,事情到了必须做的时候。也即是说,他们觉得自己已经不再有"进步的可能",一如海子所说:"我走到了人类的尽头"③,也一如骆一禾所说:

> 我含泪看见了尽头的智慧
> 它拒绝了命运的延续,也拒绝了恶果
> ——《大海》第十八歌

再就近详细点说一下吧。普罗提诺所描述的情形——"假如某人刻意要除去他的躯体……在消除躯体时,他并非毫无激情,而总有憎恶、忧伤或愤怒",在海子的"一次性诗歌行动"中似乎被显著地表征出来。海子这颗暴烈的灵魂其实对死一直都有一种执迷。

---

① 普罗提诺:《九章集》上卷,石敏敏译,中国社会科学出版社2009年版,第92页。
② 同上书,第93页。
③ 海子:《太阳·诗剧》,《海子诗全集》,作家出版社2009年版,第899页。

在海子的数百首抒情短诗里，有着死亡意象或死亡意识的有三分之一左右。他的"太阳七部书"更是一部关于时空、语言、生命和死亡的"伪经"一般的大书，并且，在"麦地抒情短诗"中笼罩着死亡的那一层柔美的气氛也不见了，只剩下刚体般的死亡。如果说《诗剧》的徐徐行歌还勉强可以被认为是安详、恬静的死之宣言的话，那么《太阳·断头篇》、《太阳·弑》则纯粹成了自我暴力的诗性渲染。这里，语言绕着死亡主题火一样旋转，死亡像茫茫世界的虚无中唯一的实体无比尖利地刺入生命时空。这里，诗人开始了"一个也不能原谅"的最后的精神复仇，这复仇越过实体进而越过本体最后直指诗人自己："大地将毁灭/或更加结实/更加美好地/存在。行动第一/都必须化入我这滚动的头颅/都必须化成鲜血流入/我这滚地的头颅。"① 三幕三十场话剧《太阳·弑》，描写的就是一出"死的仪式"，每个人物在与命运的搏斗中，都无一例外地死亡。可以看出，海子抒写死亡并不是停留于对死亡事实的一种诗意揭示或认知，而是更多地采取了一种自我生命突入的方式。始终笼绕着海子诗歌的思想和精神进程的一种最为浓重的氛围，是诗人个体的毁灭，并且，在这种诗性活动的最后，诗人以1989年3月26日的那次暴力的自我"生命叙事"作结。如果要问这"一具太阳中的尸体"到底意味着什么，海子几乎在重复普罗提诺的话似的说道："尸体不是愤怒也不是疾病/其中只包含愤怒、忧伤和天才。"② 天才思想家的"观念"与天才诗人的行动有时候就这么惊人地相互契合。第一句是说，质言之，死亡实为灵魂内里平静的选择，在更高的意义上看还是一种健康的追求。第二句则表达了灵魂对质料性存在的愤然排斥，以及对自身命运的深度忧虑和哀伤。当然，我们也应该觉知到，

---

① 海子：《太阳·断头篇》，《海子诗全集》，作家出版社2009年版，第622—623页。
② 同上书，第689页。

诗人的陈述里并没有出现"憎恶"二字（把普罗提诺的"憎恶"说置换成了"天才"说）。我想说，这绝不是诗人的一次不小心的思维遗漏。实际上，这恰恰深切地表明了一位诗歌王子与一位哲人骨子里的不同：诗歌王子对人的生命存在本身总是有着无尽的热爱和悲悯情怀。在精神或理念的意义上看，这似乎表征了理念本位的柏拉图主义与生命本位的基督教精神之间的一道不小的断层。

铺陈在《大海》第十九歌前半篇里的"黑暗"，可能意味着诗人的黑暗意识达到了它自己的顶点，纳尽了诗人所有关于黑暗的最深体验和意识。同时，也意味着诗人真正来到了某种自我心理绝境，一如诗人自己谈起《黑暗》一诗的创作时所曾经道白过的：《黑暗》乃"孤独生命在绝境中的自述"①。当然，人类的"心灵辩证法"同样符合物极必反的道理。黑暗达到了顶点的同时也意味着，黑暗将渐渐退去和"白昼"之即将到来。诗人的文本地貌显示，到了第十九歌的后半篇，那"深深的海洋"里已是"白雪皑皑"。

第十九歌一开篇，诗人在闻听"古罗马最后的叫声"和"天的古怪笑声"中，先站在文明和人性的高度，"一手分开种族，一手分开葬礼"，继而来到生命自我意识的高度，"站在我的血中/醒在我的血里"，从"纯然理智"的视角看向那黑暗的顶点。此处所铺陈的黑暗几乎是长诗《世界的血》中《黑暗》一诗原封不动的"互文性"转移：

　　午夜，我闪亮的腿骨
　　和脚踵，我闪亮的

---

① 果树林：《世界的血·后记》，骆一禾：《世界的血》，春风文艺出版社1990年版，第130页。

心脏

都很脆弱

命运和生命是最庄严的仇恨

光明和黑暗从不对称

从不过早结束,旷日持久

从不饶恕,只是偶然错过

从不互相规避,只是单方面穷尽

只有种子和它甘酸的果实

在微凉中独自循环

午夜,我重是黑暗,重是万象

和它的形象、它的利角

和它笨重的胸墙

一直向穹顶高处旋去

对称的顶空

仍是无限,它

悠久的脸庞在无限处

横悬于头顶,如镜中猛兽潜于暗处

观看着我四周的一簇光明

一簇钥匙般开启的身影和门

如虎穴上的浓荫

我们这样久看着,彼此、相互

它的面颊隐藏在命里,不知生肖和年月

也不是图景

而我全部的眼帘和神色都久已为它所谙熟

在黑暗的笼罩中清澈见底是多么恐怖

在白闪闪的水面上下沉

在自己的光明中下沉

一直到老、至水底

此时这不是告诉生者的话

我不能对知者，也不能对不知者去说

尤其是这种黑暗已被人了解

且有人以此去博取先知的名

而这种人

他知道，他不面对

他已虚假地附和这黑暗……

  诗人在这里言说了多重意义上的黑暗意识。首先，我认为这里的"午夜"意象就起码有两重意义上的象征性指意。一是象征历史、文明、人性意义上的"世界之夜达之夜半"（海德格尔语），到了一天中最黑暗的时辰。在此之际，所有神圣的价值都不存在了，人类的精神世界一片荒凉。不但文明及人的生命存在在历史的场域还远未脱离其悲剧性实质，文明和人性现状令人忧虑，而且，这个时代的思想也是无力的。这个时代最庞大的思想建构，其触角似乎不再探向人与存在本身的关联域，不再致力于言说存在的真理、奥秘、底蕴和大全。这个时代连同作为其苍白表征之一部分的这个时代的思想，好像都受到现代性及后现代性所诅咒，"受到信仰与无信仰所诅咒"（尼采语），正走在一条深度的两边开满毒花且危机四伏的文明断裂带上。在具有"毛细渗透功能"的时尚文化杆菌肆无忌惮的浸染下，人的实存的每一切口都在发炎肿大！同时也不再有心灵的甘泉为它们洗去愈积愈厚的文化污物。实际上这也是一个空前危机的时代（虽然人类好像并不曾有一个真正理想的时代曾经出现过然后消失，虽然理想的人类社会存在模式可能永远都只是人类的梦想），因为人类面临着空前严重的自我认同的问题。当这"世界之夜的午夜"，诗人和圣徒纷纷离去，只剩下连无比善良的诗人也曾忍无可忍地向其发出诅咒的"小信的人"——其实就相当于尼采在一百年前所预言的"末人"——在主宰这个世界。①

"午夜"的另一重象征，是指意诗人的自我认知来到了彻底不可知主义的黑暗深渊。这是一重极其浓重的心理黑暗，并且，这一重黑暗似乎还随着现代人对世界以及自身认知的不断加深而愈加浓重。时至今日，仿佛已经接近或抵达其极限值。存在的真理的日蔽不明使得似乎中了某种认知的魔咒的精神王子对真理展开了歇斯底里般的追问。而且，随着他探求的深入，他甚至不断处在深度的自我怀疑中。这一切都不时使他的心智反应笔直地坠入"认知的地狱"之黑暗中。

下面，我们来详解诗人的铺陈。第一段一上来，诗人就告诉这个世界，在这"世界之夜的午夜"，他从行动到思想其实都很脆弱，虽然这行动看上去也很果敢、坚实、光彩，虽然这思想在一种强烈的"趋光性"中也经常亮闪闪的。来自外在和内在的危险，时刻都有可能使他由于背负了过重的精神负荷而倒毙于还乡的中途；而他思想的崩溃点——对于他最高的心灵愿望可能并不对应于一个未来

---

① 尼采在一百多年前就预言了这种"末人"时代的来临（关于"末人"这一命名，国内众多译本中有多种不同的译法，有"末等人"、"末尾的人"、"最后的人"等等，我个人比较偏向于徐梵澄、孙周兴等人的这一译法）。据尼采的描述，这样的时代似乎不再有任何神圣的价值，人们也似乎不再有悲剧意识，甚至变得"连死都感觉麻木、厌倦了"。代表这种生存类型的便是尼采所说的"末人"，他们不时地"眨巴着眼"说："我们已经发明了幸福。"当然，陶醉于他们自己"发明"的"幸福"中的"末人"，也不再具有深层领悟和体验生命的能力了。尼采称"末人"是"杀死上帝者"，是"最丑恶的人"，并对他们发出了自己的轻蔑和诅咒（尼采：《查拉图斯特拉如是说》，孙周兴译，商务印书馆2012年版，第19页）。

的真实的深深的忧虑，也好像时刻都有爆发的可能。紧接着，"命运和生命是最庄严的仇恨"一句诗，直接道明了诗人之所以感到"脆弱"的心理根源。我们前面已有阐述，在骆一禾的诗语场，"命运"的基本指意就是人可能的天命，就是人的生命存在的"时间性"，也就是"无常"本身。人来到世界上只是"作为时间"的可能性事实，是这"命运"的令人恐怖的制高点。威胁生命之爱的最大仇敌无疑就是这个"命运"。它"处乱不惊"地把"时间性"的存在符咒加于人的生命存在；人最内在的生命也竭尽自己的心力向它发射着最深的"仇恨"，并在绝望般的祈祷中向伟大的神之灵表达着对它的控诉。

下面几行诗极富哲理内涵。"光明和黑暗"的说法当然只是一种象征：象征着诗人心理意义上的两种自我生命意识之真实。在诗人寻求自我内在综合的、履行某种天职般的努力中，它们甚至并不像是对立统一地处于一个在更高的存在意义上自我和谐的整体中。它们就像两种"从不饶恕"、"从不互相规避"的元素，在诗人疑雾重重的内心战场进行"旷日持久"的角力。它们各自穷尽自身，对对方却无可奈何，就像上帝与撒旦、圣灵与恶灵、存在与虚无的关系一样。① 这段诗的最后两句表达的是，作为诗人强烈的主观冲突的一种客观背景，自在存在的实在界，却在不顾一切地运行它自己。诗人此时似乎清醒地意识到，在这个世界之中，人是一种多么奇异

---

① 在基督教思想中，上帝是所有存在的创造者，但并不是恶的始作俑者；而恶也是一种现实意义上的真实。上帝与恶并不统一于一个更高的存在。这也像我们想到存在与虚无这组范畴时的感觉一样。从逻辑的观点看，存在本身中并不存在虚无。但是，"虚无'是'虚无。虚无的本性和存在是那些能在这一定义之中被确定的东西"（卡尔·巴特：《教会教义学》，何亚将、朱雁冰译，三联书店1998年版，第172页）；"虚无'在'，但不像上帝和他的创造所是，而仅仅在其不适当的形式之中，作为连续的矛盾，作为不可能的可能性而'在'着"（卡尔·巴特：《教会教义学》，何亚将、朱雁冰译，三联书店1998年版，第175页）。

的矛盾存在。

再下面一段中，诗人在如此道白：在这"世界之夜的午夜"，"我重是黑暗"，因为"我"深陷对于自身以及所有质料性存在的绝对有限性的可怕意识而不能自拔。与此相应的则是，表明绝对有限性的人对无限本身的那种可怕的深渊感。无限，作为人类自身的绝对有限性的代名词，它像一个客观的外在，我们却无法触知它，因为它使我们所有认知的途径消泯于无形。它像虚无本身，但却又无时无刻不对人的自我意识发生实实在在的作用。人自身的建构再超拔，人自身的理解再高邈，哪怕"一直向穹顶高处旋去"，无限仍在上面。它像"镜中猛兽潜于暗处"，使我们莫名恐惧；像魔鬼的眼睛，不动声色却又可怖地睥睨着我们的细小命运。好像有一簇光照在我们的黑暗里，我们也领会这光；我们也依稀目击到为我们开启"真理和道路"的使者，依稀目击到那皈依的"窄门"。然而，无限总像是在以一种外在异力，使我们的内在生命感觉不寒而栗。人作为有限，就这样与无限"久看着，彼此、相互"。无限的存在本身源于存在的天命，没有时间性，也不等同于任何具体的存在形式。对我们来说它绝对不可触知，但我们"全部的眼帘和神色都久已为它所谙熟"。这是一种多么可怕的意识啊！

这一切唤起的归根结底仍是我们那可怕的生命虚无感。这实为我们所能经验到的最黑的黑暗。第三段无疑极其深切地揭示了这最黑的黑暗。"在黑暗的笼罩中清澈见底是多么恐怖"这句诗的本意是说，人在可怕的生命虚无感中度过这似乎有着其自身的特殊"自明性"——人一生下来就开始向死亡而去——的一生是多么恐怖啊！很多西方现代思想，在科学理性主义勃兴及传统信仰体系的象征日益走向式微的历史情势下，纷纷从不同层面试图论述，不管上帝存在与否，我们活着都必须好像有上帝存在。诗歌王子对这种"实用理性"的建构是不会有多大耐心的。他们以活生生的内在精神体验，感应着"假如人生无意义"这样的问题所带来的恐怖。一如伯格曼的电影剧本《第七印》中武士与死神的那段著名对话的最后所陈:"那人生实在太恐怖了。没有人能面对死亡，知道一切都是虚无，还得活下去。"①

我们通常也会认为，没有意义地活着并非就无法成立，活着就只为活着本身，活着只因为现在想活着。就像尼采的某一次逻辑暴动得出的怪论所说:"如果有上帝的话，我怎么可能忍受没有上帝，因此，并没有上帝。"② 这里面似乎也隐藏着某种充足理由律。再一种情况是，仅仅在"自己的光明中"、在自己设定的某种意义模式中，或者在自己创造的某种神话中度过一生。精神王子对这样的情形会做何反应呢？这都会使他感到很可怕。首先，对他而言，缺乏终极依托的生命之在是绝对虚脱的。也就是说，他必须要知道自己生命存在的终极意义，并且，要为这个意义而活；没有意义地活着他宁愿不活。精神王子的自杀有时像是他们对世界之不可知的一种绝望的歇斯底里的精神复仇行动，而其实这背后往往还有另一重更深的心理，那恰恰是对虚无的反抗意识：认为如果只能无缘无故地怪异地活在虚无中，不如干脆不活。这里面隐含着的，无疑还是对生命的终极目的和意义的渴望。当然，我们也能意识到，精神性和灵魂性的人很多时候也并没有找到沉实的皈依感，但他们似乎还是获具了某种强大的心性力量。在这之中，主要起支撑作用的实为一种意义感（就是生命个体强烈地感到了甚至认定生命是有意义的，这正如上帝之不可知并不会真正威胁到我们对上帝的信仰一样）。强烈的意义感召唤着生命个体对意义的孜孜叩问与寻找。而这个过程本

---

① 转引自陈益国主编：《基督教信仰要道系列丛书》第一卷（吉林省基督教协会，2001年），第149页。
② 尼采：《我妹妹与我》，陈苍多译，文化艺术出版社2003年版，第253页。

身，作为时间老人为人类生病的内心开出的唯一的药方，似乎还是有着明显的疗效的。这一点我们也暂不多谈了。

其次，在诗人看来，人的生命存在的终极意义决不能是他自己随意设定的。诗人意识到，"在自己的光明中下沉"同样是恐怖的。这似乎说明了诗人对人类自救的彻底不信任。想必诗人清醒地意识到了，人的得救须得依靠神恩的眷顾。而且，人就是人，是有限者；上帝就是上帝，是至高至善万能者。人与上帝的关系，从根本上说不是一种认知或较量的关系，而只能是这样一种关系：它是在人基于对自身生命存在的最深理解，而对万能的上帝萌生的虔心的相信中确立起来的。诗人心灵的眼睛定是清晰地看到了，很多时候，精神性的人所臆造的"自己的光明"，让他感到的不是温暖而是无边的寒冷，是"午夜太阳发出的离奇的病态的光亮"。在这"光明"中他有时看上去是如此骄傲，但他此时的真实身份仿若"魔鬼的一个同胞"，正于歇斯底里的思想实验和精神赌博中走向自身的毁灭。不消说，诗人这里似乎在向一种纯粹的神启的力量发出着痛苦而坚韧的呼告。

诗人接下来表示，他此时只愿把这难以言说的黑暗持存于自己的内心世界，而不愿告诉别人。乍一看，诗人此时表达的好像是对这黑暗本身的珍视。质言之，诗人是要让这黑暗在他真诚的诗思的掩护下，冲破重重误解或曲解的人文雾障，完全是它自己。这黑暗其实是这样一种存在：你说或者不说，本来并不改变它在人的感知中的真实情形。对于"知者"而言，你不对他说他也已然清楚，因为他的精神体验本身已说明了一切。而对于"不知者"而言，你再对他说也白费心，因为他虽然"在黑暗中"，却怎么都不会明白你所说的黑暗到底是什么意思，这就像对一个"灵死"者说属灵的寓意一样。

诗人一时不愿道说这黑暗还因为，"这种黑暗已被人了解／且有人以此去博取先知的名"。也正是出于这样的时代原因,使得这黑暗显得越发黑。他是怕听者也把他自己的虔心道说,混同于那"以此去博取先知的名"的聒噪。诗人这里其实是在以一种看似最"软弱"的方式,向"伪先知"们发出无声的控诉。

"伪先知"现象在骆一禾的诗中多次述及。诗人所命的"伪先知"一名,当是取自《圣经》(在新国际版 Holy Bible 中写作"false prophets",中文和合本《圣经》译为"假先知")。《马太福音》记载,耶稣曾多次告诫世人,"要防备假先知。他们到你们这里来,外面披着羊皮,里面却是残暴的狼"①。《约翰一书》也这样告诫人们:"亲爱的弟兄啊,一切的灵,你们不可都信,总要试验那些灵是出于神的不是,因为世上有许多假先知已经出来了。"② 结合诗人写于1987年9月22日的《伪先知》一诗的陈述,我们似乎可以得知,诗人所谓的"伪先知",就是指各种各样代表时代强势的"灵死"者,包括似乎根本意识不到这黑暗的彻底的"灵死"者,及虽然"知道","但不面对、不为所苦",并"已虚假地附和这黑暗",而且"已无视头顶和空间里的回声"的猥琐的"有灵"者(从某种程度上说,后者比前者更令人生厌),也即那"不信的人"和"小信的人"。在诗人眼里,彻底的"灵死"者,"这些宰猪的屠夫们也会屠戮天才/他们什么都干得出来";而那些猥琐的"有灵"者,精神和灵魂意义上的苍白生命,则以时代的恶俗瘴气,"吸走了一个世界的勇力和天才/剩下一些后现代主义者:咀嚼着碎片的纸人"。

沿着上面的理路,我们现在围绕着《伪先知》一诗拓展阐述一部分。《伪先知》一诗中,诗人借对耶稣之被钉十字架的事件的一

---

① 《新约·马太福音》,《圣经》(中国基督教两会,2008年),第12页。
② 《新约·约翰一书》,《圣经》(中国基督教两会,2008年),第424页。

些外围原料的意象性描绘，深入鞭挞了背信弃义者，并深情讴歌了基督事件所彰明的生命真谛。诗作首先集中地刻画和鞭挞了"伪先知"的丑陋嘴脸——各种"敌基督者"的现实形象：

> 伪先知
> 你把什么人吊在那里，腹部穿入一根钉子
> 然后在前面升起一堆大火
> 你大概想让我看一看什么呢
>
> 那拉直的人头垂在一侧
> 我看见了
> 那拉直的人体弯曲得有限
> 我看见了
> 你把他像风车一样旋转起来，也是可能的
> 你这彼拉多和犹大的股掌
> 点燃一堆大火
> 让汗水使后人嘲笑
> 让法官和总督的脸膛如此鲜明
> 你们还可以把那个东西
> 倒挂起来
> 在火堆上从肩头向下剥离
> 你们不是都能做到吗
> 你这不朽的主意
> 为什么不呢？

这里，诗人作为"目击者"目睹了一切：那些"敌基督者"，把耶稣吊上十字架，并将他钉在上面；生命垂危的耶稣"头垂在一侧"，

四肢因都被钉子牢牢地钉着而无法弯曲。然后，他们又"在前面升起一堆大火"。这"彼拉多和犹大"①们的股掌，"点燃一堆大火"，是想让人们看到什么呢？是想让人看到"人子"的"可耻下场"，看到此时以"法官和总督的脸膛"为标志的人间之国的权力的威严，也看到"刽子手"杀害耶稣的"丰功伟绩"。诗人通过后面的几句诗进一步控诉道，那残害真正生命的人间刽子手，他们在行使权力机器时，在具体手段的使用上已经到了怎样的无所不用其极的地步啊！而他们所残忍杀害的人，却正是拯救世人的神，他们已经到了怎样的"灵死"的地步啊！这大概也正是"光照在黑暗里，黑暗却不接受光"的一重本意吧！

　　诗人在控诉了人类残忍杀害耶稣的事实后，道说了事情的真相：人类"刽子手""将从面肉中剥出神明来"。那死在人自己手里的，其实正是唯一能拯救生命的、大爱的上帝。圣父是在大爱的驱使下，亲自以圣子耶稣的"宝血"来涤除人类的罪恶，并以此唤醒世人，使他们在爱和信仰中复归"神的国"。诗人就恰恰从基督事件看到了生命的新希望，听到了流传于人间大地的真正福音。他于是打开美丽的生命情怀，向生命那配得上无上荣耀的伟大的灵性之源，及其在人的当下生命存在状态中所留存的令人无限感动的神秘信息，献上虔心的歌唱：

> 多美的眼睛呐
> 我在我的笛子里垂首看望着大地
> 或者

---

① 彼拉多和犹大是《圣经》里的两位人物。彼拉多是当时的罗马巡抚，对耶稣行刑的人。犹大本是耶稣的十二个门徒之一，后出卖了耶稣，致使耶稣被抓。这两个人物在诗中当是一种更广的指代，就指代所有的"伪先知"或"敌基督者"。

我回过头去
　　看星光如注的马槽
　　多美的眼睛呐

这里，诗人把自己最深挚的祝福洒向无限美丽的生命。在诗人的心目中，本真的生命之美实际上美得难以形容，也许只有人不可能触知的美的理念本身才能够表达它。同时，诗人也向那带给生命的永恒的福音征兆献上自己最高的顶礼。我们知道，"星光如注的马槽"这个意象折射的就是"人子"诞生的事实。《新约》记载，为响应当时刚上任的罗马总督凯撒亚古士督"叫天下人民都报名上册"的旨意，约瑟和身孕渐重的妻子马利亚在从外地返回族乡伯利恒。途中，"马利亚的产期到了，就生了头胎的儿子，用布包起来，放在马槽里，因为客店里没有地方。"① 耶稣降生后，有几个博士"在东方看见他的星，特来拜他"②。他们来到伯利恒后，"在东方看见的那星，忽然在他们前头行，直行到小孩子的地方，就在上头停住了。他们看见那星，就大大地欢喜。进了房子，看见小孩和他母亲马利亚"③。

　　不用说，诗人在内心，决意要追随作为"真理和道路"的耶稣基督。他在做这样的追随时，看到那形形色色的"伪先知"们则如是表现：

　　你这伪先知在那人的后面阴郁地打量着我
　　你懂得什么火光
　　你不朽的主意使我蒙受嘲笑：

---

① 《新约·路加福音》，《圣经》（中国基督教两会，2008年），第102页。
② 《新约·马太福音》，《圣经》（中国基督教两会，2008年），第2页。
③ 同上书，第3页。

"没有人再是那个东西！"

透过四大福音书，我们早已知悉"人子"受尽了怎样的侮辱和嘲弄。这里我们就不再铺陈了。灵魂觉醒的诗人，自然清楚"伪先知"们所处的到底是怎样低劣的境界。他不禁要对"伪先知"们发出最后的质问："你那是什么火光！"显然，诗人是在以自己最深的怀疑考问："伪先知"们所谓的"真理"，到底能把人类的生命引向哪里？！诗人深知，对于"灵死"者及各种"不信的人"和"小信的人"来说，在尘世的追求实际上是多么可怜多么荒谬，一如马丁·路德所言："尘世间的主宰是富贵、舒服和骄傲，正因为这些，上帝的所有创造和恩典都被滥用了。"① 这样的人生道路，即便看上去光鲜无比，终点却是死亡。而对于"因信称义"的"义人"来说，他们虽然在尘世间遭人遗弃，遭受了重重磨难，但其人生道路的终点却是永生的新生命。在这一诗章最后，诗人以自己心灵的眼睛看到：

> 那血涤的沙滩 深褐色的
> 人血的沙滩迅速地展开
> 冻得银光闪烁的海边 明亮的
> 一个被遗弃的老头子
> 敲击着灰白的石头
> 坐看涉水的蔚蓝色的人体
> 多美的眼睛呐

　　这里面的"血"，指的无疑就是"人子"被钉十字架时所流的血。这血流得是那么彻底，那么义无反顾。这血既是人间苦难的标识，

---

① 马丁·路德：《桌边谈话录》，林纯洁等译，经济科学出版社2013年版，第58页。

也是永恒荣耀的某种特殊信物；既是人间死亡的写实，也是生命复活的门槛。这时候，"一个被遗弃的老头子"见证了"人子"的复活。他看到了复活的"人子"涉水而去然后升天，也看到了生命永生的希望。①"多美的眼睛呐"是诗人最后反复吟唱的一句。这样的表达，一方面折射着诗人深爱生命的情怀；另一方面，也深蕴着诗人对永生生命最由衷的赞美和祝福之意。

---

① 这一段诗里的意象组合明显也都采自《圣经》，但笔者不太清楚这里所说的"一个被遗弃的老头子"究竟是指谁，从《圣经》的相关语境中也不易确定其所指。或许诗人是想指代每一个被世人遗弃却至终不改其信的人。"敲击着灰白的石头"这一语象，可能来自描述耶稣复活时的一段经文："忽然，地大震动，因为有主的使者从天上来，把石头滚开，坐在上面。"（《新约·马太福音》）"涉水的蔚蓝色的人体"这一语象，似乎源于"耶稣在海面上行走"的神迹（《新约·马太福音》和《新约·马可福音》）。

第五章　生存之地

海德格尔在《存在与时间》中多次说,"人的'实体'是生存"。也就是说,人的此在归根结底是一种生存现象,"人是什么?人所是的这个什么……用流传下来的形而上学的语言来说的人的'本质',就是人的生存。"① 我想,每一个虔诚的生命——包括诗歌王子们——也应该都会认同这样的观点,尽管他们之实践自己本质意义上的生存的最终目的不见得都在于生存本身。骆一禾的诗歌存在当然也彰明了这一点。骆一禾的诗歌的确有着极其浓厚的形上关怀意识和宗教诉求意识,这也是他的诗歌的根本精神质地,但我们也不难感受到始终氤氲于他的诗语场的那种极其浓郁的大地情怀和人生情怀。诗人虽然在自我生命意识深度觉醒后一直"在一条天路上走着我自己"(《天路》),但他也时时"在我的笛子里垂首看望着大地",尤其是想在眺望过往的漫长道路时"祝福它两旁那爱情的神秘小村"(《大海》第二歌)。

质言之,在诗人的自我意识里,任何所谓的"天路",其实也都是铺展于人间的路,是人生道路的一种最高象征。或者说,对于孜孜寻求天国真理的人来说,也只有通过人间的"天路",而不可能有绕过人间的"天路"。试想,当一个寻求天国真理的人切实抵

---

① 海德格尔:《关于人道主义的书信》,《海德格尔选集》上卷,三联书店1996年版,第369页。

达了永恒天国,对他来说也就无所谓路不路了;只是因为他还未抵达,才会意味着他还"在路上",而这个"路"其实就是他的人生实践本身的代名词。而且,从根本上说,我们并不确切知道这条路到底通向哪里,只知道自己在走,并且是自己决意要走(在这一点上类似于鲁迅笔下的"过客"),决意要深切地去体验生命、理解生命——这源于爱和美给我们带来的刻骨铭心的感动,决意想知道自己将怎样死在这路上,以及自己最后抱定的心灵愿望。再者,在诗人看来,"信和不信都是一种锤炼"(《航海纪:俄底修斯与珀涅罗珀》),生存之地实乃这锤炼之地——不消说生存本身的形而上意义就恰在于它提供了这样的锤炼场所。

其实就人的精神本性而言,自由意志和人类理性的怀疑力量往往还会占上风,诚如尼采所说的"力量及精神力量因怀疑而证明了自己"[①]。所以,人的精神性生命此在其实是非定性的。任何维度的精神诉求都不可能彻底解决存在难题,都不可能彻底祛除人的痛苦、绝望、恐惧与不安诸情绪体验,当然,也不可能就此彻底杀死人类的某些乐观表现,以及人对生命及永恒生命的先验般的渴望与热爱;即便是有了信仰,即便是有了宗教诉求,人也不可能再没有了这些情绪体验——真正的信仰者似乎比不信者遇到的问题会更多而不是更少。在这一问题界面,我感到当代英国著名神学家麦奎利的一段话颇富启发意义:"孤立起来看,人类生存是没有意义的,而且,最尖刻的无神论哲学家,正是自觉的悲观绝望的哲学家。这一点,我相信是基本正确的,然而我不希望给人这样的印象,即人生必定要么就是一切,要么就是虚无。人生并不如此简单,以至于呈现给我们的是非黑即白的简单选择。即便是那些宣传悲观绝望情绪的哲学家,他们通常也不自杀,而是寻找他们称为'事业'的某些有限的

[①] 尼采:《反基督》,陈君华译,河北教育出版社2003年版,第151页。

领域。……另一方面,也不能认为有信仰的人已经靠着他的信仰而自满自足地归港停泊了,因为任何名副其实的信仰,都会经受考验,它不会是一份永恒的财产,而是一种必须不断更新的态度。"①

于是,生存实践本身,对人的生命存在来说,有着绝对主体性的地位。且不说人实实在在的生活内容,就是生命个体在灵魂和精神维度的复杂经验,终归也属于人的生存体验。我们如果不能悉心体悟生存,恐怕就不可能真正知道"人是什么"、"生命是什么"。话说回来,我们如果要知道"人是什么"、"生命有什么意义",就必须经过人生的亲证。即便是虔诚的宗教徒,想必也不能把人生只当作一种幻影来看待。开个玩笑:如果他们只是两眼直直地盯着梦愿中的天国,其余全然不顾,将来很有可能沦为一个"天堂里的陌生人"。殊不知,个人真正接受了神性的爱之后,他自身融入那神性的爱之际,还会把这种爱化为自身的爱的丰富实践,遍洒人间世界,把这个爱切实带给与他"共在"的人(作为先天"残缺"的人,其生命本质的实现离不开一种特殊的"对象化实践",即与能补足那"残缺"的他者在存在的最深境遇中共在——不管上升到了多高的境界想必也都是如此。也就是说,人的"自我实现"与"对象化"是辩证统一于人的生存实践过程中的。离开了"对象化实践",人的"自我实现"只能是一种与本真的事实无干的空洞的自我想象)。

可以觉知,越来越"走在神的心里"的"义人"诗人骆一禾,其实就在自己的内心一直这样做着——尽管诗人之具体所做并非真的就带有正宗的宗教色彩。首先,一种仿佛源于神性之爱的"无因之爱"引他到梦中的"青草地","领他到可安歇的水边"(《圣经》语),他也在这爱中把自己的内在生命体验到极致(一如我们在"爱

---

① 麦奎利:《人的生存》,刘小枫:《20世纪西方宗教哲学文选》上卷,三联书店1991年版,第76页。

的根性"一章中所述);其次,他"飞行"着"假道于诗歌",把自己的"有因之爱"和祝福遍洒人间。

我们已经知悉,在骆一禾的诗语场密布着黑暗意识。但这种黑暗意识更多地属于他的某种"私人形而上学"产品。诗人形而上学式地处理人与存在、与上帝的关系时,自然会给他带来难以化解的心理黑暗。而且,他在自己的心智层面还屡陷形而上学的逻辑陷阱难以自拔。据克尔凯郭尔认为,诗人的那种形而上学式的认知冲动必然会遭遇悖论。"在某种程度上,认识强烈反对悖论,然而另一方面,认识因其悖论的激情实际上决意要它本身失败。"①不过,值得为之庆幸的是,诗人似乎并未表现出迷信形而上学式的还乡的可能,虽然形而上学是其心智活动的根本内容。②诗人真正执着的其实始终是生命体验本身。而人的当下生命体验所由绽开的场域只能是人的生存之地;反过来说,人的生存的本质,也只能归结为生命此在在世的活生生的经验和体验。再形而上一些说,不管生命最终抵达了什么样的存在状态,其自身存在的本质想必也是得经由其体验本身来亲证;大生命境界想必也是一种过程性的动态表征。故而,对于追寻大生命理想的诗人来说,生存之地的历练当是其必不可少的生命阶梯。他必然会给予它充分的肯定。他甚至会把生命在当下的实践看成是大生命链条切切实实的一部分。况且,诗人与其未来

---

① 克尔凯郭尔:《论怀疑者/哲学片段》,翁绍军、陆兴华译,三联书店1996年版,第165页。
② 形而上学这个命名本身,在两千多年来的西方思想语境中,通常是指本体论哲学。它所捍卫的是一种主客分裂的基本思维方式。客观上说,形而上学活动彰显了哲学的虔诚或人类的思之虔诚,而且也的确为真正的"真理和道路"的浮现提供了自身的光能,但人类的心灵其实是不可能实现某种形而上学式的还乡的。这主要是因为,一方面,人类心智能力的绝对有限性注定会使形而上学触及的任何问题永无定答;另一方面,人"作为心灵",其真正亲和的必是其最深的生命感觉,而不可能是某种抽象的理念。

的关系终归只是一种现实与理想的关系，也即一种特殊的宗教关系。而宗教性体验又绝不可能只停留于抽象的理念演绎层面——它实乃一种活生生的生命实践。另外，在骆一禾这位形而上诗人这里，他对生存的珍惜，当然还出于另一重实际上伴有某种超人的紧张的原因，那就是，对他来说，连梦幻、境界、天堂等人类朝向未来的筹划有时候也都是虚无和黑暗的。这使得生存之地的美好事物成了他唯一能够实实在在拥有的东西。这一点归根结底源于诗人并没有获具一种沉实的皈依感——"好像有恶魔"还盘踞在他里面使他"错乱"，源于他在自己的形上诉求的"天空的底层"还"秘藏着深刻毒药"。这一方面加深着他对生命的体验，另一方面也使他"不能停留于（其自我意识中的）天堂的虚空"（《大海》第八歌）。

其实这一切无不折射着诗歌王子生命经验和精神体验的复杂性。也许出于灵魂异变为精神后某种邪灵的乘机入侵，对人的精神进行投毒所带来的古老的变数，空虚感俨然成了精神王子们另一重相当可怕的精神体验——几乎可以定位为他们高贵心神的最后的敌人。这种体验的真正可怕之处，还不只在于它反映了人的当下精神体验的某种真实，更在于它甚至严重威胁到了人的一切形上诉求，并由此彰显了一种更深的生命悲剧意识。这种悲剧意识是这样表征其实质的："这不仅是生活作为实存的毁灭，而且是一种完善的任何现象的失败。这是人的精神本质，它失败于无法比拟的丰富的可能性中，其中任何一种由于一种特有的实现而产生并且同时完成失败。"[①] 不少"深渊圣徒"对这一重精神体验都有所表达，如："毒药仍将留在我们的血脉中，即使军乐转调，我们也将归于古老的不和

---

① 雅斯贝斯：《论悲剧》，《卡尔·雅斯贝斯文集》，朱更生译，青海人民出版社2003年版，第444页。

谐"①;"今夜,我仿佛感到天堂也是黑暗而空虚的"②;"在人们把一切痛苦和折磨都认为是地狱之后,给天堂留下来的除闲着无聊之外就再也没有什么了"③。关于这种性质的观点,我个人倾向于认为,这些精神性体验终归属于人的某种当下反应,代表不了未来的真实情形。也就是说,当你真到了天堂、天国,被一种出神的永恒的生命之爱所拥有时,不见得还会有你现在所谓的空虚体验。这个话题暂且带过。

在精神当量格外大且不断呈现大流转之势的《大海》第十九歌,就在诗人体验到最黑的黑暗之际,首先给出的是如下劝告:

濒临此地的人们
读完我的诗句
请你们即刻忘掉
请你们快向大海动身
黑暗是永恒的,而光明
必须运行
在你和我胸中响着
……
永恒静止着,光阴掠过
在你们相爱或不朽之前
你们
还是需要很多时间的

---

① 阿尔蒂尔·兰波:《兰波作品全集》,王以培译,作家出版社2012年版,第224页。
② 海子:《诗学:一份提纲》,《海子诗全集》,作家出版社2009年版,第1052页。
③ 叔本华:《作为意志和表象的世界》,石冲白译,商务印书馆1994年版,第427页。

其实诗人这话既是对别的生命说的,也是对自己说的。他知道,自己在难以言状的痛苦和恐惧中孤独地走向自己命运深处的同时,也走进了作为命运的人类之在的核心。他知道,关于那最黑的黑暗以及"人类最蓬勃的梦想",都只能"由最少的人来加以描述"(《大海》第四歌)。他知道,每一位试图摘取诗歌王冠上的明珠的人,最终都必须树立这样一个观念:肯定生存。因为诗歌王冠上的明珠所要折射的世界之光,首先须得照亮人的实存。每一位试图摘取诗歌王冠上的明珠的人,即使他自己几乎一直走在黑暗中,他也必须命名那完全能够照亮人的实存的"世界之光"。他知道,"黑暗大神"抓住了他,这是他本来作为被纯粹的光明之在所照亮的灵魂必须担当的命运;而挣脱黑暗的魔神,一路道说着生命的最高关联奔向永恒的光明之源,却是他的"天职"。为什么他必须这样?只因为这是无限美丽而苦难的人的生命的需要,只因为他代表着古老人类心底的声音,没有别的。于是,诗人刻骨地道说了黑暗实质的同时,并没有被那黑暗意识所击倒。他毅然"肩起黑暗的闸门"(鲁迅语),放人们向着光明前趋。他想让人们读他的诗句,但只是想让人们意识到,真的有黑暗,并且自己真的就在这黑暗中;只是想唤起人们对远远地照进这黑暗中的光的感受力和理解力。黑暗,就像虚无一样,它们的存在仅仅在于它们是人的内在生命感觉所不愿的。但是它们"的确借此而存在"。因为,不仅仅生命所意愿的,"而且他所不意愿的,是有力的,并且必定有一个真实的对应物"[①]。真实地对应于生命所不意愿的东西的正是那黑暗和虚无。诗人号召我们,意识到自己不意愿的、虚影一般的黑暗和虚无,绝不要因此就永远简

[①] 卡尔·巴特:《教会教义学》,何亚将、朱雁冰译,三联书店1998年版,第176页。此处上下文的话语表述逻辑亦受了卡尔·巴特阐述的影响,只是在内容上,原文本论述的是上帝与虚无的关系。

单地受困于它们，而是要克服它们，坚决迎向光明和存在。而人的生命这种本质意义上的自我实现，离不开富于质感的对象化实践的过程，也即离不开本真的"动身"。"动身"，就是被每一个生命时刻拥入出神的存在状态，对人的生命此在来说就是去绽出地生存。

"黑暗是永恒的，而光明 / 必须运行"两句诗的意思其实就是说，黑暗和虚无，作为一种顽固的理念怪影，是静止的、不动的、死的和"非真理"的，也是对生命感觉构成最大威胁的东西。对它们的唯一有效的克服，也即使生命获具永远得胜的光明力量的唯一可能的途径，就是"动"本身，就是生命的恒途本身。而人的生命此在的本真在世存在，自然就构成了生命的恒途的一部分。另外，即便是永恒本身，也仿佛只是一个纯粹的理念，是静止不动的。它也需要来自他者的确证，尽管这个他者似乎只是它的某种自我显现方式。而唯一能意识永恒也因此确证永恒的那个他者，似乎就只是人。诗人显然还认为，生命之"动"并不是一种均质的简单的重复，而是不断会有新的体验内涵的，一如赫拉克利特的一个残篇所说："太阳每天都是新的，而且会永远常新。"[①] 需要强调的一点是，在骆一禾的诗思里，生命体验这种"永远常新"，乃出于每一个生命时刻都是一种新的历练，出于人的生命之在不断在向着更高更美的可能性敞开。一个灵性生命，在他正确地认识和理解自身之前，在他没有任何概念化地走进爱并被那纯净的必然和真实所拥有之前，在他获得无限美丽而自由的永生生命之前，"还是需要很多时间的"。而生存之地，则也是这"时间"的一个重要载体。爱的感觉及以爱为重心的博大的生命感觉，是随时间而不断生长的。当它不断地与"现在"告别而走向过去时，它总使你在仿佛一无所有的同时拥有了所有。它可能是天使的特殊化身，本就不是为了在现在一定要功利性

[①] 赫拉克利特：《赫拉克利特著作残篇》，楚荷译，广西师范大学出版社2007年版，第16页。

地获得什么,而是为了某种永恒的赐予。但这不断生长的生命感觉,它的生长,却也有赖于每一个当下的本真的生命时刻。

外展论述一下:诗人对生存的肯定其实并非出于一种生存本位主义立场。也即是说,在诗人的意识里,人的现世生存对于人来说并非是具足的。诗人在真心投入自己的当下生命实存的同时,总是有一种隐隐的分裂意识伴随着他。生存事物其实不可能把他带到一种出神的、忘我的自在存在的状态中去,因为生命意义的问题总是"执着如怨鬼"一般在其自我意识里异常凸显着。再在更广的视野下展开来说,诗人对生存的肯定态度所倡扬的,不是尼采的思想所曾经标榜过的狄奥尼索斯精神。作为一颗受难的心灵,他在自己的灵性生命经验中真正想触及的,也不是某种"以存在而存在"的自在存在的理念——按尼采的话语方式表达就是"狄奥尼索斯理念"。表象着"狄奥尼索斯理念"内涵的"以存在而存在"的自在存在状态,符合这样一个"最高级的肯定公式":在这里,仿佛"一切都是在极度无意识的情况下发生的,但却都像是发生在一场自由感、绝对性、权力、神性的风暴中……万物都呈现出最亲近、最正确的、最简单的表现"①。在这样一种境界中,人的生命似乎也由于完全沉入存在之无意识深处而获得了一种"无我"的至乐体验。骆一禾的诗歌对于生存所抱持的态度,显然与此种诉求之间有着明显的区别。在诗人看来,生存之地的生命历练,既有其不可替代的意义和地位,又是有待被超越的;人追寻大生命的脚步,在其当下的自我意识里,所面对的,只能是在梦愿中无尽敞开的"未竟之地"。

我们不难注意到,在骆一禾的诗语场,大凡"黑暗"出现的地方,几乎总是伴随着"光"的闪烁。这光不但隐隐照亮诗人不知所

---

① 尼采:《看哪这人》,《权力意志》,张念东、凌素心译,商务印书馆1991年版,第76页。

终的茫茫"天路",而且也照亮生存之地。在骆一禾的文本地貌上那曲折蜿蜒的"黑暗"的中心地带,也即《大海》最后几歌中,诗人沿着每一条密布黑暗的心理险径,最后走向的似乎还都是某个以光的名义所命名的终点;而且,一路上,似乎也总有遥远的"星光"隐隐地照射过来,它们微弱而又强大地对抗着那黑暗。这一中心地带的开始地块,也即《大海》第十五歌,继浓密的黑暗意识的铺陈后,于死神逼视下的恐惧和战栗中,给出的是这样的休止符:

> 死亡并不是有生之年的深刻
> 死亡源于运动,而不是一具棺椁
> 死亡并不是有生之年的深刻
> 请尝试人类的双手

这意思是说,生与死并不对称。生与死各有其自己的本质。"死亡并不是有生之年的深刻",有生之年自行深刻,并在其自身的深刻中是它自己。死亡可能也只是生命恒途的一部分,只是一种特殊的"动"的形式,而非我们想到死亡时通常会认为的那样。"请尝试人类的双手"意思就是,主张人类真诚地走进生存之地,去劳作、栖居,去与能确证自身的他者相熟、相知、相爱,实践本真的人性。诗人深知,人最深的生命愿望和梦想绝非一种凭空臆造的理念,而是一种基于人活生生的生命经验和体验的精神诉求。意义必定是生命整体的某种存在属性。试想,生和死同属于人的生命整体,如果生没有意义,那么死也就没有意义。退一步说,生和死要么同时无意义,要么同时有意义,并且,如果同时有意义,它们的意义必定属于同一个意义链条。对人来说,生的意义感的缺失必定也会使他对死后的意义一无所知。所以,虔心地去活,而且真切地活出意义来,这才当是人对于生存的基本态度。

《大海》第十六歌反复吟唱的一个主题则是,诗人在欲借诗歌打开大生命的时空,独自探向茫茫"天路"之际,坚决表示要"在诗歌深处拒绝打动人类的心",要"在诗歌深处跨过人类心脏",一如其中的一个核心段落所唱:

> 我可失败,我也可以永不再来
> 没有心,没有振鸣,没有季节,没有和声
> 世界也可以用大海照亮
> 在诗歌深处
> 苦难的心灵啊,是否可以向你一无所取?

诗人表达这样的意愿究竟是出于怎样的考虑?其实就是一种朴素的爱恋的人间情怀使然。展开来说,只是因为形而上的诗人不忍把人类苦难的心灵置于自己惨烈的内心战场的杀伐,而唯愿"抱在心房的人们/心要活着/活得像心",唯愿"心在这里安宁";只是因为诗人看到和感到:

> 蛮旱里的墓地上
> 每一杯家乡的酒浆里盛满了多少苦难的心
> 它是致命之乡
> 是致命之乡最深的部分
> 使我多么怀念亲人,心爱的人

他由此不愿投去一丝一毫怀疑和否弃的眼光。诗人还如此扪心自问:

> 人心呐,在停止的时候驱逐了可疑的成分
> 是不是能够更美好?

显然，诗人是由衷地感到了，在本来珍贵的人间，"心"的反应是真纯的，人类本真地、素朴地"在心上生活"，本也配得上美好这个说法。他担忧自己的诗歌一旦唤起了人类的某种深度自我意识及迷茫的终极关怀意识，反会影响人们的正常生存，尤其是那凭依本心的生存。想必这也是诗人怕某种"觉醒后无路可走"（鲁迅语）的阴郁的心理气氛，消解了人们本真本然的人间情怀吧。

其实，透过骆一禾的整个诗歌王国不难感知，他的作品洋溢着一种歌唱的品质。不消说，他以自己的诗性活动本身向里尔克那个著名的诗学命题——"诗人何为？我歌唱"——献上了一份厚礼。这歌唱深深萦绕着生命的所有历程，包括它在人间的部分和未来意义上的所有期许中的存在。这一切无疑都源于诗人所经验到的那种作为纯净的必然和真实的生命之爱。他一生驾着自己的诗思在人间大地"飞行"，"怀抱生命之深"（《大海》第十四歌）。或可以理解为，在诗人的精神视域，那未来意义上的所有期许中的存在，对人类来说实为更高意义上的"生存"。诗人在《大海》第十九歌的最后所构划的存在场景，就是诗人基于生命之爱的永恒生存之梦，也即永恒存在之梦。虽然那是一种更高意义上的天国梦，但那绝非一种纯粹理念性的永恒存在状态，它像是把人在当下的生存之地的具体生命经验升华到了形而上层面。

诗人对生存之地的守望和对生存事物的肯定之情，既有体验意义上的亲证，也有诗思意义上的守护与道说。他不断经由自己虔心的诗思为生存辩护，向生存之地绵绵吹送生存的力量和勇气。下面，让我们省思的眼睛大幅飞掠骆一禾诗歌王国中横亘于《大海》的文本地貌，返回到处于《世界的血》这一板块核心地带的《生存之地》，依我们的心智细细感悟一下其中蕴含的思想和精神。

《生存之地》的"原文本"，是诗人写于1987年8月8日、定稿于 1988 年 6 月的《身体：生存之祭》。《生存之地》保存了原文本的大部分内容，只是少了些铺陈，多了些观念性的集中提炼。另外，在旋律与节奏上更加明显，在结构上也更加纯熟一些。然而，更为细小也更为重要的变化还在于，诗人最后的精神反应似乎提高了一个层次。我们将以《生存之地》为主干，融合《身体：生存之祭》的核心道说，对诗人的这一派"生存哲学"进行解读。

两个文本一开始均写下了鲁迅的一句话："木刻者以疏密的线条表出那原画来。"诗人引用这句话，想必意在表达他关于素朴的生存之美、劳作之美、艺术之美的意识。下面我们就去深入地探触一下诗人的这片诗语场。《生存之地》一开始这样歌道：

> 我越过了
> 世纪的光线。
> 一座石窟压破了诗歌心脏
> ……那么多鲜红的果实
> 从一根树枝上下来
> 我心头的炬火飞上天空
> 渐渐地。这时我洞察了更深的地域
> 我青莲变幻，彰显无名的事物

先说一下这段诗中的"石窟"这一意象。原文本《身体：生存之祭》还有一个副题："来自大敦煌的幻象"。基于此我们可以判断，"石窟"这一意象就取自敦煌石窟，而这一意象真正要表达的是某种"境界"本身——某种艺术境界或宗教境界甚或某种简单的生存境界。①这"境界"昭示的其实就是人类在生存之地的事业。这事业是那样宏阔，那样壮丽，又那样具体、致密、滞重。它们孕育诗歌——艺术归根结底源于人活生生的生存实践，却也对诗歌的灵魂形成某种煎迫。然而，诗人的天职就是命名"世界之光"。而"世界之光"不可能无视生存之地，不可能无视人的生命此在。他必须从构成这个世界的细小事物中找到能感悟能折射"世界之光"的东西，必须能于生存的基质触及那些真正禀有"趋光性"的因子。他必须冒着内在和外在的危险，"踏着冰凉的斧头"，排拒来自自我内部的怀疑主义的毒素，冲破一切理性或非理性的自我雾障，去触及世界以及人的生命存在的源头肯定性。

时代的"大历史"似乎并没有更多地从正面带给诗人什么。因为文明和人性的时代状况同样会使他产生如下疑问："你所说的曙光究竟是什么意思？"②时代状况"压破了诗歌心脏"，好像恰恰扮演了诗歌之敌的角色。但警醒的诗人"越过了世纪的光线"，转向历史的残酷无理深渊中顽强存在着的、真正感动着温暖着人类心灵的"无名的事物"。这里有本质意义上的劳作、栖居、相亲相爱。这里有生命之美和生存之美最具实质意义的体现。诗人"心头的炬火"在生命之爱的灵性以太中"飞上天空"，照亮人间深处这最无名也最美好的事物。不难觉知，历练生存之地，诗人的内在自我并非处于某种恬然澄明的自在氛围中。这主要还是因为，生命虚无意识始终不曾放过诗人的心智。或者说，"死亡的毒钩"总是不期然地迁

---

① 统观这首诗可以发现，"洞窟"、"境界"、"太阳"是起贯穿作用的三个核心意象。基于此我推测，这首诗从理念内涵到意象使用上可能也受到了柏拉图的"洞穴比喻"的影响。柏拉图把未见识真理的人比喻成一个在洞内背对洞口被捆绑着的"囚徒"，以洞外的"太阳"象喻真理。柏拉图的"洞穴比喻"形象地说明了人类感知真理的过程。参见柏拉图：《国家篇》第七卷，《柏拉图全集》第二卷，王晓朝译，人民出版社2003年版，第510—515页。

② 海子：《春天，十个海子》，《海子诗全集》，作家出版社2009年版，第540页。

回过"时光的大门",寒光闪闪地谛视着诗人的心灵。在这种可怖的自我意识中,诗人的身心时常深陷某种动物般的原始恐惧:

> 我从一个石坎跳向另一个石坎
> 在神经里,像豹子一样
> 两眼漆黑
> 心里的夜与恐龙的夜四散惊飞

在实在界,诗人有时甚至觉得四周一片灵异,自己也仿佛一不可思议的灵异之在。其质料性身体之在的自然属性,与精神之在的灵性,仿佛双双在把他的自我感知幽灵化。不消说,这是灵魂异变为精神后,因深陷质料的低级本性而导致的混乱自我意识,或者说,灵魂因遭受"来自外部的非理性之物的撞击"而发生自我内乱之后的,搅和着欲望、悲伤、痛苦、激情和恐惧的复杂幻觉。然而,由于灵魂感知最高意义上的爱和美及终极真理的能力和天性,它再怎么受浸染,也会有那源于圣灵的高贵深远的灵感伴随着它。于是才会有这样的诗句杀出诗人一时间所倒出的那魑魅魍魉的阴暗诗语:

> 于是我在黑暗中独自微笑
> 使我有别于鬼魅

灵魂既已走到了真理之乡的外部,其在自我醒悟之后重新实现还乡必然需要一个新的过程。而这个过程的主要载体之一想必会是生存之地的历练。所以诗人自我期许道:"动。或许是一种光明。"(比照诗人心灵路线图的后段可以发觉,他的心智之力的确是在自我的炼狱中不断上升着——其诗歌表现出的明显的互文性特征也为此提供了一份很好的见证。比如,《身体:生存之祭》、《生存之地》

两个文本中的说法还都是"动。或许是一种光明",而到了《大海》第十九歌则已变为:"黑暗是永恒的,而光明必须运行"。通过我们有时候所做的这种"倒叙"式的阐述,可以很清楚地看到这一点)。诗人可能在自己生命感觉的至深处隐隐感到,填补人的精神性虚空感的,只能是人富于实体性的生命实存本身;恐惧与生俱来,而化解生命恐惧的只能是生命本身的自性绽出,并经由体验意义上的"自我实现"返回生命的本质。尤其是爱的体验,它能融化人类心头所有冰封的情绪淤积。只要存在的"幽泉""浸透了呼吸",自会"使惨叫微弱下去"。

> 在上的人,本是陌路相逢
> 此时却大声呼唤
> 你可能知道我的名字,也可能
> 不知道

但这都不是问题。通过我们从心灵深处发出的唯一的"原生的母语",我们能彼此深深相遇;"我们都可以在无光的境地/听到可以结伴的旅人"。在这一体验的界面,生命"像矿石一样割开矿脉","爱的纯金把我(们)彻底地夺去"。浓郁的生命情怀和审美情怀,使得我们每当在这个世界上遭受到适应危机时,都一任生命的终极梦想沿美好的神秘幻想经验所昭示的路径,把我们带走;都一任梦中的"天风"吹去生活灰色的覆盖层,露出潜藏在矿脉深层的"爱的纯金"。总之,对于我们痛苦和受难的生命此在,本真的生命体验本身的慰藉,也绝不像在空洞的想象和推理中那样无力。

在这番艰难的自我清理后,内心十分被动的诗人接着写下如下诗行:

> 我并不信任死亡
>
> 在黑暗中
>
> 敏锐的神经也会咬断心脏
>
> 并且怀着有毒的隐秘,彼此吃下光芒。
>
> 我,穿过了红尘的伤口
>
> 失修的岩页和纸片
>
> 时光结成的血泊时有跌落
>
> 硫磺和白垩的气息
>
> 浓烈地扑向身体,这时我来到生存之地
>
> 随着胸怀的深远
>
> 当呼吸的弓弦和铁索爆裂,茫茫无际
>
> 身体里任何事情都有可能发生
>
> 而且可以有许多死神的
>
> 理由:既然
>
> 连境界也只是一片黑暗

我们说,这里面彰显的并非一种本真本然的发自内心地热爱和拥抱生命的感觉,而更像是一种歇斯底里般的精神复仇心理,或者说一种残酷的心智历练之氛围。原因则仍在于一时无以化解的黑暗意识对诗人心灵造成的"没有丝毫宽恕与温情"的压迫。透过诗人一生的心灵路线图可以判断,此一心智界面并不是诗人心灵的长久驻留之地,而只是诗人在自己的某一人生时段,基于对存在之虚无可能性的思考而做出的一种姿态性反应;如果从思想本身的意义上看,这不仅是一种心理意义上的投射,还是一种哲学性的投射,一种独特的心灵辩证法之表象。这里面所注入的理念内涵就是,要以一种意志力反抗虚无。这一心理事件及哲学命意所由发生的内在机制是:一种关于世界以及人的生命存在的虚无感主宰了人的意识,而且真理日蔽不明,人的求真意志一再受挫,于是主体在一种绝望的癫狂边缘无奈地去抓他唯一还能看得见的"生存的稻草"。我们说,这全然不是一种体现虚无主义色彩的"抉心自食"般的诉求。主体在这个过程中其实始终是有一种强烈的意义感及意义诉求意识的,尽管那终极意义始终都不在他的心智之域显现。诗人这是在从一种弥漫着生命虚无意识的心理恐怖中逃亡,奔向生存之实在界,去寻求暂时的避难。

这段诗一开始就告诉我们,诗人之悉心实践生存,并不完全在于生存事物对诗人来说已经是具足的。返回生存之地的根本原因之一在于,"我并不信任死亡"。关于"死亡和黑暗的说法"对诗人的心理一直有着致命的影响,"但无论对于黑暗,或是对于死亡",他"从心里都并不真正相信";他"迷恋于自己的尸骨"——死亡意识始终在他深度觉醒的生命自我意识中凸显着,但"并不自抉其心"(《大海》第三歌)。在这一生命感知界面,诗人与鲁迅的《墓碣文》所暗指的"抉心自食"的主人公判然有别。那位"抉心自食,欲知本味"者,"于浩歌狂热之际中寒;于天上看见深渊。于一切眼中看见无所有;于无所希望中得救"。在其内心,"有一游魂,化为长蛇,口有毒牙。不以啮人,自啮其身"。他自况"于无所希望中得救",但得救到哪里了呢?"终以殒颠"。① 哦,在绝望的癫狂中走向自绝,这便是其所谓的"得救"!而在诗人的自我生命感知中,虽然似乎也有些许这样的精神游丝,但他终归不是如此的虚无主义者。他永远不会死于绝望的癫狂,而是会坚韧地活在希望的光亮中。"大生命"在他的歌唱中于远方发出召唤,他在茫茫"天路"上深情而悲悯地俯瞰人间,他透过一种美好的"主体间性"氛围发觉自己"绝非只有一个灵魂",他即便觉得"没有希望"的时候也没有感到"绝

---

① 鲁迅:《野草》,《鲁迅全集》第一卷,中国人事出版社1996年版,第171页。

望"的绝对威力——最终的事实是他终被希望所拥有。诗人"并不信任死亡"的根本理由在于,死亡并没有——也不可能——让他确证并青睐种种具有虚无主义色彩的设想。诗人显然认定,死亡对人来说到底意味着什么是根本无法确知的,属于人的最多只能是梦愿和祈祷对人来说意味着什么。

从另一个角度上说,对于死亡,诗人的确是始终有着刻骨意识的。并且,他对人自身的绝对有限性的意识,以及生命虚无意识的不时冷袭,也的确经常把他置入恐怖的心理黑暗中。诗人如果长期持留于这种体验氛围,他"敏锐的神经也会咬断心脏",也就是说,他会发疯的。一如福柯在一篇论巴塔耶的文章中谈到哲学家——其实诗人亦如此——的精神生态时所陈的:倘若哲学家"无休无止地重复着自己的苦痛",就会"不可避免地浮现出"一种令人不安的可能性——"哲学家发疯的可能性"。[①] 而事实上,不少精神天才的生命演绎已经证明了这一点。精神天才最后陷入疯癫的现象,自荷尔德林之后的确时有发生,这究竟是怎么回事?福柯把这种精神现象看成某种西方精神的回光返照:非理性历经近现代社会的囚禁重见天日。福柯在其《古典时代疯狂史》中,通过大量的分析后指出,精神分析学永远都无法听到非理性的声音,也无法根据自己的术语解释疯狂者的症状。在这部宏著里,福柯还对"自从18世纪末以来,非理性的生命只呈现于像荷尔德林、奈瓦尔、尼采或阿尔托的著作那样闪闪发光的作品之中"的现象,唱出了凄绝的挽歌。[②] 福柯出于对现代主义艺术的钟情所做的论述可以理解,但也许过于浪漫了。当然,针对疯癫现象生理意义上的根源,现代科学倒的确并未搞清过。在这一点上,我个人还是比较倾向于一些现代精神分

---

① 参詹姆斯·米勒:《福柯的生死爱欲》,高毅译,上海人民出版社2003年版,第118页。
② 福柯:《古典时代疯狂史》,林志明译,三联书店2005年版,第709页。

析学家的观点。记得弗洛伊德说过，很难明确区分正常心理状态与不正常心理状态，正常与不正常之间的划分完全是约定俗成的，事实上，二者之间的界线非常模糊，也许我们每个人每天不止一次越过分界线。我们不妨设想，精神王子们剧烈的情绪体验，经常使其在两者之间做大冲力的急性穿透，并且冲出去很远，终致使其在一次冲力极大的穿透中，不能够再返回。那么究竟是什么孕育了那一次次的冲力呢？我认为是出于他们已经尝试和完成了所有思想试验和精神赌博后的一种虚空感对他们的掠夺。那一次次的冲力，就是完全彻底的心理虚无一次次欲穷尽他们的精神诉求时，其所承的虚空力量对其心智元素的一次次点燃，是虚空把他们当作了自己的精神反应堆。精神王子们的思想试验和精神赌博其实始终没能真正赋予他们一块灵魂的歇息地，其理智是被自己的矛盾心理和痛苦体验活活摧毁的。一直做着自我神化试验的王子们，真正的内在性其实并无神圣可言。一些活生生的刻骨的心理经验在无休无止地刺激、折磨、撕裂着他们，一如尼采对此种情形的描绘："永恒的清醒和失望穿透了他的胸膛"，他的每一种思想诉求和精神姿态都"只是一种权宜之计"，"最后带给他的也都只是失望"。①总之，是精神的持续无着最终摧毁了他们的正常心智。

所以，很多时候，诗人必须从此界面逃亡。逃向哪里？只能是从对世界和自身空洞静悟式的理解和认知层面，逃向有着某种自我肯定性根底的身体层面（不是指狭义的身体，而是指鲜活的生命整体本身）。因为身体在它自身的意义上表象着人最初的也是最后的爱。"在痛苦的大地上，欢乐是不倦的与众不同的东西。"②只有欢乐最有力地平衡着痛苦。而这"欢乐"则只是通过身体洋溢世间。诗

---

① 尼采：《曙光》，田立年译，漓江出版社2003年版，第226页。
② 阿尔贝·加缪：《反抗者》，吕永真译，上海译文出版社2010年版，第338页。

人在几个地方都表达过的"有毒的隐秘"指的其实就是洋溢着欢乐——甚至伴随着某种分裂的快感——的对体验本身的迷恋。正是那无以形容的鲜活涌动的"气息""浓烈地扑向身体",吸引诗人"来到生存之地"。不过,我们此际也必得要说一下,诗人对体验本身的迷恋,只能短暂地平衡一下其心理焦灼。因为他终归是一个灵魂之子。他与身体质料性层面的反应之间,其实始终有着一种深度的分裂感。

这段诗的最后几行告诉我们,人在自己的身体层面,也即在自己的当下生命实存中,"任何事情都有可能发生",甚至拿生命及死亡当作验证自我存在之本质的试验场去从事多种越界的自我创造活动。因为,人的一切追求所抵达的境界,都只是人为的,可能都与生命的终极意义毫不相干。人不知道自己的存在究竟意味着什么,不知道生命的最高境界到底是什么,这种不可知病久而久之可能导致人的自由意志的歇斯底里般的爆发。

这几行诗在《身体:生存之祭》里的互文性对照是:

> 我们来到生存之地
> 亲手抚摸着黑暗的岩画
> 随着境界的深远
> 身体里任何事情都可能发生
> 并且可以有许多事后的理由:既然
> 连天国也只是
> 一片黑暗

我们能注意到三处明显的改动:"随着境界的深远"改成了"随着胸怀的深远","事后的理由"改成了"死神的理由","天国"改成了"境界"。我认为诗人做这些细小的改动并不是随意为之的。我意是他对自己此际想要表达的东西表达得更加精确了——最起码在诗人的自我意识里应该是这样。这些改动给我的一个突出感觉是，诗人更加强调了主观性这一维度。第一处改动意在指出，任何"境界"的建构都是主观意义上的。第二处改动背后折射的东西更多。原文本的说法似乎契合了存在主义哲学的某个颇富无神论色彩的、对很多现代人来说似乎也无所谓阳光还是黑暗的观点：上帝死了，做什么都是可以的。这背后折射得更多的似乎是现代人"杀死上帝"后的狂妄。改动后的说法，似乎更像是一个极度痛苦和受难中的并濒临绝望边缘的圣徒面向死亡发出的渴求般的呼告。它所昭示的深意是，如果上帝死了，人更无力存活。第三处改动意在强调，对人类来说，不但其关于"天国"的幻念，而且其所有的精神诉求模式所指向的境界，都是人为的，都没有得到来自神明的光亮的照彻。顺便再说一下，诗人之所以用"来自大敦煌的幻象"形构这首诗的核心意象，可能就意在彰显"境界"的黑暗性这一主观理念。试想一下，敦煌壁画所表现的主题为我们构划了一种不可言说的境界，就像一个梦境，但这境界被铺陈于深深的石窟内，几乎等同于铺陈在黑暗中。诗人明显是由此物理意义上的事实，联想到了一种心理意义上的感知，即：连境界本身、梦幻本身也是黑暗的或者晦暗不明的。

  基于上面的阐述，我要特别指出，诗人对主观性的更加强调，与他的"义人"之行之间当是一种互相不断强化的关系（对于一位在非神性文化语境中成长起来的文化个体，这种主观经验对他之走向"神性的保证"，当是起着更至关重要的作用的）。这牵涉到宗教诉求与主观性因素之间究竟是一种怎样的关系。宗教诉求，尤其是富于基督教精神内涵的心灵诉求，好像不但不排斥主观性，反而与主观性因素之间有着实质意义上的关联。明显是根据体验意义上的真实，很多基督教神学思想认为，基督教的真谛不是一种可以测度的事实，而是一种道。虽然上帝的启示包含着某些由上帝给予的客观真实性的确定的符号,但它还必须内化为一种主观真实性。因为,"最根本的,在信仰中的上帝的认识总是这个上帝的非直接的认识"①;在这一特殊的认知界面,信仰本身已"被使用——作为上帝认识的途径"。关于这一情形,克尔凯郭尔也有过很精辟的思辨,我们来感悟一下:"(上帝信仰)的决定性因素在于主观层面……成为一个基督徒的决定性因素不是基督教是什么,而是基督徒在如何行动……这种情形只适于一个信仰的人;它不适于其他人,甚至不适于一个爱者,或者一个富于激情者,或者一个思想家,而只神圣而唯一地适于一个归信的人。"②

走笔至此,我还想再专门澄清一下,诗人这里所言说的精神性行动,其心理根源是"不可知病",而不见得就是某种虚无主义态度。不可知病与虚无主义态度之间还是有着内在区别的。它们之间的区别,就像认为上帝是不可知的与认为不存在上帝两种观点之间的区别一样。不可知病的"爆发"其实有两个指向:一个是虚无,一个是信仰。通向虚无者所走的可能是纯粹俗世的路,通向信仰者所走的则是焕发着精神性的"天路"。透过骆一禾一生的心路历程不难觉知,诗人进一步的诉求是信仰(诗人认为"任何事情都有可能发生",是就一般意义上的可能性而言的,并非一种自况陈述)。诗人深切地意识到人的生命是有意义的,其实也正是一种强烈的意义感始终在支撑和引领着他前行。他很清楚,有许多未来的事情(包括生命的终极意义),他现在不可能知晓——境界的"黑暗"性其语义内涵就是在这个意义上说的。但这一切并没有击溃他的信仰诉求。他坚定地走在"天路"上,也走在自己内心无休的祈祷中。

―――――――――
① 卡尔·巴特:《教会教义学》,何亚将、朱雁冰译,三联书店1998年版,第18页。
② Kierkegaard, *Concluding Unscientific Postscript to Philosophical Fragments,* Volume I, Howard V.Hong, 1992, pp.610—611.

接下来的这段诗，我们必须单独给予一个大的阐释板块，因为这可谓是关于诗人"生存哲学"的纲领性文献：

让我刻下孤独的铭文
它打开时光的大门，也就是生存之地
我在这门口写下我的诗行：
——我绝对以黑暗蔑视死亡。
——以死亡作为技巧，只是另一种庸人。
——不能永远生活，就迅速生活。
——我的梦幻滋长，生活也随之滋长。
——我看见死亡始终暧昧。

这是"背向前人也背向后人"、坚决捍卫"个人生命的自强不息"的诗人，独自行进在追寻"大生命"的途程中时，于生存之地的"岩脉"上刻下的闪闪发光的"铭文"。这是在精神和心灵上诚实得坚不可摧的诗人，走在自己的茫茫"天路"上时，为生存之地的历练题下的由衷的辩词。这是具有能"眺望最遥远事物"的心灵的眼睛的诗人，居高临下地看向人间时，所洒下的燃烧的言辞的余烬。且让我们用心细细地抚触它们。

"我绝对以黑暗蔑视死亡。"以黑暗的名义蔑视死亡，这说的究竟是什么意思呢？而且，诗人为什么要这样说呢？他为什么不说以生命的名义蔑视死亡呢？这里面其实有着很深的生命哲学寓意。在一般的哲学意义上，生与死本是一组互相对立的范畴。诗人此处的道说更多地是一种心理学投射。如果个体生命本是永恒的，那么生命对死亡本就不战而胜。于是，死亡之于生命就像虚无之于存在一样，虽然也是一种真实之在，但永远是后者的一个附属性质。所以，以生命蔑视死亡的命题从事实的意义上说本就不必成立；也就是说，即便能成立，也只是在纯粹思维意义上的成立，并没有相对应的事实本身。看来，以黑暗的名义蔑视死亡只是诗人的某种心理真实的反映。

在诗人的自我意识里，也即在一种心理的真实意义上说，世界以及人的生命存在的真理日蔽不明，尤其是作为范畴的死在这个真理中的位置日蔽不明，这就是那"黑暗的名义"。蔑视死亡其实就是"不信任死亡"。话说回来，如果死在生命之真理中的位置是明了的，反而可能会引起诗人的足够尊重。正因为这一切是不明的——人类对死亡的理解和解释其实从未说出过死亡的真相，诗人才会蔑视作为表面事实的死亡并坚定地沿着生命之路走下去，不管前面的路他是否已经能够把握到。在这一点上，诗人的选择其实颇类似于鲁迅笔下的"过客"。"过客"对别人向他描述的前行的目的地——"坟"——持一种不信任的态度，因为别人从未能向他描述——他自己当然也全然不知——"走完那坟地之后"还有什么，死亡本身也从不曾向他显示过它的真相。这种对死亡的不信任使他无视人们对于死亡的所有说法而毅然前行。诗人与"过客"的不同之处似乎在于，"过客"好像怀着更多的阴郁的绝望意识在走。当他最后"向野地里跄跄地闯进去"时，"夜色跟在他后面"[①]，前面更是看不到一点点星光。诗人则是怀着更多的希望和梦想在追寻，在他的行进中，黑暗渐渐退远，白昼的曙色已然在遥远的天际闪烁。

"以死亡作为技巧，只是另一种庸人。"诗人自杀的现象是一种十分凸显的人类精神现象。自19世纪末以来，在西方社会，自杀的诗人不下百位。那一把把自最黑的黑暗中斜刺过来的、不时闪动着形而上的恐怖的精神利刃，在20世纪末，也对准了中国先锋派诗人。海子、戈麦、顾城等等，都受到了那利刃的致命一击。这其

---

① 鲁迅：《过客》，《鲁迅全集》第一卷，中国人事出版社1998年版，第168页。

中的原因很复杂，我们在此拟不做详细探讨。客观地看，这是一种主体自由意志作用下的主动的选择。骆一禾对诗歌王子的这一重尘世命运其实是异常醒觉的（他的不少诗歌也有对这一临界精神体验的具体绘写）。他知道诗歌王子内心世界的一切。他知道他们为什么会做出这样的选择。但他本人是反对诗人自杀的。我们说，这种态度肯定出于他作为一个内在意义上的"义人"对生命的更高理解和敬畏意识。

诗人好像有一种自杀的"嗜好"。研究过艺术家精神生态的崔子恩在其《艺术家的宇宙》一书中说道："他们或恶意或快意地折断自己的生命，抛给死神……死亡成了他们观测、研究的对象和创作的素材。死神被他们利用为自我满足的工具——在自以为恰到好处的时候与它拥抱。"[①] 我感觉，虽然诗人主动拥抱死神可能没有这么概念化——真正起作用的可能还是某种精神性的临界体验，但是这里面总还是或多或少给人一种"以死亡作为技巧"的嫌疑。似乎，在骆一禾看来，这是一种特殊的庸俗表现，像是在表演给谁看。这是一种诗歌主体还处在对生命的狭隘自我理解的昏暗中的表现，也是其自由意志恶性膨胀的一种结果。这说明，他们对人与永恒的关系还远未达到一种健康、阳光的理解。

另外，在骆一禾看来，自杀往往是抽象的、哲学的、空洞的，而不是体验的、诗的、实体的。前者对人的生命此在是有帮助的，但其帮助是有限的。对于前者，人应当能进得去出得来。人应当能够与处在人的不实理解的思维阴影下的死亡的对质中把生命——包括生命的此在方式——进行到底。而那力量和勇气的获具，离不开自己对自己全部生命的虔心实践本身。自己对自己全部生命的虔心实践本身，要求个体生命发自内心地去体验每一个当下的本真的生

---

① 崔子恩：《艺术家的宇宙》，三联书店1993年版，第122页。

命时刻,去本真本然地"成为自己"。"这时只有自己明白/要背向你的前人/也要背向你的后人"(《沉思》);也即是说,既"不要做历史的继承人"(《春天(二)》),也"不可指望我的后人"(《乌鸦(一)》),而是只拥抱自己的生命存在本身。再者,在诗人看来,"大生命"境界的形成,显然离不开生命的神性维度的加入。但神性维度绝不能是使人的生命存在显得暗沉的一个维度。人对这一维度也"同样必须注入光明",使得人的自由意志之创造,能够在"丰富自己的神性生活"的同时,更深地契合生命的恩宠性,可能这才当是"人对上帝的呼唤的应答"[①]。而这个目标的实现,是不允许人的灵性生命本身抄任何近路的。

再外展说一点:骆一禾的这种生命态度,当是与他的富于基督教色彩的生命情怀及相应的宗教诉求意识有关联的。虽然诗人可能还不会像正宗的基督徒那样意识到,"我们没有一个人为自己活,也没有一个人为自己死。我们若活着,是为主而活;若死了,是为主而死。所以我们或活或死,总是主的人"[②],但在他对生命的理解和感知中,总是伴随着一种对生命的深度敬畏感和一种博大的爱的感觉。在诗人看来,人的自我既不应该是一个狭隘的、"散发着物质暗度"的自私自利的自我,也不应该是一个散发着孤绝的自我意识的冷光的自我。某些诗歌王子是一类特殊的自我中心主义者,他们可能会在自我精神试验中一时感到某种分裂的狂喜,但到头来他们却可能会讨厌自己。表面上看,他们俨然处在一派超越的自我氛围中,实际上对自己生活的意义及目标一片茫然。当某种巨大而空虚的自我抱负有一天终于露出它全部狰狞的时候,他甚至无法不选择自杀。此时我还要补充说一句:透过骆一禾在自己的诗歌中对这

[①] 别尔嘉耶夫:《自我认知》,汪剑钊译,云南人民出版社1998年版,第298页。
[②] 《新约·罗马书》,《圣经》(中国基督教两会,2008年),第286页。

种精神现象的强烈关注及实际道说可以断定,他对这样的生命个体并不是投以厌恶或刻毒的目光,而是抱以深度的同情和怜悯。

"不能永远生活,就迅速生活。"这句诗的"话外音"当是,人不应弃绝生活。生存之地的经历乃生命存在必不可少的环节。生活当是"借自神明"的生命成长的台阶。对人类来说,生命是一种神赐,生活则是一种恩赐。诗人的生命虔诚的深处时时涌动着这样一种意识:人来到世间是为了更深地领会生命的意义和神恩的含义;人如果要见识自我生命存在的全部深度,离不开人在生活台阶上的沉思、默想、自省,以及对人的生命存在的最本真的心灵反应。

显然,诗人之尊重生活,并不意味着他就像很多生者那样是一种生活本位主义者。不管他是否信奉中国"朝闻道夕死可矣"的古训,他似乎的确也意识到,可能由于某种天生的精神气质或其他的什么内外在原因,有一些生命个体"不能永远生活"。这时候诗人主张,不妨"就迅速生活",无论如何也要知晓生活想要给予我们的一切。在《身体:生存之祭》里,诗人也在如是追问中表达了对生活的疑问:

> 我们为什么来到这里,为什么?
> 耳朵、七窍和心灵的门
> 不蠹不蛀也不腐烂
> 像当初一样温暖
> 只有暗淡的光线在造物的第六天里
> 式微,宛如洞底的月亮
> 我们为什么来到这里,为什么?
> 生命之光投入深度
> 是否能够抗命?

我们说，这样的疑问是严酷的。但诗人在这样的疑问之际，还是决定深入生存之地。他知道，发出这样的疑问只是人的心智活动的一种额外癖好。这说明"哲学"找上了他——从某种程度上说怀疑"是哲学的所由所终"[①]。但诗人并不执迷于哲学。诗人依循诗和智慧。"哲学在生存里死去／而诗章也是开始生存"，而智慧呢？智慧从根本上说所表明的是某种行动本身。尤其是基督教意义上的智慧，是与敬虔生活本身分不开的。所以诗人暗暗相信，人的生命整体的每一部分对整体而言都是有意义的。生存到底对人的生命存在意味着什么，这只有人自己通过了人生的亲证才能懂得。再者，生存之地的历练可能本来就是神意所为，即便"生命之光"投入人的生命存在最深的"深度"，恐怕也不"能够抗命"。更何况，人的尘世命运又肯定与人的终极命运相关联，人的尘世命运出于灵魂的彰显，当会使人触及通向自己终极命运的隐秘路径。而人的最高生命感觉当是一种无条件的"命运之爱"的感觉。所以，发自内心地珍惜人的天命赋予人的一切，当是人对于自身生命存在的根本态度。

"我的梦幻滋长，生活也随之滋长。"诗人这是在告诉这个世界，尽管他践履着实实在在的生存，但真正支撑及引领他前行的东西并不是生存之实在界的事物，而是他面向未来的梦想和信仰，也即他永不屈服永不泯灭的心灵愿望。在实在界——

> 啮咬着神经，老地球羸弱不堪
> 久居此地的导者
> 使影子在微光中行走
> 没有灯，也没有梯子

[①] 克尔凯郭尔：《论怀疑者/哲学片段》，翁绍军、陆兴华译，三联书店1996年版，第46页。

其生命真正的向导其实只是他灵魂深处的自我。他作为大地上的"异乡人",既"向现实猛进"又"向梦境追寻",在自己生命虔诚的至深处衷心经验生命此在的同时,心灵的眼睛又永远眺望着永恒的"心愿之乡"。诗人这里所彰显的,恰恰也是一种唯真实的态度——主要是指生命体验内在的真实。

这里,"梦幻"其实是希望的代名词。诗人曾表示,"人的生命就是希望。而现实将它耗干,奥秘是它再生的场所。"(《山中八月》)诗人知道,梦幻只是梦幻,它并不曾承诺什么,它甚至让诗人不时觉得"这梦幻也是黑暗的";希望只是希望,它并不能保证什么,它甚至有时与绝望并无二致。然而,他的梦幻还总是基于自己浓烈的生命之爱的感觉而不断滋长,他所抱的希望也从不曾被绝望击垮。所以,他的生命坚贞地延续着,为了尽自己所能见证一种看似不可能的可能,见证永恒生命的契机。如要对此中的秘密做进一步解释的话,我会坚决认为,梦幻——包括宗教幻象——对生命情感都有很强的促进作用,一如20世纪"希望神学"的代表性思想家之一布洛赫在言说"白日梦"时所认为的:"白日梦本身来源于向前的自我扩张和世界扩张,到处都想拥有更美好的东西的愿望,到处都想知道更美好的东西的愿望。"[①] 可以想见,只要"更美好的东西"在梦想和希望中不断召唤生命,无限憧憬着更美好的生命境界的人的生命此在,就会自发自觉地生长。

顺便插议一段:作为人的心灵投射的梦幻和希望,对生命情感的强烈促进作用毋庸置疑,但其对人的心理作用却是复杂的。诗歌王子心灵痛苦的根源之一,其实就在于他关于自己的心灵愿望到底是否会对应一个未来的事实的致命忧心。其最后的悲剧性结局亦与此密切相关。如果诗人未能把一种心灵愿望真正内在强化为一种信

---

① 恩斯特·布洛赫:《希望的原理》,梦海译,上海译文出版社2012年版,第99页。

仰状态,那么这重忧心就会时时携一种相当强势的绝望情绪找到他。很多论者认为,诗歌王子的悲剧源于他内心世界各种矛盾冲突的因素对他们的撕裂。比如当代神学家汉斯·昆对荷尔德林的悲剧结局的看法:"诗人自始至终都十分清醒地希望将这二者合而为一:生气勃勃的基督教与复兴的古希腊文化,基督与自然诸神……然而,二者如何能够结合在一起呢?基督教与神秘主义的希腊,拿撒勒人与狄奥尼索斯,钉在十字架上的人与赫拉克勒斯,唯一的神与众神之神,可以永远相提并论,不会因为内在的矛盾而分裂吗?这些基督赞美诗没有一首写完,难道是偶然的吗?它表明了荷尔德林的最后失败。"① 我认为这样定性荷尔德林——以及很多其他论者对早夭的诗歌王子的判定——尚有所错位。其实这些不同的精神元素完全可以不给人带来有内在矛盾的感觉。诗人"关于未来的神话",在诗人自己的诗歌-宗教策略中是完全可以成立的。他们的精神悲剧,实出于精神本身的悲剧。我们说,诗人所期许的未来,可能会来,也可能永远都不会来。属于诗人的,只是召唤和期待(发展到顶点可能转化为相信和祈祷),以道说的方式,以内心对那一梦愿本身的守护情怀。然而,如前所说,梦想可能永远都只是个梦想。并且,诗人对他的梦想的捍卫,主要是一种哲学-神学意义上的,还没有真正把自己的某种内在真实强化到一种信仰状态。他在道说他的梦想时,内心其实遭受着同时来自希望和绝望两种力量的撕裂——可能谁都不比谁真正占上风,正是这最终摧毁了他的正常心智。此时真正能拯救他们的力量,需来自他们在一种成功的内在综合中实现了的由精神到灵魂的升华,关键在于他们能否非概念化地达成这一实现。

"我看见死亡始终暧昧。"这句诗进一步总结性地指出,诗人珍

---

① 汉斯·昆、瓦尔特·延思:《诗与宗教》,李永平译,三联书店2005年版,第133页。

惜他在生存之地的经验和体验,就在于他始终无法说服自己去死心塌地地信任死亡。"看见死亡始终暧昧"的意思不是说,死亡作为一个人生在世的基本事实,这个事实本身是不清楚的;而是说,死亡,作为人的生命视域中的真实之在,对人的生命存在来说到底意味着什么,也即人的生命存在与死亡在存在本身的意义上到底是一种什么样的关系,对人来说始终是未明了的。死亡的这种暧昧不明性,不但使诗人把自己的精神诉求交给了由其生命此在中的灵性经验而生发的、朝向永生生命的梦想和信仰,而且还使他对于自己生命此在中的体验——尤其是对于爱和美的体验——施以百般珍爱。也正是这一点,为他的人生情怀及对生存之地的信赖提供了最为基本的保证。

人类一切的形上诉求归根结底都源于死亡意识。它是所有集体的宗教建构和所有"私人形而上学"的培养基,一如别尔嘉耶夫所说:"战胜死亡是生命的基本问题……死亡比诞生是一个更为深刻的事件。对生命而言,它是根本的、形而上的。"[1] 如果人认同了死亡的彻底否定性,那就意味着人的生命存在只是一缕过眼烟云,根本不再有什么终极意义。这种意识对人来说是致命的。精神王子在这一点上显然表现得更为敏感。怀着基督教意义上的生命情怀和心灵诉求的骆一禾,此时尚未真正达到基督教对死亡的理解,尚未能完全领会基督的回答——"直到永永远远"——的真义。他只是"看见死亡始终暧昧"。所以,他透给我们的信息还不是《新约》信息的精髓。不过,诗人此时已经处在一场内在转变即将发生的精神临界面上。他虽然尚未能完全领会基督的回答,但他也决不愿认同爱伦·坡的乌鸦的冷酷回答:"Nevermore"("再也没有了")[2]。我认为,

---

[1] 别尔嘉耶夫:《自我认知》,汪剑钊译,云南人民出版社1998年版,第254页。

[2] Edgar Allan Poe, *The Raven, The Complete Poetry Of Edgar Allan Poe,* Signet Classics, 2008, p95.

诗人发生内在转变的条件正是由此出发渐渐走向成熟。

《生存之地》的最后一段表明，是人活生生的生命感觉本身最终赋予了人得胜的力量。人本真的生命感觉中所深蕴的"生命之爱的根性"，及基于此根性所生发的梦想和信仰，不但使得人的生命此在洋溢着生动的美丽，而且还能使得人在一种灵性体验的基础上，不可阻挡地走向内在的强大。诗人歌道：

> 在这生存之地
> 时光倒流，我的身心激励
> 只有血液才能使它平息
> 在身体里深入磐石
> 我听见无限的声音：高不可见的头顶上
> 大风吹过千里，吹过金黄灿烂的沙子
> 我只被强烈的阳光、阳光
> 撕得粉碎

我们也将结合这段诗在《身体：生存之祭》里的互文性对照进行综合分析。先看一下原文本的内容：

> 而我们的身体里总有着那种激动
> 举置万物，虽然一口气
> 或一滴血就可以将它窒息
> 高不可测的头顶上大风吹过那些
> 晒成金黄灿烂的沙子
> 像它在风中抓着地基的声音
> 身体里的这种感动

就像飞出洞口
　　就被强烈的阳光撕得粉碎

其实我们透过这两段诗的措辞的前后变化，很容易觉察到诗人自我认知的细微却又具有实质意义的转变。在比较之前，我们先综合考量一下这两段诗的精神和理念内质（两者在这一点上基本上是一样的）。这里，诗人先抛却时间或命运意识，深入人本真的生命感觉内部去体验、默想自身的生命存在，并经由某种基于对生命的本源之爱及生命自身的源头自我肯定性的感验所萌发的神秘幻想经验，升达一种神性的澄明之境。"在这生存之地"，随着生命的自我沉入及绽出式的现身、领会，在"身心激励"之中，仿佛"时光倒流"，时间和命运消逝，一切都成为"现在"，一切都表征无时间性的存在本身。此时，诗人的内心里涌起一种难以言说的感动。这感动是圣洁的，也是神秘的，就像圣言所道说的最遥远的契合感，就像生命被赋予的源头的肯定性——归根结底是爱。这种生命感觉本身在诗人的心灵种下了牢不可破的信念的种子。也就是在这当儿，诗人仿佛"听见无限的声音"，仿佛自己已经置身于一种"神性的风暴中"。这种经验本身似乎也使主体于当下的生命时刻触及了无限或永恒本身。

　　我想在此做一点延伸解读：诗人的诗思此处所表征的精神或理念，似乎是一种尼采的"狄奥尼索斯理想"与基督教精神的混合体。首先，它们蕴含着某种"狄奥尼索斯理想"因子——"狄奥尼索斯理想"折射的是"执着于生命的每一个瞬间"的精神。其次，它们真正的根底却是一种基督教精神。"狄奥尼索斯理想"是一种自在般的自然存在状态。而诗人的真正诉求却不是基于人的某种自然性，而是基于人的生命之爱本身尤其是生命之爱中的灵性之爱。总之，诗人所祈求的永恒不仅仅是永恒存在本身，还意味着爱的永恒状态。

从逻辑的观点看,"狄奥尼索斯理念"与基督教精神诉求的相同之处在于,两者都诉求于当下与永恒的关联。根本不同之处则在于,前者要求当下的每一个生命瞬间有一种永恒的深度,后者要求摆脱当下的时间性和命运性,进入永生的新生命;前者基于当下的生命时刻与永恒的关联把永恒理解为"当下即是",后者则把人关于当下的生命时刻与永恒的关联意识理解为人从当下上升到真正的永恒的秘密通道之一。

两段诗之间更具有实质意义的区别是它们的结尾。《身体:生存之祭》的结尾表达的是一种预感、一种推测,或一种期许:"身体里的这种感动/就像飞出洞口/就被强烈的阳光撕得粉碎。"《生存之地》的结尾所给出的则是一种肯定的语气:"我只被强烈的阳光、阳光/撕得粉碎。"诗人的表达为什么会发生这样的转变?盖因他对自己生命感觉中的美好元素的把握,一方面由感性上升到了知性和理性(康德把将直观的繁多性综合为一体的思维能力称为知性,这里主要取此意;一般的词典上把知性解释成悟性,我感觉似乎还不是十分到位),另一方面又紧接着由理性上升到更高的心灵感性,由此完成了一场否定之否定的自我精神重生的仪式,真正领会到了真理("阳光"象征真理之光)。不难觉知,前者的铺陈基本上还停留在对生命经验中的"那种激动"的直感层面。而且,诗人主体此时在"高不可测的头顶上大风吹过"之际听到的,是"那种激动""在风中抓着地基的声音"。诗人此时依稀感到,"身体里的这种感动",可能连接着晦暗的生存之地和某种纯然光明存在的生命境界。但他此时的自我生命感知总体上还处在形而下的层面;也就是说,还没有由此联系到无限或永恒。后者的陈述则表明,诗人的生命感知在向内下潜的同时也在向上升华,与无限发生内在关联。此时诗人已走出"洞口",完全被强烈的"光"所裹挟。他仿佛已彻底触及了生命的真理,触及了永恒生命的真义,触及了生命存在的最高最终的真实。他的生命体验此时仿佛已经化为欢乐的单子，融入永恒光明存在之以太中。

  我还想把"高不可测"与"高不可见"两个说法单独提取出来考量一下背后的东西。两种措辞看似一字之差，含义其实已大变。"测"对应于某种理性认知，"见"则对应于一种感性直觉。这说明诗人在写《身体：生存之祭》时，对于无限和永恒还抱持着一种形而上学式的认知冲动。而到了写《生存之地》时，诗人已渐渐抵近某种自我革命的临界：其自我生命感知已开始超越理性认知而上升到更高意义上的心灵感性。我敢说，诗人此际已开始被一种"信仰力"所秉持。他对待生命乃至生存的态度，也在酝酿一场富于实质意义的转变。在这场转变中，对诗人的前行发挥着更大的支撑和引领作用的东西，已由"审美力"让位给了"信仰力"。他的心性力量也由此变得更加强大。因为，"信仰力"实乃一种更高意义上的也更强大的接受力。正是信仰力的作用的充分发挥，使得诗人成功完成了一种内在综合。那样的整体生命感觉，含纳一切，转化一切，并引领他到永恒的光明之境里去。

第六章　命运深处

鸟瞰骆一禾的文本地貌不难发现，关于诗人这一特殊的社会、人生、宇宙"角色"，或者说这一特殊的"心理类型"和"命运类型"的道说，在其诗语场同样有着大量的铺陈。我们在前面的阐述中已经偶有触及。我想在这场书写的最后一章，再集中抚触一下骆一禾含义幽远的"诗人哲学"。

我想我们会做出如下认同：迄今为止任何伟大的诗歌，都是它的创作者的曲折的"自我表白"。诗人在这一点上的表现，比起尼采对伟大的哲学之于哲学家本人的某种关系的刻画，想必有过之而无不及："迄今的任何伟大的哲学是什么，也就是说，是它的创立者的自我表白，是一种非自愿的和未觉察到的自传。"[1] 迄今每一位伟大的诗人，他们总是有意无意地把自己的感觉当作人类的本质来处理。然而我们也得承认，"诗歌之我"实为人类精神大我的一个缩影。虽然我们绝不能说，人类的诗歌之在是一种完全非个性的东西——每一位诗人的诗歌心象都是独属于他自己的，但的确像是有一颗伟大的心灵，在为他们每一个人所独具的同时，也为所有的人所共有。所以，每一位伟大的诗人关于诗人的刻骨道说，其实都具有普遍意义。而不消说，表征于共同创造了"伟大的人类诗歌共时体"的每一位诗人身上的真实精神生态本身，也更好地印证了这一说法。我

---

[1] 尼采：《善恶之彼岸》，谢地坤等译，漓江出版社2007年版，第125页。

想我们不必在这样的问题界面长时间打滑了。就让我们赶快去悉心感悟一下骆一禾关于"诗人"的真切道说吧。

骆一禾关于诗人的道说，较多地分布于《诗人之梦：人类的祭祀》、《素朴：语言和海》及长诗《大海》的某些篇章中。我们本着解读起来先易后难的原则，先看一段出现在《大海》第十五歌里的对诗人精神生态的综合描述：

　　——古往今来
　　哪一位诗人不曾失踪
　　哪一位诗人不是激情探险
　　哪一位诗人不是大海澎湃，烈日蒸腾
　　哪一位诗人的心潮不使性命汹涌——
　　我骤然谛视
　　见那诗篇之手无一缺乏惨断

这段诗准确地刻画了诗人这一特殊群落在这个世界上的悲剧性命运。诚如荷尔德林在一个残篇草稿中所认为的，"语言"是"最危险的财富"①。谁命里注定被"语言"所劫持，他就时刻面临着"把自己毁于眼前"的危险。而诗人，就先验般地被这样一种伟大而危险的命运所垂直击中。为什么会这么危险呢？先说一下海德格尔的解释吧。海氏的解释显然主要是为他自己的哲学思想服务的（荷尔德林要是听到这样的解释不知道会做何表情）："语言是一切危险的危险，因为语言首先创造了一种危险的可能性。危险乃是存在者对存在的威胁。而人唯凭借语言才根本上遭受到一个可敞开之物，它作为存在者驱迫和激励着在其此在中的人，并使人感到失望。唯语

---

① 参见海德格尔：《对荷尔德林诗的解释》，孙周兴译，商务印书馆2000年版，第38页。

言首先创造了存在之被威胁和存在之迷误的可敞开的处所,从而首先创造了存在之遗失的可能性,这就是——危险。"① 其实,荷尔德林以及所有天才诗人自身尘世生命的悲剧性结局,才更深切地印证着被"语言"抓住——或者说被作诗的事业抓住——的内在危险性。我认为那根本的危险性——实为人的生命存在本身的悲剧性——的根系,是深深地扎在诗人的生命感觉本身的至深处的;而语言,因为要抒发那最深的生命感觉,于是染上了那危险的气氛。试想,真正对诗人有救助力量的当是真理本身,语言的危险性源于它可能并未触及真理,而只是一种人自己虚构的产物,一种"上帝不在"的虚空中的人的自我表意。本真的语言创造——一种独属于诗人的神奇的话语炼金术——弥散着一种令诗人有一种超越感的神秘的"美学幽灵",正是它不断地使得诗人把自己的作诗事业孜孜地做下去。然而,这个艺术化的自我沉醉的过程,却也是始终笼罩着诗人自身的心理恐怖的。在这种审美诉求中,他们也在努力寻求某种超越,但这种超越诉求并不是能使他们真正有皈依感的宗教救助。他们很清楚,处在他们的艺术感知顶端的东西仍然是虚无,一如荷尔德林曾借许佩里翁的绝望呐喊所揭发的:"当我的眼光探入生活,这一切的最终是什么?虚无。当我上升到精神,这一切的顶峰是什么?虚无。"② 他们想通过一种极端的艺术试验把折磨他们的存在难题驱走,从而也摆脱自我意识深度觉醒的自己。但他们毕竟醒着,他们实际上无时无刻不听到一声声来自内部的撕裂。于是,他们极端的艺术试验只是一种十足的自我精神赌博,一种狂妄与绝望相伴的人的智性的演练,一种个体的生命存在在无根的大恐惧中,在虚无的死神谛视下的无尽战栗。这时,诗歌主体在自我生命感觉中并不享有某

---

① 海德格尔:《对荷尔德林诗的解释》,孙周兴译,商务印书馆2000年版,第39页。
② 荷尔德林:《荷尔德林文集》,戴晖译,商务印书馆2003年版,第43页。

种内在一致性，在精神和心灵体验上并未沐到一种神明般的光亮。于是，他们在某一精神向度上的长时间歇斯底里行为可能会带来一个恶果，那就是他们的自我毁灭。他们在这个过程中始终"性命汹涌"，洋溢着宇宙自然力威胁的信息、生命虚无意识煎迫的反应和"自我暴力"的种种可能性的气息。当他们的精神性掘进达到某一临界点时，"拯救或者灭亡"，这似乎成了他们必定会面临的一场自我抉择。透过古往今来的天才诗人的精神生态之真实，我们真的不难目击到骆一禾所陈说的事实："那诗篇之手无一缺乏惨断！"

那么，那"早夭的浪漫主义王子"和"深渊圣徒"们就不能不被一种既狂妄其实又虚妄的激情所席卷吗？不能。至少看上去是这样。我们可以认为这是某种精神本性——或者说灵魂异变为精神后的某种躁狂表现——使然。灵魂的眼睛于精神的视域中依稀看到伟大的真理幻象，它想冲破质料的围困与真理合一，但质料的围困力一时也非常强大，使灵魂难以挣脱黑暗的重围。这时候精神怒了。痛苦的精神燃着了它自己，以击退黑暗的重围，显明灵魂回家的路。"精神是火焰，它发出炽热的光。这种观看关注着显现者的到来，在这显现者之中存在着所有的本质之物。这种燃烧的观看就是痛苦。任何从感觉出发来想象痛苦的做法都无法理解痛苦的本质。燃烧的观看决定了灵魂的伟大。"① 但精神疯狂燃烧的物理结果，却往往是诗歌主体的神经肉身被烧成一块"焦炭"。是的，"没有哪位王子会活着"，这不仅仅是一个痛苦的事实，而且也是一种震撼人心的精神壮举。这是真正有担当的精神向伟大灵魂的最高献礼。再外展说一点：精神在自己最高的视线上看到的似乎仍是虚无，但它决不愿屈服于虚无。这可以归结为精神从未信任虚无。而灵魂好像也确于

---

① 海德格尔：《诗中的语言》，刘小枫：《20世纪西方宗教哲学文选》下卷，三联书店1991年版，第1260页。

精神最后也是最灿烂的自燃之光焰中，越过茫茫虚无依稀看到了回家的路。

骆一禾在其总结之作《大海》的一开始，关于诗人，就给出了其具有统领意义的道说。这就是第一歌的最后三段：

前在诗歌的渡手问我
人呵，是什么在你的前面，照亮你的额头
你为什么不肯与我见面？
渡手呵，走在我前面的渡手
那是歌呵
我怎能阻挡在歌的前面
这诗歌不是比你我更大么
我是诗歌之后，那泥土粗糙，口含虎穴
它是我心头的太阳
哪一个诗人为了自己会把太阳忘记？

渡手说：
人呵人呵，你难道不想成为诗人？
渡手呵，什么叫做诗人？
不，我想成的乃是诗歌
歌是我说出未可知的使命
因此我至为莽昧
歌，这就是带给世界
诗歌带来世界。
与一切而至万灵。

> 渡手说：你来！
> 请张开你的精神，完成你的灵魂。
> 澎湃吧，大海！

诗人在存在之海也在自我生命体验的汪洋大海里渡着，怀着刻骨的生命虔诚心理。在诗人的深度自我意识里，人作为精神和灵魂，其生命存在绝然无法降至一种自在存在的状态。自然性规定对人的作用固然也很强大，"干渴是我饮水的力量，分布生活"，但终归，"我们饮水食盐／被大海彻底席卷，生活归于枉然／雷刑约略地凿刻着末日头颅／金头之上雷霆隐现"。在宇宙自然力面前，人的生命显然是很脆弱的。而且，就其本身而言，自然存在对人类并不友好。古人有云："天地不仁，视万物为刍狗。"（老子语）这万物中自然也包括人类。所以，人如果仅仅依循自己的自然属性去实践生命，他是不可能触及真正能让他永远得胜的力量的（注意：道家的策略也绝非是对人的自然属性的简单依循）。人必须另寻慰藉，必须通过精神血雨腥风的搏击为灵魂杀出一条真正带领人回家的路（这并非某种权宜之计，也并非某个形式逻辑意义上的事情；这是人作为心灵的内在反应）。对诗人来说，承载这一切的就是他的诗歌。

这几段诗是以一种潜在的对话体呈现的，是诗人与一个"前在诗歌的渡手"的对话。这个"渡手"其实并没有什么特殊的身份，只是诗人虚拟的一个对话者，或者说就是诗人的另一个自我。而他们之间的对话，仅仅意味着诗人自己与自己在内心展开的一次对话。诗人的这另一个自我，在诗人的心目中，总像是在扮演一个质疑、解构的角色。虽然它好像一直"前在诗歌"——在诗人的前面，但它一开始并未起到某种对诗人的引领作用。诗人也从没有心情与他谋面并悉心向他请教什么。

诗人的陈说深切地告诉我们,对于诗性个体来说,他在这茫茫"大海"上的引航者其实只是诗歌。它是诗人心里暗夜的星光和灯塔,更是诗人"心头的太阳"。这样的生命个体之所以会毅然前行,就是因为他的"心头"恒久闪耀着这诗歌的"太阳",这人类精神世界的太阳。这里,我必须得替骆一禾说一下,他这里所说的诗歌既非狭义的体裁意义上的诗歌,也非那种抒发"小我"性情的诗歌。它指的是那真正表征古老人类心底的声音的"伟大的人类诗歌共时体",或者说古老的人类所创造的那"伟大的心灵艺术"本身——它绵延不断地托举着人类心灵最高的愿望和梦想。我们当然可以说它本身并不代表真理。但我们却必得承认,正是它,始终引领着人类走在通往真理的途中。也正是因为这,它在人类的心头点起了永不熄灭的"乌托邦之灯"。当然,表征这一切的却不可能是某种集体行为,而只能是某些特殊的生命个体。他们除了虔心的自我生命感觉外,其实并没有可靠的引渡者,虽然他们生命的具体存在方式也表征为一种深切的"共在",虽然他们也深切地意识到真正的自我实现绝离不开自我生命的对象化实践(从逻辑的观点看,这二者之间实际上也并不矛盾)。诗人自己其实也已经清晰地道说了这一点:

而伟大的幻想 伟大的激情

都只属于个人

随生而来 随生而去

每一个世纪都有人摸索它 由此竭尽

哪一首血写的诗歌不是热血自焚

——《世界的血·女神》

接着,诗人代表所有真诚而深刻的诗人表白道,每一个真正的诗人,都不是在概念化地甚至抱着某种权宜之计地成就自己作为诗人的名誉。他们"想成的乃是诗歌"。诗人,同样作为一生命偶在,甚至同样作为一种"来自泥土最终还将回归泥土"的"粗糙"的质料性存在,却以自己全部的生命虔诚,甚至不惜以生命本身为代价,去创造去成就那作为人类心灵之在的伟大象征的诗歌。在这个过程中,他仿佛觉得自己是被一种"未可知的使命"抓住了,于是那不尽的道说自他的内心深处带着一种震撼的力量大量地涌现。而且,更为可贵的还在于,尽管诗人仿佛意识到了自己的某种"天职",尽管他也深怀着一种担当的精神和意志"把所有生平尽力集中于这样一个契机"(荷尔德林语),但他清楚地知道,自己可能还远不能胜任那个"天职",因为他自己都说不清那个"天职"对自己来说到底意味着什么。真诚的诗人这时候必定会表现出这样的谦卑,而决不会爆发出某种实际上很虚伪的狂妄。然而,在越过这一道自我感知的界面后,诗人还是向诗歌本身献上了自己的顶礼:

歌,这就是带给世界
诗歌带来世界。
与一切而至万灵。

诗人这是在说,诗歌为人类带来不同于我们所处的这个实在界的另一个世界。那是永恒的人类"心愿之乡",是生命灵性的终极家园。诗歌本身不是这个故乡。它引导我们在完成对生命中的一切的内在综合后,登上人生的最高处,站在生命的希望和梦想之巅向那个故乡眺望,并祈祷有"天使"来接我们还乡。

这里所说的"万灵"当不是"万物之灵"的意思,而是指那"自有永有"并且创造了世界的"神之灵"。"灵"、"万灵"也是骆一禾诗语场的一些比较核心的词,而且,他在好几处都表达了"与一切而至万灵"的诗歌理念。统观他诗歌的整体品质可以判断,这个"灵"隐隐指向的就是"神之灵"、"圣灵"、灵性本体。在这一诗歌表现层面,我认为他和海子一样,也受到了荷尔德林某些诗歌理念的影响。我们可以就此简单考量一下,以更好地来理解骆一禾的诗歌精神。在荷尔德林的诗歌话语场,"灵"是闪动频率极高的一个词语,从"神之灵"到"诗之灵"。尤其是荷尔德林的后期诗歌,密度很大地表达了一种"对共同的灵的思想",对"神的灵"的思想。我们知道,德国早期浪漫派的诗歌理念建构还主要停留在具象的神话层面,荷尔德林则已开始由具象上升到抽象,已开始在柏拉图的理念高度构想他的"未来神"。荷尔德林的中期诗歌名篇,如《面包与酒》、《犹当节日的时候》等,都已经表征这样的特质,圣灵宗教就已现端倪。《面包与酒》中,"诗的灵"在遍访诸神祇后,即召唤人们"在灵和真实中祈祷"。荷尔德林较后期的代表诗作《太平休日》、《独一者》、《拔摩岛》等则更是如此。《太平休日》中,"那位节庆之君"不再是狄奥尼索斯或基督,而是"那位高处的,那个世界的灵俯就人类",是"那时间之像,为大灵所展开,/它在我们面前呈一个记号,就是在它与别的之间/是一个盟约在它与别的威力之间。/非它一个,那些非受生的、永恒的/也全都以此可知……"[①]。这里所期许的"未来神",是超越了人类所有的历史性建构的绝对者本身,是统一一切的"大灵"。这一思想理念与骆一禾所言的"与一切而至万灵"似乎有着内在相通性。再者,骆一禾的全部诗歌存在无疑也折射着一个震撼人心的精神真实:对"万灵"的期许成了其最深的宗教心理反应,诗人最为捍卫的也是人的生命存在本身的属灵性。这也使得他把人的精神和心灵体验及愿望一直高置于人的自然性之上,而且也正是这一心理使他走上了一条基督

---

① 荷尔德林:《荷尔德林后期诗歌》文本卷,刘皓明译,华东师范大学出版社2009年版,第225页。

教意义上的"义人"的"天路"。

一个真正的诗人，在触及"万灵"之前，必须要深入存在的中心，去结识本源的力量，去使自己的精神与元素一起狂舞。当然，最终是为了使自己的生命走向与存在之真理的本质统一。要实现这个本质统一性追求，诗人仅仅拥有灵魂还不够，还必须"飞行于灵魂"，并于灵魂意义的飞行中来到"永恒"。他最高最终的精神诉求是灵魂朝圣，也即灵魂还乡。对他来说，"走在勇敢的迷途上的精神"必须上升到灵魂层次。可以说，灵魂还乡是诗歌王子漫漫精神长旅临近终旅时的根本精神表征。再外展说一点，灵魂还乡的内涵究竟在哪里？简单地说就是，使自己的灵魂体验契合世界本体或者说存在的最高真理，也即回归"神之灵"并由此融入永恒。在这个过程中，诗人与诗歌双双共处于一个不断互相强化的内在机制里：如果不是诗歌找到了它自己的诗人，诗人不可能做到这些；而诗人既已被诗歌找到，则就会担负起这伟大的精神使命。诗歌之在和诗人之在，也正是在这个意义上，分别到达它们各自的互相映射着的理想之在。

经过这一场对话，诗人的那另一个自我，终被他的这一个自我的诉求所叹服，于是由一个中性的对话者变为一个称颂者，并发出如此激励的话语：

你来！
请张开你的精神，完成你的灵魂。

这使我联想到荷尔德林心目中的"女神"狄奥提玛对前行中的痛苦诗人所说的一句话："珍重！做完精神注定要你完成的事！"[①] 其实

---

① 荷尔德林：《荷尔德林文集》，戴晖译，商务印书馆2003年版，第109页。

谁都知道，这些都只是诗人的自我激励。当然这些说法是想告诉我们，诗人，天生作为人类精神命运的担当者，他此生最高的使命就是义无反顾地做完精神注定要他完成的事，那就是，彻底张开自己的精神，并最终实现精神的自我超越，完成由精神上升到灵魂的生命仪式。诗人在这场锤炼中，"怀抱生命之深"也"怀抱命运之深"，就是说，他出于深刻的生命之爱而同时经验到深刻的"命运之爱"（尼采语），一如骆一禾在长诗《屋宇》中所歌：

> 对我来说
> 道路只有一条 其他的必须舍弃
> 于是在一条道路上
> 便承担着千万道小陌或通途的重量
> 道路会中折 会起伏 会盘旋
> 而我们一去不返

这里，诗人最切近他"天然无伪的才性"，也最切近对生命的本质理解。这里，有无限的精神痛苦，也洋溢着生命真诚的欢乐。因为他们的心灵充满了他们"想用思和诗完成的一切"，他们的意志饱胀着依他们伟大的"天职"之支使要"用行动来完成的一切"。

某种程度上说，诗人就像圣徒一样，是大地上的"异客"。类似这样的说法及其所折射的根本内涵，历久弥新地被诗歌王子们道说着。可以发现，关于"异乡人"的精神理念当是人类的一道精神母题，其根本理念基础就是灵魂与肉体的二元论。这在宗教中有着很显明的表现，并且也是文学艺术场域一个隐含很深的主题。例子不胜枚举：俄尔甫斯教祷语中满是祈祷灵魂顺利还乡的话语；《圣经·旧约》

中有言"在地上作寄居的"①;《新约》中的保罗说:"我们是天上的国民"②。荷尔德林这样说诗人和艺术家:"他们在世上,就像在自己家中的陌生人"③;特拉克尔的诗歌之道说更是始终集中在流浪的"异乡人"形象上:"灵魂,这个大地上的异乡者"(《灵魂的春天》)、"异乡人的脚步声回荡在银白色的夜空"(《夏末》)、"晚间,异乡人在黑色的对十一月的毁灭中丧失了自身"(《秋天的灵魂》)④……

骆一禾的《诗人之梦:人类的祭祀》也为此提供了一次分量十足的文本见证。这首诗描写的是诗人的一些梦象——应该说是诗人的一些独特的诗歌心象吧。这种艺术手法的使用,其实更为深切地表现了诗人的深度自我意识。在这种艺术观照下,人的实存显得既真实又虚幻,既虚幻又刻骨地真实。作品的基本"叙述"视角,是通过"我"这个"梦游"者——一个特殊的"异在"者——对这个世界上文明和人性的实存进行的审视。在这场审视中,人的实存的无根性和荒诞性以及"我"的深度不适应感表现无遗。我们现在来对这部作品进行较为详细的解读。

该诗一开始先给出了这样一个画面:幢幢"默无声息身存微光的影子",在"世界之夜"的夜色中,在历史的暗影深处"移来移去",自行刻画着大自然的表现及文明和人性的动态。诗人以一个设问告诉我们,他看到的那些绵绵不绝的影子就是天地间的人伦,而且意识中首先是"千百年来我那些言语不通的乡亲"。他们面对千百年来无限沉默的天空"不回答只生活"(海子语)。或者说,人类蒙昧的实存千百年来就这样蒙昧地在他们的手中"一再被经过"。诗人出于强烈的审美情怀和生命情怀,想为人的实存涂上一

---

① 《旧约·诗篇》,《圣经》(中国基督教两会,2008年),第1001页。
② 《新约·腓力比书》,《圣经》(中国基督教两会,2008年),第350页。
③ 荷尔德林:《荷尔德林文集》,戴晖译,商务印书馆2003年版,第146页。
④ 三首诗均见特拉克尔:《特拉克尔诗集》,先刚译,同济大学出版社2004年版。

层梦幻般美丽的色彩，或者说想以一种审美的眼光打量大千世界，但灵魂的深度觉醒还是使诗人更多地目击到实在界的恶俗物事。这个世界上的人们不具有看到更高神圣价值的眼光。他们也好像很早就失去了感知"神性的痛苦"的能力。当然，他们也由此好像丧失了领会和理解那照在自身的黑暗中的神明之"光"的能力。他们实际感知到的，都只是某种假象一般的"一瞬的光"，以及"都不似痛苦"的那种廉价的痛苦。于是，神明之"光"和真正的"生命之光"在这人间衰落，人们在世上不断互相残杀；大批"战争中的蒙难者"都"白死了"，似乎从未真正唤醒过人类集体的生命良知。善良而敏感的诗人可能深深意识到，"我们都被万物斫伤"，只有爱才能真正抚慰人自己，于是他疾呼"弟兄们请不要杀害自己弟兄"（《生存之地》），他嘶喊"不可在这雨水中杀死或戕害一个少女／就像不能在雨水中窥见一轮星辰"（《飞行·18》），但铁的历史理性或非理性却总好像根本无视这些，而一任人类前行的路上横陈自己荒诞的尸体。

> 女神们一次次地经历阵痛　而后代依旧麻木
> 渐渐地她们不再生人
> 只是生下头颅

在文明和人性的实存面前，诗人深深感到了自身的无力，于是发出如下哀恸的呼告：

> 这广阔世界上的铁杵深深地插在我们正中
> 求什么理解　既然不再感动
> 惩罚是多么聪明：使思想成为疾病
> 意志阻止了软弱

也阻止了梦

　　阻止我们相见

听吧，诗人这是在发出着怎样的心声啊！残酷的人类存在实相，就像某种敌意的象征刚体般"深深地插在我们正中"，使人与人之间互相设防，互为仇敌。在这种情况下，我们甚至对本是内在诉求的互相理解都感到疲惫了。因为，追求相熟、相知的心理基础是对人的生命存在本身的深切感动，是对爱和美的感动。既然这感动的基础被瓦解了，还"求什么理解"？还不如更深地逃进自己的孤独里去呢！深深地逃进自己的孤独里去，最起码还有两个真诚的对话者——上帝和我们灵魂深处的自我，一旦走出去，反而会因实在界的人性冷酷，加剧自己的痛苦和空虚。这时候，孤独的爱者也许会求助于思想。但实在界的某种看不见的狡黠逻辑却莫名其妙地使得思想反成了一种病象。这样，最后留给个体的就只剩下活着本身。"生存还是毁灭"的问题被现实榨取得仅成了一个意志的问题。硬撑着人活下去的只是活下去的意志。当这个意志单纯地占据我们的心理上风时，它似乎阻止了我们的某种软弱，但也因此阻止了我们的理想和梦愿，以及真正能表征人的生命存在之美好的心灵的相遇。对诗人来说，这是标志着人间文化的悲剧性的根本原因所在。在诗人看来，人类绝不能没有梦想和信仰，否则人的实存本身就像是一场极其可怕的梦魇。然而，更具有无解的悲剧性意味的事实还在于，"那些眼睛无动于衷"的、处于"灵死"状态的人类乌合之众，此时又恰以这个说法来攻击怀着最深的生命虔诚的诗人："你如说梦。"我们有时真得承认，诗人的痛苦也出于没有人痛苦，诗人的绝望也出于没有人绝望，虽然其最深的痛苦和绝望之情绪体验其实更多地源于某些形而上的原因。记得俄罗斯思想家别尔嘉耶夫曾表示，他有时觉得人与人之间的距离远得就像"行星与行星之间的距离"。

我们说，使这一特殊的"心理距离"说能够成立的"边界条件"有时候还真的挺好找！

诗人"梦游"的第二个情景可以说"更加完整"，而且也更加深切地映照出人的生存之实在界扭曲的面庞及精神和灵魂的苍白。诗人告诉我们，世界的荒诞性还不唯在于人类之间的互相残杀，更在于现代人日常生活的荒诞质地。在这个生存之实在界，人们只是为某种自私自利的目的而奔波着忙碌着，或者就只是在被生活潮流、被集体无意识裹挟着被动地向前奔进。那形影"又热、又长、又平淡"，那节奏有一种令人窒息的性状：

> 一种放大了的脊背，眼睛的布匹
> 以一种低掠的姿态
> 进入阴影
> 穿梭在
> 双眼久闭的面颊之中
> 面颊为之改造　浓荫碧色晃动
> 网形的水光反射着速度
> 蜻蜓的视线明亮模糊

在这样的生存之实在界，世俗的喧嚣盖过一切，人们已经失去了真正的倾听能力——"倾听着树冠所发出的／疯狂的声音／听觉被轰炸了"，而只剩下"持久的尖啸在耳朵里"。本真的生命情怀那理想和浪漫的美丽色彩被彻底涂成一片深灰。生命的诗意在此被彻底蒸发；这现实离诗人荷尔德林所构想的那种人类生存境界——"在大地上诗意地栖居"，是那样遥远。是的，这世界向诗人呈现着这样庞大而荒诞的人性实体：

> 踉踉跄跄地拖曳着黑影　它们
> 来而复往　来而复往
> 逼近诗人的瀑布　在已知的地方
> 也在失火的、训诫着荆棘的山上
> 翠绿的十字定定地插在回光之间
> 然后千人一面，突然靠近
> 我不认识他们
> 他们来自大塚如针　数字如针的学园
> 语言如同盲文
> 从纸人的屋子里铰下的碎片

这一切使诗人感到异常陌生，同时也意味着对诗人心灵的一种极大的折磨。这实在界庸俗而扭曲的面庞不断逼近诗人的"瀑布"（"瀑布"在这里象喻诗人的内心世界与外部世界的具体而又模糊的分界线），使他的内心世界受尽磨难。这种持续的磨难，不但会体现于诗人日常的素朴生命情怀（"已知的地方"）中，而且还指向他内心世界更为隐秘的地方。诗中所投射的信息明显暗示我们，这更为隐秘的地方氤氲着某种基督教精神的因子——"在失火的、训诫着荆棘的山上／翠绿的十字定定地插在回光之间"这两句诗映射着耶稣登山圣训的故事。[①] 我们由此可以推断，那当是一种基于生命之灵

[①] 据《新约》记载，耶稣在召唤到最初的几位门徒后，带着他们四处传教，并行各种神迹，慕名而来者众多。"耶稣看见这许多的人，就上了山，既已坐下，门徒到他跟前来"，他就开始训诫他们。内容包括"八福"[《新约·马太福音》，《圣经》（中国基督教两会，2008年），第7页；《新约·路加福音》，《圣经》（中国基督教两会，2008年），第113页]、门徒在世上为"盐"为"光"的道理[《新约·马太福音》，《圣经》（中国基督教两会，2008年），第7页；《新约·马可福音》，《圣经》（中国基督教两会，2008年），第80页；《新约·路加福音》，《圣经》（中国基督教两会，2008年），第137页]，说明自己此来是为了成全律法和先知的道。此外，他还谈了很多专题，并借两种门、两种果树等比喻对一些生命之道做了通俗的讲解。耶稣的登山宝训在基督教布道中有着很强的权威性。诗中，诗人用"翠绿的十字定定地插在回光之间"一句，来折射其给人们带来的精神效用。

性经验的宗教情怀。可就在诗人对自己的内心领地悉心守护的过程中,"千人一面"的实在界恶俗的面庞不时"突然靠近"。诗人在他们面前感到了身份认同的困难。为什么？因为他们从表面上看大有来头,气势汹汹,实际上所掌握所拥有的东西与真理无干；他们的语言只是灵魂盲目的象征,就像从贫血的生命那里掇取的某种完全质料性的符号碎片。

基于上述对人的实存的感验,诗人唱出了自己的深度不适应感,并在"经历过七重的孤独",并彻底打开自己"具有眺望最遥远的东西的全新的眼睛"（尼采语）后,掠过实在界的茫茫虚无,怀着最深的生命虔诚,止憩于对最高生命境界及自己的"未可知的使命"的感知：

> 我为什么来到这般异乡
> 没有一种呼唤来自友人
> 我重过着没有课业 也没有神明的日子
> 然而欢乐永不再来
> 神经在一个筐子里如谷粟拨弄
> 我到过这种地方
> 再度生活就是再度生活
> 而我不想再为地方而来
> 而是为了寻找那些亲人

"我为什么来到这般异乡"这句诗是整首诗的灵魂。这句诗表达了这样一个主观理念：诗人绝不是自愿来到这地上的——不管是出于某种罪性被遗弃了还是别的什么原因；他当有真正属于自己的故乡——不管他现在离开它到底有多远。我们不能不说,诗人的这段自我陈述背后折射的，实为一个为爱而生，为爱而在尘世持留，也为爱盼望实现真正还乡的最令人感动也最令人心痛的心理故事。在这样的俗世，没有一种呼唤来自爱——每一种"呼唤"可能都出于某种一己的世俗功利意识。在这里，"我"无法聆听到真理之道说，也无法体会到"神明"。这样的日子"我"也过着，"然而欢乐永不再来"，因为身心始终在被恶俗的力量拨弄着折磨着。"我到过这种地方"，但这里没有什么事物能引起"我"的执着。虽然"我"也在这里过活再过活，但"我"不想再为这样的实在界而来，而唯愿永在那梦中的爱的天堂。不过，"我"此来也是有着"我"内在的目的和意义的，乃是为了寻找"我"真正的"亲人"。不用说，"我"真正要找的"亲人"，是那真正适合与"我"在爱的天堂共在的人。我们说，诗人在这里表达了一种浓郁的"故乡"情怀及强烈的还乡诉求。展开来说，还乡的执着是诗人的生命此在的一个根本精神表征。他一直是作为一个自我布道者和一个"游吟诗人"在抚触自己的诗心及圣徒之心。诗人似乎永远都在寻找自己的故乡。他的故乡到底在哪里？或者，到底会在哪里？诗人自己也不确切知道（想想他们的还乡之途会是多么漫长吧！是啊，它可能要长于诗人的一生）。然而，诗人最确切知道的是他必须还乡。诗人所做的一切，在其自我意识里都有一个颠扑不破的前提，那就是，他坚信他是地上的异客，他坚信有一个召唤着他回归的故乡。你可以怀疑，但诗人坚信不疑，尽管他现在无法确切描述它。他很多时候也在做痛苦的自我考问。但他似乎从未真的中过怀疑主义的毒。我想说，也正是这样的情怀及诉求意识，使得诗人不可能愿意在俗世长期持留。他必定会希望——甚至决意——在自己认为恰当的时候离开这个世界。这个时间只能在诗人的自我意识的至深处生成，任何他者是不可能知晓的，一如诗人接下来所歌：

> 夕阳如老人和棺木
> 夕阳互相抚摸
> 没有人知道我怎样在夕阳里失踪
> 这是不可能的

诗人于此宣告了自己的离去,并深切地道说了他之离去的真正含义。首先,诗人决计要离开,离开这心灵在此注定会备受伤害的实在界。这离开当不是一般意义上的遁世。拥有浓郁的生命情怀和审美情怀,并把人生看成是"一种锤炼"的诗歌王子,是不会选择我们通常所说的遁世的。毋庸讳言,这离开就是"寻求死亡"!对此际的诗人来说,人类注定要赴约的死亡并不可怕。其次,诗人道说了他之离去的真正含义。他是要奔赴爱的本质之乡。他之离去是一次"心的殉难"。这场殉难乃出于这样一个内在真实:自己心灵深处的爱的感觉在现世无由庇护,因而祈祷一个全知全能的爱的上帝的垂顾。诗人仿佛也由此在向这个世界宣告,他最深地拥有爱的情感,并且也拥有了人类关于爱的最高智慧——渴望死亡。也许正是出于这一点,诗人才会觉得——才有理由说出——自己是"在神的心里行走"。因为归根结底,"神就是爱!住在爱里面的,就是住在神里面,神也就住在他里面"[①]。最后,我必须把解释的重心移到此处:诗人在自己的心灵深处已经隐隐坚信,他之寻求死亡,并不意味着将走向自身生命的终结,而恰恰是将由此越过死亡的界面走向永生的新生命。在诗人看来,一般的尘世生命随着岁月的推移在渐渐地走向生命的"夕阳"期,将以"老人和棺木"布置生命的晚景,将只会在颤巍巍的"互相抚摸"中无奈地等死,并试图在一种廉价的意志氛围下尽可能多地抓住一些生存光景。他们看不到生命的新

---

① 《新约·约翰一书》,《圣经》(中国基督教两会,2008年),第425页。

希望。而诗人自己却是要越过生命的"夕阳"期走向新生命的黎明。在这一点上，当然还是《圣经》说得最精确："这些人都是存着信心死的，并没有得着所应许的，却从远处望见，且欢迎迎接，又承认自己在世上是客旅，是寄居的。"① 在诗人的自我意识里，"灵死"者不可能知道他"怎样在夕阳里失踪"，因为他们对于永生生命的秘密一无所知；而他自己，早已在灵魂深处谙得这秘密。我认为，诗人的这场道说深深地融入了一种基督宗教性期许。其实诗人并不知道他之所祈愿是否能化为一种未来的真实。也就是说，诗人之所祈愿，不见得就是某种未来实存的回声。然而，我们说，这种精神诉求的基督宗教性其实也正在这里。这是因为，基督教精神诉求的心理根基，正是基于刻骨铭心的生命之爱，对那能赐予永远处在"爱"中的永生新生命的"不可见的上帝"的相信加祈祷。

作品的最后一段（也是最长的一段），进一步具体地陈述了诗人在物质主义和庸俗主义盛行的现代社会的心灵受难感。诗人本极其热爱生命，他对素朴的人间经验其实也是百般珍爱，并且，在他的生活记忆中，也的确有过许许多多美好的事物。在这段陈述中，诗人便是首先回到从前，对追忆中的美好事物进行了歌唱：

   我们曾经在一起生活
   看酒　挑选生存的鞋子
   一起在路灯下模仿美酒
   大声地唱着上帝的声音
   并且深深地呼吸着　空气清新

---

① 《新约·希伯来书》，《圣经》（中国基督教两会，2008年），第397页。

这里，人们的身心自发地与自然之美和生命的灵性之美相亲和，感恩生活及创造了生命的上帝。那时，人与人之间是那样和谐，在一种美好的共在氛围下生活显得那样和美。"我们"一同惬意地徜徉于人间，拥抱本真且实实在在的生活内容，并抒发生命美丽的梦想。

但是，"而今呢"？而今这一切似乎都发生了令人痛心的变化。"我"越来越觉得自己无法适应这人间世界，而你却"只会说我是诗人在梦"。这时候，诗人是会随波逐流，沉沦于时代的旋涡，还是会坚决捍卫自己的心灵世界呢？诗人选择了后者：

> 我知道我复现着一切
> 我一个人在看酒，我一个人
> 在挑选鞋子，我一个人
> 在路灯下如美酒清醒
> 我的声音清清楚楚
> 我就在那里转过身来
> 丑陋无法逼近
> 一轮太阳席卷身影
> 那么多真实的人
> 在梦中走来走去
> 在与不在 我全都见到了
> 他们并不互相嘲讽
> 也未曾让机智卖掉青春

显然，诗人依然在透过心灵的镜子，再现和复现那些美好的且只有在心中经历的表象，依然在内心孤独而坚执地守护着生命经验中那些真纯的事物，依然在梦着生命最美丽的梦。他义正词严，从本真生命的背叛者的营盘，坚决"转过身来"。哪怕受尽磨难，哪怕自身的生命陷入最深的流浪，他也要捍卫本真的自我，让"丑陋无法逼近"。

诗人站在心灵的高地，站在青春生命的梦想之巅，俯瞰现代人生存之实在界，惊恐地看到日趋丑陋的人间气象。那真像是一场给诗人的心灵带来极大折磨的噩梦：

> 一个人　一个独眼巨人
> 弯腰死抱着另一个独眼巨人
> 就在那些游览的人们当中麻木地矗立
> 不可移动：而来往的陌生人又是什么
> 另一个独眼巨人
> 安详地垂着骇人的面孔
> 垂着巨大的猪圈
> 是的，他弯着腰　他不须进行恐吓
> 他只是紧紧地抱着
> 再一个独眼巨人和下一个独眼巨人
> 人们不知道他们在干什么
> 他们就这么站在来来往往的
> 真实的影子之中
> 吸引着游人，供他们交谈
> 然后，就在我走进这个屋子之前
> 他们一个一个地换次直立、消失
> 而四个独眼巨人安详地压迫着的
> 是我　或者是我们血肉的兄弟

诗人这场噩梦中的场景到底象征了什么呢？我认为它象征了那充斥着人类的生存之地而且表现得相当强势的"灵死"者们演绎的，散发着物质暗度及广义的质料性暗度的肉身性存在。对诗人来说，如果肉体没有灵魂，就会只剩下可怕而丑陋的恶俗表象。这噩梦中的场景，对"梦中"的诗人的身心造成了巨大的煎迫，一如接下来的诗句所陈：

> 我站起来　呼吸了一声
> 紫血迸射
> 鼻青脸肿　向这幢屋子外面移去

从噩梦中醒来的诗人或许会安慰自己说，这只是个梦。然而，

> 而我的梦
> 在醒来以后更有力地
> 穿进我的头颅和四肢
> 像一根血色的钉子
> 牢牢地把我钉在原处……

这是因为，诗人清醒地意识到，真实的现实情形，其实在以比那梦中的情景更恶劣的表象迫向他的心灵。诗人的这种以梦反托现实的表现手法，其实是为了强化他的一个心理事实：世界实存本身，才更像是一种十足的噩梦！面对这样的现实，诗人的内心经验到某种难以言说的窒息感，他本真的自我在极度的受难中无所适从，举步维艰。

这一切使诗人最后发出如下哀告：

> 梦的殴打不需要什么诗人
> 我们无法举动，来自盗火之城

> 春天的浓厚的大雾
> 从巨石下阵阵袭来
> 我悬挂在那里　鹰鹫啄食着我的
> 肝脏

诗人在这里向我们展示了一个尘世受难者的形象。他此时遭受的不是一种形而上意义的苦难，而是一种人的生存之实在界的恶俗演绎给他的身心带来的磨难。那噩梦中的情景，连同它所折射的、与它相比有过之而无不及的现实情形，似乎都在宣称，这个世界"不需要什么诗人"。在这个世界上，猪栏生活大行其道；"灵死"者出于生的本能及自我满足的本能，永不停歇地甚至自得其乐地展演着荒诞、怪诞、滑稽的身体性存在。生命的真理、生命的意义诸问题，反而好像与他们毫不相干。诗人和圣徒那贞洁、唯美、善良、虔诚的心灵在这样的生活实体面前似乎不可能激起任何回声。在这样的感觉下，诗人简直"无法举动"；他的身心似乎只有"一再蜷曲着返回"他自身。然而，他毕竟面对着现实；或者说，现实毕竟在对他发生着作用。于是他感到，自己就像是被现实的"钉子"牢牢钉在了磨难的巨大刑架上。最后这几句诗的意象明显来自普罗米修斯的故事。普罗米修斯因给人类盗取天火得罪了宙斯，被锁链铐在悬崖上，并有鹰鹫天天啄食他的内脏。诗人的角色与普罗米修斯形象的相近之处是，普罗米修斯是盗取天火给人类，作为神明的代言者的诗人则是想把"上帝的声音"传递给人类。他们的不同之处则主要在于，普罗米修斯是因被众神之主宙斯惩罚而被锁在磨难的悬崖上，且内心充满着自我的豪情；诗人则是被人的生存之实在界的无形枷锁钉于磨难的"巨石"，且内心的苦难还由此加剧。

在这一章的最后一个书写板块，我们不妨用自己残存的心灵的翅膀,再拂掠一下骆一禾《修远(一稿)》一诗中关于"诗人"的核心道说,并借此对骆一禾的"诗人哲学"做出一些或许更具总结性色彩的读解。我们先看一下这核心的道说:

  修远 我以此迎接太阳
  持着诗 我自己和睡眠 那一阵暴雨
  有一条道路在肝脏里震颤
  那血做的诗人卧在这里 这路上
  长眠不醒
  他灵明其耳
  他婴童 他胆死 他岁唱 他劲哀
  都已纳入耳中
  听惊鸿奔过 是我黑暗的血

  这段诗首先告诉我们,诗人就是那精神的无尽"修远"者。虽然他归根结底属于宗教,但他首先属于诗;虽然他也具有圣徒气质,但他首先禀有的是诗人气质;虽然他在更远处更像是灵魂,但他在稍近处则更像是精神。精神的最大特质就是非定性。精神性的人的最大气质就是"修远"。这样的诗性个体仿佛人间甚至宇宙的过客,仿佛"道路的精灵",总在潜意识中不断寻求着自我突破和自我超越——其话语行动本身则象征着他的精神漫游。究竟为什么"修远"?可能就为了自己逐梦的心神。对他来说真可谓是:人生悠悠兮梦悠悠,心神逐梦兮不思归。那是一场漫漫精神长旅,也许仅意味着"修远"的心神永远不知所终的朝圣。也可能纯然就为了远方,那不知名的远方。远方是什么?远方就是远方,是远方之远。而"修远"的人还将注定走向更远的远方。正如海子在一首名为《远方》的诗里所歌:"远方除了遥远一无所有/……更远的地方 更加孤独/远方啊 除了遥远 一无所有。"① 远方并不承诺什么。更远的地方，除了召唤更长久的漂流外，别无所许。漂泊的诗人在更远的地方找到的，也许只是自己更加苍茫的孤独。然而，命定漂泊的诗人就永远走在那漂泊的不归路上。一如尼采关于精神天才式的生命个体所做的精彩描述：这"精神的飞行者"，有时"成群结队"，但更多的时候是独自，"飞向远方，飞向遥远和最遥远的地方"②。"我们的所有伟大的导师和祖先最终都在某个地方停下来，精疲力竭，姿势可能既无威严也不优雅"，这似乎也是精神王子们的下场——"你或者我又算得了什么！"然而，这"精神的飞行者"，还是要向着那远方奋飞。或许称他们先知并不是很恰当，但他们绝对可以被戴上精神世界的先驱者的冠冕。他们可能并不单纯执迷于天堂——至少一开始是这样，也不怕地狱，而只忠实于自己的精神飞翔。但他们的目的究竟何在呢？那种"不可抗拒的向往"，究竟要把他们"带向何方"？又为什么他们"飞行恰恰是这个方向"，"这个迄今为止所有人类的太阳陨落下去的方向"③，这个横贯形而下和形而上维度的苍茫方向？这我们当然无法确切解释。我们不妨认为，这是诗人追求自由和美的天生的心性气质使然，是那"未可知的使命"使然，是对生命意义的执着使然，是真理之神在不知名的远方的召唤使然。

我们有时会觉得，诗人除了给我们留下了伟大的诗歌艺术外，还留下了他们更加无与伦比的人生艺术。他们的人生本身就像是一种在天地间、在人类精神时空闪闪发光的艺术创造。那种人生艺术完成之际，实际上就是诗歌王子在完成其最深的命运让其完成的事情之时——就像自然界的太阳丝毫不回避自己燃烧的宿命一样；或

---

① 海子：《远方》，《海子诗全集》，作家出版社2009年版，第471页。
② 尼采：《曙光》，田立年译，漓江出版社2003年版，第335页。
③ 同上书，第336页。

者说,他们闪闪发光的人生艺术,既是他们作为一种特殊的自为的存在自我创造的结果,也是一种命运性的精神现象。不消说,他们人生艺术的创造,其实就是他们精神"修远"的实践本身。海子在短篇小说《民间主题》中引用天才画家保罗·克利的一句话:"在最远的地方,我最虔诚。"无疑,那虔诚是对生命的虔诚,对自我的虔诚,对存在的虔诚,对本原的虔诚,对神性的虔诚。实际上,正是精神王子们在远离尘嚣的自我氛围中对他那深度的虔诚的体验和沉思、守护和道说,构成了其人生艺术的内涵及外延。这"远"既是地理意义上的也是心理意义上的。一方面,它是地理意义上的:别人追求安居,他们却追求流浪;别人追逐闹市,他们却追逐自然。另一方面,它更是心理意义上的:这些在茫茫"天路"上奔走的王子,他们与俗世层面的事物、与"灵死"者之间的心理距离之远,你怎么想象可能都不过分。我想,最起码,精神的飞行,最大限度地释放了他们那理想主义和浪漫主义的生命情怀,一如骆一禾在《大海》第十四歌中所唱:

> 即使我空手而归
> 也有飞行的激情青春霍然
> 怀抱生命之深

在"修远"的精神过程中,诗歌王子一直"持着诗"。语言是他的心灵在当下所主要寓居的家屋。他始终在诗与思中行进、期待和等待。诗人怀揣着太多太强的期待和等待,而且,他在这太多太强的期待和等待中,还常被某种强烈的情绪所拥有。他必须表达,必须抒发,必须释放。于是他把自己交给了诗——他浓烈的审美情怀也不允许他把自己交给别的。即便"并没有得着所应许的",诗人真的已经"从远处望见,且欢迎迎接"。对他来说,也并非是除了全身心拥抱与那"到来者"之间的某种观念化关系之外,别的一切都已经不存在了。诗人真正发自内心热爱和拥抱的,其实永远都会是生命本身,而非一种抽象的真理理念。更何况,他当下的精神生态所表征的基本上是纯然的期待和等待。那么,以什么方式去承载那期待和等待才最适合诗人呢?当然会是诗思的方式。海德格尔在后期的一篇谈话中说:"只还有一个上帝能救渡我们。"那就是,在诗与思中"为上帝之出现准备",或者"为上帝之不出现准备"。[1]海德格尔其实正是有感于荷尔德林等天才诗人的精神生态之真实绽放,才发出这样的生命邀请的。基本意思就是:"我们不能把上帝思出来,只能唤起期待。"上帝到底会不会来,如果来,什么时候来,以什么方式而来,人都不可能知道。但不管上帝来不来,如果来什么时候来,以什么方式而来,属于人的最好的方式都是在诗与思中期待和等待。在这一点上,诗人显然是落实得最好的。

在这个过程中,诗人还始终持着他"自己",持着他的"醒与眠"——他的奔进与歇息。他始终是"在一条天路上走着我自己"。他的这场献祭般的追求只属于他自己,是他的"私人形而上学"的自我生命图解,从根本上说与任何他者无关。我们可以借用一个心理学术语来表达诗人的人生艺术的源泉:自我统一追求。自我统一追求理论由美国心理学家奥尔波特在20世纪50年代创用,指对于自我具有核心意义的、由深层动机引起并区别于自我外因行为的行为。自我统一涉及高级的心理过程,如天生的心性气质、兴趣、态度、精神追求等。我觉得把这个说法的原意略微转换一下用于描述诗歌王子们的生命追求相当恰切。对他们来说,"对于自我具有核心意义的"心理因素——对生命之真谛的智性执着以及他们骨子里

---

[1] 海德格尔:《只还有一个上帝能救渡我们》,《海德格尔选集》下卷,三联书店1996年版,第1306页。

的自由意志、在精神和心灵上坚不可摧的诚实、"只能如此"的命运之爱等等，可以说决定了他们一次性艺术行动和生命行动的实质。自我统一追求使得他们的命运曲线不管在具体行进的途中发生了怎样的弯折，还是会在大方向上呈现出注定的色彩，就像雨后天空的彩虹。

诗人的精神"修远"的目的究竟何在？诗中告诉人们说，他是要"以此迎接太阳"。这"太阳"是一个象征，是指诗人精神世界的太阳，是在高处突然亮起的，照彻他生命经验和体验的光源。诗人其实并不知道那"太阳"到底是什么，在哪儿，不知道他什么时候才能够看到它并沐到它的光辉。他只知道自己有着强烈的"趋光性"，只知道自己必须找到它，必须与它相遇，哪怕倒毙于寻找它的路上。我们说，这一切一方面取决于诗人那矢志不渝的求真理的意志，另一方面也源于诗人的理想情怀和浪漫情怀。

甚至毋宁说，诗人的精神"修远"只是为了遇知自己的终极梦想；而诗人的终极梦想很可能只是诗的梦想，而非真理的梦想。他的宗教情怀其实更多地也只是其生命的诗之梦想在形而上维度的延伸。展开来说，求真理的意志固然也是诗人心智的一种强烈的冲动，但诗人对于真理的态度实际上是极富矛盾色彩的。出于对生命和艺术的执着，诗人其实很害怕真理会对生命的诗意带来解构的威胁。尼采曾表示："一个人只要一旦悟见了真理，他就处处只看见存在的荒谬可怕。"① 这样导致的心理后果很可能就是厌世。诗歌王子们的终极诉求往往指向更高、更美的生命存在状态及生命本身的永恒，而非关于真理的理念。此时我也想到了海子在《太阳·诗剧》中的一个醒目表达："真理使生活死亡。"② 这也不啻一个尼采式的命题。

---

① 尼采：《悲剧的诞生》，熊希伟译，华龄出版社1991年版，第34页。
② 海子：《太阳·诗剧》，《海子诗全集》，作家出版社2009年版，第901页。

尼采在一则笔记中写道:"我们有艺术,这是为了防止我们因真理而死亡。"① 为什么"真理使生活死亡"?也许诗人深深地感到,"知识之树"绝非"生命之树",不管在哪一个层面上单纯地去认知真理,真理都难以给人的生命存在带来彻底有效的支撑。真正使人类活下去的力量,归根结底来自人的生命意志本身、生命之爱及关于永恒生命的梦想和信仰。

这段诗的中间几句放射出更为宽广的含义。因为它们更加立体地对诗人的精神生态进行了描绘。"有一条道路在肝脏里震颤／那血做的诗人卧在这里 这路上／长眠不醒"三句诗是说,诗人所走的那条独属于他自己的生命之路,是一条在他内心里向着远方绵延的路。作为一同样属"血气"的特殊生命个体,诗人对他内心认定的这条道路矢志不渝("长眠不醒"是表达诗人执着的一次正话反说;如果就字面去读解的话,那这个描述与下一句的"灵明其耳"之间就形成了一种矛盾)。诗人在这路上"长眠不醒",但在他身上"睡"着他自己的整座世界,就像一个无与伦比的巨大的"单子"。

下面几个看似简单得不能再简单的描述,其实思想和精神含量极大。我们不妨分别对它们进行一些"泛滥无形的想象性"阐释。

"他灵明其耳。"——诗人是特殊意义的"通灵者"(兰波语)。他内在的灵性使他一开始就"学会"了倾听。他能听到莺飞草长的声音,能听到无声的"大音",也能听到古老人类心底的声音,还能依稀听到"神"的声音。在这一点上,他的"听觉"与他的心理感觉之间,常有互相通感的情形发生。关于"倾听",里尔克在《致俄尔甫斯十四行》第3首中有出色的道说:"(倾听和学会倾听)神才做得到。但请告诉我／人怎能通过狭窄的竖琴跟他走?／

---

① 尼采:《权力意志》,张念东、凌素心译,商务印书馆1987年版,第599页。

他的感官是分裂的。在两条心路/的交叉处没有建庙为阿波罗。"①这里,里尔克一方面表达了在歌唱之神面前的谦卑及对神性的歌唱境界——最高的诗歌境界——的向往,另一方面似乎也透露了,他依稀听到了倾听和歌唱的神的声音。虽然"他的感官是分裂的",但他的"第六感觉"毕竟又是最发达的。虽然他迷途的心"在两条心路的交叉处"看不到"供迷途者占卜去向的阿波罗神庙",但他那颗"诗神凭附"的贞洁的心灵当会依稀听到神之灵的呼唤,从而自己识破迷津。

"他婴童。"——诗人,都始终拥有一颗"童心"。他们虽然也会经历"人生道路诸阶段"(克尔凯郭尔语),并且伴有复杂的情绪体验,但什么都无法泯灭他们"心中对世界的向往,对生命的热爱","都无法掘除他们天性中赤子的根性"②。"世界不断地激发起他的新奇感,吸引着他向深而又深的世界走去"③,向更远的远方出发再出发。他像一位誓将自己委身于青春生命和永生生命的赤子,梦想并追求着"永恒的青春"和永恒的生命。他在自己理想的最高处祝福着生命歌唱着生命。只要一个人永远被生命之爱和美激发着,感动着,启示着,永远在体验的意义上感知着世界以及人的生命存在,永远绽出地去亲证"人生艺术"本身,他的心就永不会衰老。诗人就是这样的人。

"他胆死。"——不难觉知,爱与死是诗人的诗语场的两个极性之所在。诗人的抒情场正是萦绕着这两极在生发在蔓延。不用说,诗人在这两个维度上的内在体验,比任何别的体验来得都要深刻。死是人的生命感知中唯一不可知却又对人发生着强大作用的东西。

---

① 里尔克:《里尔克诗选》,绿原译,人民文学出版社2006年版,第474页。
② 崔子恩:《艺术家的宇宙》,三联书店1993年版,第16页。
③ 同上书,第18页。

而诗人更是那"先行到死"者。诗人是性灵的舞蹈者,并且很多时候都在"与死神共舞"。诗人知道死神似乎对他有着夺命权,但他又好像从来都没有真正买过死亡的什么账;并且很多时候,死亡甚至还被诗人不管是明里还是暗里"好好利用了一把"。这一切都说明诗人根本没有真正"信任过死亡"。诗人深知,从科学的意义上看,人乃是"终有一死者";而且,从精神的意义上看,死亡也以其"毒钩"狠刺着人类的心灵。但诗人勇于赴死。诗人并不是不害怕死亡,然而当他意识到死亡的实质后,他"就走向前去献身给死亡"。"赴死意味着能够承受作为死亡的死亡",意味着有能力把作为"终有一死者"的自己"护送到死亡的本质中"。而且,对诗人来说,这还"决不意味着:把作为空洞的虚无设定为目标"[①]。我们必须有能力辨认出,诗人,就是到了自身怀疑和绝望的顶点,就是到了他生命此在的任何临界体验界面,也决没有放弃生命的希望,一如骆一禾的此一描述:"追蹑命运/第一次牺献铭记永世。"(《大海》第二歌)即便诗人如尼采者——表面上很狂妄的尼采实为一"病诗人"和"病圣徒",在自己生命历程和心路历程的最后,在一种"受难力量的顶峰",也仿佛突然一下子彻底明白了基督教精神所折射的某种刻骨的真实,并于灵魂内部与这一真实真正实现了互相穿透和融入,于自己邈远的精神视域幻视出一道深刻表征基督教精神内涵的希望的彩虹:"在我最终的痛苦中,我还可能挣脱,走向'生命的上帝',把'黑暗之塔'抛弃在身后!"[②]

我顺便外展说一点:诗人在现实中所感到的绝望,往往只是一种视域性绝望,也即由对实在界的观感而萌发的绝望情绪。这种绝望不是理念意义上的,或者说,不是一种理念性绝望。在诗人的深

[①] 海德格尔:《筑·居·思》,《海德格尔选集》下卷,三联书店1996年版,第1194页。
[②] 尼采:《我妹妹与我》,陈苍多译,文化艺术出版社2003年版,第319页。

层心理世界，视域性绝望无法不浓密地堆积（可以解释为源于灵魂对质料性存在的强烈不适应感）。然而，视域性绝望这种能够直接触得到的心理真实，却不会真正蔓延到理念层面。理念性绝望是飘摇的，甚至，经常与理念性希望并无二致。表征于诗人身上的这种精神生态表明了人的心灵愿望的不屈，以及希望本身的逻辑意义上的强韧（注意：这里所说的逻辑指的是人的"心灵辩证法"，前面已有所论及）。质言之，是人的生命经验中的灵性因素使理念性绝望充满了疑点。那种体验使人在自己的灵魂深处相信，人的生命之灵性当对应于一个灵性的本体；同时，它也使人在自己的内心里向那伟大的灵性之在誓死不屈地发出绵绵的申诉和祈祷。

"他岁唱。"——"在贫困时代里诗人何为？"遥遥地呼应着荷尔德林在哀歌《面包和酒》中的如是提问，诗歌王子们以自己的诗歌行动本身一再做出回答：我歌唱。里尔克在《致俄尔甫斯十四行》第一部第19首中，抛却他的诗歌中常见的悖论主题，而单纯地歌书了本真的诗歌存在之真实："尽管世界变化匆匆 / 有如白云苍狗，/ 所有圆满事物一同 / 复归于太古。// 在变化与运行之上，/ 更宽广更放任，/ 你的初歌在继续唱，/ 弹奏竖琴的神。// 苦难未被认识，/ 爱情未被学习，/ 在死亡中从我们远离 // 的一切亦未露出本相。/ 唯有大地上的歌诗 / 在颂扬，在欢呼。"上帝在对每一位诗歌王子关闭了"门"的同时，确也为他打开了一扇窗户；而萦绕在那窗口的光，就是艺术灵知带给他们的歌唱的欢乐。骆一禾也做出了如此回答："一旦我放声歌唱放声歌唱 / 一旦我声音沙哑还在活着 / 就没有人能把我夺走 / 没有人能不让我歌唱"（《青年歌手》）。里尔克甚至对歌唱给出如此定位："正如你（俄尔甫斯）教导他，歌唱不是欲望，/ 不是争取一件终于会得到的东西；/ 歌唱就是存在。"[①] 是的，诗人就仿

---

① 里尔克：《里尔克诗选》，绿原译，人民文学出版社2006年版，第474页。

佛"一个被灵充满的舌头"（海子语）。歌唱就是他基本的存在方式。"他们的吟唱背离了一切有意的贯彻意图活动。这不是什么欲望意义上的意愿。他们的歌唱不谋求任何被制造的东西。在歌唱中，世界实存在心灵的世界内在空间中无形地为自己设置空间。"[①] 这是一种歌唱真实并"在真实中歌唱"的歌唱。里尔克还将之形容为"另一种气音"："一种若有若无的气音。神身上一缕吹拂。一阵风。"在这歌唱中，诗人"道说着世界实存的美妙整体"并"寄托着人性的一切"。"这歌唱甚至并不首先追随那有待道说的东西"——虽然它始终萦绕着那神秘而神圣的"有待道说的东西"，而是首先做到了不辱那"歌唱的灵"。它是爱和美及自由的忠实信徒，并且永远徜徉于存在之"美妙整体"，像"风"一样无所驻足。

"他劲哀。"——世界上没有比诗人更痛苦更沉哀的。诗人一方面从内心里珍爱着生命，珍爱着这美丽的人间，一方面又经受着漫长的苦难体验。其精神苦难有三种基本的表征：痛苦、恐惧和孤独。关于痛苦，你能说什么呢？痛苦是那样无解，一如海子在诗中所写："人类没有罪过只有痛苦"[②]；一如尼采所说："没有真理。只有痛苦的灵魂永远垂吊在十字架上"[③]；一如帕斯卡尔所断言："耶稣在忧伤中忍受着他自己所加给自己的痛苦"，他"将会忧伤，一直到世界的终了"[④]。痛苦不可言说，痛苦的根源不可言说，尽管有那么多的与爱和美有关的事物毫无保留地祝福着生命和存在。当然，另一方面，也正是对痛苦的无限性的心灵体验彻底打开了精神王子们的审美情怀和宗教情怀。痛苦是他们无价的精神珍宝，是他们走在自己的茫茫"天路"上时特殊的引路的"星光"，是他们生命之杯盏中

---

① 海德格尔：《诗人何为》，《海德格尔选集》上卷，三联书店1996年版，第459页。
② 海子：《太阳·土地篇》，《海子诗全集》，作家出版社2009年版，第689页。
③ 尼采：《我妹妹与我》，陈苍多译，文化艺术出版社2003年版，第149页。
④ 帕斯卡尔：《思想录》，何兆武译，商务印书馆1995年版，第243页。

的"使人沉醉一生的酒"。难怪海子会在《生日颂》中如是"违背常理"地歌道:"朋友们,我的祝酒词是 / 愿你们一生 坎坷痛苦 / 不愿你们一帆风顺";"开怀畅饮 痛苦的酒 使人沉醉一生的酒 /……为了生日 为了生日之后我们开始置身人世 / 享受真实的人生和痛苦 朋友们 举起我们的杯子"。① 荷尔德林在给友人的信中也表示:"真正的痛苦赋予人以狂喜。谁踏进他的痛苦,就站得更高。这是如此壮丽,我们在承受苦难时才真正感觉到心灵的自由。"② 关于恐惧我就不再赘述了。我们且说几句孤独。对精神王子们来说,孤独有两个层面:形而下的孤独和形而上的孤独。形而下的孤独主要在于生命个体的如下体验:在茫茫人世间,在宇宙之星海里,他觉得他最终拥有的只是自己,没有任何一个他者能真正做到与他灵魂相拥、心绪缠抚及各种内在体验的深度融合。其形而上的孤独感主要源于人的这一终极困惑:他总是觉得人是被"上帝"遗弃了的,人除了自治外别无他法。梵高曾说自己是一个"被判了孤独刑的囚犯"。海子在《鱼筐》一诗中,象征主义式地表达了两个层面的孤独,并在最后写道:"孤独不可言说。"③ 我们说,种种难以化解的情绪体验决定了诗歌王子们心路历程的艰难。

借最后一句诗——"听惊鸿奔过 是我黑暗的血",骆一禾更加深切地道说了诗人的真实精神生态。诗人伟大的倾听归根结底也是在倾听他自己。他听到了什么? 听到了一个焦灼的"正道而驰的灵魂",听到了一团惊鸿奔走、风声鹤唳的精神,听到了呱呱鸣叫着的自己的"黑暗的血"。总之,他听到的是自己的复杂存在本身。他仍处在自身的"黑暗"中,仍未真正看到那能击退一切"黑暗"

---

① 海子:《生日颂》,《海子诗全集》,作家出版社2009年版,第1139页。
② 荷尔德林:《荷尔德林文集》,戴晖译,商务印书馆2003年版,第400页。
③ 海子:《鱼筐》,《海子诗全集》,作家出版社2009年版,第1121页。

的"光",仍未得偿人与神在生命的本源处所立下的盟约的彻底兑现。就拿骆一禾自己来说吧,他诗歌王国那密布的"黑暗"又到底说明了什么呢?我们比照着《圣经》里的一段话去细细揣摩一下吧:"你们和不信的原不相配,不要同负一轭。义和不义有什么相交呢?光明和黑暗有什么相通呢?"①

质言之,诗歌王子的生命此在所表征的是精神而非灵魂。他们最终所抵达的只是某种绝对的"待救状态"。强烈的精神性使他们旋转有如自在而疯狂的太阳,使他们不可能在任何人为的目的和意义模式中得到安息。他们的精神生态表征了他们对神性、对上帝本身的无与伦比的意识强度及感受力,但他们又把上帝的终极事务彻底还原到人类心智之直观性的彼岸。这的确也是一种信仰形式,它用心抚触了人类伟大的过去所留下的所有神话和宗教残迹,然后把自己梦想的宗教理念安放进他们连祷般的心灵歌唱。但他们终归并没有也不会承诺什么——对他人以及对自己。他们就像一群在茫茫"天路"上奔跑的"人之子",被精神和灵魂的张力漫长地撕裂着——当然同时内心也被美惠女神带露的五彩花枝抚照着,一路撒下焦灼而兀自燃烧的精神火焰,并最终以语言的火炬于一瞬间照亮自己的命运。可以说,他们最深的生命体验都与审美和信仰有关,同时,它们也构成了他无尽的痛苦之源。他们也正是沿这两个层面深深地走进并拥抱了自己独特的命运。

他们的致命精神困境说到底就在于:一方面,他们有着强烈的求真理意志——源于他们对自身存在的绝对有限性的深度觉醒;另一方面,他们对自己的诗意生命感觉的热爱使他们并不真的执迷于所谓的真理。他们对存在的本质、对存在最高最后的真实耿耿于怀,但他们又恐怖地意识到"无所不知是魔鬼的诅咒"。甚至可以

---

① 《新约·哥林多后书》,《圣经》(中国基督教两会,2008年),第320页。

说，是他们对于爱和美的敏感及他们关于爱和美的终极梦想一再对他们起着内在的支撑作用，而认知的魔鬼又总是不期然地演绎着对他们的致命伤害。这道"魔鬼的咒语"的恐怖效力在于，它使精神王子们自虐狂般地追问本质。他们依审美的力量一再在"认知的地狱"里发动生命起义，但属于他们的似乎只是失败，直到他们那其实仍然可疑的真理性结局。也就是说，真和美在他们那里并没有真正在一种心灵综合中实现统一。其一生的诗性劳作雄辩地暗示，艺术诉求的最高心灵功效，必然是绝对无解的痛苦和绝望之精神体验。艺术具有无可救药的解构之心灵功效。它是对世界以及人的生命存在的无上而又绝对饱蘸苦难汁液的精神燔祭。它驱散所有真理幻想，使人的灵魂难以自拔地向黑暗沉落。艺术诉求的深处涌动着一种严肃的终极绝望，它使生命时空弥漫末日气氛。其实它真的不具有灵魂的拯救功效。

不过，更为复杂的是，虽然艺术诉求终归无法化解人的形上绝望，但其所达到的最高效果却可能相反相成地幻变为一种拯救诉求——一种强韧的希望意识。成熟的绝望与希望是双胞胎。二者以同样强度的精神力量同时作用于王子们最后的精神和心灵体验。

总的来说，与其说他们更多地处于一种艺术氛围中，不如说他们更多地处于一种难以言喻的精神体验氛围中；与其说他们好像找到了皈依的门径，不如说他们所实践的只是一种以艺术形式为载体的精神生命献祭。

最后再说一点题外话。精神王子再痛苦，再受难，我还是倾向于认为，他们的宗教性精神生态表征的是最美的、最无害的信仰形式。第一，他们的艺术实践，乃至其人生艺术，都表征了最美的人类精神现象；第二，他们一方面以自己最真诚的痛苦和受难为我们带来启示的神明；另一方面，又从未以任何形式的"话语暴力"强加给人们什么。他们深知宗教体验的真正内涵。

精神王子的情形启迪人们，信仰是绝对的精神性自由。信仰者，始终怀着最深的生命虔诚祈祷着走在不知所终的"天路"上。而且，信仰者，还应该是真正的善良者。谁如果以宗教信仰的名义伤害生命，伤害他人，那他的所作所为与真正的信仰表现就毫不沾边。

精神王子的情形昭示人们，上帝本身是人无法认知的，更不可能是人自己的一种创造发明。凡是人自己发明出来的关于上帝的种种说法，与上帝本身毫无关系。人与上帝、圣灵的关系是绝对开放的。实际上，人类自己发明的种种关于人与上帝的关系的成规，往往会反过来成为对人的某种精神奴役，甚至会宰制人们走向某种邪恶的表演——以宗教的名义发动的战争、屠杀事件在人类历史上并不鲜见。上帝只是人的心灵的一个终极维度的面向，是人的最高心灵愿望的一个祈祷和诉求的对象。人的任何具有功利色彩的对于宗教观念的利用，可能都是某类人自己别有用心的计谋。

表征于精神王子身上的美丽、痛苦而虔诚的信仰形式告诉人们，一个灵魂觉醒的人，应该首先从内心里抛弃任何宗教建构，但他可以有信仰情怀；而那种信仰关系的成立则仅仅意味着，他自己善良的灵魂虔诚而又绝对自由地面向他不可能知晓的圣灵。

精神王子所创造的那种美的艺术，之所以让我们非常喜爱，就是因为，在它"似乎给予宗教以最高的美化、表达和光辉时，它同时就把宗教提高到了超越其局限性"。而我们，"在艺术作品已给它以表达的崇高神性里，有一种特别的如同回到了家园的感觉和感受，得到了满足和解放"[1]。

---

[1] 黑格尔：《精神哲学》，杨祖陶译，人民出版社2006年版，第376页。

主要参考文献

一、中文论著：

1. 张玞：《骆一禾诗全编》，三联书店1997年版。
2. 周俊、张维：《海子、骆一禾作品集》，南京出版社1991年版。
3. 骆一禾：《世界的血》，春风文艺出版社1991年版。
4. 西渡：《骆一禾的诗》，人民文学出版社2011年版。
5. 西渡编：《太阳日记》，南海出版公司1991年版。
6. 西渡：《壮烈风景：骆一禾论，骆一禾、海子比较论》，中国社会出版社2012年版。
7. 顾城：《顾城文选》，北方文艺出版社2005年版。
8. 顾城：《顾城诗全集》，江苏文艺出版社2010年版。
9. 西川：《让蒙面人说话》，上海东方出版中心1997年版。
10. 西川：《海子诗全集》，作家出版社2009年版。
11. 戴宗济：《鲁迅全集》，中国人事出版社1998年版。
12. 刘小枫主编：《20世纪西方宗教哲学文选》三卷，三联书店1991年版。
13. 陈益国主编：《基督教信仰要道系列丛书》五卷（吉林省基督教协会，2001年）。
14. 汪子嵩、范明生等：《希腊哲学史》第一卷，人民出版社1997年版。
15. 崔子恩：《艺术家的宇宙》，三联书店1993年版。
16. 陈超：《中国先锋诗歌论》，人民文学出版社2007年版。

二、中文译著：

1．《圣经》，中英文对照本；中文：和合本；英文：新国际版（中国基督教两会，2008年）。

2．[德]荷尔德林：《荷尔德林文集》，戴晖译，商务印书馆2003年版。

3．[德]荷尔德林：《荷尔德林后期诗歌》，刘皓明译注，华东师范大学出版社2009年版。

4．[法]波德莱尔：《恶之花》，郭宏安译，上海译文出版社2009年版。

5．[墨西哥]帕斯：《帕斯选集》，赵振江等编译，作家出版社2006年版。

6．[阿尔巴尼亚]特蕾莎修女：《爱的纯全》，上智文化事业编译，北方文艺出版社2009年版。

7．[法]帕斯卡尔：《思想录》，何兆武译，商务印书馆1995年版。

8．[俄]别尔嘉耶夫：《人的奴役与自由》，徐黎明译，贵州人民出版社1994年版。

9．[俄]别尔嘉耶夫：《自我认知》，汪剑钊译，云南人民出版社1998年版。

10．[德]卡尔·雅斯贝斯：《生存哲学》，王玖兴译，上海译文出版社2006年版。

11．[德]卡尔·雅斯贝尔斯：《大哲学家》，李雪涛、李秋零等译，社会科学文献出版社2010年版。

12．[德]本雅明：《本雅明：作品与画像》，孙冰编，文汇出版社1999年版。

13．[英]C.S.路易斯：《痛苦的奥秘》，林菡译，华东师范大学出版社2010年版。

14．[瑞士]卡尔·巴特：《罗马书释义》，魏育青译，华东师范大学出版社2001年版。

15．[瑞士]卡尔·巴特：《教会教义学（精选本）》，何亚将、朱雁冰译，三联书店1998年版。

16．[丹麦]克尔凯郭尔：《恐惧与战栗》，刘继译，贵州人民出版社1994年版。

17．[丹麦]克尔凯郭尔：《概念恐惧·致死的疾病》，京不特译，三联书店2004年版。

18．[丹麦]克尔凯郭尔：《非此即彼》，封宗信等译，中国工人出版社2006年版。

19．[丹麦]克尔凯郭尔：《论怀疑者/哲学片段》，翁绍军、陆兴华译，三联书店1996年版。

20．[德]海德格尔：《海德格尔选集》，三联书店1996年版。

21．[德]海德格尔：《荷尔德林诗的阐释》，孙周兴译，商务印书馆2000年版。

22．[德]海德格尔：《存在与时间》，陈嘉映、王庆节译，三联书店1987年版。

23．[德]海德格尔：《时间概念史导论》，欧东明译，商务印书馆2009年版。

24．[德]海德格尔：《路标》，孙周兴译，商务印书馆2004年版。

25．[德]海德格尔：《尼采》，孙周兴译，商务印书馆2004年版。

26．[英]怀特海：《思维方式》，刘放桐译，商务印书馆2004年版。

27．[奥地利]维特根斯坦：《游戏规则》，唐少杰编译，陕西师范大学出版社2003年版。

28．[奥地利]维特根斯坦：《哲学研究》，汤潮、范光棣译，三联书店1992年版。

29．[奥地利]维特根斯坦：《战时笔记》，韩林合编译，商务印书馆2005年版。

30．[奥地利]维特根斯坦：《逻辑哲学论》，郭英译，商务印书馆1992年版。

31．[英]罗素：《罗素文集》三卷，靳建国、江燕等译，内蒙古人民出版社1997年版。

32．[法]霍尔巴赫：《自然的体系》，管士滨译，商务印书馆1999年版。

33．[瑞士]荣格：《荣格文集》九卷，姜国权等译，国际文化出版公司2011年版。

34．[瑞士]荣格：《荣格自传》，刘国彬、杨德友译，国际文化出版公司2005年版。

35．[瑞士]荣格：《心理学与文学》，冯川、苏克译，三联书店1987年版。

36．[德]施勒格尔：《雅典娜神殿断片集》，李伯杰译，三联书店2003年版。

37．[俄]舍斯托夫：《旷野呼告》，方珊、李勤译，华夏出版社1991年版。

38．[俄]索洛维约夫等：《关于厄洛斯的思考》，赵永穆、蒋中鲸译，辽宁教育出版社1998年版。

39．[德]康德：《判断力批判》，邓晓芒译，人民出版社2005年版。

40．[德]康德：《逻辑学讲义》，许景行译，商务印书馆2010年版。

41．[德]黑格尔：《美学》，朱光潜译，商务印书馆1991年版。

42．[德]黑格尔：《精神现象学》，贺麟、王玖兴译，商务印书馆1979年版。

43．[德]黑格尔：《精神哲学》，杨祖陶译，人民出版社2006年版。

44．[德]萨弗兰斯基：《尼采思想传记》，卫茂平译，华东师范大学出版社2007年版。

45．[法]德里达：《书写与差异》，张宁译，三联书店2001年版。

46．[德]尼采：《悲剧的诞生》，熊希伟译，华龄出版社1996年版。

47．[德]尼采：《我妹妹与我》，陈苍多译，文化艺术出版社2003年版。

48．[德]尼采：《快乐的科学》，余鸿荣译，中国和平出版社1986年版。

49．[德]尼采：《查拉图斯特拉如是说》，孙周兴译，商务印书馆2012年版。

50．[德]尼采：《查拉图斯特拉如是说》，钱春绮译，三联书店2009年版。

51．[德]尼采：《查拉图斯特拉如是说》，黄明嘉、娄林译，华东师范大学出版社2009年版。

52．[德]尼采：《曙光》，田立年译，漓江出版社2003年版。

53．[德]尼采：《权力意志》，孙周兴译，商务印书馆2007年版。

54．[德]尼采：《权力意志》，张念东、凌素心译，商务印书馆1991年版。

55．[德]尼采：《希腊悲剧时代的哲学》，周国平译，商务印书馆1999年版。

56．[古希腊]柏拉图：《柏拉图全集》四卷，王晓朝译，人民出版社2003年版。

57．[古罗马]普罗提诺：《九章集》上下卷，石敏敏译，中国社会科学出版社2009年版。

58．[法]加尔文：《基督教要义》上中下册，钱曜诚等译，三联书店2010年版。

59．[法]米歇尔·福柯：《词与物》，莫伟民译，三联书店2001年版。

60．[法]米歇尔·福柯：《古典时代疯狂史》，林志明译，三联书店2005年版。

61．[美]詹姆斯·米勒：《福柯的生死爱欲》，高毅译，上海人民出版社2003年版。

62．[瑞士]让·斯塔罗宾斯基：《镜中的忧郁——关于波德莱尔的三篇阐述》，郭宏安译，华东师范大学出版社2012年版。

63.［法］洛特雷阿蒙：《洛特雷阿蒙作品全集》，车槿山译，东方出版社2001年版。

64.［古罗马］奥古斯丁：《论自由意志》，成官泯译，上海人民出版社2010年版。

65.［古罗马］奥古斯丁：《论信望爱》，许一新译，三联书店2009年版。

66.［古罗马］奥古斯丁：《忏悔录》，周士良译，商务印书馆2012年版。

67.［瑞士］汉斯·昆、伯尔等：《神学与当代文艺思想》，徐菲、刁承俊译，三联书店1995年版。

68.［瑞士］汉斯·昆、瓦尔特·延思：《诗与宗教》，李永平译，三联书店2005年版。

69.［法］蒙田：《蒙田随笔全集》，潘丽珍、王论跃等译，译林出版社2007年版。

70.［美］约翰·杜威：《我们如何思维》，伍中友译，新华出版社2010年版。

71.［法］雷蒙·潘尼卡：《智慧的居所》，王志成、思竹译，江苏人民出版社2000年版。

72.［德］叔本华：《作为意志和表象的世界》，石冲白译，商务印书馆1994年版。

73.［古希腊］巴门尼德：《巴门尼德著作残篇》，李静滢译，广西师范大学出版社2011年版。

74.［古希腊］赫拉克利特：《赫拉克利特著作残篇》，楚荷译，广西师范大学出版社2007年版。

75.［德］马丁·路德：《桌边谈话录》，林纯洁等译，经济科学出版社2013年版。

76.［德］诺瓦利斯：《夜颂中的革命和宗教》，林克等译，华夏出版社2007年版。

77．[法]兰波：《兰波作品全集》，王以培译，作家出版社2012年版。

78．[德]恩斯特·布洛赫：《希望的原理》，梦海译，上海译文出版社2012年版。

79．[奥地利]里尔克：《里尔克诗选》，绿原译，人民文学出版社2006年版。

三、英文原著：

1．Kierkegaard,*Concluding Unscientific Postscript to Philosophical Fragments,* Volume I, Howard V.Hong, 1992.

2．Oscar Wilde,*Collected Works of Oscar Wilde,*Wordsworth Editions Limited, 2007.

3．Rimbaud,*Complete,Works,Selected Letters,*The University of Chicago Press, 2005.

4．Friedrich Hölderlin,*Selected Poems And Fragments,*Translated By Michael Hamburger,Penguin Books, 1998.

5．Edgar Allan Poe,*The Complete Poetry Of Edgar Allan Poe,*Signet Classics,2008.

6．Thomas a Kempis,*The Imitation of Christ,*Dover Publications Inc.,2003.

后 记

　　记不清第一次说这句话的人是谁了：每个人这一生都应该写一本书，而且只写一本。这里面所融入的真诚的生命意识和人生情怀令我感佩。这种说法本身所表征的某种理想主义和浪漫主义精神内涵也让我一时挺受用。不过我也觉得，首先，这项提议恐怕只对那些怀有刻骨的生命虔诚心理的个体才有用；其次，每一个真诚地寻找自我的人所找到的也必然会是时时变化中的自我——尽管他每走一步都可能是发自内心的。所以说，对一个这样的生命个体来说，写那样一本书其实越晚越好，并且只适合在他的现世生命将要完结的时候落笔，因为真正能照亮他这本书中的精神质地的，可能就是他最后的愿望和梦想了——虽然他一生的生命经验和体验都早已在向着这一个极点聚集。顺着这些个说法我们也许马上就会问，那这个人在那一本书之前所写的书，又应当怎么看待呢？它们还有意义吗？对于这样的问题，其实只要我们简单改变一下思考问题的方式，很快就可以给出圆满答案了：我们当然不能只从物理意义上去理解那本书。一个真的要写那本书的人，他其实一直都在写它；或者说，他一生的所写其实就是在写那唯一的书。不用说，他在这个过程中留下的所有见诸世面和未见诸世面的文字记录，都是那本书的一部分。

　　在写过《大地情怀与形上诉求——对海子〈太阳〉七部书的阐释》后，这五六年时间里，我这儿都没有什么大量的书写正式诞生。

原因似乎主要来自两方面：一是因为写海子一时蒸发了我太多的心力，再一个是因为自己迟迟无法确定下边到底要写什么。曾经有两个模棱两可的写作计划都在中途流产。其中一个是在已经执行到一半时又被我坚决否弃的。事情到底为什么会这样，待到我终于心气十足地走在阐释骆一禾的诗歌的途中，并一直被自己的阐述本身领着向前奔时，我才又一次明白，更多地具有方法论意义的学术劳作真不太适合自己；换句话说，自己更适合那种首先完全回到自我的抒情场中，继而去对某种已然凝聚为一种独立的存在的灵性文本进行细密的理解和阐释的书写活动。写作这部书的初稿用了四个半月，自2013年春节之后开始，至6月底落笔。

其实我的心里从未放下过骆一禾。在《大地情怀与形上诉求》的后记里，我已经详细回忆过只在我内心发生的我与海子和骆一禾的故事。两位天才诗人的诗歌都是我所珍爱的。说实话，海子的诗歌当初对我的触动更大。这似乎是因为海子的诗歌更浪漫、更唯美，表达更简洁，意象也更透明，并且篇幅一般较为短小（主要是指其抒情短诗，其长诗可能会令很多读者望而生畏）。对于每一个单纯"寻诗"的人来说，这一点无疑是更富魅力的。我是随着对世界和生命的理解的不断加深——应该说是一种越来越健康、阳光的理解，才对骆一禾的诗歌有了越来越深的认识的。海子那超拔的艺术感知力和表现力给我带来前所未有的审美震撼，他庞大的诗歌帝国也使我领略了一种前无古人后无来者的诗歌创制。而骆一禾的与海子相比版图稍小的诗歌王国——其实也已足够辽阔——所持续放射的精神和理念则更使我的内心亲和。无边地笼罩着海子的诗歌帝国的那种诗人的自我意识的冷光，常使我的内心觉得寒冷。骆一禾在一条"义人的道路"上行走时的诗之道说，则在我的内心世界不断洒落温暖和希望的光亮。所以，如果在我写了海子之后没有再写骆一禾，一方面说明我数年前启动的一项阐释工程还远未竣工；另一方面也意味着,我在自己的一个人生阶段对自身生命存在的感知和理解,只表达了一部分。说白了,我阐释那因生命而写、为生命而写、写生命的"生命之诗",其实也是在借言说他人的同时言说自己(由于工作性质的缘故,与此同时,我也尽力照顾了学术)。我有时想,每一个灵性生命其实都是大地上的过客,都仿佛是一颗落难的灵魂,总在潜意识中不断寻求着还乡的道途。那道途却实为一场漫漫精神长旅。所谓研究有时候可能是这样的:大家沿不同的路径都在到不知名的远方去,各自遥远的行程不期然经过了同一个地方,双方由此以各自的生命经验和体验展开了一场真诚的心灵对话;而这对话的发起者似乎归根结底还是为了更好地认识自己。

进一步说,这场研究的最终目的其实更在于,基于对骆一禾极具分量的诗歌存在所折射的精神现象的深入考量,并基于对人类漫长的过去所留存的各种伟大的精神性遗产的反思与综合,更深地去探索生命的真理,求取助力和光明,以期沿心灵路径完成从精神上升到灵魂的诉求,以获得生命真正的还乡之感,即觉得自己正真切地走在还乡的途中。我知道自己至死也不愿相信,生命是无缘无故地被抛在世界上的,尽管我也清醒地知道,自己只是怀揣着终极生命之梦走在一条不知所终的路上。从某种程度上说,我思想着,这一事实本身就说明了我还在路上,但愿有一天自己出于真心地丢去思想。因为我也意识到,对一个执迷的形而上思想者——应该也包括我本人——来说,思想本身绝对不是最终目的。其密集的思想,恰是为了使真理能从思想脱颖而出,并最终完成对思想的革命。当这场革命完成后,思想将变得越来越不起眼,甚至会完全化为一种氤氲真理感的意识氛围。真理当是思想溶解于灵魂体验的永恒太后,通过观察和感悟以及主体自身的生命融入所自然形成的生命存在之澄明之境——那往往是客观存在之澄明与主观心灵之澄明的浑然一体之境。我的心智好像也在迟滞而愚钝地抵近这一道理:"真正快乐的是这样的人，对他来说，真理是自我证实的；不是通过褪色的信息和言辞来印证的，而是它像是本来如此。"(《The Imitation of Christ》)

感谢骆一禾，为世人奉献了这么好的"心灵文本"。他像世间所有伟大的诗人一样，把心灵至诚而公开地献给了美丽而苦难的生命。与这样的"心灵文本"进行对话——或者说"交谈"，使我的生命的感知空间及纯粹的思维空间都得到了极大的拓展。感谢圣灵，一路赐予我解读和思考的灵感。我始终认为，自己思想和写作的灵感除了圣灵别无根基。以后现代的眼光看，这也许有点自恋了，但我也愿意承认这一点。

感谢商务印书馆，愿意为这部书稿提供出版的机会。感谢商务印书馆的丛晓眉老师，她为这个选题能最终获得通过付出了大量心血；而且，从书名到具体内容，她还提出过不少宝贵的修改意见。感谢责任编辑吴艳老师，没有她的悉心指点，就不会有这部书稿目前这种相对可人的状貌。感谢郑州大学文学院为书的出版提供资助。所有这些，使我再次真切地感知到良知和友爱的力量在我们的现实生活中的默默涌流。感谢我的爱人和孩子，对她们的爱一直是我的生活的最大原动力，愿她们永远幸福平安！

胡书庆

2013 年 6 月 27 日，初稿

2014 年 5 月 4 日，二稿

2014 年 8 月 10 日，三稿

图书在版编目(CIP)数据

　碧绿的十字:骆一禾诗歌的阐释/胡书庆著.—北京:
商务印书馆,2015
　ISBN 978 - 7 - 100 - 11049 - 5

　Ⅰ.①碧… Ⅱ.①胡… Ⅲ.①骆一禾(1961～1989)
—诗歌研究 Ⅳ.①I207.22

　中国版本图书馆 CIP 数据核字(2015)第 018467 号

所有权利保留。
未经许可,不得以任何方式使用。

碧绿的十字

骆一禾诗歌的阐释

胡书庆　著

商 务 印 书 馆 出 版
(北京王府井大街36号　邮政编码100710)
商 务 印 书 馆 发 行
山 东 临 沂 新 华 印 刷 物 流
集 团 有 限 责 任 公 司 印 制
ISBN 978 - 7 - 100 - 11049 - 5

2015年6月第1版　开本 960×1360　1/16
2015年6月第1次印刷　印张 20¾
定价:48.00元